풍경과 시선

신덕룡 평론집

풍경과 / 시선

신덕룡 평론집

규영인달선하동남혜숙별승재동학한병경
원석한준관윤순만숙옥현뇌종은섭호주봉란렬

문학들

글을 왜 쓰는가? 시론집을 엮으며 머릿속에 떠오른 물음이다. 이 물음 앞에 여러 가지 생각들이 맴돌았다. 떠도는 생각들을 한데 모으다 보니 관계라는 말이 크게 다가왔다. 관계란 여러 가지들이 한데 얽혀 있다는 말이다. 얽혀 있음으로 해서 나와 너의 존재를 확인하고, 너를 통해 나의 존재와 성격이 드러나는 것이다. 그렇다면 나에게 있어 글쓰기는 '나'의 존재증명쯤 될 것이다.

이런 생각은 글쓰기가 나와 너(세계) 사이의 관계에서 나를 증명하고 싶은 욕구에서 비롯했음을 말해준다. 나를 증명한다는 것은 내가 삶의 주체이고 또 주인이고 싶다는 말과 다르지 않다. 그렇기에 많은 시인들의 작품을 대하면서, 그들의 섬세한 숨결과 정서를 느끼고 대화하며 이를 드러내고자 했던 것이리라.

편안한 작업은 아니었다. 우선, 글을 쓸 때마다 느끼는 일이지만 시인들과 시를 놓고 대화하면서 곤혹스러움에 직면했다. 시인들이 자신의 속내를 쉽게 드러내지 않는 것도 그렇거니와 그들의 깊은 사유와 인식의 폭을 통찰할 수 있는 역량이 부족하다는 이유에서였다. 따지고 보면, 어떤 시인도 자신의 전부를 드러내지 않는다. 언뜻언뜻 내비치는 표정과 숨결을 따라가며 채워지지 않는 부분은 나의 상상과 사유로 채워 넣을 수밖에 없다. 또 하나는 한동안 시에 관한 글보다는 시를 쓰고 지냈다는 데서 오는 낯설음이었다. 시를 쓰면 다른 시인의 시를 더 잘 볼 수 있지 않겠느냐고 하지만 꼭 그런 것만은 아니었다. 시를 제대로 보려면 어느 정도의 거리가 필요한데, 오히려 동화되어 있는 나를 발견하곤 했다. 그 거리를 만들고 지켜내느라 안간힘을 쓰지 않으면 안 되었음을 고백하지 않을 수 없다.

이 책의 제목을 『풍경과 시선』이라고 한 것도 이런 이유에서다. 풍경(대상)을 바라보는 시선 속에는 이미 시인의 경험과 고뇌, 세계관이 녹아 있기 마련이다. 따라서 시인들이 바라보는 시선에 맞춰 그들의 언어 속에 들어 있는 삶의 내용을 풀어내는 일과 이에 대한 해석 작업이 동시적으로 이루어질 수밖에 없다. 더욱 중요한 것은 이러한 작업이 나 자신이나 나의 삶과 마주치는 일이라는 사실이었다. 결국, 시를 매개로 나의 삶을 들여다보고 있었던 셈이다.

이 책은 지난 몇 년간 시를 쓰면서 틈틈이 써서 발표했던 시와 시인에 관한 기록들이다. 연구논문의 성격을 지닌 글, 새로이 발간되는 시집에 대한 해설, 좀 더 유연하게 시와 시인의 삶을 안내하는 글들이 그것이다. 다행스럽게도 우리 지역에서 활동했거나 하고 있는 시인들에 관한 글이 여럿이다. 이 글들 통해 독자들이 시와 시인의 삶에 좀 더 친근하고 편안하게 다가갔으면 한다.

2017년 여름
진월골에서 저자

차례

2부 표정들

3부 문학과 삶의 맥락

1부

낮선 언어들

오규원 시에 나타난 풍경과 인식

1. 들어가며

풍경에는 배후가 있다. 자연 풍경의 경우는 더 그렇다. 때가 되면 마른 나뭇가지에 싹이 트고, 무성한 나뭇잎들은 그늘을 만들고, 온갖 새들이 모여들고, 서서히 붉게 물들고, 흰 눈에 덮여 새로운 풍경을 만든다. 이 모든 현상은 자연의 리듬이 작동하는 구체적 실상이기에 필연으로 얽혀 있다. 시간과 공간과 사물, 어느 것 하나 독립해서 존재하지 않는다. 각각의 사물들이 어울려 하나의 전체로 나타나기에 특별한 응시의 시선을 필요로 하지도 않는다.[1] 바라보는 자 역시 풍경을 구성하는 하나의 요소가 되기 때문이다. 배후는 은밀하게 작동해서 의식하지 않는 한, 제 정체를 드러내지 않는다. 각각의 사물들을 바라보는 자의 시선만 골고루 퍼져나갈 뿐이다.

응시의 시선이 존재하지 않는다는 것은 우선, 풍경이 주체의 원근법적 시각에서 벗어났음을 의미한다. 응시를 바탕으로 한 원근법적 시각

---

[1] 주은우, 『시각의 현대성』, 한나래, 2003, 312쪽.

은 신체와 유리된 마음의 눈을 전제로 한다. 주체와 대상의 분리에 바탕을 둔 '마음의 눈'이 하나의 시점으로 환원된 시각적 포착을 만들어내는 것으로 지배의 의지를 지닌 주체와 연루되어 있다.[2] 따라서 주체와 대상이 위계질서 안에서 관계를 맺는다. 인식의 주체가 '보는 나'로부터 형성되고, '보는 것'에서부터 지각과 인식의 틀이 만들어지기 때문이다. 보는 일은 늘 주체의 몫이고 보여지는 것은 대상의 몫이기에 보는 일은 곧 '보이는 대상'에 대한 합리적 사유가 시작됨을 의미한다.[3]

이와는 달리 사물의 충실한 재현에 근거한 풍경은 대상에 대한 판단과 해석 즉 관념화를 유보한 것으로, 수평적 관계에서 사물을 보는 것을 의미한다. 그 구체적 방법이 사물이 지닌 사실성을 극대화하는 묘사일 터이다. 각각의 사물에 대한 충실한 묘사로 풍경을 구성하고, 이렇게 재현한 풍경의 내포적 의미와 효과를 전적으로 독자에게 맡기는 방식이다. 그러나 이것 역시 인간-주체의 완전한 배제를 의미하지는 않는다.[4] 풍경의 대상으로 특정의 장면을 택할 때, 화가나 시인은 자신의 의도에 맞춰 사물을 선택할 뿐만 아니라 재구성한다. 구성요소들을 질서화하기 위한 재구성이다. 그림의 경우, 풍경의 한 부분에서 시작해서 전체를 파

---

2 Hal Foster, 최연희 옮김, 『시각과 시각성』, 경성대출판부, 2004, 17쪽.
3 주은우, 『시각의 현대성』, 앞의 책, 253쪽. 여기서 필자는 서구철학의 인식과 사유방식은 시각적 패러다임이 지배하고 있다. 서구철학의 기획은 정신적 표상이란 본질적으로 외적 현실의 반영이고, 인식론의 기획은 '바깥의' 자연을 '안의' 마음으로 전송하는 것이다. 이때 일차적인 전송의 통로는 시각이다. 이 시각은 주체와 대상의 분리를 전제로 하며, 시각과 결부된 시지각이 아니라 신체로부터 추상된 마음의 눈임을 지적하고 있다.
4 Martin Jay, 「모더니티의 시각 체계들」, 『시각과 시각성』, 앞의 책. 여기서 마틴 제이는 데카르트의 원근법주의, 즉 위계적 시선에서 벗어난 예로 17세기 네덜란드 미술을 제시한다. 그에 의하면 묘사의 미술(The Art of Describing)은 수많은 작은 사물들, 대상들의 배치보다는 표면 즉 색채들과 질감들에 대한 관심으로 나타나는데, 이는 관찰에 비중을 두는 경험적인 시각적 체험이다. 설명이 아닌 묘사는 세계에 대한 물질적 견고함에 대한 믿음과 세계의 해독 가능한 표면에 대한 신념을 보여준다. 따라서 이는 주체 중심의 혹은 '신의 시선'이라는 위계적인 시선으로부터 신체 중심의 시각적 실천을 의미한다고 보았다. 따라서 전자가 주체 중심의 깊이를 말하고자 했다면 후자는 묘사를 통한 효과를 의도했고, 이는 주체와 객체 사이의 구체적 관계를 마련하고 있음을 의미한다.

악하는 순서로 인식하지만 시는 다르다. 시인에 의해 재현되는 사물의 순서에 따라 지각하고 해석하는 것이다. 그림보다 시가 훨씬 더 주체의 의지가 개입할 여지를 지니고 있다.

오규원의 후기시의 대부분은 풍경을 시의 전면에 드러낸다.[5] 이른바 날이미지를 중심으로 한 현상시가 그것인데, 세계를 관념화하고 이론화하기보다 명시화하고 현상화하기 위한 이미지의 현상으로 된 시를 말한다.[6] 이들 시편들이 시각적 이미지를 중심으로 전개된다는 점에서, 바라보는 주체의 성격과 시선의 변화가 시의 내용에 직접적인 영향을 준다. 그의 시에 드러난 풍경은 사실적인 언어적 재현인 동시에 자연에 대한 최소한의 해석이나 평가의 결과이기 때문이다. 즉 풍경을 통해 무언가를 말하고 있는 것이다. 이 무언가는 풍경 속에 감춰진 '의미'일 터, 독자는 구체적 사물의 현상을 통해 주체의 의도를 유추해낼 수밖에 없다. 이럴 때, 제시되는 풍경은 인식을 만들어가는 과정과 병행하면서 의미를 구축하게 된다.

2-1. 보는 자와 보여지는 것

오규원의 후기시에 나타난 풍경 속에 집, 호텔(「호텔」), 도로 (「거리의 시간」, 「거리와 사내」), 아파트단지(「민화3」) 등이 등장하기는 하지만 대부분의 경우 산과 들, 꽃과 나무, 새와 강물과 같은 자연의 사물들이

---

5 『길, 골목, 호텔 그리고 강물소리』, 문학과지성사, 1995. 『토마토는 붉다 아니 달콤하다』, 문학과지성사, 1999. 『새와 나무와 새똥 그리고 돌멩이』, 문학과지성사, 2005. 『두두』, 문학과지성사, 2008. 네 권의 시집을 대상으로 한다.
6 오규원, 「무릉, 수사적 인간, 날이미지」, 『한 잎의 여자』, 문학과지성사, 1998, 195쪽.

나타난다. 이는 의도적인 것으로 인위적으로 의미화되고 질서화된 대상이 아니라 있는 그대로의 사물들에 대한 관심의 표명이다. 이러한 풍경과 사물에 대한 현상적 사실을 객관적으로 묘사한다는 방법적 선택은, 엄밀히 말해서 서정시가 지닌 은유적 사유에 대한 대타의식이며 문명에 대한 거부라는 심리가 그의 의식 저변에서 작용하고 있음을 말해준다.[7] 이를 위해 자연을 응시하고 해석하는 근대적 주체의 시선[8]에서 벗어나 자연의 구성물들, 즉 선택한 대상의 표면과 질감의 재현에 충실함으로써 사물의 독자성을 극대화하는 것이다. 선택한 사물에 대해 해석과 판단을 배제하려는 노력이 그것인데, 여기에는 보는 주체의 최소화가 전제되어야 함은 물론이다.

주체의 최소화란 주체(인간)와 타자(자연)라는 위계적인 관점이나 대상에 대한 지배의지에서 벗어나려는 행위로 나타난다. 대상에 대해 충실히 묘사는 하지만 여기에 자신의 의지나 해석, 판단과 평가를 배제시키고자 한다.[9] 오규원이 세계를 관념화하고 이론화하기보다 명시화하고 현상화하기 위해 환유적 수사법을 활용한다는 것[10]은 이런 맥락에서 볼 때, 사물에 대한 지배욕망으로부터 벗어나려는 노력인 셈이다.

> 그때 나는 강변의 간이주점 근처에 있었다
> 해가 지고 있었다

---

7 정끝별, 「에이런의 글쓰기」, 『오규원 깊이 읽기』, 이광호 엮음, 문학과지성사, 1993, 249쪽.
8 김정락, 『미술의 불복종』, 서해문집, 2009, 237쪽. 여기서 필자는 자연과학의 발달로 인해 신의 의지와 질서로 여겼던 자연을 관찰의 대상으로 바꾸었고, 사실적 묘사를 중심으로 나타났던 풍경화 역시 인간의 이성 앞에서의 대상, 즉 타자의 처지에서 벗어날 수 없었다. 환경으로서의 자연, 이용 가능한 타자로서의 자연이었음을 지적하고 있다.
9 Jonathan Crary, 「시각의 근대화」, 『시각과 시각성』, 앞의 책, 68쪽.
10 오규원, 「무릉, 수사적 인간, 날 이미지」, 『한 잎의 여자』, 문학과지성사, 1998, 195쪽.

주점 근처에는 사람들이 서서 각각 있었다

한 사내의 머리로 해가 지고 있었다

두 손으로 가방을 움켜쥔 여학생이 지는 해를 보고 있었다

젊은 남녀 한 쌍이 지는 해를 손을 잡고 보고 있었다

주점 뒷문으로도 지는 해가 보였다

한 사내가 지는 해를 보다가 무엇이라고 중얼거렸다

가방을 고쳐쥐며 여학생이 몸을 한 번 비틀었다

젊은 남녀가 잠깐 서로 쳐다보며 아득하게 웃었다

나는 옷 밖으로 쑥 나와 있는 내 목덜미를 만졌다

한 사내가 좌측에서 주춤주춤 시야 밖으로 나갔다

해가 지고 있었다.

― 「지는 해」(『길, 골목, 호텔 그리고 강물소리』) 전문

  강변의 해 질 녘 풍경이다. 그러나 이 시 어디에도 지는 해에 대한 언급이 없다. 하늘을 가득 채운 붉은 노을, 울긋불긋 강물 위에 수놓은 물결들은 없다. 해 질 녘의 풍광은 시의 숨어 있는 배경으로 존재한다. 다만 '사내', '여학생', '젊은 남녀'가 바라보는 방향에 그 풍광이 펼쳐져 있다고 짐작할 뿐이다. 중요한 것은 지는 해를 바라보는 "가방을 움켜 쥔 여학생", 손을 잡고 있는 "젊은 남녀", 무어라 중얼대는 '사내' 역시 풍경의 일부를 이룬다는 사실이다. 각각의 인물들은 지는 해를 보고 있을 뿐이다. 이들을 한꺼번에 바라보는 '나' 역시 그들 중 하나에 불과하다.

  지는 해와 그것을 바라보는 사람들이 어울려 있는 모습이 사실적 현상으로 드러나 있다. 여기에는 저녁노을이 곱다, 아름답다, 황홀하다 등 어떤 해석이나 느낌도 없다. 풍경 자체가 특정한 의미를 지니는 것은 아니라, 풍경의 구성물인 대상과 사람들이 어울려 사실을 이루는 관계에

초점이 맞춰져 있는 것이다. 그 관계는 8행부터 드러난다. 지는 해를 바라보고 중얼거렸다, 가방을 "고쳐쥐며" 몸을 비틀었다, "서로 쳐다보며" 웃었다 등에서 보듯, 지는 해를 바라보고 있는 사람들의 반응이 그것이다. 이런 진행형의 묘사는 지는 해를 바라보고 감응하는 구체적 반응들이다.

사물을 언어로 재현한다는 것은 더 이상 실재하지 않는 한 순간을 현재화시키는 행위다. 시간의 흐름에서 벗어나 시인의 눈에 의해 포착된 한 순간을 현재화한 것이란 점에서다. 이렇듯 언어로 고정된 풍경은 시간을 다스린다. 시간의 흐름 속에서 벗어나 지금, 여기의 현재로 존재한다.[11] 따라서 이미지를 중심으로 재현된 자연이 불분명한 감각경험으로 다가올 수밖에 없지만[12], 이의 극복은 사실성의 극대화를 통해 이루어진다. 완성된 형태로 제시된 그림과 달리 「지는 해」는 시행의 전개에 따라 사물들이 드러나면서 지금, 현재의 풍경을 만든다. 전체의 풍경을 보기까지 독자는 구체화한 사물의 움직임에 집중할 수밖에 없다. 사람들조차 현재진행형인 풍경의 일부가 되는 것이다.

이렇듯 '보는 주체' 의 최소화란 사실이나 사물에 어떤 특정한 해석을 가하지 않으려는 태도와 연관된다. 사실들이 어울려 말하는 세계[13]를 재현하고 있을 뿐이다. 이런 태도는 "허공으로 함부로 솟은 산을/하늘이 뒤에서 받치고 있다/하늘이 받치고 있어도/산은 이리저리 기운다 산 밑에서/작은 몸을 바로 세우고/집들이 서 있다"(「안과 밖」)고 하듯, 사물들이 자체의 의지를 드러내는 데서도 잘 나타난다. 주체는 세계 밖에서

---

11 Susan Sontag, 이재원 옮김, 『사진에 관하여』, 이후, 2009, 134쪽.
12 이남호, 「날이미지의 의미와 무의미」, 『세계의문학』, 1995, 가을호, 149~150쪽.
13 오규원, 『가슴이 붉은 딱새』, 문학동네, 1996, 135쪽.

사물에 대한 판단과 해석을 유보한 채, 사물들 스스로 존재를 드러내게 하는 것이다.

다음의 시, 「우주 2」에서도 시인의 언어는 주관적 정서의 틈입을 최소화하면서 객관적 사실 묘사에 충실하고 있다. 객관적 사실이 열거되면서 사물들 자체가 의미를 만들어가는데, 이는 사물이나 사실에 대한 자동적 인식을 지연시키면서 시적 긴장을 만들어간다. 풍경이 단순히 사실의 재현만이 아니라 '감춰진 진실이나 본질'를 내포하고 있다는 믿음 때문이다.

> 뜰 앞의 잣나무가 밝은 쪽에서 어두운 쪽으로 비에 젖는다
> 서쪽 강변의 아카시아가 강에서 채전 방향으로 비에 젖는다
> 아카시아 뒤의 은사시나무는 앞은 아카시아가 가져가 없어지고 옆구리로 비에 젖는다
> 뜰 밖 언덕에 한 그루 남은 달맞이가 꽃에서 잎으로 비에 젖는다
> 젖을 일이 없는 강의 물소리가 비의 줄기와 줄기 사이에 가득 찬다
>
> ― 「우주 2」(『길, 골목, 호텔 그리고 강물소리』) 전문

사실적 묘사로 형상화한 비 오는 날의 풍경이다. 여기서도 각각의 사물들은 풍경을 구성하는 하나의 요소에 지나지 않는다. 인간 역시 마찬가지다. 중요하지 않기에 사람은 없고 사물들이 하나의 풍경을 이룬다. 시적 주체는 그가 바라보는 사물들과 일정한 거리를 두고 비 오는 모습을 보고 있다. 그의 시선은 가까운 데서 멀리 나아간다. 뜰 앞의 잣나무에서 서쪽 강변의 아카시아, 아카시아 나무 뒤의 은사시나무 그리고 다시 뜰 밖의 달맞이꽃으로 옮겨 간다. 사물의 모습이 주체의 시선이동에 따라 구체화한다. 중요한 것은 이런 전개가 비를 맞는 순서가 아니라 눈

에 포착된 순서일 뿐 동시적 현상이란 사실이다.

따라서 독자의 시선은 시인에 의해 의도된 순서에 따를 수밖에 없다. 이를 따라가다 보면, 이 시의 정중동의 느린 움직임 속에 덧대거나 뺄 말이 없음을 발견하게 된다. 문제는 이런 축적으로 재현된 풍경이 과연 어떤 의미를 지니느냐는 것이다. 마지막 시행까지 유지된 주체와 사물들 사이의 거리에서 이런 문제가 발생하는데, 이는 시적 긴장감의 이완으로 이어진다. 주체와 사물이 연루된 바도 없고, 풍경 자체가 독자에게 특별한 경험으로 다가오지 않기 때문이다. 이를 극복하기 위해 주체는 "가져가 없어지고", "젖을 일이 없는 강의 물소리"란 표현에서 보듯, 주관적인 판단을 개입시키고 있다. 이는 객관적 묘사를 통해 구현하고자 한, 의미화되기 이전의 풍경에 생겨나는 균열이다.

2-2. 풍경과 장소

왜 이런 균열이 생겨나는 것인가? 이것은 풍경 자체의 성격에서 온다. 풍경은 바라봄의 대상이다. 풍경이 언어로 재현될 때, 비록 현재진행형의 상황으로 그려낸다 하더라도 현실의 표상, 본질 아닌 가상에 가깝다. 따라서 풍경은 '이것'이 아니라 '저것'이 된다. 삶과 무관하게 펼쳐진 대상이 될 뿐이다. 풍경이 대상화함으로써 소외를 낳는, 즉 실재와 무관한 현상의 재현에 그친다. 이렇듯 단순한 재현에 생명력을 불어넣는 것은 재현 이면에 감춰진 진실이 있다는 믿음이다. 진실이 감춰져 있다는 믿음은 곧, 눈에 비친 풍경에 동참해서 그 의미를 이끌어낸다는 것과 더불어 선택된 구성적 요소들 사이의 공통점의 발견으로 이어진다. 이때, 재현의 주체는 이미 사물들이 구현하는 세계와 같은 공간에 존재하면서 서로 연결되어 있다. 풍경 속에 풍경과 이를 재현하는 주체 사이의 감각적 교류가 전제되어 있는 것이다.[14] 교류를 통한 발견이 주는 효과는 보여주는 자(시인)와 보는 자(독자) 사이의 인식의 공유 속에 극대화된다. 그러나 이런 믿음이 약해질 경우, 주체가 개입할 수밖에 없다. 자신이 드러낸 세계에 개입하는 것이다. 주체가 개입함으로써 풍경을 보다 의미 있는 공간, 질서화한 현실로 만든다.

재현과 현실 사이의 긴장은 대상과 의식 사이의 긴장이다. 비록 언어로 재현되었지만, 살아 있는 현실로 있으려는 풍경은 상투성으로부터 벗어나고자 한다. 주체의 욕망 또한 마찬가지다. 풍경에 대한 관습적인 해석을 경계하면서 의미 있는 현실로 구성하려는 욕망이 개입되는 것이다. 따라서 앞의 시 「우주 2」에서 보듯, 가려져 있는 상황은 "가져가 없어지고", 강물은 "젖을 일이 없는" 강물이 된다. 일종의 낯설게 하기로서 새로운 지각을 불러일으키게 된다. 각각의 사물을 살아 있는 존재로 현실화하려는 욕망이 주체와 대상 사이에 연결고리를 만들고 있는 셈이다. 연결고리란 사물과 주체 사이의 관계맺기이다. 단순히 시각에 의해 재현된 원거리의 풍경이 근거리의 장면으로 구체화하는 것은 이런 이유에서다.

> 한 소년이 나무를 끌어안고
> 앞을 보고 있다 햇빛이

---

14 조광제, 『몸의 세계, 세계의 몸』, 이학사, 2007, 364~372쪽. 여기서 필자는 메를로 퐁티의 '일반화된 실존' 개념을 통해 주체와 대상 사이의 관계를 설명하고 있다. 메를로 퐁티에 의하면 보고 듣고 만지고 하는 지각경험들은 이미 이루어지고 있는 것들이다. 나(주체)의 지각이란 그것이 나 아닌 타자의 장들, 즉 자연의 장들과 함께 뒤섞여 있다. 자연적 대상들은 감각적인 지각대상으로만 주어지는 것이 아니라, 그것을 뛰어넘어 개인의 삶으로 뛰어든다. 이렇듯 자연의 장과 뒤섞여 통합된 나의 모습을 나를 넘어선다는 의미로 '일반화된 실존'이라고 한다. 따라서 지각은 세계 속에 일어나는 하나의 사건이고 이런 상황에서 벗어나 있는 순수 관찰자란 없다. 주체와 객체라는 이분법적 체계를 넘어선다.

벽처럼 앞을 가리고 있다

앞이 파도치는지 나무가 파도치는지

두 팔로 나무를 가슴에 바짝 끌어안고

눈을 찡그리고 한 소년이 나무 뒤로

한쪽 귀를 따로 숨기고 있다

나무는 앞을 보지 않고 처음부터

위를 본다 그곳은 사람이

살지 않는 하늘이다

그림자들은 아예 하늘을 보고 눕는다

돌들은 그래도 어깨를 바람 속에 내놓고

구를 시간을 익힌다

한 소년이 그러나 나무를 끌어안고

앞을 보고 있다 앞을 바라보는

두 눈의 동자는 칠흑이다

- 「소년과 나무」(『길, 골목, 호텔 그리고 강물소리』) 전문

　이 시에는 중심이 되는 대상이 뚜렷하게 나타난다. 또한 주체의 시선이 원거리가 아닌 근거리로 이동했음을 알 수 있다. 이럴 때, 중심이 되는 대상이 위치한 장소는 풍경의 한 지점이거나 관심이 집중되는 공간이다. 사물과 구체적 관계를 맺는 다각적인 감각적 체험이 요구되는 장소이다.[15] 여기서 하나의 사물이나 현상이 주의를 끄는 것은 관찰자의 의도나 욕구와 맞물리기 때문인데[16] 이때 특정한 사물과의 관계맺기를 통해 공

---

15 Yi-Fu Tuan, 구동회, 심승희 옮김, 『공간과 장소』, 대윤, 1999, 94쪽.
16 Rudolf Arnheim, 김정오 옮김, 『시각적 사고』, 이화여대출판부, 2006, 152쪽.

간 개념의 변화가 일어난다. 이는 선택과 배제, 관찰과 집중의 결과라 할 것이다. 풍경이 근거리의 장소와 함께 의미를 지니기 위해서는 바라보기에서 들여다보기, 들여다보기에서 만지고 냄새 맡기로 감각의 구체화가 요구된다. 장소란 주체의 관심과 욕구가 집중된 공간이기 때문이다.

근거리에 있는 사물과의 거리감각은 이 시에서 보듯 나무를 끌어안고 있는 소년과의 심리적 거리와 일치한다. 배경은 사라지고 시인의 시선은 나무를 끌어안고 있는 소년에게 머물러 있다. 이런 머무름은 다양한 현상의 흐름을 정지시키고 하나의 시선을 만든다. 비록 구체적 움직임을 포착하고, 현재진행형의 묘사로 현재성을 강화시키고 있지만, 주관이 개입할 여지를 마련한다. 시선이 특정한 사물이나 장면에 고정되면서 심리적 거리가 가까워졌고 여기에 서정이 개입하는 것이다.

위의 시에서 보듯 소년은 나무를 끌어안고 있으며, 눈을 찡그리고, 앞을 바라보고 있다. 그 주위로 햇빛, 바람, 돌이 드러난다. 시각이 좁혀짐에 따라 시선 또한 고정된 채 소년의 모습을 집요하게 탐색한다. 그러나 이런 탐색에 시인의 관심과 달리 독자에겐 어떤 연결고리도 마련되어있지 않다. 시인이 그려낸 풍경과 독자 사이의 결속이라곤 없는 것이다. 이 연결고리를 만드는 것이 풍경에 대한 시인의 개입이다. 나무는 처음부터 위를 보는 존재이며, 하늘은 사람이 살지 않는 곳이란 전언이다. 시인은 앞만 바라보는 소년(인간)과 위를 바라보는 나무(사물) 사이의 차이를 보여주고 싶은 것이다. 이 차이는 소년의 "동자는 칠흑"이라고 하듯 어둡고 쓸쓸한 정조를 띠고 나타난다.

밤새 눈이 온 뒤 어제는 지워지고 쌓인 흰 눈만 남은 날입니다
쌓인 눈을 위에 얹고 물물物物이 허공의 깊이를
물물의 높이로 바꾸고

나뭇가지에서는 쌓인 눈이 눈으로 아직까지 그곳에 있는 날입니다

뒤뜰에 붙은 언덕의 덤불 밑에는 오목눈이와 멧새와 지빠귀와

그리고 콩새가 서로 다른 방향으로 먹이를 찾고

새들이 먹이를 삼킬 때마다

덤불 밖의 하늘이 꼬리 쪽으로 자주 기우는 날입니다

직박구리 한 쌍이 마른 칡덩굴을 감고 있는 산수유에 앉아

노란 꽃이 진 자리에 생긴 붉은 열매를 챙기고

열매가 사라진 자리에는 허공이 다시 그 자리를 메우고 있는 날입
니다

그러나 콩새 한 마리가 급히 솟구치더니

하늘에 엉기고 있는 덩굴을 빠져나와 동쪽으로 가서는

몸을 그곳의 하늘에다 깨끗이 지우는 날입니다

― 「물물과 높이」(『토마토는 붉다 아니 달콤하다』) 전문

눈 온 뒤의 풍경이다. 하얗게 눈 덮인 산야가 펼쳐 있고, 그 속에서 각각의 새들이 생명활동을 한다. 언뜻 앞서 제시한 시편들과 크게 다를 바 없지만, 이 시는 앞의 시와 그 특징을 달리한다. 첫째는 사물에 대한 보다 세심한 관찰의 흔적이 보인다는 것이요, 둘째는 서정의 환기에서 나아가 사물에 대한 해석적 인식을 드러낸다는 점이다. 우선, 다수의 사물로 이루어진 풍경은 동적 이미지를 통해 구체화된다. 오목눈이와 멧새와 지빠귀, 콩새와 직박구리 등 여러 종류의 새가 같은 장소에서 움직인다. 이 새들은 같은 덤불 아래서는 "서로 다른 방향"에서, 한 쌍의 직박구리는 "산수유에 앉아" 각각 먹이를 찾고 있다. 한 풍경 안에 속해 있되 서로 다른 주체로서의 활동인 셈이다.

이는 사물에 대한 태도의 문제와 연결되는데, 세세한 관찰은 대상과의 친밀감으로 이어진다. 시각을 매개로 한 거리감각은 심리적 거리와 병행하는데,[17] 바로 앞의 사물에 대한 주의와 관심이 특별한 의미를 지닌다. 여기서 공간적 구분과 가치들이 발생한다. 이 시에서는 원거리의 풍경을 재현한 시편들보다 해석적 전언이 보다 많이 눈에 띈다. "쌓인 눈을 위에 얹고 물물物物이 허공의 깊이를/물물의 높이로 바꾸고", "허공이 그 자리를 메우고 있는", "몸을 그곳에다 깨끗이 지우는 날"이란 표현이 그것이다. 물물이 바꾸는 허공의 깊이와 물물의 높이는 드러냄과 감춤의 변증법을 보여준다. 오규원의 시에서 보이는 허공이란 생명의 시작과 끝을 관장하는 하나의 원리[18]인바, 만물은 허공의 움직임 속에 빚어진 형체이며 그 사라짐은 보이지 않는 움직임 속에 돌아가는 것이다. 움직임이 '깊이'에서 이루어지는 것이라면, '높이'란 눈 덮인 산야에 펼쳐진 사물의 현전現前이니 사물들의 움직임은 그 구체적 표현일 터이다.[19] 더욱이 구체적 활동의 주체는 눈에 보이는 각각의 대상들이다. 즉 물물이 "바꾸고", 허공이 "메우고", 새가 "지우고" 있다. 시인은 그 행위에 의미를 부여하고 있는 것이다.

같은 풍경이되 그 공간이 축소되면서 사물들이 하나의 주체로서 활동하지만, 여기에 시인의 개입이 증대하는 특징이 드러난 셈이다. 특히 "쌓인 눈을 위에 얹고 물물物物이 허공의 깊이를/물물의 높이로 바꾸고"란 구절은 시적 주체와, 행위의 주체인 물물 사이의 관계를 잘 보여주고 있다. 실존 공간 안에서의 구성요소들 사이의 관계다. 이는 장소가 구체화하면서 드러나는 특징으로 '뜰'과 '집', '벽'과 '문', '나뭇가지'와

17 Rudolf Arnheim, 위의 책, 42쪽.
18 신덕룡, 「우주의 숨결과 함께하기」, 『생명시학의 전제』, 소명출판, 2002, 203쪽.
19 최현식, 「시선의 조응과 깊이 그리고 '몸'의 개방」, 『오규원 깊이 읽기』, 앞의 책, 343쪽.

'길' 등의 사물을 통해 동일성의 감각을 드러내거나 지향성을 일으키는 자리로서 중심의 이미지를 만들어간다. 이때 '길'은 과거와 현재, 미래로 이어지는 시간성, 영역은 자연스럽게 실존공간을 통합하는 역할을 하게 된다.

3. 장소의 상상력과 의미화

오규원의 시에 있어 풍경은 시간적 계기를 통해 나타나지 않는다. 시선의 원근에 따라 사물의 크기와 움직임 등의 특성이 나타난다. 원거리의 풍경이 정중동의 느린 움직임으로 드러난다면 구체적 공간으로서의 장소에서는 미세한 움직임까지 포착된다. 근거리의 장면이 보다 세심한 관찰을 요구하기에 주체와 대상 사이에 관계가 형성된 것이다. 즉 풍경이나 장면을 이루는 요소와 가치들이 실존공간에서 특정한 관계로 맺어지고, 경험들이 보다 친숙하게 다가와 감각체험 속에 구성되었음을 의미한다. 우리가 보고, 만지고, 듣고, 냄새 맡는 모든 것들이 주체로서의 나와 장소를 연결시키는 중요한 매개가 되기 때문이다. 달리 말하면, 인간은 장소의 의미를 개별화하는 능력, 즉 상징화하는 힘을 빌어 실존적 의미들의 구성요소를 만든다.[20] 따라서 현실의 여러 단계들이 상호작용하는, 겪었거나 겪었음직한 삶의 요소들을 작품 속에 구체화한다. 아래의 시가 이런 특징을 잘 보여주고 있다.

돌밭에서도 나무들은 구불거리며 하늘로

---

20 Otto. F. Bollnow, 백승균 역, 『삶의 철학』, 경음사, 1979, 235쪽.

가는 길을 가지 위에 얹어두었다

어떤 가지도 그러나 물의 길이

끊어진 곳에서 멈춘다

나무들이 멈춘 그곳에서 집을 짓고

새들이 날아올랐다 그때마다

하늘은 새의 배경이 되었다 어떤 새는

보이지 않는 곳까지 날아올랐지만

거기서부터 새가 없는

하늘이 시작되었다

— 「물과 길 2」(『길, 골목, 호텔 그리고 강물소리』) 전문

이 시는 돌밭의 나무들, 나뭇가지, 새집과 새 그리고 하늘로 이루어졌다. 이런 구성 요소들이 함께 어울려 풍경을 이루는데, 이 풍경의 중심점은 '가지 끝'이다. 가지 끝은 어떤 곳인가. 시의 어법에 따르면, 가지는 "하늘로 가는 길"이며, 물의 길이 "멈춘 곳"이며, 새가 "집을 짓"는 곳이며 또한 새가 날아오르는 곳이다. 가지가 없다면 하늘도 물의 길도 집도 새도 없는 셈이 된다. 모든 존재, 물물이 제거된 텅 빈 공간이 된다. 따라서 나뭇가지는 사물의 자리바꿈이 시작되는 곳인데, 이를 발견함으로써 사물에 대한 관습적 인식에서 벗어난다. 나뭇가지를 중심으로 맺어진 사물들이 서로 분리된 개체가 아니라는 인식의 획득이다. 이는 사물들 사이의 관계뿐만 아니라 서로의 관계가치를 확인하는 방향으로 나아간다.

서로가 서로에게 맞물려 있다는 인식은 사물들 사이의 다양한 관계가치를 만들어낸다. 이런 인식은 '길'의 이미지로 구체화되는데, 길은 늘 사물의 한쪽에 치우쳐 있다. 이른바 막혀 있거나 끊겨 있는 곳이다.

여기서 시인은 존재와 부재의 경계조차 뛰어넘으려는 욕망을 드러낸다. '길'이 상징화, 추상화되는 것이다.

①
벽은 방을 숨기고 길을

밖으로 가게 한다 집과

집 사이에서 길과 함께 집을

짓지 않은 나무들이 서서

몸을 부풀린다

부푼 나무의 몸들이

매일 가지와 잎들을 들고

집을 지운다

  – 「안과 밖」(『길, 골목, 호텔 그리고 강물소리』) 끝연

②
서 있는 길 뒤에서

흔한 꽃 몇몇이

피다가 멈추고 피다가 멈추며

꽃 질 자리를

감추고 있습니다

감추고 있는 그곳까지

감추어질 길이 있습니다

  – 「지붕과 창」(『길, 골목, 호텔 그리고 강물소리』) 4연

작고 구체적인 사물을 통해 관계가치를 드러내는 일은 주체의 개입

정도와 맞물려 있다. 사물이나 현상에 대한 해석적 판단이 그것인데, 이것은 주체가 사물 속에 들어가 사물의 의지를 읽어내는 일에서부터 시작된다. 사물에 대한 해석적 판단이 사물의 현상에 관계하는 방식이다. ①의 시에서 보듯 풍경은 집을 중심으로 축소되어 있다. 장소를 구성하는 것들은 집을 이루는 벽과 집들 사이에 있는 나무들로 한정된다. 그 속에 주체가 개입한다. 우선, 벽은 안과 바깥을 분리하는 사물이지만 이 시에서 안과 밖은 분리되지 않는다. 벽이 길을 "밖으로 가게 하고", 집과 집 사이의 나무들 역시 "몸을 부풀"려 이쪽과 저쪽, '이 집'과 '저 집' 사이의 경계를 없애고 있다.

②의 시에서는 현상과 인식 사이의 관계가 더 치밀하게 나타난다. 흔한 꽃 몇몇의 "꽃 질 자리"에서 시작된다. 꽃이 피다가 멈추고 피다가 멈추는 자리는 다른 장소가 아니다. 꽃 질 자리는 이듬해 다시 꽃 필 자리가 되는 것이니, 꽃이 핀다는 것은 이미 진다는 것을 전제하는 것이다. 생명의 순환체계 속에 안과 밖, 처음과 끝이 동시적으로 존재하는 자리인 셈이다.

이렇듯 장소의 성격이 강화되면서, 장소를 구성하는 사물들은 풍경의 구성요소에서 나아가 능동적 주체가 된다. 이를테면, 벽이 "길을 밖으로 가게" 하고, 나무들이 "몸을 부풀리고", 잎들이 "집을 지우"고, 꽃들이 "꽃 질 자리를/감추고" 있다. 시인의 해석적 판단이 개입하여 행위의 주체를 사물에게 돌려주는 것이니, 전체론적 세계인식을 바탕으로 사물을 대하는 자세가 드러난다. 여기 참여함으로써 장소는 안과 밖의 경계이면서 다른 세계로 향하는 통로의 역할을 하게 되는 것이다.

> 7월 31일이 가고 다음날인
> 7월 32일이 왔다

7월 32일이 와서는 가지 않고

족두리꽃이 피고

그 다음날인 33일이 오고

와서는 가지 않고

두릅나무에 꽃이 피고

34일, 35일이 이어서 왔지만

사람의 집에는

머물 곳이 없었다

나는 7월 32일을 자귀나무 속에 묻었다

그 다음과 다음날을 등나무 밑에

배롱나무 꽃 속에

남천에

쪽박새 울음 속에 묻었다

ㅡ「물물과 나」(「토마토는 붉다 아니 달콤하다」) 전문

이 시는 장소를 중심으로 전개되는 시간의 정체성을 보여준다. 많은
시편들이 장소를 구체화하면서 사물-주체의 모습을 드러냈다. 특정 장
소를 중심으로 사물과 사물 사이의 관계를 보여주었는데, 여기서는 보
다 확장된 형태로 나타난다. 즉 사물들과 더불어 특정한 장소에서 살아
가는 생물학적 존재로서의 경험이다. 생물학적 존재로서의 시간 경험은
곧 순환경험이다.[21] 이 시에서 보듯 물물들 사이의 관계를 물물과 나의
관계로 확대하고 동시에 똑같은 시간 속에 참여한다. 이런 관계의 확대
와 참여는 "7월 32일이 왔다"는 전복적인 전언에서 시작된다. 주지하다

21 Yi-Fu Tuan, 앞의 책, 194쪽.

시피 인간에게 7월 32일은커녕 33일, 34일, 35일이란 더더욱 없다. 없는 게 아니라 인간의 의식 속에 존재하지 않는다. 인간에겐 일정하게 흐르는 시간을 분절시켜, 자신의 삶에 편리하게 적용한 시간만이 전부다. 그러나 사물들에게 이런 분절된 시간은 아무런 의미가 없다. 보다 큰 우주적 흐름 속에 생의 리듬을 일치시킬 뿐이다. 생의 리듬으로서의 시간이 "사람의 집에 머물 곳이 없었다"는 건 당연하다.

그렇다면 봄날의 뜰은 물물과 인간, 인간과 물물이 공존하는 장소다. 따라서 "7월 32일이 와서는 가지 않고"란 있을 수도 없다. 다만 그날 "족두리 꽃이 피었다"는 변화가 있을 뿐이다. 이런 사실에 대한 확인은 긍정과 부정의 양가적인 태도로 나타난다. 부정이란 "사람의 집에는/머물 곳이 없었다"고 하듯 인간 중심의 분절화된 시간에 대한 거부다. 자연의 흐름이 인간 중심의 시간 속에 포획될 수도, 되지도 않는다는 사실에 대한 확인인 것이다. 뜰이란 장소는 삶의 모든 현실을 구체화하는 공간이기 때문이다. 아울러 시간이 구체화하는 곳이며 동시에 변화 속에 있는 곳이다. 자연의 리듬이 구체화되는 장소란 점에서 시간은 장소에 귀속되어 있다. 꽃이 피고 지는 변화를 통해 자신을 드러내는 장소인 것이다. 여기서 시간은 축적이나 계량이 아닌 연속적 흐름이라는 자기 정체성을 드러낸다. 따라서 이 흐름에의 참여는 "7월 32일"을 비롯한 "그다음과 다음날"을 나무와 꽃과 새 울음 속에 묻는 행위가 된다. 시간을 사물의 리듬에 되돌려 줌으로써 비로소 그들과 하나가 되며, 흐름의 일부로 존재하는 것이다.

이런 흐름에의 참여는 시적 주체의 실존적 상황의 변화를 의미한다. 풍경을 구성하는 사물들이나 그 관계들이 포착되고 또 능동적 존재임을 인식하는 순간 사물들은 이미 감각적 대상의 위치에서 벗어나 주체의 삶 속으로 들어온다. 이 삶은 곧 사물과 사물 사이의 관계뿐만 아니라 사물들과 주체 사이의 관계가치를 지니는 실존적 상황이다.[22] 따라서 뜰은 더 이상 풍경을 구성하는 장소가 아니라 공존의 장이 된다. 주체와 타자(사물)가 공존하는 공간이며, 주체는 타자와의 얽힘을 통해 존재의 미를 획득한다. 여기에 하나의 전제가 있다. 타자적 주체가 되어야만 우주의 리듬에 참여할 수 있다는 것이다. 이것은 사물의 하나로 자신을 환원시키는 일이다. 물물의 하나가 되고, 물물 사이의 존재적 가치가 수평적 차원에서 이루어지는 일이니 자아의 발견과 확대가 필수적인 조건이다. 자아의 확대는 주체의 강화가 아니라 변화를 의미한다. "지나가던 새 한 마리가/집에 눌려 손톱만 하게 된 나를/빤히 쳐다보다 갑니다"(「그림과 나 2」, 『새와 나무와 새똥 그리고 돌멩이』)"라는 표현이 설득력을 얻는 것은 이런 이유에서다. 나 자신이 "손톱만 하게" 되었다는 인식이 그것이다. 이 모든 변화가 원거리의 조망이 아닌 근거리의 관찰과 발견에서 비롯하고 있음은 두말할 나위가 없다.

4. 맺음말

오규원의 시가 '날이미지'를 매개로 사물의 재현에 초점을 두었고 그 결과는 풍경으로 나타났음을 볼 수 있었다. 풍경이 언어로 재현되었다는 점에서, 그것은 정교하게 재구성된 언어적 배치의 결과라는 것도 언급한 바 있다. 배치의 문제는 시인의 시선이 원거리에 미치느냐 근거리에 미치느냐에 따라 시의 성격과 내용에 많은 변화를 일으키고 있다.

우선 시인의 시선이 원거리를 향할 때, 시의 풍경은 느리게 제시되고

---

22 조광제, 앞의 책, 370쪽.

선택과 배제의 원리가 흐릿하게 드러난다는 점이다. 바라보는 대상을 언어로 재현한다는 것 자체가 질서화에의 욕망이지만, 여기서는 대상을 병치시키는 것으로 그 욕망을 대상 속에 숨긴다. 따라서 풍경은 언어적 질서 속에 재구성되며 동시에 시적 주체는 풍경 밖에 존재한다. 문제는 시인의 시선이 근거리로 이동할 때 나타난다.

근거리로의 이동은 거리감각의 변화를 의미하는데, 이때 심리적 거리 역시 같은 원리로 작동한다. 좁은 공간으로 시선이 집중되면서 특정한 의미를 지닌 대상을 중심으로 풍경이 재구성된다. 여기서 사물들의 활동은 구체적 양상을 띠고, 주체와 사물들 사이의 교류가 시작된다. 이는 주체의 개입으로 나타나는 바, "하늘로 가던 나무의 길이/하나 사라지고 그와 함께 지상에서/그 길이 거기 있었다는/사실도 사라졌다"(「물과 길 1」)고 하듯 의미를 부여하거나, "먼저 몸을 둔 것들은/이미 자신을 닮는다"(「잡풀과 함께」)고 하듯 주체가 대상 속에 어울려 일정한 해석적 판단을 드러내게 된다.

이런 변화는 '높이'와 '깊이'의 변증법적 작용의 결과라 할 수 있다. 즉 보여짐으로 그 존재의 의미가 다 구현되었다고 볼 수 없다는 것이다. 따라서 높이 아닌 깊이 속에 교류가 시작된다. 이때 시인과 사물들 사이의 관계는 위계가 아닌 수평적 관계로 맺어진다. 여기서 아이러니가 발생한다. 근거리에서 사물을 관찰하고 이를 재현할 때 주체의 개입이 증대하는데 반해, 인식주체로서의 시인 자신은 점점 변화·축소되고 있다는 사실이다. 이는 인간 역시 우주를 구성하는 존재의 하나라는 일종의 자기확대이다. 시선이 한 장소의 풍경에 집중되면서 '높이'(보여짐)가 아닌 '깊이'(보여지게 하는 것)에로 기울어졌음을 말해준다.

이러한 사실은 오규원의 시가 근대적 주체의 시각에 대한 비판적 자각과 문명비판적 요소를 함축하고 있음을 말해주기도 한다. 인간-주체의 자리에서 대상을 조망하고 분석, 판단하려는 의식이 아니라 주체를 최소화하면서 대상 자체를 드러내고 있기 때문이다. 이런 태도 속에 인간-주체는 나와 세계 사이의 대결이 아닌 조화의 관점, 즉 우주적 리듬이라는 공동의 장에 위치하게 된다. 인간 역시 세계의 구성요소 중 하나가 되고, 함께 참여하고 드디어는 사물의 눈으로 사물을 보는 쪽으로 나아가고 있다는 점에서다. 이럴 때, 시인의 언어는 말과 사물의 제도화된 관계를 떠나 사물들을 해방시켜 그 구체성과 사실성으로 스스로의 본질을 드러낼 수 있다는 것이다.

김영석 시의 주도적 이미지

1. 들어가며

김영석 시인에 대한 관심은 두 가지로 나타난다. 하나는 과작의 시인이라는 데서 오는 호기심이다. 그는 1970년 〈동아일보〉 신춘문예에 「방화」란 작품으로 데뷔했고, 1992년에 첫 시집 『썩지 않는 슬픔』을 상재했다. 더욱이 이 시집 이후, 두 번째 시집인 『나는 거기 없었다』를 7년 만에 내놓았다. 이런 시적 이력이 실제로 그를 과작의 시인으로 알려지게 했다. 또 하나는 세 번째 시집인 『모든 돌은 한때 새였다』(2003)의 상재 이후, 불교와 연관한 선적 세계에 대한 집중된 관심이다. 대부분의 연구자들이 불교와 선적 세계를 밝히고 있지만, 정작 첫 시집에 나타난 비관적 현실인식과 세 번째 시집 이후 지속적으로 나타난 선적 세계에 대한 관심 사이의 격절을 메우지 못하고 있는 게 사실이다.

그의 시에 대한 연구 역시 두 부분으로 나뉘어져 있다. 초기시의 경우, 해설과 서평의 수준에서 논점이 현실인식에 맞춰져 있음을 보게 된다. 최동호의 경우, 진실을 억압하는 현실과 갇힌 세계에서 탈출하고자 하는 의지를 밝혀낸다.[1] 이 의지가 '금욕적 절제'를 통해 구체화되어 있다는 것이다. 남진우 역시 같은 맥락에서 감옥(돌)에서 별(종)에 이르는 시적 지형도를 살피고, 그의 시세계가 "작아짐-간힘, 내려감-묻힘의 상상력에 의해 축조"[2]되었음을 밝혀낸다. 특히 시 속에 등장하는 광물 이미지에서 시적 견고함을 강조하고 있다.

그러나 세 번째 시집 이후, 그의 시에 대한 연구는 불교적 바탕과 선적 세계의 형상화에 집중된다. 김교식의 경우, 불교적 상상력에 바탕을 두고 '비움'과 '바람'의 이미지를 천착해간다. 즉 무색무취, '비움'의 '바람'에서 끝없이 살아 움직이는 재생과 새 삶에 대한 끊임없는 갈망[3]을 읽어낸다. 이런 관심의 연장선상에서 김홍진은 존재라는 경계와 한계성을 넘어 더욱 큰 자연의 섭리에 조우한 시인이[4] 순환하고 변전하는 자연의 흐름 속에서 존재의 본성을 형상화하고 있음을 밝히고 있다.

이와 같은 두 갈래의 연구는 서로 유리된 채, 접합점을 찾지 못하고 있다. 달리 말하면 초기시에서 보이는 갇혀 있는 길의 이미지가 어떤 경로를 통해 자유로운 바람의 이미지로 변화해 갔는지에 대한 의문을 밝히지 않고 있다는 것이다. 그 이유는 가까운 데서 찾아진다. 최동호가 초기시에서 물의 이미지를 통해 정신주의 지향의 요소를 밝혀낸 것과 달리, 기존의 연구자들이 시인의 세계관을 바탕으로 시에 접근하고 있었던 데서 기인한다.[5] 즉 시인이 존재와 사물과 언어의 배후를 보는 인식의 변화에 초점을 맞춰 시세계를 이해하고자 했기 때문이다. 이는 감각(이미지) 이전에 이성(의식)의 작용을 더 관심을 둔 결과라 하겠다. 따

1 최동호, 「삶의 슬픔과 뿌리의 약」, 김영석, 『썩지 않는 슬픔』, 창작과 비평사, 1992, 144~145쪽.
2 남진우, 「별과 감옥의 상상체계」, 『현대시』, 1993년 12월호, 227쪽.
3 김교식, 「환상성의 체험과 두타행 그리고 바람」, 『시와상상』, 푸른사상, 2004년 상반기호, 201쪽.
4 김홍진, 「선적 상상력과 정신의 높이」, 『한남어문학』 제30집, 한남대학교 한남어문학회, 2006, 141쪽.
5 박호영, 「고요와 텅 비어있음을 통한 일여적 고찰」, 『시와문화』, 2012년 봄호. 정효구, 「고요의 시인, 침묵의 언어」, 배재대학교 현대문학연구회 엮음, 『김영석 시의 세계』, 국학자료원, 2012. 6. 유성호, 「언어 너머의 언어, 그 심원한 수심」, 김영석 저, 『모든 구멍은 따뜻하다』, 황금알, 2012.

라서 글의 관심은 김영석의 시에 나타난 핵심적 이미지들을 중심으로 이것이 어떻게 의미화되는지 살펴보는 데 있다. 이는 '갇힘'과 '묻힘'의 상상력이 어떤 과정을 통해 '비움'과 '상승'의 상상력으로 이동해 갔는지의 경로를 추적하는 일이기도 한다.

이런 작업은 앞서 언급한, 핵심적 이미지를 통해 시적 형상의 변화와 김영석 시인 특유의 시법을 찾아가는 일로 이어질 것이다. 여기에 그가 시인과 시론가로 활동하면서 과연 자신의 시론을 얼마나 구체적으로 시 속에 형상화시켜 왔느냐에 대한 호기심이 내포되었음은 물론이다.[6]

2-1. 막혀 있는 길

주지하다시피 김영석 시의 첫 출발점은 「방화」다. 1970년 〈동아일보〉 신춘문예 당선작인 이 시는 두 가지 면에서 그의 시력을 추적하는 실마리를 제공한다. 첫째는 이미지의 측면이다. 시적 이미지란 시인(주체)의 감각이 세계와 맞닥뜨려 만들어낸 접면이다. 다양한 시편들에 나타나는 공통적이며 핵심적인 이미지들은 시인에게 가장 직접적으로 영향을 미치는 감각적 사실이기도 하다.[7] 이런 이미지들은 결국 시인이 표현하고자 하는 주관적 정서에 의해 선택·활용되면서 상상력을 자극한다. 또 하나는 현실인식의 측면이다. 강렬하게 표출된 이미지들은 감각을 통해 세

---

6 김영석 시인은 자신의 시론을 시에 적용하고 구체화했던 시인이다. 그가 제기했던, 거꾸로 보기의 시학이나(제2시집 「나는 거기 없었다」), 사설시(辭說詩)(제5시집 「거울 속 모래나라」, 관상시(觀象詩)(제4시집 「외눈이 마을 그 짐승」)란 용어나 이에 관한 시론은 각각의 시집에서 자서(自序) 형식으로 때론 본격적인 시론의 형태로 나타났다. 이 글에서는 '사설시'에 대한 탐색은 제외했다. '사설시'의 특성과 성과를 논의하는 기회가 있다면 이를 독립해서 다루게 될 것이다.
7 권혁웅, 「시론」, 문학동네, 2010, 541쪽.

계와 시인 사이의 관계를 함축한다. 이미지에서 의미작용으로의 전화는 시적 형상이 세계에 대한 인식과 밀접하게 연관되어 있기 때문이다. 이를 바탕으로 시적 전개의 변화 과정을 탐색하자는 것이다. 달리 말하자면 어떤 이미지도 시인의 체험내용과 무관하지 않다는 사실이다.

얼음 속에서 나는 불을 지른다
기침 멎은 밤
우리들의 도탄塗炭의 중심으로
전신全身의 눈을 밀어 보내며
가장 단단한 아픔을 캐어낸다
신기한 머리털이 무섭게 자라버린
겨울의 어두운 옷자락은 마음을 닫고
자욱한 실의의 눈발들이
철근의 팔뚝을 번득이며
하얗게 자빠진 시대의 등뼈에
캄캄한 노래를 묻고
천 길 눈구렁에 빠진 이웃들의 목소리
없는 길을 헤매이는
동상의 발은 돌아오지 않는다
미끄러운 경험
그 긴 시간의 골목길을
열 개의 더듬이로 기어간다
이웃들의 잠 속에서도 대리석의 웃음이 피고
질기고 질긴 밧줄이 석상石像을 묶는
숨막히는 우리들의 풍습을 넘어서

차갑게 빛나는 거대한 식기食器

몇 세기의 어둠을 캐어낸다

단순한 바람이 나뭇가지를 흔든다

안개처럼 지상을 내려 덮는 아편꽃

밀폐된 우리 안에서

사람들이 인조의 털옷을 두껍게 입고

견고한 의자에 앉아 근시안이 되고 있을 때

은빛 현弦이 끊어진 바다

눈물의 뿌리는 썩고

우리들은 어둠을 알았다.[8]

― 「방화」, 앞부분

　이 시의 핵심적 이미지는 얼음과 불의 대조적 관계 속에 드러난, "불을 지른다"라는 행위라 할 수 있다. 얼음 속에서 불을 지른다는 행위는 많은 것을 생각하게 한다. 우선, 얼음이 차고, 딱딱한 물체의 속성에서 나아가 어둠과 연결된다. 이 시에서 보듯 얼음은 "기침"소리조차 멎은 밤이며, "가장 단단한 아픔"이 박혀 있는 어둠이며, "없는 길"을 찾아 헤매게 하는 "밀폐된 우리"로 나타난다. '어둠', '고요', '밀폐'된 상황은 결국, 시인의 현실인식의 한 측면을 표상한다. 그가 바라본 현실은 "천 길 눈구렁에 빠진 이웃들"이 처해 있는 상황이며, 얼음은 실의와 절망에 찬 현실의 등가물이다. 어둠의 정체를 알았으니 눈물의 뿌리에 불을 질러 어둠을 밝히겠다는 것이다.

　현실은 어둠이고 얼음이다. 앞은 보이지 않고 "열 개의 더듬이로 기

---

8 김영석, 『썩지 않는 슬픔』, 앞의 책, 129~130쪽.

어" 가는 길은 비루해서 도저히 살 수 없다. 이렇듯 절망적 현실에 시로써 불을 밝히겠다는 것이니 예사롭지 않은 열정이다. 그러나 "하얗게 자빠진 시대의 등뼈"는 너무 단단하고, 어둠은 "몇 세기에 걸쳐" 쌓여 있다. 어둠은 쉽게 물러서지도 밝혀지지도 않을 것 같다. 그렇다고 주저앉을 수는 없다. 하루빨리 해야 할 일은 어둠을 헤쳐 나갈 길을 찾는 일이다. 문제는 시인 앞에 펼쳐진 길이 '어둠'과 '얼음' 속에 갇혀 있다는 사실이다. 어둠 또한 몇 세기에 걸쳐 쌓인 것이기에 쉽게 무너지지 않는 견고한 벽이다.

또 하나는 시적 전언, 길을 찾겠다는 의지의 문제다. 길은 어둠을 헤쳐나갈 방법이다. 시대의 어둠이란 상황을 전제할 때, '길'은 하나의 방향성을 지닌다. 단순한 '여정'의 이미지에서 벗어난다. 얼음 속에 불을 지르겠다고 하듯, 시대의 어둠에 저항하는 신념이며 실천의 의미를 지니게 된다. 이 시의 뒷부분에서 "가장 아픈 상처에서 열렬한 불꽃이여"라고 하듯 불은 상처의 힘으로 타오르는 것이다. 따라서 우리의 관심은 얼음(시대적 삶)과 불(상처)의 대조적 관계가 어떤 과정을 거쳐 하나로 통일되느냐에 모아진다.

그가 벗어나고자 하는 어둠 속의 길은 다음과 같이 구체화된다.

①
햇빛 밝은 빛나는 세상
어느 구석
어느 허공에
그림자도 드리우지 않고
소리 없이 숨어 있는 덫[9]

– 「덫」, 앞부분

②
길은

우리 모두의 낯짝들을 잃어버리게 하고

에미 애비도 까맣게 잊어버리게 하고

자꾸 꿈을 지우면서

바보같이 길에 갇혀

무작정 우리를 걷게 만든다

전국의 어디에나 닿을 수 있는 길

그러나 걸어도 걸어도 길은

어느 마을로도 우리를 데려가지는 못한다

미지의 곳으로

우리를 나아가게 하는 것이 아니라

한시라도 길을

벗어나는 꿈을 깨뜨리기 위하여

튼튼한 절망으로 더욱더 걷게 하기 위하여

길은 항상 우리 앞에 열려 있으므로[10]

- 「길」, 앞부분

①의 시에서 보이는 핵심적 이미지는 '덫'이다. 덫은 밝고 환한 세상 곳곳에 숨어 있다. 보이지는 않으나 언제든 우리의 발목을 낚아챌 수 있

---

9 김영석, 위의 책, 85쪽.
10 김영석, 위의 책, 114쪽.

다. 평소에는 "소리 없는 미소처럼" 관대하지만, 누구도 그것이 관대하다고 생각하지 않는다. 그래서 사람들은 "몰래 몰래 꿈을" 꿀 수밖에 없다. 덫의 이런 성격은 근대의 권력장치인 파놉티콘과 쉽게 연결된다. 빛의 바깥에 몸을 감추고, 빛 안에서 일어나는 일거수일투족을 낱낱이 들여다보는 감시의 눈이다. 사람들에게 빛을 비춤으로써 스스로의 행동을 검열하게 하고, 순응하지 않을 때는 즉각 응징을 하는 권력의 속성이 아닐 수 없다. 그렇다면 "소리 없이 숨어 있는 덫"을 의식하는 시인이 도망칠 공간은 어디에도 존재하지 않는다.

②의 시에서도 길은 통로의 이미지를 벗어나 있다. 주어진 길이다. '잃어버리게 하다', '잊어버리게 하다', '걷게 만든다'고 하듯, 길은 억압적 성격을 지녔다. 따라서 여기서 벗어나려면 길과의 싸움이 불가피하다. 단순한 여정이 아니다. "어디에나 닿을 수 있는 길"이지만 "어느 마을로도 데려가지 못하는" 길이기 때문이다. 그렇다면 이 길에서 "벗어나는 꿈"을 꾸는 것은 주어진 상황에 대해 저항하는 유일한 방법일 수밖에 없다. 앞의 시에서 언급했던 현실이 일방적으로 주어진 길(이념)이라면, 시인이 가고자 하는 "미지의 곳"을 향하는 길(이념)은 여기에 맞서는 일이 된다. 따라서 두 길은 전혀 소통이 불가능한 길이다. 소통불가능성은 철저하게 억압과 배제를 바탕으로 한다. 꿈을 꾼다는 것은 억압하는 현실에 저항하고 벗어나겠다는 것이요, 현실 역시 꿈조차 억압하는 상황이기 때문이다.

이는 현실에서의 존재양상을 말해주는 것으로 상황을 더욱 악화시킨다. 이유는 명확하다. 갖지 말아야 할, 길에서 벗어나려는 '꿈'을 지녔기 때문이다. 꿈이란 시인을 억압하는 현실에서 벗어나기 위한 유일한 출구다. 의식의 수면 밑에서 늘 의식의 표면으로 떠오르고자 하는 욕망이며 절망적 현실을 벗어나려는 소망이다. 그러나 현실의 벽은 너무 두껍고 견고하다. '마을'(이웃)과의 유대감은 찾을 수 없고, 떠돌이로 살 수밖에 없다. 소통과 유대의 길이 아니라 "무작정 우리를 걷게 만" 드는 불통과 절망의 길이다.

이것은 철저히 억압하는 '현실'과 핍박당하는 '나'라는 이분법적 인식에 기초해 있다. 나와 네가 다르다는 것, 그래서 싸우거나 벗어나야 한다는 논리가 그것이다. 이런 논리의 바탕 위에서 길찾기가 이루어지고 있는 셈이다. 이의 극복 방법 중 하나가 밖으로 향하는 눈을 자신에게로 돌리는 일이다. 달리 말하자면, 지금껏 현실적 가치에 매달려 있었음을 인식하는 일이다. 고통과 대결로 나타난 폭압적 현실에 대한 관심이 나와 세계 사이의 구별로 인해 생겨났다면, 또 이로 인해 '갇혀' 있었다면 이를 인정하는 일이다. 이런 바탕 위에서 나와 세계 사이의 관계를 재조정하고 '주어진 길'이 아닌 새로운 길을 만들겠다는 것이다.

> 막막한 세상의 끝
>
> 천지에 더 이상 갈 곳이 없고
>
> 더 이상 나아갈 길이 보이지 않을 때
>
> 나는 홀로
>
> 돌담을 마주하고 선다
>
> 조용히 돌거울을 들여다보면
>
> 거기 내가 길이 되어 누워 있다
>
> 지평선 너머로 사라지는 한 줄기
>
> 길이 되어 외롭게 누워 있다[11]

- 「돌담」 전문

---

11 김영석, 『모든 구멍은 따뜻하다』, 황금알, 2011, 85쪽.

이 시에서의 길은 나 자신으로 나타난다. 그 길은 "세상의 끝" 너머에 있고, "보이지 않는" 곳에 있다. 절망의 끝에서 발견한 길이다. 전혀 새로운 길이다. 이제 "더 나아가야 할 길"은 '세상의 길'이 아닌 홀로 자신을 대면하는 일과 연관된다. 이럴 때, 돌담 역시 길을 막고 있는 것이 아니라 길을 보여주고 비춰주는 거울의 이미지를 지닌다. 따라서 거울 속에 비친 길은 나 자신이고, 나를 찾아 나서야 할 길이다. 내가 곧 길이 된다.

여기서 "홀로"와 "조용히"는 자신의 내면을 들여다보기 위한 전제조건이다. 고요와 침묵이다. 고요가 세계와 나 사이의 관계조정을 위한 전제라면 침묵은 자신과의 대화다. 깊이와 침잠을 통해야만 자신을 제대로 들여다볼 수 있기 때문이다. 이렇게 해서 그가 발견한 것은 "길이 되어 누워 있"는 '나' 자신이다. 길은 밖에 있지 않고 내 안에 있다는 깨달음이다. 따라서 길은 세상의 끝에 갇혀 있지 않고, 지평선 너머로 끝없이 이어지는 길이 된다. 세상과 대결하는 길이 다름 아닌 내 안의 억압과 배제를 수용하는 일에 지나지 않았음을 발견한 것이다.

2-2. 새로운 길의 개방성

시인이 절망적인 고통의 길에서 벗어나 보다 자유로운 길로 접어드는 모습은 제3시집인 『모든 돌은 한때 새였다』에서 구체화된다. 이 시집의 서문에서 밝히고 있듯, 대부분의 시편들은 전설 속의 암자와 그 암주 세설대사와의 다소 기이하고 비현실적인 만남으로부터 비롯된 것들이다. 시인과 불교의 만남이 이루어졌고, 이런 만남이 시의 변화로 이어지고 있음을 보게 된다. 이런 '갑작스러움'이나 '느닷없음'에 어떤 예비

단계는 없었는가? 존재확장의 징후는 이미 앞서 그가 보여준 견인주의적 태도[12]나 제2시집인 『나는 거기에 없었다』에서 밝힌 거꾸로 보기의 방법과 연결되어 있다.

"가랑이 사이로"[13]보기가 그것이다. 가랑이 사이로 본다는 것은 사물이나 사실에 대한 감각방법의 문제다. 고정된 눈으로 세상을 보는 것이 아니라 열린 눈으로 세계와 나 사이의 관계를 새롭게 보는 방법이다. 더 이상 "지상에 낮게 무릎 꺾인"(「봄」) 상태로 살 수 없고, 또 이런 상태로는 어떤 새로운 삶도 가능하지 않다는 현실인식의 결과다. 따라서 '세계'가 아닌 '나' 안에서 길찾기가 시작되는데, 이러한 과정은 감각의 변화로 구체화된다. 갇힘과 어둠이 아니라 열림과 고요의 이미지가 그것이다. 이는 다른 세계관 즉 다른 코드를 통해 우리의 삶과 세계를 본다는 것을 의미한다. 전혀 낯선 세계와의 만남도 아니다. 초기시에서 "바람이 분다/무구한 물도 마르고/씨앗처럼/소금만 하얗게 남는다"(「단식」)고 하듯, 그의 내부에 자리한 극기의 자세로 볼 때, 불교와의 만남은 이미 예비된 것이었다. 이미 주체로서의 '나'의 관점이 아닌 객체로서의 '나'의 관점을 지닐 수 있는 여지를 남겨 놓고 있었다.

다음의 시는 세계를 새롭게 보고자 하는 시인의 시각이 잘 드러나 있다.

> 모든 돌은 한때 새였다.
>
> 하늘에서 오래는 머물지 못하고

---

12 최동호, 앞의 글, 145쪽.
13 김영석, 『나는 거기에 없었다』, 시와시학사, 1999, 5쪽.

새는 제 몸무게로 떨어져

돌 속에 깊이 잠든다

풀잎에 머물던 이슬이

이내 하늘로 돌아가듯

흰 구름이 이윽고 빗물 되어 돌아오듯

어두운 새의 형상

돌 속에는 지금

새가 물고 있던 한 올 지평선과 푸른 하늘이

흰 구름 곁을 스치던

은빛 바람의 날개가 잠들어 있다.[14]

― 「모든 돌은 한때 새였다」 전문

이 시에서 새는 상승의 이미지를 표상하지 않는다. 오히려 첫 연에서
보듯, 새는 "제 몸무게로 떨어져/돌 속에 깊이" 잠들고 있다. 여기서
'잠'은 '쉼'의 속성을 지닌다. 이런 '쉼'은 이슬이 하늘로 돌아가듯, 흰
구름이 빗물로 돌아오듯 순환의 과정 속의 '한때'임을 나타낸다. 따라
서 쉼은 성숙의 문제이고, "잠든다"는 것은 다른 존재로 전환하기 위한
전제조건이 된다. 이런 잠과 쉼의 상태를 통해 이슬, 흰구름, 빗물이 형
태를 바꿔가며 존재하고 생성과 소멸을 반복하는 것이다.

이런 바탕에서 본다면 모든 존재는 끊임없이 순환하는 우주의 질서
속에 있다. 우리 눈에 보이는 모든 존재의 형태는 순환과정 속의 "한때"

---

14 김영석, 「모든 돌은 한때 새였다」, 시와시학사, 2003, 53쪽.

를 보여주는 셈이다. 이는 세계를 이해하는 방식의 변화이며 동시에 다원화하는 것이다. 사물이나 세계에 대한 해석이 분리와 대립, 즉 이성을 중심으로 한 인간중심적인 사유에서 벗어나, 다른 차원의 인식방법을 통해 세계의 진면목에 다가서고 있음을 말해준다. 그 대표적인 인식방법이 생성과 소멸을 하나의 고리로 보는 인연의 원리다.[15] "모든 돌은 한때 새였다"라고 하듯 "한때"는 조건과 원인이 맞았던 한 순간이다. 모든 존재는 스스로 성품이 없으나(無自性), 존재 자체가 인연에 의해 형성된 것이기에 인연이 바뀌면서 함께 변하는 것이다. 이런 흐름 속에서는 부동의 사물인 '돌'과 역동적 생명체인 '새' 사이에 어떤 차이도 없다. 차이가 있다면 "한때"의 겉모습에 불과하다. 겉모습이 지워지면 모순의 관계가 일순 사라진다. 따라서 돌 속에 "은빛 바람의 날개가 잠들어 있"음을 발견한 것은 자연스런 일이다.

고정된 시각으로 본다면 '돌'은 부동의 존재, '새'는 동적인 흐름을 상징한다. 그러나 돌 속에 "바람의 날개"가 잠들어 있다고 하듯, 정지 속에 흐름이 있고 흐름 속에 정지가 있다. 공간과 시간의 상징성을 함축하고 있는 두 개의 이미지는 존재의 생성과 변화라는 우주의 리듬 속에 하나로 이어진다. 모든 존재가 무한히 순환하는 우주의 섭리 속의 한 순간을 점유하기 때문이다. 이와 같은 시선의 바탕엔 '나'의 확장이 깔려 있다.[16] '나'라는 생각, 내가 우주의 중심이라는 생각에서 벗어나 우주와 함께 호흡하고 교섭하는 존재가 될 때, 이런 모순의 관계가 일시에 해결되는 것이다. 따라서 나를 가두는 '감옥'(「창」)같은 현실도 없고, "무작

---

15 도법스님, 『화엄의 길, 생명의 길』, 선우도량, 1999, 110쪽.
16 나의 확장이란 여러 개의 코드로 세계를 읽는 내면의 확대를 의미하지만, 시 속에서는, '주체'인 나의 주관이나 정서가 최소화한 상태로 나타난다. 즉 인간 중심의 관점에서 벗어나 우주의 한 존재로 자신을 확장시켰다는 의미를 지닌다.

정 걷는"(「길」) 나도 없는 셈이다. 그 연장선에서 다음과 같은 '열려 있는 길'에 대한 사유가 나타난다.

> 길은
> 다시 길을 찾게 한다
> 길에 갇힌 나그네여
> 어디서나 푸르게 솟는
> 저 이름 없는 잡초를 보라
> 너의 온몸과 마음이
> 늘 푸른 길이 되어라[17]

– 「길은 다시 길을 찾게 한다」 전문

　이 시는 길에 대한 사유를 선언적으로 드러낸다. 다시 말해서 초기시에서 보이는 대립과 갈등, 막힘과 갇힘의 길은 더 이상 의미 없음을 보여준다. 대립과 갈등 속에서 길을 모색한다는 것 자체가 또 다른 길에 갇히는 것이니, 새로운 길을 찾지 않고서는 절망적 삶에서 벗어날 수 없다는 것이다. 그 길은 어디서나 푸르게 솟는 잡초의 길이다. 잡초란 가꾸지 않아도 저절로 나서 자라는 풀이다. 잡초가 저절로 나서 자란다는 사실에 방점을 찍으면, 쓸모없음이나 악착같음이란 이미지에서 벗어난다. 어떤 인위적인 보탬 없이 스스로 존재를 실현하는 것이니 용불용用不用의 차원도 벗어난다. 여기에 인간과 문명, 억압과 배제의 논리가 끼어들 틈이 없다. 따라서 나와 잡초 사이의 구별이 없다. 모든 존재가 무위無爲와 무위無位할 때, 스스로 길을 내는 존재가 될 수 있을 때, "푸른 길"에 들어설 수 있다는 것이

---

17 김영석, 『외눈이 마을 그 짐승』, 문학동네, 2007, 13쪽.

다. "어디서나 푸르게 솟는" 잡초처럼 스스로 길을 내는 수밖에 없다.

길을 낸다는 것은 대립되고 억압적인 세계가 아닌 우주 속에서 "나를 바라보거나"(「허공의 물고기」, 「꽃소식」), "듣거나"(「바람이 일러주는 말」, 「칡꽃 속 보랏빛 풍경 소리」), "조용히 깨닫"(「버려둔 뜨락」, 「오래된 물이여 마음이여」)는 일이기도 하다. 즉 보고, 듣고, 자신을 들여다보는 과정이 있어야 하고, 이를 통해 자연과 자아가 하나가 되어 얻는 정신적 체험의 높이에[18] 닿아야 하기 때문이다. 문제는 잡초처럼 스스로 길을 내고, 몸과 마음이 "푸른 길"이 되기가 말처럼 쉬운 일이 아니라는 데 있다.

> 무쇠 낫을 들고
> 숲길을 뒤덮은 푸나무를 쳐낸다
> 길을 내며 나아갈수록
> 베어진 푸나무들이 피워 올리는
> 늪 같은 어둠 속으로 깊이 빠진다
> 오랜 세월 수많은 벌레와 새들이 죽어
> 마침내 이루어진 이 늪을 지나자
> 밤낮도 아닌 희미한 미명 속에
> 고인돌들이 끝없이 늘어서 있고
> 고인돌 속에는 아직 태어나지 않은
> 바람의 애벌레들이 꿈꾸고 있다
> 초승달 같은 낫을 들고
> 애벌레의 꿈을 들여다본다
> 어느 먼 숲을 흔드는 바람 소리뿐

---

18 김홍진, 앞의 글, 147쪽.

꿈속은 텅 비어 있다

초승달 빛을 뿌리는 낫을 들고

텅 빈 꿈속에서

아직 태어나지 않은 바람 소리를

꿈속의 한 잎 귀가 듣는다[19]

- 「바람의 애벌레」 전문

여기서는 존재전환을 향해 나아가는 적극성이 드러난다. 스스로 길을 내는 자발성과 의지가 드러나 있다. 이 길에는 "숲길을 뒤덮은 푸나무"가 있고, 푸나무 숲을 지나 "어둠" 속으로, 어둠을 지나 "고인돌"이 있다. 더욱이 고인돌에 이르기까지의 과정이 예사롭지 않다. 첫째는 화자가 스스로 이 길을 향해 나아간다는 사실이다. 둘째는 그 길은 "오랜 세월 수많은 벌레와 새들이 죽어" 이루어졌다는 것이다. 셋째는 고인돌이 "낮도 밤도 아닌 희미한 미명 속에" 존재한다는 사실이다. 따라서 세 가지 사실을 종합하면 화자인 '나'는 삶과 죽음의 경계 너머에 있는 "고인돌"을 찾아가서 "바람의 애벌레들이 꿈꾸고" 있음을 발견한다는 것이다. 그리고 거기서 내가 "한 잎 귀"가 되어 "태어나지 않은" 바람 소리를 듣는다. 나아감-발견-엿들음의 구조다.

존재전환의 과정은 소란과 고요를 동시에 내포하고 있다. 고요한 어둠 속에서 홀로 낫을 들고 푸나무를 쳐내는 소리, 늪 같은 어둠을 건너는 소리가 그것이다. 어수선함과 집요함이 반복되는 과정을 통해 그가 도달한 곳은 "희미한 미명"과 "먼 숲을 흔드는 바람 소리"만 들리는 곳이다. 이 바람 소리가 시끄러운 것은 아니다. 오히려 고요의 깊이를 말

---

19 김영석, 「바람의 애벌레」, 시와시학, 2011, 15쪽.

해준다. "한 잎 귀" 역시 마찬가지다. 고요를 전제로 할 때, "아직 태어나지 않은 바람 소리"를 들을 수 있기 때문이다. 이런 점에서 볼 때, 고인돌은 더 이상 죽음의 상징이 아니다. 오히려 생사가 공존하는, 모든 시작과 끝이 있는 시공이다. 여기에 도달하기 위해서는 삶과 죽음, 꿈과 현실의 경계를 넘어설 수 있어야 한다. 즉 존재전환이 있어야만 '텅' 비어 있는 꿈속에서 아직 "태어나지 않은" 바람 소리를 들을 수 있는 것이다. 따라서 길은 갇혀 있는 상태가 아니라 앞으로 나아가는 여정이 된다. 내가 '한 잎 귀'가 됨으로써 갇힘과 열림의 이분법을 넘어선 우주의 질서 속에 참여하는 것이며, 스스로 "푸른 길"(「길은 다시 길을 찾게 한다」)이 된다는 것이다. 길의 이미지가 이분법적 현실 벗어나기라는 구체적 행위로 나타나는 것은 당연한 일이다.

2-3. 바람의 생생력

의미화, 개념화되기 이전의 존재나 상태를 드러내는 방식은 시인이 인간의 차원에서 존재의 차원으로 자신을 변화시켰음을 의미한다. 이럴 때, 인간(주체)과 사물(대상) 사이의 위계가 사라진다. 사물이나 풍경의 충실한 재현 역시 대상에 대한 해석과 판단을 유보한 것이니 시인은 이 풍경에 속해 있는 존재의 일원에 지나지 않는다. 따라서 이런 풍경 속에 울림이 있다면, 삶 자체가 우주의 순환 속에 이루어지는 자연스런 과정이라는 인식과 공감에서 비롯한다.

문제는 시적 감동이 음화처럼 제시되는 장면보다 구체적인 존재의 실상을 체험으로 제시할 때 더 큰 울림으로 다가온다는 것이다. 이른바 '눈으로 보는 것 너머', '의미 이전의 움직임'[20]을 형상으로 제시하고,

의미를 확장해야 한다. 바람의 이미지에 대한 관심 역시 이런 맥락에서다. 보이는 것과 보이지 않는 것, 의미와 의미 이전의 움직임을 매개하는 존재로서의 바람이기 때문이다. 다음의 시는 '바람'을 통해 존재의 양태와 생성을 역동적으로 보여준다.

> 살아 있는 것들은 모두
> 제 구멍 속에서 태어나
> 제 구멍 속에서 살다 간다
> 천지는 큰 구멍 속에서 살고
> 천지간에 꼼지락거리는 것들은
> 저만한 작은 구멍 속에서 산다
> 바람이 불면 구멍마다 서로 다른
> 갖가지 피리 소리가 난다
> 딱따구리도 굼벵이도
> 제 구멍 속에서 알을 품고 새끼 치고
> 싸리꽃은 제 구멍만큼 흔들리면서
> 씨앗을 흩뿌린다
> 빈 구멍의 피리 소리들도 아름답지만
> 크고 작은 구멍의 허공은
> 자궁처럼 참 따뜻하다[21]

> ― 「모든 구멍은 따뜻하다」 전문

---

20 김영석, 『외눈이 마을 그 짐승』, 문학동네, 2007, 172쪽.
21 김영석, 위의 책, 17쪽.

시에서 보듯, 천지가 살고 있는 "큰 구멍"이나 꼼지락거리는 것들이 살고 있는 "작은 구멍" 모두 존재의 집이다. 딱따구리와 굼벵이도 여기서 "알을 품고 새끼 치고" 싸리꽃은 "씨앗을" 흩뿌린다. 모든 존재들은 저마다 구멍을 지니고 있으며, 그 구멍 속에서 생명을 키우고 이어간다. 그래서 모든 "구멍의 허공"은 "자궁처럼" 따뜻하다. 크든 작든 상관없다. 모든 구멍이 똑같이 존재의 집이며 생성의 공간이 된다.

이런 공간에 "바람이 불면" 구멍마다 "서로 다른" 피리 소리가 난다. 바람은 "알을 품고 새끼"를 치게 하고, "씨앗을" 흩뿌리는 일을 한다. 바람의 역할은 생명현상의 계기보다는 시작에 가깝다. 그 시작이 곧 생명의 시작이다. 따라서 딱따구리는 딱따구리 소리를, 굼벵이는 굼벵이의 소리를, 싸리꽃은 싸리꽃의 소리를 낸다. 각자 고유의 소리(피리 소리)들은 생명의 다양한 존재양상의 의미를 지니게 된다. 이런 점에서 바람은 존재의 호흡이 될 것이다. "갖가지 피리 소리"들은 곧 우주의 생명들이 호흡하며 함께 어울려 만드는 우주의 숨결이다. 바람과 생명, 생명과 호흡 사이의 관계가 동서양을 막론하고 '숨 쉰다'는 익숙한 이미지로 나타난 것은 이런 이유에서다. 바람(아지랑이와 먼지)도 생물이 서로 입김으로 내뿜어 생긴다(生物之以息相吹)[22]는 말이나, 존재한다는 것을 가장 익숙한 경험인 '호흡한다'[23]는 것으로 표현하는 일은 자연스러운 일이다.

바람과 생명, 생명과 호흡의 불가분성은 바람이 생명 그 자체라는 인식의 토대 위에 있다. 여기서 우주에 대한 두 가지 사실이 드러난다. 하나는 우주가 크고 작은 구멍들로 이루어진 하나의 커다란 질서라는 인

22 장자, 안동림 역주, 「소요유 편」, 『장자』, 현암사, 1993, 29쪽.
23 필립 윌라이트, 김태옥역, 『은유와 실재』, 문학과지성사, 1982, 149쪽.

식이며, 또 하나는 모든 존재가 고유한 형태(구멍)로 생명의 질서에 참여한다는 사실이다. 우리가 보고 듣는 것은 딱따구리와 굼벵이와 싸리꽃이며 이것들이 내는 소리다. 이 모든 소리들의 근원지는 "구멍의 허공"이다. 공간성과 시간성을 함께 내포한 '허공'은 비어 있지만 모든 생명이 존재하고 생성할 수 있도록 하는 잠재된 가능성의 세계다. "따뜻하다"는 감각 속에 이미 모든 것을 '품에 안는다'라는 행위가 내포되어 있음은 물론이다. 이 허공을 드나드는 것이 '바람'이며, 구멍은 곧 '바람의 길'이다. 그 길은 우주의 모든 생명과 닿아 있다.

김영석 시에서 바람의 이미지는 다양한 생명들의 생성에서 나아가 각각의 존재들을 어울리게 하는 특성으로 확대된다. 이때 시적 이미지로 바람이 관심을 끄는 것은 존재의 형태적 특성보다는 역동성이다. 움직임의 속성이다. 다음의 시에서 보듯 바람은 우주의 모든 존재들에 가닿고, 생성과 변화에 참여한다. 참여함으로써 각각의 존재를 가치 있게 하고, 어울림과 변화를 이끌어낸다.

소금이 어디서 왔는지
사람들은 모른다

바람은 잡초밭에서 일어나고
잡초는 바람 속에서 생기는 것
잡초와 바람이 한 몸으로 흔들리면서
밤낮으로 어둠을 낳고
이름 모를 수천 마리 짐승들이
그 어둠을 몰고 바다에 투신하여
흰 소금이 되면

소금이 제 살 속에

방울방울 진주처럼 키운 빛들은

하늘로 올라가 별이 되는 것

별들이 왜 아슬히 먼지

눈물은 왜 짠지

사람들은 모른다[24]

– 「잡초와 소금」 전문

　여기에는 바람의 생성과 작용이 잘 나타나 있음을 보게 된다. 바람이 생겨나는 곳은 잡초밭이다. 바람이 잡초와 "한 몸으로 흔들리면서" 변화가 일어난다. 교감으로 인해 밤낮으로 "어둠"을 낳고, 수천 마리의 짐승들이 어둠과 하나가 되어 '바다'에 투신하고, "소금"을 만들고, 소금 속에서 키운 빛들이 "별"이 된다. 바람과 어둠과 짐승과 소금과 별이 하나의 움직임 속에서 차례차례 존재를 드러내고 또 변화한다. 생성과 변화는 곧 시인이 말하듯 우주의 변화원리를 일여적一如的으로 파악하는 것이다.[25] 이럴 때, 바람은 기氣의 의미를 지닌다. 기란 사물의 잠재적인 에너지이면서, 물자체物自體의 속성을 지녔기 때문이다. 그러나 바람은 차고, 시원하고, 부드럽게 우리의 피부에 와 닿는 감각적 인식으로 다가온다. 「잡초와 소금」에서 보듯, 시는 흔들리고, 투신하고, 멀고, 짠 감각의 장場이다. 본질이 아닌 작용의 다양한 형태다. 시인은 바람을 다른 존재들과 교섭하면서 무수한 존재를 생성하게 하는 구체적 형상으로 드러

---

24 김영석, 「바람의 애벌레」, 앞의 책, 65쪽.
25 김영석, 「도의 시학」, 민음사, 1999, 23쪽.

낯선 언어들 **53**

낼 뿐이다.

구체적 감각으로서의 바람은 지상(잡초밭)과 수중(바다)과 하늘(별)로 자유자재하게 움직이는 존재다. 자유로운 어울림의 관계 속에 있다. "풀잎이나 나뭇잎"과 어울려 "새소리"(「산과 새」)를 내고, 바람이 있어야 "갈대"(「달아 달아」)도 있다. 이런 관계 속에 흐르고 있는 서정은 안타까움이다. 상생의 관계를 드러내지만 벗어날 수 없는 현실이 엄연히 존재하기 때문이다. 따라서 원초적 고향이라 할 수 있는 전일성의 세계에 대한 그리움은 안타까움의 다른 표현, 같은 내용이다. 시인은 "사람들은 모른다"라고 하며, 동경과 갈망의 세계를 구체적 형상으로 재현하고 있지만 그곳에 다가가지는 못한다. '바라봄'의 위치에 있을 뿐이다.

'바라봄'에서 '어울림'으로 나아가는 것은 세계와 직접 관계하면서 시작된다. "한 잎 귀"가 되어 듣는 것(「바람의 애벌레」)에서 나아가, 세계의 일원으로 참여하는 일이다.

> 뽕나무 밭에 잘 썩은 거름을 낸다
> 서로 다른 제 얼굴들을 버리고
> 한철 빛나던 제 옷들을 버리고
> 함께 썩어서 한 몸이 된 것
> 모든 빛깔을 머금고 검게 깊어져
> 고요한 모습으로 돌아온 거름을
> 이제 흙으로 다시 돌려보낸다
> 여기저기 무더기로 피어 있는
> 매화꽃이 봄볕에 눈이 부신데
> 마약 같은 거름 향내는 아득히 퍼져
> 푸른 바닷물을 풀어 놓고

높고 낮은 산들을 호명하여 세운다

한줄기 바람이 일자

온갖 푸나무 빛으로 털갈이를 한

노루 멧돼지 산짐승들이

뽕나무 줄기 줄기로 내달리고

소를 몰고 쟁기질하던 늙은이는

워낭 소리 따라 뿌리 속으로 사라진다

어느덧 매화나무 가지마다

물고기들이 은비늘 반짝이며 열려 있다

뽕나무에 잘 익은 거름을 주고 있으면

아득히 먼 옛날 바다도 보이고

물고기들이 은빛 날개 새가 되어

흰 구름 푸른 하늘 나는 것도 보인다[26]

– 「거름을 내며」 전문

　이 시에서도 바람은 모든 생명들을 일깨우고 각각의 존재들을 하나
로 모으는 매개체이다. 바람은 오랫동안 삭아 "모든 빛깔을 머금고 검게
깊어"진 거름의 향내를 멀리 퍼지게 한다. 이 거름의 향내를 따라 "산짐
승들"과 "늙은이", "물고기들"과 "새"가 하나의 풍경 속에 모여들고 또
퍼져 나간다. 땅 위와 땅속, 바다와 하늘이 하나의 풍경 안에 펼쳐지는
데, 이는 바람이 각각의 존재들에게 생명을 불어넣는 에너지임을 의미
한다. 우주 만물을 생동하게 하는 힘이다. 이렇듯 매개적 존재로서의 바
람은 "잡초밭에서 일어나"(「소금과 잡초」) 어둠과 소금과 별을 하나의

---

26 김영석, 「바람의 애벌레」, 앞의 책, 22쪽.

관계로 묶는다. 한발 더 나아가 "갈나무 마른 잎 소리를 내며/잡초를 흔들어 까마귀를"(「까마귀」) 불러내듯, 바람은 생성의 원인으로 작용한다. 이를 통해 모든 존재는 서로가 서로에게 계기적 관계를 이루며 하나의 우주를 형성해간다. 이런 점에서 바람은 우주의 존재를 역동적으로 감각하는 가장 구체적인 존재가 된다.

눈에 띄는 것은 바람이 각각의 존재들을 한데로 모으는 방식이다. 이른바 "호명呼名"이다. 이름을 부른다는 것은 곧 존재의미를 밝히는 것이며 동시에 관계를 맺는 것이다. 이 관계를 바탕으로 우주의 모습을 형성하고 완성하는 것이다. 위의 시에서 살펴보면, 바람이 일기 전에는 산짐승이 "푸나무 빛으로 털갈이를 한" 채 있고, 늙은이는 쟁기질 하고 있을 뿐이었다. 바람이 이들의 존재에 가 닿자 자신을 드러낸다. 바람이 우주를 형성하게 하는 것이다. 우주란 자아와 세계가 조화롭게 통합되어 완전한 전체를 이루는 시공이다. 이런 시공 역시 발 딛고 선 현실의 틈을 비집고, 현재화한 소망의 세계다. 중요한 것은 시인(주체)이 "뽕나무 밭에 잘 썩은 거름"을 주면서, "흙으로" 돌려보내면서 이러한 변화와 생성이 이루어진다는 사실이다. 존재조건에 대한 확실한 인식이 아닐 수 없다. 잊고 살았던, 원초적 고향에 대한 열망을 구체화하면서 시를 상생의 세계로 밀고 가는 힘이기 때문이다.

이렇듯 갇혀 있는 '길'에서 '바람'으로의 이미지 전환에는 세속적인 삶이나 가치에서 벗어나 새로운 존재로 거듭나기 위한 소망이 내포되어 있다. 세속적인 삶이란 인간 속에 내재하는 지상적인 요소, 즉 억압과 불안, 분노와 회오 등 고통에 사로잡혀 있는 삶이다. 이것을 털어버릴 수 있을 때, 눈에 보이지 않던 세계가 드러난다. 바람이 시작되고 바람이 연결하는 세계가 그것이다. 논리나 추리가 아닌 감각과 직관으로 접하는 세계다. 이런 세계를 향한 의지는 주객의 분리가 아닌, 모든 사상事

象이 하나로 존재한다는 바탕 위에서 생성과 작용을 구체화하는 노력이
될 것이다.

3. 맺음말

김영석의 시에 작용하면서 시를 만들어가는 원리는 역설이다. "길은
/다시 길을 찾게 한다"(「길은 다시 길을 찾게 한다」)는 명제에는 이미 그
가 없는 길을 찾고 있음을 보여준다. 마찬가지로 '얼음' 속에 '불'을 지
르겠다는 열정 또한 모순이며 역설이다. 여기서 뚜렷하게 드러나는 것
은 이런 역설이 '갇혀 있는' 길에서 해결되지 않는다는 점이다. 따라서
그의 초기시에서 보이는 대결과 맞섬의 자세는 모순의 크기와 깊이를
절실하게 인식하는 것에 그치고 만다. 현실과 맞서는 '나'와 나를 억압
하는 '현실' 사이의 간극을 메울 방법은 없다. 그래서 길에 갇혀 있다.
다만 상상력을 통해 그 간극을 메우려는 시도가 있을 뿐이다. 그럼에도
불구하고 현실의 삶 전체가 '덫'에 걸려 있다는 슬픔에서 벗어나지 못
하고 있다.

대결의 자세에서 견인의 자세로, 세계와 맞서는 '나'가 아닌 세계와
교섭하는 '나'로 바뀌면서 그의 시는 변화한다. 이때의 '나'는 우주의
일원으로 세계를 바라보고, 거기에 참여하려는 욕망을 드러낸다. 이를
통해 시인의 내면은 확대되고 시적 자아(주체)는 축소된다. 이원론적 세
계관에서 벗어나 일여적 세계 속에 존재하게 됨으로써 시 속에 드러나
는 자아는 한없이 작아진다. 세계의 실상을 우리 앞에 펼쳐 놓는 존재가
된다.

따라서 그의 시에서 핵심적 이미지인 길의 성격 또한 바뀔 수밖에 없

다. 길을 벗어나야만 새로운 길을 찾을 수 있다. 길에 갇혀 있는 한 길은 보이지 않기 때문이다. 초기시에서 보이는 길은 막혀 있거나 덫이 깔려 있는 길이다. 여기서 벗어나기 위해서는 억압과 대결이 아닌, 그 모든 것을 포용하는 존재의 전환이 필요하다. 이를 위해 대결과 맞섬이 아닌 견인의 자세를, 내적 성찰을 통한 세계관의 전이를 시도하는 것이다. 불교와 동양정신과의 만남이 그것이고, 만남이 구체화되는 길의 중심에 '바람'이 있다. 바람은 그가 보고 듣고 체험한 우주의 움직임을 표상하는 이미지로 우리 앞에 제시된다. 이런 움직임에 걸림이 있을 수 없다. 걸림이 없어 자유롭고, 자유롭기에 모든 존재가 차이나 구별 없이 평등하게 우주를 형성하고 또 함께 어울리는 세계를 만들어간다.

이런 점에서, 바람의 역동적 이미지는 그가 추구해 온 전일성의 세계를 구체화한다. '바람이 없으면 갈대가 없고, 갈대가 없으면 달도 없는'(「달아 달아」) 관계 속에 자연스럽게 어울리고, 생멸을 함께하는 세계이다. 이 세계 속에 갈등과 대립, 억압과 고통이 있을 리 없다. 모든 존재는 서로가 서로에게 의지해서 존재하고, 존재함으로써 상생하는 세계다. 중요한 것은 그가 현실과의 맞섬, 견인의 고통, 현실을 극복하려는 욕망, 그 욕망을 통해 드러내는 그리움의 세계가 끝없이 이어지는 존재의 확장이라는 길 위에 펼쳐진다는 사실이다.

따뜻한 세계를 위한 길 찾기
– 강인한론

1. 들어가며

바람이 분다. 겨울바람처럼 쇳소리를 내며 창틀을 흔든다. 마치 눈에 불을 켜고 조그마한 틈을 집요하게 찾는 듯하다. 이럴 때, 창밖의 꽃나무들이 더 애처롭다. 꽃을 반만 피운 목련은 피워야 할지 말아야 할지 쩔쩔매고, 성급하게 꽃피운 놈들은 호된 시련을 겪고 있다. 떨어진 꽃잎들이 쓰레기처럼 길거리에 나뒹굴고 있는 것이다.

그저께는 여름 날씨라고 호들갑을 떨더니, 어제는 비가 내렸고 오늘은 겨울 날씨다. 도대체 믿을 수 없는 것이 봄날의 기후다. 그러나 곰곰이 생각하면, 반드시 그런 것만은 아니다. 이런 변덕이 봄이라는 계절적 특성을 말해주는 것이요, 사계의 순환이라는 거대한 틀 속에서 일어나는 찻잔 속의 폭풍이 아닌가. 한 시인의 문학적 여정도 이와 같을 터이다. 가까이서 보면, 숱한 모색과 변화의 와중에 있는 듯하지만, 따지고 보면 삶의 궤적 안에서 커다란 무늬를 수놓고 있다는 생각이다. 한평생 시를 써온 시인에 있어서 말할 것도 없다. 우리가 지금 찾아가는 강인한 시인도 마찬가지다.

그는 67년에 데뷔해서 지금에 이르고 있으니 근 40여 년 넘게 시와 함께 살아온 시인이다. 데뷔하기 전의 시집인 『이상기후』(1966)에서 『불꽃』(1974), 『전라도 시인』(1982), 『우리나라 날씨』(1986), 『칼레의 시민들』(1992), 시선집 『어린 신에게』(1998), 『황홀한 물살』(1999) 등의 시집과 『시를 찾는 그대에게』(2003)란 시론집을 상재한 중진시인이다. 우리가 이 시인의 삶과 시를 추체험 할 수 있는 것은 이런 징검다리가 있기 때문이다. 그의 길을 되짚어가는 문턱에서 우리는 다음과 같은 시를 만나게 된다.

밤 물결이여.
밀감빛 노오란 등불이
풍금 소리처럼 새어나오는
눈 내린 골목길을
시리우스 별빛만 한
외로움이 간다.
지난 가을 누이의 혼례식장에
가만히 켜졌던 작은 눈물
비늘로 반짝이며
오늘은 어느 집 창가에서
잠을 자려나
물결이여.
제 얼굴 밖에서 서성이는
겨울의 꿈이여.

– 「등불 – 눈먼 사내」 전문

이 시에서 우리는 갈증에 시달리는 한 사내의 영혼을 본다. 여름날의 소낙비처럼 쏟아지는 슬픔과 외로움 속에 갈 곳을 몰라 막막해진 젊은 이의 영혼이다. 그는 "밀감빛 노란 등불이/풍금 소리처럼 새어나오는/눈 내린 골목길"을 걷고 있다. 따스하게 빛나는 등불은 눈 내린 골목길의 추위와 대조되면서 쓸쓸함의 깊이를 더해준다.

잠시 눈을 감고 하얗게 눈이 쌓인 골목길을 상상해 보자. 한밤중의 눈은 지금까지 집을 감싸주던 지붕이며 담장, 연탄재가 쌓여 있는 대문이며 그 앞에 흐트러진 쓰레기를 하얗게 덮어 버린다. 익숙했던 것들은 사라지고 의지할 곳 없는 마음만 바람결에 휩쓸린다. 이럴 때, 옆에서 깜빡이는 불빛은 얼마나 정겨운가. 거기엔 도란거리는 이야기 소리와 흐뭇하게 아이를 바라보는 정겨운 눈길이 있고 따뜻한 휴식이 있지 않겠는가. 더욱이 그곳은 고개를 들면 창문을 통해 들여다볼 수 있는 세계다. 문제는 내가 창밖에 서서 떨고 있다는 것이다. 빤히 들여다보이기에 더욱 안타깝고 바로 곁에 있지만 거기에 끼일 수 없기에 외로움은 더 클 수밖에 없다.

여기가 강인한 시인의 시적 출발점이다. 그는 유리창 너머로 등불을 바라보며, 창가에서 떨고 있다. 추운 겨울, 골목길 창문 밖에서 "노오란 등불"을 바라보는 자의 영혼은 무엇을 갈구하게 되는가. 그의 시는 크게 두 가지 반응을 보이면서 확산해간다.

그 첫째는 따뜻한 등불을 찾아 나서는 경우다. 사랑의 시편들이 여기에 해당되는데, 여기에는 상실감이 짙게 깔려 있다. 그에게 "노오란 등불"의 세계는 잃어버린 것이어서 이를 회복하기 위해 애절하게 노래한다. 이미 잃어버렸지만 반드시 가꿔야 할 "겨울의 꿈"을 현실로 만들기 위한 그의 노력은 사랑의 대상을 찾는 것으로 나타난다. 사랑을 통해 꿈을 일궈갈 수 있다는 믿음이다.

둘째는 등불을 위협하는 세계에 대한 비판이다. 개인적인 것을 넘어 공동체적인 성격을 띠게 된다. 보다 구체적으로는 우리가 더불어 살아야 할 세계로 향하며, 이는 우리 삶을 왜곡시키는 모순에 대한 탐색이기도 하다. 왜 창밖에서 떨며 살아야 하느냐는 강한 의문일 수밖에 없다. 따라서 그의 시는 분단이라는 민족적 현실, 독재자의 폭력에 대해 절망과 분노 때로는 날카로운 비판의 모습을 보이며 전개된다.

중요한 것은 이 두 가지 태도가 그의 시 전편을 통해 온전한 세계를 만들기 위한 구심력과 원심력으로 작용한다는 점이다. 즉 통시적인 축을 따라 일정하게 전개되는 것이 아니라 겹쳐지고 갈라지기를 반복한다.

2. 등불, 찾아 나서기

강인한의 초기시편에서 보이는 특징 중 하나는 외로운 영혼이 갈구하는 따뜻한 서정의 세계다. 그는 외로움을 벗어나기 위해 끊임없이 사랑의 대상을 찾는다. 이미 그는 "창가에서" 울고만 있는 존재가 아니다. 열심히 세상을 향해 손을 내민다. 마음을 열고 벗이 될 누군가를 찾아 나선다. 함께 만들 사랑의 세계를 찾는 젊은 날의 열정이기도 한데, 그 대상은 늘 멀리 있다. 따라서 이 시기에 그의 서정을 특징짓는 것은 대상의 부재에서 오는 '슬픔'이다.

꽃이 보이지 않는다.
둘러 둘러보아도 꽃이
보이지 않는다.
어디로 가 버린 것일까.

먼지 묻은 문명의 꽃이파리

질기고 칙칙한 원혼만이 남아서

휴지처럼 뒹군다.

연인들의 손은 비어 있고

아무 데도 꽃이 보이지 않는다.

그래도 목마른 손은 더듬는다.

등불만큼 환한 목소리,

눈물을 풀어 허공에 띄우던

산산한 몸짓을.

눈감아 보면

조선의 항아리에 가슴을 담고

바람 속을 내다보던 얼굴,

색색 구름을 내리던 눈망울이여.

이슬비도 가까이 내리지 않고

한 송이 외로움의 하늘도 떠나가고

열리는 입술의 깨끗한 부끄러움도

아아 보이지 않는다. 꽃이

보이지 않는다.

세상의 흐린 거울 속에

다시는 꽃이 보이지 않는다.

– 「꽃이 보이지 않는다 – 불꽃 13」 전문

이 시는 그가 처해 있는 상황을 잘 보여준다. 그가 서 있는 곳의 특징은 두 가지로 요약된다. 첫째는 찾는 대상이 보이지 않는다는 것이다. "어디로 가 버린 것일까"라고 반문하듯, 존재한다고 믿었는데 눈앞에서 사라져 버렸다. 그의 상황은 더욱 암울해진다. "이슬비도 가까이 내리지 않고", "하늘도 떠나가고", "깨끗한 부끄러움도" 보이지 않는다. 그에게 남은 것이라곤 아무것도 없다. 주변에 아무도 없는, 혼자라는 사실이 그를 더욱 안타깝게 한다.

또 하나는 그가 찾는 대상이 사람이란 사실이다. 비록 "휴지처럼" 훼손되기 이전의 꽃으로 나타내기도 하지만, 단순한 사물이 아니다. 오히려 "등불만큼 환한 목소리"이기도 하고 "바람 속을 내다보던 얼굴"이기도 하고, "눈망울"이기도 하다. 꽃이 그가 이상적인 존재라 믿는 인간의 이미지를 지니고 있음을 알게 된다.

외로움에 떨고 있는 시인에게 꽃이 '등불'을 함께 만들어갈 벗으로 구체화되는 건 당연한 일이다. 그의 주위에 아무것도 없다는 상실감은 외로움을 벗어나기 위한 보다 처절한 움직임으로 나타난다. "그래도 목마른 손은 더듬는다"고 하듯, 보다 애절하게 세계를 향해 손을 내밀고 있다. 그의 영혼은 외로움에 떨고 있지만, 그것에 갇히기를 거부하는 것이다. 이럴 때, 그의 영혼은 방황하는 영혼이 아니다. 방황하는 영혼은 지향점이 없다. 끊임없는 회의와 머뭇거림으로 인해 끝내는 자신이 무엇을 원하는지도 모르게 된다. 그러나 외로운 영혼은 자신의 처지에서 벗어나기 위해서 타인의 손이 필요하다는 것을 알고 있다. 그래서 누군가의 손을 잡으려 몸부림을 친다. 그 과정에서 좌절과 절망에 빠지기도 하지만 끊임없이 세계와의 교감을 추구한다. 그렇다면 고통스런 현실에서 벗어나기 위해 그가 택한 길은 어떤 길인가.

세계와의 소통을 꿈꾸며 이를 실현하는 길이다. 간절한 소망을 품고, 적극적으로 그 대상을 찾아 나서는 것이다. 우리는 그 과정을 살피면서 시인이 찾았던 숱한 이름들을 만나게 된다. "가여운 소녀 아메티스트"(「아메티스트」), "흑발의 애인, 이사벨"(「이사벨-샤를르 아즈나브르의

샹송」), "물 속에 잠긴" 아눈챠타(「베네치아에서−눈먼 사내」), "어둠의 수정 속을" 가는 유리디체(「유리디체에게」), "어리고 수줍은 아가씨" 마누에라(「말세리노의 회상」), 율리 등이 그들이다. 이들은 모두 꽃으로 상징되는 존재들이다. 시인에게 있어 꽃은 결국 순결한 영혼을 지닌 존재임을 의미하는데, 그 존재를 구체화하기 위해 그리스 로마신화를 비롯한 수많은 독서체험을 동원한다.

이렇듯 상실감과 외로움에서 벗어나고자 하는 노력은 어느 한 곳에 뿌리내리지 못했던 그의 유년이나 그가 성장했던 문학적 풍토와 연결되어 있음을 떠올리게 된다. 특히, 아버지의 직장 때문에 이곳저곳 떠돌아다니며 유년 시절을 보냈다는 사실이 그것이다.[1] 떠돌이로서의 기억은 그의 내면에 정착의 소망을 키워왔던 것이며, 그 소망의 크기와 비례하여 외로움이 깊어진 셈이다. 이는 그의 초기 시편을 지배하는 정서이기도 한데, 1960년대 시단을 풍미하던 우울한 정서와 맞물리면서 증폭되고 있음을 알 수 있다. 그의 시에서 보이는 모더니즘의 취향이 그것이다. 그의 독서체험이 시 속에 드러나 있듯, 이국적 분위기를 통해 서구적 정서를 드러내는 것이나 "나는 울고 싶다"(「풀잎에 쓴 시」)고 하듯 자주 등장하는 감상적 비애가 그것이다.[2]

이런 그의 서구취향의 정서와 감상성이 정제되기 시작하는 것은 '율리'를 발견하면서부터라 할 것이다. 「영원한 바다」, 「겨울나라의 달」, 「율리의 초상」, 「백야」, 「율리, 율리」 등의 시편에서 보듯, 율리의 발견은 그의 시에 하나의 전기를 마련한다.

---

1 강인한 연보, 『시와사람』, 2000년 겨울호, 146쪽.
2 김재홍, 『누가 눈물 없이 울고 있는가』, 시와시학사, 1991, 137쪽 참조.

품어볼 어떤 야망도 없는 시대

세상의 구석진 어느 곳에서는

힘차게 힘차게 평화만이 무너지고 있는 때

율리, 당신은 까만 외투 깃을 세우고

찬바람 속에 웃으며

겨울을 나야 하는 작은 새처럼 쓸쓸히

나를 기다리고 있었어.

　　　　　　　　　　　　　　　　－ 「율리, 율리」 중간 부분

　이 시편은 정서의 직접성을 통해 원초적인 정감을 환기시키고 있다. 젊은 날의 애틋한 사랑의 표현이다. 그러나 우리가 주목할 것은 이런 고백을 통한 정서적 교감이 아니라 그의 시편에서 '율리'의 발견이 주는 의미라 할 것이다. 그것은 그리움의 대상이 하나로 집약되고 구체화되는 데서 오는 심리적 안정감과 연결되기 때문이다. 지금까지 그는 외로움을 벗어나기 위해 숱하게 많은 대상을 향해 손을 내밀었고, 또 그에 따른 슬픔과 비애에 젖어 있었다. 그 대상이 늘 시인에게서 멀리 떨어진 상상 속에 존재하고 있었다는 뜻이다. 그러나 '율리'는 다르다. 무엇보다도 그리움의 대상이 자신의 삶과 연관된 어느 한 인물로 구체화되었고, 지금까지와는 달리 "나를 기다리고 있"다. 이전의 시에서 보이던 감상적인 열망의 언어가 잔잔한 자기고백의 언어로 바뀌고 있다는 것도 눈에 띄는 변화이다.

　이런 점에서 우리는 '율리'란 이름이 사랑하는 연인과 그의 어린 딸에게 붙여졌다는 사실에 주목할 필요가 있다. '율리'가 플라토닉한 사랑의 대상이든 실제의 인물이든 관계없이, 이 두 사람은 시인과 함께 가장 가까이에서 행복을 나눌 수 있는 존재가 된다. 이들은 그가 추구하는 세계의 구성원이며, 외롭고 지친 시인에게 "나직한 외등"(「백야」)과 같은 존재이다. "내 작은 생애를 얹어보고 싶"(「율리의 초상」)을 정도로 절대적인 대상이며, "찬바람 속에 웃으며/겨울을 나야 하는 작은 새처럼 쓸쓸히/나를 기다리고 있었어"라고 하듯 이미 내 곁에 있는 것이다. 따라서 젊은 날의 연인으로서의 율리가 심리적 안정을 주면서 감상적 비애감에서 벗어나게 해 주었다면, 어린 딸 율리는 따스한 등불 밑의 행복을 가꾸는 존재가 된다.

> 추운 사람들의 내뿜는 하얀 입김
> 유리창 밖 웅크린 풍경 위에 가만가만 덮이고
> 소주에 취해서
> 길고 긴 겨울은 술병처럼 흔들리지만
> 율리야, 너에게 주려고
> 아빠는 동화책 한 권을 샀지.
>
> — 「밤길」 뒷부분

이 시에서 뚜렷하게 드러나는 것은 부성애이다. "삼십만 원도 안 되는 선생 노릇을"한다고 어린 딸의 투정을 듣는 가난한 아버지이지만, 그는 어린 딸의 기쁨을 위해 동화책을 산다. 그가 말하듯 "유리창 밖"의 세계는 "양심을 두 개씩 달고 살아가는", "추운 사람들이 내뿜는 입김이 가득한" 곳이다. 이에 반해 "유리창" 안쪽의 세계는 투정 부리는 어린 딸과 아내가 있는 곳이다. 가난하지만 조그만 선물에도 기쁨이 넘치는 행복한 세계다. 젊은 시절, 그토록 원했던 "밀감빛 노오란 등불이/풍금 소리처럼 새어나오는"(「등불─눈먼 사내.J」) 공간이 아니었는가? 사실, 그가 원하는 것은 크고 화려한 게 아니었다. 등불의 따스함이 그러하듯, 초기시 「귓밥

파기」에서 보여지던 평화 속에 깃든 작고 내밀한 행복이었던 것이다.

율리를 가족 안에서 노래하면서부터, 그의 시에서 따뜻한 부성애와 부부애 등 가족에 대한 사랑을 보여주는 작품이 자주 등장한다. 또한 이 사랑은 「물소리가 그대를 부를 때」, 「풍란」 등의 시편에서 보듯 인간과 인간, 인간과 사물 사이의 소박하면서도 은밀한 교감으로 확대된다. 그의 시에서 진정으로 따뜻한 한 인간이 자신의 삶을 깊고 넓게 가꾸는 모습을 발견하는 것도 이런 이유에서다.

3. 역사의 터널 속에서

강인한은 시를 통해 영혼의 결핍을 채우려는 노력과 함께 우리 시대의 고민을 드러낸다. 이른바 우리 시대의 다양한 모순이 빚어내는 파행적 현실에 대한 고민이다. 이는 분단된 조국현실(「대운동회 만세 소리」)에서 월남 파병(「1965」, 「이상기후」, 「스물두 살」), 독재자의 출현(「불길 속의 미농」), 와해되는 농촌현실(「뱀 3」)에 이르기까지 다양한 관심을 표명하고 있는 데서 잘 드러난다.

조국현실에 대한 그의 관심은 「1965」에서 처음 나타난다. 이 시는 베트남으로 파병된 친구를 보내는 시인의 답답한 내면세계를 보여준다. 그러나 그 답답함이 단순히 전쟁터로 나간다는 사실이나 친구와의 이별에서 비롯한 것이 아님을 금방 알 수 있다. 그 이면에는 "애당초 글러먹은 나라의 特等射手"라는 표현에서 알 수 있듯, 조국의 상황에 대한 비극적 현실인식이 깔려 있다. "글러먹은" 나라의 젊은이들이 "글러먹은" 나라로 가서 "글러먹은" 젊음을 소진한다는 것이다. 우리의 조국과 베트남의 현실과 겹쳐지면서 시적 함의를 더욱 깊게 하는 것이다.

삼림처럼 무성한 우계雨季가

그의 우러른 눈망울에 어리우고

휴전 고지의 캐터필러 자욱마다 쑥꽃이 피었다 지고

엄청난 사연으로 초병은 물고 있었다.

짐승처럼 울고 있었다.

유성流星이 가만가만 어깨에 내려앉는 겨울 하이얀 눈구렁 속에서

조국은 떨고 있었다.

겨냥해야 할 진정한 적敵이 없는 지도 위에 엎드려

초병은 비운을 울고 있었다. 울고 있었다.

– 「대운동회 만세 소리」 제5연

1967년 〈조선일보〉 신춘문예 당선작인 이 시 역시 조국에 대한 비극적 현실인식을 바탕으로 월남에서 싸우는 젊은이의 혼란한 내면을 보여주고 있다. 초병의 눈에 "삼림처럼 무성한 우계雨季"가 어리고 있다. 초병은 낯선 이국 땅의 전장터, "어두운 남지나의 적의에 찬 땅굴" 속에서 눈에 불을 켜고 주위를 살피고 있다. 그의 눈에 펼쳐지는 것은 하루종일 내리는 비와 무성한 삼림이다. 이 낯선 땅에서 그는 "휴전 고지의 캐터필러 자욱마다 쑥꽃이 피었다 지"는 휴전선을 떠올리고 급기야 "겨울 하이얀 눈구렁이 속에서" 떨고 있는 조국을 생각하게 된다. 그는 분단과 전쟁으로 얼룩진 두 나라 젊은이들의 고통을 함께 겪고 있는 것이다. 그렇다면 남의 나라 땅에서 전쟁을 치러야 하는 초병은 무엇을 위해 싸워야 하고 무엇을 위해 울어야 하는가? 그가 겨냥해야 할 적은 누구인가? 위의 시에서 초병이 "겨냥해야 할 진정한 적敵이 없는 지도 위에 엎드

낯선 언어들 **69**

려" 울고 있듯, 삶의 전망은 불투명하다. 다만, 비극적 현실을 보여줌으로써 현재 우리 삶의 성격과 위치를 되돌아보게 하고 있을 뿐이다.

새로운 전망을 드러내지 않는다는 것은 1960, 1970년대를 살았던 젊은이들의 의식과 연결된다. 그가 애초에 "글러먹은" 나라라고 했듯, 조국에서도 이국의 낯선 땅에서도 미래의 희망을 찾을 수 없는 비극적 현실 때문이다. 이런 삶의 비극은 본질적으로는 조국의 분단에서 비롯한 것이며 가깝게는 이를 이용하는 정치세력의 폭력성에서 오는 것이다. 반공 이데올로기나 성장이데올로기를 저해(?)하는 어떠한 논의도 허용하지 않는 현실, 철저하게 제한되고 파괴된 삶이 그것이다. 이는 조국 근대화란 기치 아래 끊임없이 희생을 강요하는 그래서 피폐된 삶을 껴안고 뒹굴 수밖에 없는 농촌의 모습에서도 잘 나타난다.

> 죽어서도 못다 풀 남도의 시름
> 지키다 쓰러져 황소 울음 우는
> 여기는 끝끝내 캄캄한 땅
> 울어라, 저승 푸른 달빛을 물고
> 열두 발 어둠 속에 뜨건 피로 울어라.
>
> – 「뱀 3」 뒷부분

이 시에서 "울어라"라고 하듯, 농촌의 삶이 절망적임을 알 수 있다. 이미 많은 시인들이 1960년대부터 폭풍처럼 불어닥친 근대화의 바람을 대도시로의 인구집중과 이에 따른 농촌의 공동화라는 현실로 노래했다. 이 시기의 시편들에서 농촌의 젊은이들이 도시로 나가 노동자가 되고, 농촌은 늙고 힘없는 사람들의 살림터가 된 상황을 발견하는 일은 쉽다. 특징적인 것은 이를 보여주는 방식인데, 이 시는 민족적 현실 앞에서 울고 있는 초병의 모습과 마찬가지로 '울고' 있다는 것이다.

왜 시인은 곳곳에서 울고 있는가? 그의 시 어디에서도 희망적인 현실은 보이지 않는다. 더욱이 "닥치는 대로 부수고 닥치는 대로 세우는/미끈한 당신의 폭력"(「불길 속의 마농」)에서 보듯 폭력 자체가 미화되고 있으며, 폭력의 주체는 "이 시대의 하늘에 떠서"(「밤 버스를 타고」), "나는 하느님이다"(「가장 새로운 아침이」)라고 할 정도로 무소불위의 힘을 행사하고 있다. 그러니 밤늦게 지쳐서 돌아오는 '큰애기들'(「뱀 3」)이나 버리고 떠난 논배미를 바라보는 농부나 시를 이야기하던 친구(「1965」)들이 그 '하느님'에 대항할 어떤 힘이 있겠는가. 따라서 불가항력적인 상황 그리고 미래의 전망이 전혀 보이지 않는 현실 앞에서 시인은 울 수밖에 없다. "저승 푸른 달빛을 물고/열두 발 어둠 속에 뜨건 피로 울어라"라고 하듯, 그의 울음은 비극적 현실 앞에서의 뜨거운 분노다. 절망적 상황 앞에서 울부짖는 약자의 분노인 셈이다.

이렇듯 그의 초기시는 스스로 헤어날 수 없는 절망과 분노를 울음으로 드러내고 있다. 그러나 울음이 분노의 표현이라 해서 그의 시가 감상성의 혐의를 벗는 것은 아니다. 울음을 터뜨리는 것보다 억지로 참고 있는 모습에서 더욱 처연한 슬픔과 분노가 우러나오듯, 보다 냉철한 자기인식을 요구하는 것은 이 때문이다. 이런 점에서 볼 때, 그의 분노가 정제되어 나오는 것은 비극적 현실을 온몸으로 체현하면서부터다.

도시에는비가내립니다
정오입니다
철로가소리없이비에젖습니다
들어오는열차도나가는열차도없습니다
비가내립니다

시내버스도그렇게많던택시도보이지않습니다

아스팔트넓은도로에

사람들이띄엄띄엄부호처럼걸어다닙니다

따르륵따르륵전화다이얼이저혼자살아서

시내에서시내로걸려갑니다

비가내립니다

도시는거대한전염병동

시뻘건웃음소리가검게탄건물의벽에서

거미줄처럼나직이새어나옵니다

비가내립니다

- 「기계도시속에서」 전문

   1980년 5월의 광주를 그려내고 있는 작품이다. 광주에서는 군부의 쿠데타에 맞서 온 시민이 자유와 정의를 부르짖었다. 그 결과 군인들의 무자비한 살육이 전개되고 도시는 비명 속에 갇혀 있었다. 광주가 어둠 속에 떨며 신음하고 있을 때, 누구 하나 광주의 참상과 진실에 대해 귀를 기울이지 않았다. 우리는 "이 세상 어디선가/총성이 울리고, 사람이/사람이 눈 부릅뜬 채 거꾸러져도/전혀 듣지 못하고"(「귀」), 아니 들으려 하지 않고 눈만 동그랗게 뜬 채 숨죽이고 있었다.
   살육과 광기로 휩싸인 도시에서 시인이 본 것은 무엇일까? 입이 있어도 말하지 못하고, 귀가 있어도 듣지 못하는 철저히 단절된 공간에서의 고립감과 절망이었으리라. 그러나 시인은 눈물을 흘리지 않는다. 오히려 차분하게 도시의 모습을 그리고 있다. 그가 그려낸 도시에는 "들어오는열차도나가는열차도" 없고, "시내버스도택시도" 없다. 움직이는 것이라고는 "띄엄띄엄부호처럼" 걸어다니는 사람들이 있을 뿐이다. 마치

전염병이 돌아 모든 시민이 사라진 텅 빈 도시와 같다. 적막과 폐허의 도시에 비가 내려 더욱 을씨년스런 풍경을 만들고 있다. 일찍이 민영 시인이 "막스 에른스트의 화폭을 보는 것"같다[3]고 한 말에 저절로 고개가 끄떡이지 않을 수 없다.

그렇다. 어두운 잿빛의 거리엔 소리가 없다. 사람들도 송장이나 허깨비처럼 걷고 있다. 이 도시를 지배하는 것은 거대한 침묵이다. 침묵은 "시뻘건웃음소리"에 의해 야기된 강요된 것이기도 하고, 더 이상 어찌할 수 없는 절망에서 비롯한 것이기도 하다. 공포로 덮인 죽음의 도시를 시인은 소리 없음을 통해 그려내고 있는 것이다. 살아 있으되 죽은 것과 같다는 인식의 표현이다. 띄어쓰기가 무시된 시행 속으로도 어떤 감상이나 비애가 끼어들 틈이 없다. 시 자체가 한 폭의 그림이 되어 수만 군중의 구호나 절규보다 큰 울림으로 다가오는 것이다.

그러나 그는 거창한 역사의 진전을 믿지 않는다. 그에게 역사는 언제나 "피 묻은 백지, 마초 한 다발"(「저녁 悲歌」)과 같이 보잘 것 없는 것이다. 역사에 헌신하고 희생한다는 것 자체가 광기에서 비롯한 것이란 생각이다. 이를 증명이라도 하듯, 광주의 뜨거운 열기가 사라지자 사람들의 머릿속은 "쓰레기로 가득 차" 있고, 역사에 헌신했다는 사람들은 "광주를 팔아 오월을 팔아/싸구려 분단장을"(「배반의 세월 속에서」)하는 현실을 보여주기도 한다. 그렇다면 그는 허무주의자인가? 물론 아니다. 그가 믿는 세상은 오히려 역사의 줄기에서 벗어난 사람들의 삶 속에 있다. 그들은 "쑥떡같이" 가장 후진 백성들(「전라도여, 전라도여」)이며, 월부로 냉장고를 들여놓고 행복해하는 가난한 주부(「냉장고를 노래함」), 전셋방을 얻으러 변두리를 돌아다니는 몸빼 입은 여편네 (「변두리에서

---

3 민영, 「살아남은 자의 슬픔」, 『창작과비평』, 1992, 여름호, 186쪽.

1」), 세상의 미운 놈들 용서하자며 삼겹살을 씹는(「삼겹살을 먹는 법」) 소시민들과 같이 역사의 주류에서 벗어난 사람들이다. 이런 사람들이 누구인가? 거창한 역사의 진보나 정의를 부르짖을 줄 모르지만, 따뜻한 세상을 꿈꾸며 양심에 따라 삶을 일궈 가는 사람들이다. 이들의 삶 속에서 진정한 역사를 찾을 수 있다는 것이다. 그 꿈은 그가 말하듯, "걸어야 할 길"과 "피어야 할 꽃"(「지상의 봄」)이 아직도 우리 삶 속에 남아 있기 때문에 가능한 것이리라. 이들의 구체적 삶 속에 깃든 행복이야말로 시인이 일관되게 추구해온 것이다. 거창한 역사란 이들의 삶을 위협하는 것 이상도 이하도 아닌 셈이다.

4. 환한 세계, 끌어안기

이제 등불이 어떻게 주위를 밝히고 있는가를 살펴볼 차례다. 그는 지금까지 두 가지 행적을 보여왔다. 하나는 등불을 스스로 만들기 위해 노력했고, 또 하나는 그 등불을 위협하는 것을 찾아 나섰다. 전자가 남녀의 애정을 바탕을 한 사랑의 시편들로 시작되었다면 후자는 역사와 현실에 대한 관심으로 나타났다. 그리고 이 두 길은 그의 문학적 여정을 따라 만났다 갈라지기를 반복하여 오늘에 이르고 있다.

중요한 것은 이런 과정에서 그의 시가 많은 변화를 겪었다는 사실이다. 무엇보다도 그가 젊은 시절에 받았던 모더니즘의 세례를 스스로 정화했다는 점이다. 특히, 초기시에서 보이는 서구 취향의 소재들과 지나친 감상성을 극복하기 위한 방법으로 전통적 서정과 시적 기법에 대한 천착을 착실하게 이뤄냈다. 이런 변화는 "등불"의 이미지가 유년 시절의 고향에서 유래한 것이라는 데서 예견된 일이었다. 고향과 유년 시절

그리고 가족에 대한 사랑이 심화되면서 그의 정서 표출 방식 또한 달라지고 있기 때문이다. 등불이 그의 시에 중심의 이미지로 작용하면서, 그 중심을 에워싼 향토적 서정을 새롭게 드러내는 길이 열렸던 것이다. 다음의 시는 이를 잘 증명하고 있다.

> 오랜 가뭄 끝에 내리는 비는
> 싱싱한 초록이다
>
> 보랏빛 남쪽
> 하늘을 끌어다 토란잎에 앉은
> 청개구리
>
> 한 소쿠리 감자를 쪄 내온
> 아내 곁에
> 졸음이 나비처럼 곱다.
>
> – 「보랏빛 남쪽」 전문

한 폭의 수채화를 대하는 듯한 작품이다. 가만히 들여다보면, 이 그림은 살아 있는 풍경이 된다. 오랜 가뭄 끝에 내리는 단비는 시든 풀잎은 건드린다. 비가 닿은 자리마다 풀썩이는 먼지들, 지쳐 누운 풀잎들이 얼굴을 때리는 빗줄기에 놀라 부산하게 눈 비비는 작은 소요가 들려온다. 방울방울 내리는 비는 호수의 수면에 수만 개의 동심원을 만들면서 하늘을 호수에 옮겨다 놓는다. 호수의 빛깔은 이내 사람의 눈빛으로 바뀐다. 그리고 그의 눈 속으로 들어 온 청개구리 한 마리. 풍경이 더욱 새로워지면서 오랜만에 토란잎에 올라앉아 찬비가 닿는 살갗의 감촉을 즐기는 청개구리 역시 지그시 눈을 감고 있다. 한가하면서도 평화로운 광경이다. 또한 그림 한 귀퉁이에 사람이 있다. 쪄 온 감자를 옆에 두고 졸고 있는 아내와 여름날 오후의 풍경을 번갈아 보는 이의 눈이 정겹다.

한국화를 연상케 하는 이 풍경을 굳이 수채화라 한 이유는 각각의 사물이 또렷이 살아 있으면서도 토속적인 정감이 깔려 있기 때문이다. 전체적인 여운은 가뭄, 토란잎, 청개구리, 소쿠리, 감자 등의 어휘가 만들어내는 토속적인 정서에서 온다. 이 토속적인 정서가 수채화라는 근대적 기법과 맞물리면서 새롭게 태어나고 있는 셈이다. 토속적인 분위기 속에서도 넉넉히 살아 있는 현대성을 지녔다[4]는 평가 역시 이를 바탕으로 한 것이리라.

그의 시에서 이런 작업이 훌륭하게 이뤄지고 있음을 발견하기는 어렵지 않다. 마른 풀 향기 속에서 죽은 친구의 이름을 떠올리는 「哀歌」, 은사시나무의 뿌리 깊은 곳에서 들려오는 물소리 속에서 깊은 그리움을 퍼 올리는 「물소리가 그대를 부를 때」, 이른 봄에 환하게 피었다가 흔적 없이 사라지는 풀꽃에서 아픔을 발견하는 「황홀한 물살」 등의 작품은 서정의 결과 이미지의 섬세한 결합을 잘 보여준다. 더 중요한 것은 그 스스로 시인은 시를 통해 영혼을 구원한다[5]고 하듯, 작고 여린 것들에 대한 믿음과 애정을 시와 삶으로 육화하는 끈기와 열정이라 할 것이다. 그 열정은 가난한 삶이지만 소중하게 가꾸는 아버지에 대한 믿음이나 역사의 뒤편에 있지만 온전한 삶을 꿈꾸는 이웃들에 대한 애정 속에 드러난다. 이렇듯 크고 화려한 것을 믿거나 탐하지 않고, 소박하고 진솔하게 자신의 길을 걷는 태도야말로 이 시인에게 보내는 가장 큰 신뢰의 근거라 할 수 있으리라.

---

4 이은봉, 「순결한 영혼 혹은 정직한 불투명성」, 『시와사람』, 2000년 겨울호, 173쪽.
5 강인한, 『시를 찾는 그대에게』, 시와사람사, 2003, 107쪽.

겸허한 자기 응시凝視의 미학

- 김준론

1. 들어가며

난은 난이라서 귀하고

향기 또한 그윽하다

가꾸고 다듬은들

본 뜻이야 빛이 날까

그 신비

황홀하다 해도

사로잡지 못하네

– 「전시장의 난蘭을 보고」 제2수

난은 난이라서 귀하고, 향기 또한 그윽함을 노래하면서 시인은 불만 스런 표정을 감추지 않는다. "그 신비/황홀하다 해도/사로잡지 못하네" 라는 안타까움을 노래한다. 전시장에 놓인 난과 심산유곡의 난은 어째서 다른가? 이럴 때, 『공자가어孔子家語』에 나오는 '지란생어심림 불이무인 이불방(芝蘭生於深林 不以無人而不芳)'이란 말을 떠올림은 당연한 일이다. 이유는 간단하다. 난이란 본시 깊은 산속에서 이슬과 찬비 맞으며 또 한겨울을 고고하게 견디면서 꽃을 피우는 식물이다. 보는 이 없어도 고고하게 자신의 모습과 향기를 드러내는 그 품격으로 인해 많은 이들의 사랑을 받아온 것이기도 하다. 이런 점에서 난은 단순한 식물이 아니라 정신적 가치를 지닌 존재가 된다. 따라서 전시장에 놓이기 위해 사람의 손길로 다듬어진 난초의 모습은 조작된 형태가 되고, "본 뜻" 즉 기품에의 정신적 가치투사는 2차적인 문제로 전락된다. 화자의 불만은 인간의 손길이 가해지는 순간 훼손되는 자연의 모습과 거기에 투사된 정신적 가치의 손상에서 연유한다.

정신적 가치를 향한 소망과 그 훼손에 대한 안타까움은 김준의 자연과 시에 대한 태도의 일단을 말해준다. 첫째로 자연에 대한 그의 태도다. 그는 자연을 단순한 경탄이나 관상의 대상으로 삼지 않는다. 오히려 자연을 통해 삶의 법칙과 의미를 배워나가고 있음을 발견하게 된다. 풀한 포기, 나무 한 그루, 소슬바람… 어느 하나라도 시인의 눈길에 닿는 순간 그것은 시인의 삶을 살찌우는 마음의 양식으로 변한다. 즉 학습의 장場이요 스승으로서의 자연임이 드러난다. 그렇기에 처음 그대로의 모습을 지닌 자연에 대한 애정은 더 깊어진다.

둘째는 난의 기품을 닮으려는 시인의 자세다. 그의 시는 단순한 서정의 드러냄으로 만족하지 않는다. 그에게 있어 시는 서정의 표현 수단에서 나아가 자기 성찰의 도구로서의 성격이 짙다. 즉 그에 있어서 시는 자기 수련의 도구요 목표 그 자체가 된다. 이것은 그의 과작寡作과 연결시켜 설명될 수 있으리라. 그는 데뷔 이후 30여 년의 시작생활에서 『四十二章』(1966), 『인정은 물일레』(1974) 그리고 최근에 간행된 『진실로 네 앞에서는 무엇을 미워하랴』(1991) 등 3권의 시조집을 내놓고 있다. 30여 년의 시작 생활과 3권의 시집, 이는 묘한 느낌을 준다. 해석하는 이에 따라서 시인의 게으름으로, 한편으로는 시에 대한 성실성을 말하기도 할 것이다. 그러나 생각해 보면, 이 둘은 서로 상통하고 있다. 자연이나 자신의 삶에 진지하게 접근하는 이는 말수가 적은 편이기 때문이다. 게으름이란 진중함의 다른 표현이다. 특히, 그가 시를 서정의 표출 수단으로서가 아니라 자기 성찰의 도구로 여긴다는 점에서 절제된 언어 속에서 기품을 갖추려는 자세와 잘 어울린다. 이런 점에서 그의 과작은 특별한 의미를 지닌다.

2. 자연, 엿봄 또는 발견의 장

김준의 시에 있어서의 자연은 단순히 감상과 감탄의 대상이 아니다. 자연과 함께하면서 늘 그 속에서 무언가를 캐내고 있다. 이럴 때 자연은 그에게 발견의 시공이 된다. 아울러 그는 자연에서 보고 듣고 배우는 성실한 학생이다. 스스로를 한껏 낮추는 것이다. 이는 자연과의 일정한 거리를 유지한다는 것으로 그의 시가 긴장감을 유지하는 비결이기도 하다. 또한 그는 자연을 대하면서 끊임없이 삶의 의미를 묻는다. 그 질문은 자신의 삶을 살찌우는 쪽으로 향하기 마련이다. 자연을 대하는 태도를 보자.

봄비 내린 다음 날 아침
몇 평 나의 뜨락에는

잊혔던 말씀들이
새롭게 돋아나고

목련꽃 벙긋이 벙는 순간
새소리는 더욱 푸르다.

닫혔던 골목길은
어느새 분주한데

눈물겨운 소식들을
새롭지 않게 대하면서도

먼 산의 윤기 도는 모습을
몰래 훔쳐볼 뿐이다.

- 「어느 봄날 아침」 전문

　이 시는 2수로 되어 있다. 제1수는 생명탄생의 기쁨을, 제2수는 생명
탄생의 장場인 자연을 대하는 태도를 보여준다. 제1수부터 보자. 봄은 새
로운 생명의 계절이고, 모든 생명력이 밖으로 분출되는 계절이다. 생명
력의 분출을 촉진하는 것은 봄비다. 생명의 신장을 부추기는 존재로서의
봄비요, 모든 생명의 원천인 물을 제공하는 존재이기도 하다. 화자는 봄
비 내린 다음 날 대지 위에 솟아난 생명을 '잊혀진 말씀들'의 소생으로
받아들인다. 겨울, 모든 생명이 지하에 움츠려 들어 마치 죽어 있는 것으
로 받아들이는 일상성에 대한 반기다. 생명은 움츠려들고 죽어 있었던
것이 아니라 내면에 불씨를 키워가면서 활활 타오르기를 기다리고 있었
던 것이다. "말씀"은 곧 보이지 않던 생명의 비의를 가리키고 보여주는
자연의 전언傳言이게 된다. 따라서 돋아나는 새싹을 보고서야 비로소 깨

달는 순간의 기쁨은 "목련꽃 벙긋이 버는 순간"에의 동참으로 나아간다.

제1수에서 바라봄에서 동참에로의 기쁨을 노래한 것과 달리, 제2수는 자연의 생명력을 내면의 생명력으로 받아들이고 있음을 보여준다. 자연의 의미는 삶의 장소로 옮겨오게 되고 거기서 삶의 의미로 바뀐다. 우선, 눈물겨운 소식을 새롭지 않게 대하는 모습을 보게 된다. 눈물겨운 소식들이란 세속의 일상사에 지나지 않는다. 즉 일상사 하나하나에서 기쁨과 슬픔을 느끼는 것은 중요하지 않다. 보다 중요한 것은 자연의 순환과 이법에 자아를 맡겨 놓음으로써 보다 큰 삶의 의미를 깨달아야 하기 때문이다. 그렇기에 "먼 산의 윤기도는 모습을/몰래 훔쳐"보는 것은 당연한 일이다. 훔쳐본다는 것은 자연에 대한 경외 속에 깃들인 겸손한 자세다. 그에게 있어 자연은 삶의 의미와 태도를 가르쳐주는 존재이기에 더욱 그러하다.

「나목裸木」에 오면 그는 훔쳐본 자연의 이법을 가지고 스스로 자연 속에 들어가 그 의미를 캐내고 있음을 발견하게 된다.

> 한 치의 빗금도 없이
> 출렁이던 너의 꿈은
>
> 냉냉한 하늘 높이
> 계절을 응시하며
>
> 노련한 몸놀림으로
> 언어들을 잉태한다.
>
> 어둠 깔린 산길 따라

외로움을 뒤로 하고

언젠가 빛깔 짙을
그날을 손짓하며

나목裸木은 생각이 깊다
우람한 짐승처럼.

아슴한 기억 속에
헤아리는 삶의 역정歷程

혹한의 그 형벌로도
끝내 정직한 의식은

진부한 관념을 털고
신명초행神命初行을 적고 있다.

– 「나목」 전문

이 작품은 그의 자연을 대하는 태도로서의 '훔쳐봄'이 예사롭지 않았음을 드러낸다. 겸손한 자세는 오히려 보다 깊이 있는 성찰을 위한 진지함의 다른 표현이었음을 보여준다. 이는 겨울나무를 통해 자연의 이법을 스스로 체현해 가는 것에서 잘 드러난다. 제1수에서 보이는 역설을 통한 이치의 발견이 그것이다.

제1수는 역설의 미학을 보여준다. 역설은 현상과 본질에 관한 것이다. 겨울나무는 그야말로 벌거벗은 상태다. 따라서 겨울나무는 겨울이 주는 황량함과 쓸쓸함을 더하는 존재일 뿐 아름다움과 생명이 없는 죽은 사물에 지나지 않는다. 그러나 화자는 겨울나무에서 생명의 본질을 본다. 무성한 잎이 생명의 확산을 의미한다면, 잎이 떨어지고 앙상한 가지를 보임은 생명의 응축을 의미한다. 화자는 생명의 응축을 통해 겨울나무의 꿈을 드러낸다. 그 꿈은 새로운 존재표현을 위한 "언어들을 잉태"하는 것으로 구체화된다. 언어란 무엇인가? 존재표현의 수단이며 동시에 존재이유 그 자체가 된다. 그렇다면 화자는 죽어 있음의 세계에서 살아 있음의 세계를 보는 셈이다.

제2수는 겨울나무의 존재실현을 위한 기다림의 미학으로 나아간다. '어둠'과 '외로움'의 상황에서의 기다림이 그것이다. 기다림을 가능하게 하는 것은 "언젠가 빛깔 짙을/그날"이 있기 때문이다. 그날은 '출렁이던 너의 꿈'이 현실로 나타나 무성한 잎으로 자신의 존재를 마음껏 과시하는 날이 될 것이다. 그러나 겨울나무는 서두르지 않는다. 겨울나무는 '생각이 깊다' 서두름으로써 해결될 것이 아님 알고 있기 때문이다.

제3수는 기다림의 과정을 노래하고 있다. 이 기다림의 과정은 지나온 삶의 역정歷程을 살피는 것에서 시작된다. 헤아리는 삶의 역정은 지금까지의 기다림의 의미와 내일에의 꿈에 대한 진지한 성찰을 포함한다. 나무는 "혹한의 형벌" 속에서 진부한 관념을 털고 "신명초행神命初行을 적고" 있기 때문이다. 역경 속에서 완전한 덕행에 이르는 걸음걸이를 실천하고 있음은 무엇을 의미하는가? 완전한 덕행이 신의 뜻에 순응하는 삶으로써 이루어진다면 겨울나무의 진정한 꿈은 무엇인가? 이 질문에 대한 응답은 "혹한의 그 형벌"을 견디는 "정직한 의식"의 내용을 밝히는 일일 것이다. 그렇다면 우리는 지금까지 살펴온 나무의 꿈이 단순히 돌아올 계절에의 존재표현이 아님을 생각할 필요가 있다. 신의 뜻에 순응하는 것이 나무의 진정한 꿈이기 때문이다.

한여름 잎이 무성해진 나무의 모습은 겨울이 되면 다시 벌거숭이의 모습이 된다. 그렇다면 잎이 무성한 나무의 모습 역시 일시적인 모습일 것이다. 일시적인 것은 무가치한 것이요 허무한 것이다. 이런 잎의 잔치를 위해 "혹한의 형벌"을 견디는 일은 괴로움의 연속일 따름이다. 희망과 허무의 반복이 나무가 지닌 운명이라면 슬픈 일이다. 여기서 벗어날 길은 없는가. 물론 있다. 반복되는 삶 자체를 받아들이는 일이다. 이럴 때 슬픔이나 기쁨이 끼어들 여지가 없다. 생긴 대로 정직하게 사는 일이기 때문이다. 자신을 긍정하고, 주어진 운명에 순응하는 것은 오히려 "정직한 의식" 즉, 허무를 견디는 힘이 된다. 자연의 법리에 자신의 모든 것을 맡기는 태도이기 때문이다. 자연自然의 뜻에 따르는 고행의 과정을 온몸으로 받아들이는 자세가 아닌가.

3. 삶, 자기 수련의 도장

자연의 법리를 통해서 삶의 참다운 의미를 배우고자 하는 시인의 태도는 끊임없는 자기 수련의 모습으로 나타난다. 삶 역시 자기 수련의 도장이기에 그의 시에서는 주어진 현실에 대한 흥분이나 비난의 자세가 보이지 않는다. 흥분이나 열정이 보이지 않음은 그의 현실인식에 있어서의 안이함으로 말해질 수 있기도 하다. 시란 대체로 현실에 대한 좌절이나 절망, 내가 서 있는 세계가 진정으로 원치 않는 세계라는 인식 위에서 쓰여지기 쉽다. 자아와 세계와의 단절된 상태, 세계의 위력 앞에 무너져 내리는 자아의 모습 등이 시의 긴장감을 더하는 요소로 작용함은 이런 이유에서다. 그러나 김준의 시에서 이런 모습은 발견되지 않는다. 이유는 간단하다. 그는 자신에게 주어진 현실을 자기 수련의 과정으로 받아들이고, 거기서 삶의 의미를 캐내고 있기 때문이다.

다음의 시를 보자.

겨울밤 깊어 가고
스산한 나의 심사

하그리 조인 가슴
생활의 벼랑에서

하루를 뒤척이다가
손이 시린 이 회한悔恨.

밤마다 귀를 달고
방문 여는 애증愛憎의 숲

더러는 눈송이로
이 한밤 쌓이누나

삼동三冬도 기울 길목을
비틀대며 걷는다.

- 「이 겨울밤에」 전문

그의 시에서 드물게 인간적 삶의 애환을 드러내고 있는 작품이다. 겨울밤이 깊어감에 따라 마음은 점점 스산해진다. 마음의 스산함은 계절이 주는 감각과 함께 여유롭지 못한 생활 때문이다. 여유 없는 삶에서 겨울은 더욱 혹독한 시련을 가져다 줄 뿐이다. 시에서 보듯, "하그리 조인 가슴"으로 "삶의 벼랑에서" 화자는 지나온 삶에 대한 뉘우침과 한탄 속에 빠져 있다. 그러나 시행이 전개됨에 따라 화자는 자신의 삶을 객관화시키는 여유를 보이고 있다. 삶에 대한 애증의 모습을 쌓이는 눈송이로 환치시키고 있음이 그것이다.

이와 같은 여유는 생활을 탓하는 일이나 자기 연민에서 벗어나게 한다. "삼동三冬도 기울 길목을/비틀대며" 걸어가게 하는 것이다. 비틀댐은 흔들림이다. 그러나 비틀댐을 솔직하게 드러낸다는 것은 흔들리지 않아야 한다는 믿음 위에 가능하다. 그렇기에 주저앉거나 한탄에 그치지 않고, 비틀대며 걷는 모습은 더 이상 삶의 무게에 시달린 모습이 아니다. 쓰러지지 않고 삶의 무게를 지탱해 가는 힘은 어디서 나오는 것일까? 이는 다음의 시에서 찾아볼 수 있다.

①
청빈이 죽음보다도
어려운 세상 이치거늘
그 험한 절벽
무서운 줄도 모르시고
바람도 구름도 못 넘는 길을
이웃마을 가듯하시네.

– 「어떤 사연·4」 전문

②
차라리 빈 몸으로
자실自失한 채 홀로 섰다

외롭고 슬프기야
기약없는 세월인데

팔 벌려 구름을 잡듯
의미 바랜 조상유업祖上遺業.

간간이 찌는 햇볕
소망은 들野에 차고

손을 뻗어 하늘 향해
바람따라 춤을 추면

도리어 벅찬 이 고독
해일海溢되어 쌓인다.

애타던 나의 젊음
어디에다 부렸을까

다 거둔 이랑에
메아리만 줍고 서서

내일은 또 어떤 출발로
충만해야 하는가.

— 「허수아비」 전문

①은 자신의 스승을 추모하는 내용의 작품이다. 오늘날과 같은 시대에 청빈함을 덕목으로 삶는 선비정신은 어디에도 끼일 자리가 없다. 물신숭배, 황금만능주의, 끝없는 욕망의 펼쳐짐과 그에 따른 맹종의 세태가 오늘날 우리 삶의 모습이다. 생활의 빈한함은 곧 삶의 구속이요 또어느 누구도 이런 구속에서 자유롭지 못하다. 물질적 풍요가 정신적 가치에 우선하는 삶을 살고 있기 때문이다. 그러나 화자가 그리는 그의 스승의 모습은 이로부터 자유로운 존재다. "험한 절벽"으로 나타나듯 "바람도 구름도 못 넘는" 생활의 지난함을 마치 이웃마을 가듯 아무렇지 않게 살아가고 있으니 말이다.

삶의 구속으로부터 자유로울 수 있는 정신적 가치의 소중함, 이것이 시인의 삶의 한 기둥이 되고 있음을 발견하게 된다. 앞의 시에서 언급한, "삼동三冬도 기울 길목을/비틀대며 걷는" 시인의 뒷모습을 새삼 떠올리게 된다. 쓰러짐이 없이 나아 갈 수 있는 정신적 지주가 그의 내면에 굳건히 자리해 있음을 보여주기에 충분하다.

②는 그가 정신적 지주에 매달려 앞서 간 길을 추종하고 있지만은 않다는 것을 보여주는 시다. 앞서 간 길을 따라감은 자신의 삶이 아니다. 오히려 그 길의 중요함을 인식하고 난 뒤, 새로운 길을 개척하고 삶을 더욱 풍요롭게 하는 일이 중요하다. 삶의 질적 신장은 자기 성찰과 수련의 과정을 통해서 얻어질 것이다. 이런 점에서 ②의 시는 자기 수련의 한 과정을 드러내고 있다고 하겠다.

우선, 이 시에서 시인은 자실自失과 충만 사이에 위치해 있음을 알 수 있다. 자실自失이란 무엇인가. 스스로 버림이고 비움이다. 버리고 비운다는 것은 마음을 맑게 한다는 것이요, 세속적인 욕망의 눈에서 벗어난다고 함이다. 시인은 제1수에서 들판에 서 있는 허수아비에게서 비움의 의미를 발견하고 있다. "팔 벌려 구름을 잡듯" 무심하게 서 있는 허수아비의 모습은 곧 구도자의 모습이게 된다. 그러나 제2수에 오면 무심無心을 향한 구도의 과정이 얼마나 힘든 일인가를 말하게 된다. "손을 뻗어 하늘 향해/바람따라 춤을 추면"서도 안으로 쌓이는 고독을 맛보게 되는 것이다. 비우고 버리는 도중, 자신도 모르게 내면에 쌓이는 고독의 모습은 그만큼 구도의 길이 험난함을 말하고 있는 셈이다.

제1수와 제2수가 허수아비를 통해서 본 구도의 과정인 반면 제3수는 자신의 문제로 향하고 있다. 자신의 문제는 곧 삶의 문제에서 출발한다. 지금까지 흘려보낸 세월이 온갖 욕망과 세속적 가치추구의 과정이었음이 오늘의 시인으로 하여금 "다 거둔 빈 이랑에 서서/메아리만 줍고 서" 있게 한다. 이런 자기인식을 바탕으로 화자는 허수아비의 삶을 떠올린다. '허수아비'의 모습은 곧 자신의 모습이어야 함을 깨닫게 되는 것이다. 모든 것을 버리고 난 뒤 "내일은 또 어떤 출발로/충만해야 하는가"라는 간절함 속에서 불가佛家에서 말하는 일절유심조一切唯心造의 의미를 발견함은 이런 이유에서다. 자기 자신이 자실自失한 또 다른 허수아비가 되어 비울수록 깨끗하게 채워지는 삶을 살고 싶은 소망이 깔려 있기 때문이다.

4. 맺음말

지금까지 살펴 본 김준의 시는 그의 제3시집 『진실로 네 앞에서는 무엇을 미워하랴』에 수록된 것들이다. 따라서 그의 시 세계 전부를 살펴볼 수는 없었다. 그러나 "눈에 비치는 것이나 귀에 들리는 것, 마음에 느낄 수 있는 생활 주변의 일상적인 것을 노래하였고, 관념적인 소재나 자연이라 할지라도 나의 인생과 관련 하에서 파악"했다(제3시집 서문)고 하듯, 인생과 자연에 관한 시인의 태도는 그의 작품 중심부에 자리한 것이란 점에서 중요한 의미를 지닌다.

그의 시를 살피면서 새삼 떠오르는 것은 시적 화자와 시인과의 거리가 가깝다는 것, 이것은 김준에게 있어 시를 쓰는 행위 자체가 자기 수련의 과정임을 확인 시켜주는 것이었다. 따라서 그의 언어는 고백의 언어요, 진솔한 언어일 수밖에 없다. 이는 자연과 인생을 학습의 장으로 받아들이는 시인의 태도로 보아 당연한 귀결일지도 모른다. 그는 전통적인 방식으로 삶과 사물을 받아들이고 의미를 이끌어내고 있으며, 자연과 인생에 대해 깊이 있는 성찰을 바탕으로 높은 시적 성과를 보여주고 있다. 그럼에도 불구하고 아쉬운 점이 있다면 몇몇 시편들에서 시 자체의 긴장감이 떨어짐을 발견한 일이다. 시에 있어서의 긴장감이 자아와 세계 사이의 균열이나 갈등에서 비롯하고 있음에 비추어 그의 태도는 여기서 한발 벗어나 있기 때문이다. 즉 과거의 시조와 달리 오늘날의 시조는 단아한 형식 속에 담긴 팽팽한 긴장감을 요구한다. 이는 '내면을 채우게 하는 무엇'이 아닌 '채우지 못하게 하는 무엇'에의 천착과 갈등에서 드러날 것이다. 이러한 견해는 시조보다 현대시를 많이 보아온 필자의 짧은 소견에 지나지 않을 수도 있다. 다만 오늘날의 현대시조가 자유시와의 변별점을 뚜렷하게 하는 것은 단아한 형식 속에 담긴 내용의 치열함이라는 점, 또 이것이 자유시의 현란한 몸짓과 달리 시조만이 지닌 고유의 특색이란 점을 지적하고 싶을 뿐이다.

존재탐색의 여정

– 김달진론

1. 들어가며

　김달진은 1907년, 경남 창원에서 출생하여 1929년 『문예공론』에 「雜泳數曲」 등이 추천되어 등단했다. 이후 1934년 시전문지 『시원』, 1936년에 『시인부락』 동인으로 참여하면서 본격적으로 작품활동을 했다. 1940년에 시집 『청시』를 간행한 바 있으며, 해방 후 대구의 『죽순』 동인으로 참여했다. 1960년대 이후에는 거의 시를 쓰지 않다가 1983년 시선집 『올빼미의 노래』를 상재하면서 다시 시작활동을 전개했다.

　이러한 그의 이력으로 보아 그가 활발하게 시를 써왔다고 할 수 없다. 그의 시력 중간에 30여 년의 공백이 눈에 띄기 때문이다. 1962년 동양불교문화연구원장에 취임한 이후로는 『법구경』, 『장자』, 『허응당집』, 『한산시』, 『한국선시』, 『보조국사전서』 등 역경, 역시 작업에 전념했던 기간이다. 시인으로서의 김달진보다는 불교대중화에 힘쓰는 불교 운동가나 번역가의 면모가 강했다고 할 수 있다.

　시인으로서의 김달진에 대한 관심이 나타난 것은 1980년대 이후라 할 것이다. 정확하게는 『올빼미의 노래』(1983. 첫시집과 미발간 시집

『올빼미의 노래』 합본시집)를 상재하면서부터이다. 이때부터 그의 시세계에 대한 관심이 나타나고, 또 새로운 조명을 받기 시작한다. 정현기, 김선학, 신상철 등의 생애에 대한 연구[1], 김인환, 조남현, 최동호, 김재홍, 송영순 등의 세계관을 중심으로 한 연구[2] 등이 그것이다. 1990년대 이후 대학에서도 꾸준히 학위 논문이 발표되고 있는 실정이다.[3]

이들 연구의 대부분은 불교와 노장사상을 중심으로 시세계를 조명하고 있다. 이는 그의 삶의 행적과 관련되어 있다. 그가 한때 불문에 들어가 수행한 수행자였고, 속세로 나온 뒤에는 불경과 노자를 번역·소개하는 일을 해왔기 때문이다. 중요한 것은 이런 선입견을 전제로 시를 해석하고 음미할 때, 시인으로서 한 인간의 내면 풍경이 흐려지기 쉽다는 것이다. 한 인간이 이룬 사상이나 철학보다는 시의 전개과정을 중심으로 그것이 시와 어떻게 조우하며 상생하는가를 세심하게 살펴볼 필요가 있다는 의미에서다. 따라서 이 글은 시인으로서의 한 인간의 내면 풍경을 중심으로 존재탐색의 과정을 밝히고자 한다.

1 정현기, 「우주 속에 갇힌 수인의 시적 인생론」, 『현대시학』, 1989년 8월호.
  김선학, 「열치매 나타난 달처럼 – 김달진의 문학과 삶」, 『문학사상』, 1989년 8월호.
  신상철, 「김달진의 작품세계」, 『경남문학』, 1989년, 여름호.
2 김인환, 「청결하고 맑은 곳 – 『靑柿』론」, 『올빼미의 노래』, 시인사, 1983.
  조남현, 「평범에서 달관으로 – '올빼미의 노래' 론」, 『올빼미의 노래』, 시인사, 1983.
  김재홍, 「김달진, 무위자연과 은자의 정신」, 『서정시학』, 1990년 여름호.
  최동호, 「김달진 시와 무위자연의 시학」, 『평정의 시학을 위하여』, 민음사, 1991.
  (이상 네 편의 글은 『김달진 시전집』, 문학동네, 1997에 재수록되어 있다)
  송영순, 「현대시와 노장사상」, 『국어국문학』 제126권, 국어국문학회, 2000.
3 김성모, 「김달진 시 연구 – 1930년대 시 중심으로」, 영남대 석사학위논문, 1991.
  황경숙, 「김달진 시 연구 – 무아사상의 성숙과정을 중심으로」, 경남대 석사학위논문, 1991.
  서춘자, 「김달진 시 연구 – 불교문학적 특성을 중심으로」, 아주대 석사학위논문, 2000.
  장수현, 「김달진 시 연구 – 불교적 상상력과 노장적 세계를 중심으로」, 광주대 석사학위논문, 2002 등이 있다.

2. 어항에서 샘물까지

김달진 초기시의 기저를 이루고 있는 정서는 두 가지로 나타난다. 하나는 갇혀 있음이고 다른 하나는 홀로 있음이다. 갇혀 있음은 현실과 유리된 상태에서 느끼는 소외의 감정과 결부되어 있다. 따라서 그의 시선은 늘 밖으로 향해 있다. 이런 상태를 심화시키는 것은 혼자 있다는 외로움이다. 외로움은 그로 하여금 쓸쓸함과 고독의 심연으로 떨어지게 하지만, 밖으로 향하는 시선에 간절함을 강화시키기도 한다. 이 두 가지 요소가 서로 맞물리면서 시적 상상력이 펼쳐지고 있다.

> 작은 항아리를 세계로 삼을 줄 아는 금붕어
>
> 간밤에도 화려한 용궁의 꿈을 꾸고 난 금붕어
>
> 하늘이 풀냄새 나는 오월 아침
>
> 산호 같은 꼬리를 편다
>
> 자반뒤지를 했다
>
> 너는 언제 꽃 향기 피는 나무그늘과 찬 이슬과 이끼 냄새와
>
> 호수와 하늘의 별을 잊고 사나
>
> 작은 遊戲 속에 깊은 슬픔이 깃든다느니
>
> 여윈 조동아리로 유리벽을 쪼아라 쪼아라
>
> 항아리 물 밖에 꿈만 호흡하고 사는 금붕어
>
> 해가 新綠을 새겨 창경을 쏘았다
>
> 금붕어는 빨간 꼬리를 편다
>
> 금붕어는 혼자다.

– 「금붕어」 전문[4]

이 시는 초기시에 나타난 세계인식의 특징을 잘 보여주고 있다. 그것은 시 속에 드러난 화자의 모순된 진술에서 찾을 수 있다. 이 시에서 화자는 금붕어가 작은 항아리, 즉 어항을 세계로 받아들이고 있다고 말한다. 곧이어 이를 부정한다. 금붕어가 "간밤에도 화려한 용궁의 꿈을" 꾸었고, "꽃 향기 피는 나무 그늘과 찬 이슬과 이끼 냄새와/호수와 하늘의 별을" 잊지 않고 있음을 알기 때문이다. 자신이 살고 있는 세계를 받아들이면서도 벗어나려 하는 이율배반적인 태도인 셈이다. 이런 상황에서 화자의 선택은 단호하다. "여윈 조동아리로 유리벽을 쪼"으라는 것이다. 꿈을 좇아 밖으로 나가라는 것인데, 여기서 또 하나의 특징이 드러난다. 자신이 살고 있는 세계와 살고 싶은 세계가 "유리벽"으로 나뉘어져 있다는 것이다.

주지하다시피 유리는 안과 밖이 투명하다. 눈을 뜨면 바깥 세상이 훤히 내다보인다. 이곳과 저곳의 경계가 뚜렷하다. 그렇기에 저곳으로 향하는 소망과 함께 갈 수 없다는 절망이 첨예하게 맞닿는 곳이다. 중요한 것은 그 "유리벽을 쪼아라"라고 하듯, 밖을 향한 의지를 불태운다는 점이다. 더욱이 "항아리 물 밖에 꿈만 호흡하고 사는 금붕어"는 혼자다. 혼자이기에 더욱 절박하다. 어항 속에 있는 금붕어와 자신과의 동일시가 이루어지는 부분이다. 선경후정先景後情을 주조로 한 그의 시적 기법으로[5] 보아 갇혀 있는 세계를 벗어나려 애쓰고 있는 양상임을 알 수 있다. 그렇다면 그를 가두고 있는 것은 무엇인가.

①
못 견디게 쓸쓸한 하룻밤

4 이 시는 『김달진 시전집』(문학동네, 1997)에서 인용한 것으로, 앞으로 인용하는 시 역시 여기에 근거를 둔다.
5 김재홍, 앞의 책, 526쪽.

이제 한밤

벽화 속의 처녀가 남 몰래 내려와

내 이불 밑에서 꿈을 꾸다 새벽에 갔다

- 「쓸쓸한 밤」 전문

②

묵은 책장을 뒤지노라니

여기저기서 기어 나오는 하얀 버레들

나는 가만히 그들에게 이야기해봅니다

고독과 적막의 슬픈 사상을

그들은 햇빛 아래 빛나는 이 세상 人情의

더욱 쓰라리다는 것을 잘 아는 나의 어린 동무들입니다.

- 「고독한 동무」 전문

　①의 시는 쓸쓸함을 노래하고 있다. 쓸쓸함이란 인간의 근원적인 감정이다. 일찍이 하이데거가 피투체로서의 인간의 존재조건을 이야기했듯, 인간은 태어날 때부터 낯선 곳에 던져진 불완전한 존재다. 자기라는 주체가 형성되기 전까지 늘 외롭고 쓸쓸하고 불안할 수밖에 없다. 존재론적 질문이 심화되기 전까지 이런 존재를 위무해 주는 것은 사랑하는 사람이 될 수밖에 없다. 그러나 사랑의 대상 또한 늘 부재한 것이라서 외로움과 쓸쓸함은 더할 수밖에 없다. 이런 쓸쓸함의 정서는 그리움으로 나아간다. 초기 시편에서 그리움의 대상은 여성으로 나타난다. 사랑의 시편들이 이를 잘 보여주는데, "그리하야 나는 그 빛나는 별 아래서/M부인을 연모한다"(「M부인」), "내 사랑 목숨보다 큰 줄 알았네"(「동

해」), "멀리 있는 애인을 생각하다가/나는 여러 억천만 년 사는 별을 보았다"(「애인」), "모든 것 다 없어져도/사랑을랑 버리지 말자"(「사랑을랑」)에서와 같은 사랑고백을 듣게 되는 것이다.

그러나 이 시에서 시인은 슬쩍 주체를 바꾼다. 달리 말하자면, 쓸쓸함을 받아들여야 하는 자아와 여기서 벗어나고 싶은 자아 사이의 자리바꿈이다. "벽화 속의 처녀가 남 몰래 내려와/내 이불 밑에서 꿈을 꾸다 새벽에 갔다"라는 진술이 그것이다. 빈방에 걸려 있는 벽화 속의 처녀와 시적 화자 사이의 교감을 표현한 것인 데, 여기엔 자기연민이 짙게 깔려 있다. 홀로 떨어져 있는 자의 과장된 몸짓이기 때문이다. 비록 꿈이지만, 벽화 속의 처녀도 외로움을 알아줄 정도로 견디기 힘들다는 것이다. 결핍된 욕망에 대한 보상을 꿈을 통해 받는다는 것이니 그는 철저하게 자기 안에 갇혀 있는 셈이다. 이런 상태에서 이제 겨우 "못 견디게 쓸쓸한 하룻밤/이제 한밤"이 지났다. 한 밤 지났으니, 앞으로 이런 밤이 얼마나 더 계속될지는 모른다.

②의 시편에서 보면, 이런 외로움을 벗어나는 방법은 관계의 회복에서 시작된다. 혼자라는 사실은, 외피는 쓸쓸함으로 나타나지만 그 내면에는 관계회복에의 열망이 내재해 있다. 그 구체적인 행위가 대화다. 책 속에서 나오는 하얀 벌레들과의 이야기가 그것이다. 그가 말하는 내용은 "고독과 적막의 슬픈 사상"이다. 이런 대화가 가능한 것은 나와 벌레가 동병상련의 처지에 있다고 믿기에 가능하다. 벌레가 "묵은 책장" 속에 갇혀 있었듯, "나" 역시 자기연민에 갇혀 있었던 것이다. 대화를 한다는 것은 시인에게 있어 자기연민으로부터 벗어남을 의미한다. 지금까지 그는 자기에 대한 집착으로 말미암아 "큰 슬픔을 가졌다"(「漂泊者」)거나 "애처로운 휘파람을 날리고"(「꿈꾸는 비둘기」) 있다는 감상을 드러내고 있었다. 따라서 자신의 처지를 이해해줄 상대와의 대화는 소통을 통해 고독으

로부터 벗어남을 의미한다.

자기로부터의 벗어남은 "돌같이 냉혹한 현실 앞에 돌같이 냉혹한 更生을 꿈꾸며"(「漂泊者」) 길을 떠나는 것으로 구체화된다. 지금까지 슬픔이나 외로움에 연연해서 살았던, 즉 갇혀 있던 세계를 벗어나고자 한다. 결핍으로 인한 고뇌와 갈등에서 벗어난 새로운 삶을 원한다. 따라서 "돌같이 냉혹한 更生을"을 꿈꾼다는 것은 고통에서 벗어나고자 밖으로 향했던 눈길을 안으로 거둔다는 것이다. 그는 눈을 감는 일(「햇볕」, 「牧丹」)에서부터 시작하고 있다. 자기응시의 태도이다. 이를 통해 자신을 가두고 있던 것은 물론, 나와 타자 사이의 경계도 허문다. 벌레와의 대화는 물론 「산장의 밤」에서 보듯, 스스로 벌레가 되어 울어보기도 한다.

시인은 자신을 붙잡고 있던 것들을 밖으로 내보낸다. 자기연민으로 채워져 있던 나를 버리고 비로소 주체로서의 자아를 찾아 나선다. 불안이나 고독, 쓸쓸함 즉 결핍된 욕망에서 벗어나는 것이다. 이렇듯 집착으로부터 벗어나려는 노력을 통해, 주체로서의 자기를 드러낸다. 욕망을 버리고 내면을 비우는 행위다.[6] 비워둔 마음 즉, 편안해진 마음으로 주위를 둘러본다. 그러다 보니 그는 어느새 밖으로 나와 있다. 그리고 안을 들여다보는 자신을 발견한다.

숲 속의 샘물을 들여다본다
물속에 하늘이 있고 흰 구름이 떠가고 바람이 지나가고
조그마한 샘물은 바다같이 넓어진다
나는 조그마한 샘물을 들여다보며

---

6 시인 스스로도 "나를 비움이란 나를 죽임이 아니다. 나에의 집착을 여의는 것이다. 나에의 집착을 여의는 곳에서 그 말은 바르고 그 행은 자유롭고 그 마음은 고요한 행복, 무위의 쾌락에 잠기는 것"이라 말하고 있다(김달진, 『산거일기』, 문학동네, 1998, 77쪽).

동그란 地球의 섬 우에 앉았다.

－「샘물」 전문

　시인은 숲 속의 샘물을 들여다본다. 거기엔 하늘과 구름과 바람이 있다. 나아가 샘물은 바다처럼 넓어진다. 그의 상상이 확대되면서 드디어는 "동그란 地球의 섬"에 앉은 자기 자신을 인식한다. 이런 상상력의 확장은 지금껏 자신을 얽매고 있었던 것에서 벗어날 수 있었기에 가능하다. 얽매고 있던 것들을 놓아버릴 때, 빈자리가 생긴다. 그리고 빈자리에는 주위의 모든 사물이 편견 없이 들어와 자리할 수 있는 것이다. 세계를 받아들인다는 것은 세계를 전과는 다른 시각으로 바라본다는 것이다. 그렇다면 전과 다른 시각이란 무엇을 말하는가? 첫째로 세계를 밖에서 바라본다는 것이다. 「샘물」 이전까지 그의 많은 시편들이 마음의 상태를 중심으로 대상을 노래해왔음을 생각하게 된다. 쓸쓸함과 외로움에서 지금 여기 없는 연인을 떠올렸고, 갇혀 있다는 인식 위에서 밖의 세계를 노래해왔다. 아쉬움과 그리움의 정조가 그것이다. 그러나 이제는 대상을 들여다보고 있다. 넓은 공간에서 하나의 세계를 바라보는 것이다. 둘째는 자기연민을 벗어나 있다. 이는 외로움에서 벗어났기에 가능한데, 모든 대상에 감정을 덧칠하지 않고 볼 수 있게 되었다는 것이다. 나를 중심으로 대상을 해석하는 것이 아니라 대상 그 자체를 그려내고 있다. 따라서 세계는 본래의 모습으로 샘물에 비치게 되고 시인 역시 그 일부가 된다.

　이런 특징은 자아에 대한 집착에서 벗어난 시인의 모습을 보여주기에 이른다. 그는 우주 속에 "동그란 地球의 섬" 위에 앉아 있는 것이다. 자연스럽게 우주와 내가 하나가 된 모습이다. 나와 우주와의 관계가 단순하게 처리되는 것은 이 때문이다. 따라서 이 시가 천지만물이 나와 하나라는 시적 상상이 우주와 나도 하나라는 시적 상상으로 확대된 것[7]이라는 해석이 가능해진다. 이제는 주체인 내가 우주를 바라보고 또 그 속에 한 일원으로 존재하는 것이다. 혼자 있지만 그리움이나 쓸쓸함의 정서가 끼어들 틈이 없다.

3. 맞섬과 지금, 여기

주체로서의 삶이란 스스로가 스스로를 다스리는 삶이다. 자신의 욕망과 집착을 통제하고 벗어나 우주와 내가 하나라는 인식 속에 살아가는 삶이다. 여기에 갈등이 있을 수 없다. 이를 위해서는 사물에 대한 나의 주관이나 선입견 등을 버려야 한다. 앞의 시 「샘물」은 주체로서의 내가 우주와 하나라는 인식을 보여주었다. 그는 이를 구체적 삶 속에 체현한다. 인식은 받아들이는 것이지만, 그것을 현실 속에서 체현하는 일은 다르다. 실상을 알았기에 이제부터는 삶 속에서 자기를 확장해나가야 한다. 자기확대의 모습은 삶과 접하는 내면체험의 양상 속에 드러날 수밖에 없다. 인식과 행위가 하나가 되기 위해서는 험난한 자기 수련을 전제로 하기 때문이다. 따라서 첫 시집 이후에 발표된 시에서 쓸쓸함과 외로움을 받아들이고 승화시키는 노력을 발견하는 것은 자연스러운 일이다.

여관 이층 낡은 다다미방에
나 혼자 하염없이 앉아 있었다.

불도 없는 화로를 안고 앉아

---

7 최동호, 앞의 책, 556쪽.

찬 재를 헤적이며 앉아 있었다.

멀리, 가까이 끊임없는 소음 속에
멋없이 눈을 떴다 감았다……

꽃샘 봄바람이 으스스 추워라.
캐 묵은 장지 종이는 어이 슬픈 것이뇨?

모든 것 구름처럼 흘러가고,
아름다이 참된 것 꿈인 양하여

설움도 괴롬도 알뜰히 안은 채
다시는 우울하지 말자 했거니……

어둑한 여관 다다미방에
불도 없는 화로 앞에 앉아 있었다.

– 「화로 앞에」 전문

시인은 산속에서 벗어나 저잣거리로 나와 있다. 여관이 나그네의 숙소다. 이 시에서 보듯, 낡은 다다미 방이니 구들의 온기가 있을 리 없다. 춥고 쓸쓸하다. 겨울이 지나가는 봄의 길목에서 시적 화자는 불기도 없는 화로 곁에 앉아 하릴없이 식은 재를 뒤적이고 있다. 춥고 쓸쓸한 마음을 나눌 친구도 없다. 그가 할 수 있는 일이라고는 "눈을 떴다 감았다" 할 일밖에 없다. 눈을 감고 뜨기를 반복하며 그는 눈을 안으로 돌린다. 그러자 눈을 떴을 때보다 더 많은 것들이 다가온다.

그의 내면 풍경을 보자. 춥고 슬프지만, "아름다이 참된 것도", "춥고 슬픈 것"도 꿈에 지나지 않는다고 한다. 담담한 어조는 "나는 아직 그를 놓지 못하고 껴안고 있다"(「고독」)거나 "나는 너보다 더 큰 슬픔을 가졌다"(「꿈꾸는 비둘기」)던 예전의 그와 다르다는 것을 알게 해준다. 나와 너의 분리, 잃어버린 것에 대한 집착이 가져온 슬픔이었다. 그러나 이런 감정 상태를 구름이나 꿈과 같이 일시적인 것으로 받아들이는 그의 태도로 보아 "설움도 괴롬도 알뜰히 안은 채/다시는 우울하지 말자 했거니"와 같은 다짐이 드러나는 것은 당연하다. 그가 "우리 모두//사막에 끌려가는 낙타떼가 아니뇨"(「낙타떼」) 또는 "아, 우리 모두/幻의 세계에 귀양살이 나그네"(「車中에서」)라거나 "아 모든 것은 이미 덧없었다"(「病」)고 하듯, 설움이나 괴로움에 빠지는 것은 "衆生病"을 앓는 것에 지나지 않기 때문이다. 그것을 알았기에 이제는 일시적인 희노애락에 휩쓸리지 않겠다는 다짐이요 자기 확인인 셈이다.

그러나 "우울하지 말자 했거니……"의 여운은 남는다. 덧없다는 것을 알고 있지만 벗어나지 못하는 존재의 한계를 보여주는 것이다. 이 한계를 벗어날 때 세속적인 욕망으로부터 자유로울 수 있다는 것을 알고 있지만 그는 머뭇거리고 있다. 우울할 때 우울하고 슬플 때 울 수 있지만, 여기에 얽매이지 않는 삶까지는 이르지 못한 자의 안타까움이다. 이 안타까움을 어떻게 다스리는가를 보자.

①
나는 어느새 오후를 걸어가고 있었다. 쓸쓸한 오후를 걸어가고 있었다. 등뒤에 희미한 그림자 호젓이 따라오고, 화려한 아침 꿈처럼 멀고……

이제 얼마 아니면 눈앞에 다가설 석양, 그러나 나는 슬퍼하지 않으리라. 새가 날아가고, 구름이 돌아가고, 꽃은 시들고, 햇볕은 엷어가고…… 그러나 나는 그 슬픈 석양을 슬퍼하지 않으리라. 먼 山頂에 떨어지는 불타는 황금 햇빛 바다 저쪽에 장엄히 열리는 보다 훌륭한 아침의 反映이라.

– 「오후의 사상」 1, 2연.

②
고인 물 밑
해금 속에
꼬물거리는 빨간
실낱 같은 벌레를 들여다보며
머리 위
등뒤의
나를 바라보는 어떤 큰 눈을 생각하다가
나는 그만
그 실낱 같은 벌레가 되다.

– 「벌레」 전문.

①의 시를 보자. 오후의 태양이 거리를 비추고 있다. 새들도 돌아갈 때를 아는지 하나 둘 제 집으로 날아가고, 시든 꽃은 지는 해가 아쉬운지 고개를 숙이고 있다. 해는 점점 기울어 저녁이 가까워졌음을 알겠다. 따라서 "새가 날아가고, 구름이 돌아가고, 꽃은 시들고, 햇볕은 엷어가"는 이 오후가 더욱 쓸쓸하게 다가온다. 분명히 쓸쓸한 저녁 풍경이다. 이 풍경 속에서 시인은 "슬퍼하지 않으리라"고 다짐한다. 앞서 보았듯,

감정의 작용이란 덧없는 것임을 알기 때문이다.

그러나 여기서 하나의 반전이 이루어진다. 쓸쓸함을 받아들이되 그것에 얽매이지 않겠다는 것이다. 이를 "보다 훌륭한 아침의 반영"이라고 하듯 나의 주관을 벗어버리면 이 모든 감정의 움직임은 당연한 것에 지나지 않는다. 그렇다고 풍경을 바라보는 자의 느낌이나 감정 자체를 부정할 필요는 없다. 부정한다는 것 자체가 자연스런 마음의 흐름을 방해하는 또 다른 간섭일 터이다. 슬프면 슬픈 대로 아쉬우면 아쉬운 대로 편안하게 받아들이는 것이 중요하다. 대상에 감정을 덧붙이거나 원하는 대로 대상을 해석하는 것이 아니다. 나의 생각과 마음을 다스리고 있기에 가능한 일이다.

②의 시편에서 시인은 고인 물 속을 조용히 들여다본다. 오랫동안 고여 있었던 듯 밑바닥엔 썩은 찌꺼기가 붙어 있고, 그 사이로 "실낱 같은 벌레"가 꼬물거리고 있다. 여기서 시인은 문득 내가 벌레를 바라보듯 "어떤 큰 눈" 역시 내 "머리 위/등뒤"에서 바라보고 있다는 생각을 한다. 이를 통해 "나는 그만/그 실낱 같은 벌레가 된다"고 하듯, 바라보는 나와 보여지는 나 사이의 간극이 사라진다. "큰 눈"은 부처, 지혜의 눈, 절대적 진리인 도[8]로 해석되듯, 주관에서 벗어난 깨달음의 눈일 터이다. 이 "큰 눈" 앞에서 내가 벌레가 되는 것은 두 가지 차원에서 해석이 가능하다.

하나는 너와 나라는 주체와 객체 간의 분별을 버린다는 의미이다. 주체인 나와 객체인 네가 하나라는 동시성이 나타난다. 절대의 진리 앞에 바라보는 자나 보여지는 자의 구별이 있을 수 없다. 모든 개체는 하나의 환幻이고 불완전한 존재이기 때문이다. 눈에 보이는 벌레나 나 나고 자라고 죽는, 미물에 불과할 뿐이다. 또 하나는 존재의 가치 발견이다. 미물에 불과하더라도 살아 있는 것, 지금 이 자리에 있다는 것 그 자체

---

[8] 최동호, 앞의 책, 561쪽.

로서의 존재가치다. 물 속에 있는 벌레나, 세속에 살아가는 나나 충분히 존재의미가 있다는 사실이다.

따라서 너와 나의 분별이 사라진 상태에서 똑같이 소중하다는 자각은 지금, 여기의 아름다움과 진실을 드러내게 된다. 너와 나의 구별이 없는, 경계가 사라진 곳에서 누리는 자유다. "내 이제 헛되이 애쓰지 않겠다/모든 것 꿈속에/오직 참된 너, 곧 나로다"(「시름」)라고 하듯, 이제 혼자라는 것이나 서럽다거나 괴롭다는 감정은 무명의 어둠 속에 떠도는 헛된 것에 불과하다. 사는 것이 한바탕의 꿈이라면, 감정에 휘둘리는 삶이란 언제든 반복되는 괴로움에 지나지 않는다. 그것을 깨치는 길이 곧 자기응시의 길이다. 이럴 때, "고인 물" 속이 곧 그의 내면세계가 된다. 불가에서 단득본막수말但得本莫愁末라고 하듯, 주체와 객체가 하나라는 깨달음 위에 일체의 것들은 자유 속에 존재하는 것이다.

> 사람들 모두
> 산으로 바다로
> 新綠철 놀이 간다 야단들인데
> 나는 혼자 뜰 앞을 거닐다가
> 그늘 밑의 조그만 씬냉이꽃 보았다.
>
> 이 우주
> 여기에
> 지금
> 씬냉이꽃이 피고
> 나비 날은다.
>
> ― 「씬냉이꽃」 전문

이 시에서 말하고 있는 바, "여기에 지금"의 발견은 의미 있는 일이다. 깨달음이란 무엇인가? 지금, 여기의 진실을 받아들이는 것이다. 현재란 완전한 미래를 위한 과정도 불완전한 상태도 아니다. 그가 "이제껏 내 무슨 생각에 잠겨 있었던가/그만 잊었다"(「바람 소리 물소리」)라고 하듯 자신조차 잊는 순간, 모든 존재는 아름답게 드러난다. 변화의 순간 순간이 진실한 것이기 때문이다. 따라서 "그늘 밑의 조그만 씬냉이꽃"이 아니라 씬냉이꽃 그 자체가 된다. 불교에서 말하는 바 무명無明이 사라진 자리에 존재 그 자체인 본래면목本來面目이 드러나는 것이다. 이를 통해 크고 작은 세계가 각각의 독립된 전체이며 동시에 하나가 된다. 이 세계는 절대 긍정의 세계다. 나와 대상 사이에 구별이 없는 자유로움이다. 따라서 우주와 나와 씬냉이꽃과 나비가 하나가 될 수 있는 것이며 동등한 가치를 지니게 된다는 것이다.

너와 내가 똑같이 가치 있는 존재로 또 완전한 존재로 드러나는 지금, 여기의 중요성이 있다. 모든 관계는 평등하며, 그 실상이 드러나는 순간 씬냉이꽃은 씬냉이꽃대로, 나비는 나비대로, 그것을 바라보는 나는 나대로 하나의 독립된 우주이며 동시에 우주의 일부로서 존재한다. 무수한 존재들이 우주라는 큰 몸에서 함께 어울리는 것이다.[9] 저마다의 생명을 꽃피우는 행위 그 속에 내가 함께한다는 것이 중요하다. 우주란 지금, 여기의 진실 속에 완전한 모습으로 드러나는 것이다. 존재의 맥락에서 볼 때, 시인은 한 인간이라는 것에서 나아가 "지금" 우주의 일원으로 다시 태어나는 셈이다.

---

9 김달진, 「산거일기」, 98쪽.

4. 글을 맺으며

대부분의 경우, 김달진 시의 시사적 의의를 무위자연의 세계를 추구함으로써 인간의 본원적인 자유를 노래했다는 데서 찾는다. 한평생 하나의 시 세계를 일궈왔고, 이를 통해 우리 시의 정통적 서정과 내면적 진실을 심화·확대해 왔다는 우리 시사에 보기 드문 시인으로 평가하기도 한다. 그의 시를 통독하다 보면, 이런 평가에 동의할 수밖에 없다. 우리 시사에서 초지일관 시와 삶을 일치시키면서 산 시인이 드물기도 하거니와 선적禪的인 세계를 꾸준히 심화시켜온 시인도 찾기 힘들기 때문이다. 그러나 한 인간의 삶이란 복잡하고 또 그것을 바라보는 시각에 따라 다양한 평가가 나올 수 있다. 시 역시 마찬가지다. 그의 시를 불교와 노장의 세계로 국한해서 본다면, 결국 같은 방식으로 시의 깊이를 바라볼 수밖에 없다. 한 인간으로서의 복잡하고 다면적인 내면 풍경은 사라지고, 사상가요 수행자의 모습만 드러나기 때문이다.

이런 점에서 이 글은 한 인간이요 시인으로서 그의 시적 출발에서부터 자아를 확대하고 세계를 인식해나가는 과정을 살펴보았다. "아, 우리 모두/幻의 세계에 귀양살이 나그네"(「車中에서」)라고 하듯, 나그네의 여정을 따라 시인이 어떻게 자아를 확장시키는지를 살펴 온 것이다. 그리고 그 나그네의 여정이 끊임없이 '나'를 찾는 존재탐색의 과정이었음을 살펴보았다. 이를 정리하면 다음과 같다.

첫째, 그의 시는 많은 시인들이 그러하듯 상실의 고통에서 출발하고 있다. 따라서 초기시의 많은 부분이 외로움과 쓸쓸함을 노래한다. 가장 큰 원인 중 결핍된 존재로서의 실존적인 불안이다. 특히 사랑의 고뇌와 열정 사이에서 고통을 받고 있다. 잃어버린 것이기 때문이다. 따라서 갇혀 있음과 외로움이 그의 초기시를 특징짓는 요소로 작용하고 있다.

둘째, 슬픔과 외로움으로부터 벗어나기 위한 노력이 나와 다른 존재 사이의 소통을 통해 구체화된다. 이는 나의 고통을 극복하기 위해 결핍된 욕망을 밖으로 분출시키는 계기로 작용한다. 「금붕어」에서 보듯 "유리벽'을 쪼는 것으로, 「표박자」에서 보듯 "냉혹한 更生"을 꿈꾸고 또 실천한다. 그 실천의 모습은 삶 속에서 구체화된다. 이를 통해 고통에서 벗어나 자신을 응시하고 주체로서의 자기를 발견한다. 자신의 존재조건을 받아들이고 이를 삶 속에 적용하는 것이다.

셋째, 주체로서의 자기 발견은 인간의 존재조건에 대한 인정과 이를 바탕으로 한 자기확장에로 이어진다. 「벌레」, 「씬냉이꽃」 등의 시편이 이를 잘 보여주는데, 불교적 상상력이 가장 잘 드러나는 부분이다. 이는 "여기에/지금"을 발견하는 것으로 나타난다. 그 순간 모든 존재는 자신의 모습을 드러내고, 우주와 한몸이 되어 어울린다. 이는 나와 대상, 나와 우주가 한몸이라는 인식인데, 시인은 한 '인간'에서 나아가 "지금" 우주의 일원으로 다시 태어나게 된다.

이와 같은 사실은 시 속에 감추어진 존재탐구의 지난한 여정을 말해준다. 이 여정 속에 그는 늘 혼자였다. 외로움의 실체를 들여다보고 이를 받아들이면서 자아를 확장하는 데 같이란 있을 수 없다. 철저히 자신과의 맞섬을 통해야 하기 때문이다. 중요한 것은 삶 속에서 진정한 자기를 찾아가는 길에서 갈등과 집착, 반성과 회의 그리고 각성의 모습을 평이한 언어로 드러낸다는 점이다. 이는 자신의 욕망과 집착을 통제하고, 여기서 벗어나 우주와 하나가 되고자 노력했던 그의 삶과 시가 자연스럽게 이어져 있음을 반증하는 것이다. 우리 시사에 드물게 시의 길과 인간의 길을 동시에 추구해온 김달진 시세계의 특징이기도 하다.

이선관의 시와 생명의식

1. 들어가며

이선관(1942~2005)은 첫시집 『기형의 노래』(1969)부터 열세 번째
시집인 『나무들은 말한다』(2005)에 이르기까지 통일문제와 환경문제를
제기해온 시인이다.[1] 그는 시작 초기부터 한국사회를 향한 비판의 목소
리를 드러내면서 시를 썼다. 「애국자」나 「헌법 제1조」(『씨알의 소리』,
1971, 1972)에서 보듯 자유에 대한 신념을 노래했고, 그 연장선에서 민
중의 시각을 통해 부패한 정치권력이나 통일을 저해하는 권력의 불온성
에 대해 비판했다.[2] 한편, 「독수대」(경남매일신문, 1975) 연작에서 보듯
환경파괴에 대한 고발과 비판을 노래해왔는데 이러한 경향은 그의 시업

---

1 그의 시집을 소개하면 아래와 같다. 『기형의 노래』(계명대학보사, 1969), 『인간선언』(한성출판사,
1973), 『독수대』(문성출판사, 1977), 『보통시민』(청운출판사, 1983), 『나는 시인인가』(풀빛, 1985), 『살과
살이 닿는다는 것은』(시대문학사, 1989), 『창동 허새비의 꿈』(시와사회사, 1994), 『지구촌에 주인이 없
다』(살림터, 1997), 『우리는 오늘 그대 곁으로 간다』(실천문학사, 2000), 『배추흰나비를 보았습니다』
(답게, 2002), 『지금 우리들의 손에는』(도서출판STAR, 2003), 시선집 『어머니』(선, 2004), 유고시집
『나무들은 말한다』(바보새, 2006).
2 남송우, 「이선관의 창작세계 – 민주와 통일」, 이선관 시인 1주기 추모모임, 『이선관 시세계 학술심포
지엄』(자료집), 2006. 12.

을 통해 두 개의 큰 줄기를 이루고 있다.

이는 우리 시사에서 드물게 역사적 상상력과 순환적 상상력을 일생 동안 펼쳐온 경우라 할 것이다. 전자가 민중적 역사적 비전으로 나타났고, 후자가 생명의식의 발현을 뜻한다는 점[3]에서 그가 우리 삶의 근대성이 제기하는 문제를 평생 동안 시적 화두로 삼고 있었음을 의미한다. 주지하다시피 순환적 상상력과 역사적 상상력에 근거한 시적 비전이란 그 이질성으로 인해 쉽게 어울릴 수 없는 것이다. 그럼에도 불구하고 이 두 비전이 한 시인의 시에 서로 교차해서 나타난다고 하는 것은 매우 흥미로운 일이다. 그러나 그의 시의 출발점을 되돌아보면 왜곡된 삶에 대한 비판이나 환경파괴에 대한 비판의 목소리가 하나의 근거, 즉 우리의 근대화에 대한 본질적인 질문에서 연유한다는 것을 알 수 있다.

이 두 개의 경향 중, 본고가 관심을 갖는 것은 환경문제에 대한 그의 인식과 표현의 측면이다. 그 이유는 두 가지이다. 하나는 우리의 생태문학이 1990년대 이후 본 궤도에 올랐다는 대부분 연구자들의 진단에 동의 하지만, 1990년대 이전의 작품들 특히 근대화 초기의 작품들에서 생태주의에 대한 구체적 인식이 부족했다는, 계기를 인정하지만 시적 인식과 성과에 대한 평가가 인색했다는 생각에서다. 또 하나는 이선관 시인이 서울이 아닌 마산, 즉 지역에 거주하면서 시작 활동을 해 왔기에 생태문학을 연구하고 정리하는 자리에서 늘 비껴나 있었다는 점이다. 그가 평생 살아온 마산이 수출자유지역, 창원공단 조성 등으로 이어지듯 산업화의 급격한 변화과정을 겪은, 산업화의 중심에 있었던 지역이라는 것과 그의 시가 시대변화의 본질적인 문제를 제기하고 이를 우리 삶의 문제로 보편화하고 있었다고 믿기 때문이다. 동시에 「독수대」 연작

---

3 도정일, 「풀잎, 갱생, 역사」, 신덕룡 엮음, 『초록생명의 길』, 시와사람사, 1997, 123쪽.

과 같은 환경파괴로 인한 생명의 위기를 30여 년 동안 지속적으로 노래한 시인이 전무함에도 불구하고, 차이와 다양성에 기초한 생태문학 논의에서조차도 서울 중심의 시인들과 1990년대 후반 이후 유행처럼 쓰여진 시편들에 관심에 쏠려 있었고, 이들로부터 논의가 전개되었다는 것에 대한 반성적 의미가 있다.[4] 따라서 본고에서는 이선관의 환경문제에 대한 인식을 중심으로 변화와 심화과정을 살펴보고자 한다.

2. 환경위기에 대한 인식

오늘날의 생태담론은 근대화 초기에 생태계 파괴문제를 다룬 시들이 생태주의에 대한 구체적 인식이 없었으나[5] 기본적으로 세계를 보는 관점은 생태주의적이라는 데서 출발한다. 그렇다면 자연을 주제로 한 전통 서정시나 근대화 초기에 발표된 시편들에서 볼 수 없었던 생태주의에 대한 구체적 인식의 내용은 무엇인가? 환경문제를 형상화했던 초기시에 나타나지 않는다는 생태주의적 인식은 다음의 사실을 되짚어보게 한다.

첫째는 자연에 대한 인식의 변화라 할 것이다. 과거에는 서정을 세계의 자아화라던가 서정시가 자연과 자아와의 합일을 꿈꾼다는 특성을 통해 설명해왔다. 그러나 생태주의적 인식은 세계, 즉 자연을 아름다움의 대상이나 순환질서에 따른 이상적 존재로 여기지 않는다. 문명에 의해

---

4 이선관 시인이 교보환경문화상 제4회 환경문화예술부문 최우수 수상자(2001)로 선정될 정도로 문학적 성과를 나타냈음에도 불구하고, 그의 시에 대한 본격적인 연구는 2006년 11월, 배대화에 의해 「이선관의 실천적 시세계의 시학적 특성」이 처음 발표될 정도로 미미한 수준이었음을 상기할 필요가 있다. 필자 역시 동년 12월에 「이선관 시에 나타난 생명의식」이란 주제로 발표했는데, 이 논문은 앞의 글을 보완한 것이다. 「이선관 시세계 학술심포지엄」(자료집) 참조.
5 장정렬, 『생태주의 시학』, 한국문화사, 2000, 32쪽.

파괴된 자연에게서 더 이상 친밀감이나 경이를 찾을 수 없기 때문이다. 이는 독일에서의 경우에서 보듯 객관적 시각으로 자연의 실상을 인식하고 자연과 인간의 관계를 비판적으로 성찰하는 것[6]을 의미한다.

둘째는 자연파괴로 인한 삶의 변화와 그 원인에 대한 성찰이다. 물과 공기를 비롯한 환경오염으로 인해 생존의 위협이 한 개인에 그치는 것이 아니라 모든 인간이 당면한 비극적 상황이라는 현실인식이다. 이를 바탕으로 환경파괴를 가져온 정치, 경제, 사회적 요인들에 대한 저항을 통해 공생을 추구하는 실천적 성격을 지닌다. 따라서 시적 주체는 인간이 된다. 시적 주체가 바라보는 대상, 위협받고 있는 실상이 시적 소재가 된다. 따라서 인간의 생존과 관련된 영역에서의 환경파괴와 오염에 따른 위협이 현실이 되고, 이에 대한 비판적 인식이 시의 토대를 이루게 된다.[7] 1990년대 초반까지 환경의 위기는 주체의 위기이고, 환경의 죽음은 곧 주체의 죽음이기에 "현 단계에서 요구되는 상상력이란 인간의 생존의 근거를 위협하는 환경의 파괴, 환경의 훼손에 대한 주체적 대응으로서의 생태지향주의적 상상력"이어야 한다[8]고 하듯, 생태주의적 인식은 곧 환경파괴로 인한 생존의 위협에 대한 성찰을 의미한다. 이때의 환경이란 '인간을 둘러싸고 있는 세계'의 의미로 인간중심주의적 관점이 내포되어 있다.

셋째로 환경파괴로 인한 생존에의 위협을 시로 형상화하는 단계에서 가장 중요한 요소는 '지구'와 '인간'이 아닌 '구체적 환경'과 '나'라는 개인의 발견에 있다고 할 것이다. 대기오염, 오존층 파괴 등 지구차원의 환경위기에 대한 추상적이며 일반적인 사실을 선언적인 형식[9]으로 드러

6 송용구, 「독일의 생태시와 시론」, 『생태시와 저항의식』, 다운샘, 2001, 51쪽.
7 남송우, 「환경시의 현황과 과제」, 『초록생명의 길』 신덕룡 엮음, 시와사람사, 1997, 176쪽.
8 장석주, 「시의 생태학적 상상력을 위하여」, 『초록생명의 길』, 앞의 책, 69쪽.

내던 시와 달리 나와 이웃의 삶 속에서 생존의 위기를 형상화하는 방식
에로의 진전[10]을 의미한다. 생태주의적 인식이 구체적인 현실과 만나게
되며, 이를 바탕으로 생태학적 자각에 의거한 현실적 실천이 가능해진
다는 의미에서다.

따라서 자연에 대한 인식 변화, 변화원인에 대한 성찰, 구체적 현실
을 바탕으로 한 시적 형상화에서부터 생태주의에 대한 구체적 인식을
논의할 수 있을 것이다. 이런 점에서 1975년에 발표한 이선관의 시는 시
사하는 바가 크다.

> 바다에서
> 둔탁한 소리가 난다.
> 이따이 이따이.*
>
> 설익은 과일이
> 雨雹처럼 떨어져 내린다.
> 이따이 이따이.
>
> 새벽잠을 설친 시민들의
> 눈꺼풀은 아직 열리지 않는다.
> 이따이 이따이.

---

9 임도한, 「한국 현대 생태시 연구」, 고려대 박사논문, 1999. 2. 63~64쪽 참조.
10 여기에는 초기시에서 보였던 고발과 비판이라는 목적성, 즉 과도한 주제의식의 표출로 인해 지적되
어 온 문학성에 대한 성찰이 포함된다. 의도성을 극복할 만한 문학적 형상과 이를 통해 정서적 교감
을 확산시킬 수 있는 방향에로의 진전을 의미한다.

비에 젖은 현수막은

바람을 마시며 춤춘다.

이따이 이따이.

아아

바다의 遺言

이따이 이따이.

* 일본 삼정(三井)금속 광업소에서 나온 카드뮴에 오염된 병병.
'아프다 아프다'란 뜻의 병

– 「毒水帶 1」전문[11]

　　이 시의 소재는 바다의 오염이다. 이 시는 발표시기로 보아 1973년에
해안 매립지에 세워진 마산수출자유지역의 완공, 창원공업단지 조성을
위해 1974년부터 시작된 대규모 해안 매립공사와 맞물려 있다.[12] 다른
임해공업단지가 그렇듯 산업화과정에서 필시 겪어야 할 바다의 오염 특
히, 마산의 앞바다가 공단의 폐수로 오염되고 어패류조차 살 수 없는 곳
이 될 것이란 끔찍한 예감을 현실화하고 있다. 시인은 이를 세 가지 정황
으로 풀어내는데, 바다의 오염, 설익은 과일의 낙과, 사람들의 인식부재
가 그것이다. 그중에서도 시적 소재가 마산 앞바다라는 구체적 공간이

---

11 이 시는 1975년 10월 14일자 〈경남매일신문〉에 발표되었고, 세 번째 시집 『毒水帶』에 실려 있다.
12 우리나라 공업화는 1960년대 초까지는 경공업 위주로 진행되다가 차츰 중화학 공업정책으로 바뀌
　　었음은 주지의 사실이다. 그 결과 1973년부터 중화학 공업단지가 전국 각지에 조성되었다. 특히 노
　　동력이 풍부하고 공업용수 등 사회 기반시설이 잘 되어 있는 농업이나 어업 중심지가 공업단지로
　　바뀌게 된다. 마산지역의 경우도 예외는 아니었다. 항구를 중심으로 사회기반 시설을 갖추기 쉬운
　　여건을 이용해 신도시를 만들어 중공업단지로 육성했다(환경과 공해 연구회, 『환경문제와 공해대
　　책』, 한길사, 1991, 87쪽).

며, 이 공간은 시인의 삶과 밀접하게 관계 된다는 점에 주목할 필요가 있다. 이른바 환경오염을 다룬 초기의 시편들이 보여주는, 이를테면 지구와 인간이라는 추상적이며 선언적 차원을 벗어나 있다는 것이다. 이는 삶의 구체성과 인식의 보편성의 측면에서 매우 중요하다. 시인이 살고 있는 마산 앞바다의 환경파괴를 이야기하면서 동시에 근대화 초기 산업 문명의 핵심적 모순을 담고 있기 때문이다.[13] 따라서 바다가 앓는 "둔탁한 소리"나, "설익은 과일이/우박처럼 떨어져 내"리는 상황은 곧 내가 겪고 있거나 우리가 함께 겪어야 할 현실이 되는 것이다. 문제는 이러한 위기를 '시민들'이 의식하지 못한다는 데 있다.

이런 안타까움은 "이따이 이따이" 반복하는 데서 극명하게 나타나는데, 이는 결과에 대한 비극적 예감과 더불어 아픔에 대한 공감을 불러일으킨다. 리듬감을 형성하면서 너와 나, '우리'의 비극이라는 예감을 심화·확산시키는 것이다. 이런 그의 예감은 코 앞에서 "어린교 아래로/빨간물이 내려간다"(「독수대 2」)[14]는 것이나 "빌어먹을 이 지역에 방독면을 쓰도록/지나칠 수 없는 지역이 되지 않도록"(「독수대 5」)[15]해달라는 시구에서 보듯 비극적 현실로 나타난다. 그래도 "시민들의/눈꺼풀은 아직 열리지 않는다." 그러니 "눈을 떠야 해요/눈을 떠야 해요/눈을 뜨고 굴뚝에서 연기만 나는/불모지를 봐야 해요"(「눈을 떠야 해요」)[16]라는 울림이 더욱 증폭되는 것이다.

그의 안타까움은 생존의 위협에 대한 공동의 대처를 향한 열망과 맞닿아 있다. 공동체 전체의 위기이기 때문이다. 문제는 이러한 인식이 나

---

13 김종철, 「시의 구원, 삶의 아름다움」, 『시적인간과 생태적 인간』, 삼인, 2000, 207쪽.
14 이선관, 『보통시민』, 1983, 66쪽.
15 이선관, 위의 시집, 70쪽.
16 이선관, 위의 시집, 28쪽.

에서 남으로, 우리로 쉽게 확산되지 않는 데 있다. 따라서 안타까움은 보다 격렬한 어조로 나타남을 볼 수 있다. 이제 그의 목소리는 구체적인 대상을 향해 노기를 띤다. 아무리 외쳐도 눈을 뜨지 않는 시민들과 무분별하게 환경을 파괴하는 이들에 대해 그의 분노가 표출된다.

비를 기다리는 자들이 있다

장대 같은 비를

그것도 칠흑같이 어두운 오밤중이면

더욱 좋고

계절에 상관없이 사시사철

비를

그것도 장대 같은 비만 제발 와주기를 기다리는 자들이 있다

그렇지만 이자들은

농민들이 아니다

노동자들도 더욱더 아니다

비만 오면 장대 같은 비만 오면

옳다구나 땡이구나 오 따봉이구나

절호의 찬스라 하면서

상수도 좋고 하수도 좋고 개천도 좋고

강도 좋고 바다도 좋고

내다버리기만 하면 된다는 식으로

마구 내다버리는 자들이 있다

그 후 재수가 없어 들통이 나면

구속이 되더라도 쥐꼬리만 한

벌금이나 내고는 도피할 우려 없길래

그리고는 며칠이 지나 석방이 되는

자들이 있다

– 「비를 기다리는」 전문[17]

이 시는 앞의 시와 10년 이상의 시차를 두고 발표된 작품이다. 그럼에도 불구하고 환경오염에 대한 비판의 시각이나 범위가 크게 달라지지 않았음을 보게 된다. 이것을 시인의 생태주의적 인식의 폭과 깊이, 태도의 문제로만 이해할 것인가. 물론 아니다. 1990년대 초의 시와 생태담론 역시 이 수준을 크게 벗어나지 못했음을 상기할 필요가 있다. 앞서 언급했듯, 1990년대 중반까지 활발하게 논의되었던 담론 역시 시에서 환경파괴의 심각성과 이로 인한 생존에의 위협 그리고 이에 대한 비판을 요구하고 있기 때문이다.[18] 이는 환경파괴를 받아들이는 인식이 인간 중심주의적 관점에서 크게 벗어나지 못했고, 파괴의 주체에 대한 비판과 저항의 문제가 중요한 쟁점이었음을 말해준다.

따라서 환경오염에 대해 안타까워하던 그가 환경오염의 주범이 누구인가를 탐색하고, 날카로운 공격의 태도를 보이는 것은 당시에 요구되던 시적 수준을 보여주기에 충분하다. 이 시는 환경파괴가 농민이나 노동자가 아닌, "재수가 없어 들통이 나면/구속이 되더라도 쥐꼬리만 한/벌금이나 내고는 도피할 우려 없길래/그리고는 며칠이 지나 석방이 되는/자들"에 의해 저질러졌다는, 파괴의 주체에 대한 비판을 보여준다. 그 대상은 한마디로 1980년대 이후 숱하게 오르내렸던 비양심적인 기업가와 그 뒤에서 이들의 행위를 방조하는 정치권력이다. 이렇듯 환경

---

17 이선관, 『창동허새비의 꿈』, 1994, 61쪽.
18 남송우, 앞의 글, 장석주, 앞의 글, 이희중, 「새로운 윤리적 문학의 요청과 시의 길」, 『초록 생명의 길』, 위의 책, 참조.

오염의 주체에 대한 탐색은 크게 두 가지 방향에서 이루어진다.

그 첫째는 실질적인 주체라 할 수 있는 정부와 기업의 발견이다. 우리의 경우, 공해문제가 심각해지자 1977년 정부주도로 자연보호운동을 시작했다. 그러나 이는 사회 운동에 포함시킬 수 없는 움직임이었다. 자연을 대규모로 체계적으로 파괴하는 국가와 기업의 행위를 도외시한 채, 관 주도로 산이나 하천에서 쓰레기를 줍는 행사에 지나지 않았기 때문이다.[19] 즉 자연 파괴나 환경위기를 낳은 실질적인 주체를 제외한 채, 자연보호를 국민 모두의 의무로 돌리고 있었다. 이런 상황에서 처리비용을 줄이기 위해 비만 오면 몰래 강과 하천에 오·폐수를 버리는 것이 일상화되었고, 걸려 봤자 몇 푼의 벌금이면 된다는 생각에 어떤 죄의식도 끼어들 틈이 없었던 것이다. 따라서 시인은 환경오염의 주범을 소위 "재벌기업"과 "높은 양반들" 즉, 기업과 국가로 규정한다. 그의 시에서 "현재 십사기의 핵 발전소가/가동 중에 있는데도 앞으로도/또 국민에게 거두어들인 엄청난 세금으로/육기의 발전소를 더 건설 중"(「체르노빌 5」)[20]인 우리나라는 과연 좋은 나라냐는, 질타가 이어지는 것은 당연하다.

또 하나는 환경오염에 관한 한, 누구도 원죄에서 벗어날 수 없다는 반성적 인식이다. "환경오염에 적극적으로 동참하지 않은/백성은/대명천지 밝은 곳에/한번 나와 보십시오"(「날씨가 누굴 닮았는지」)[21]라는 질타가 그것인데, 여기에는 물질문명의 혜택을 당연하게 생각하고 풍요를 누리는 우리 모두 환경오염의 주범이라는 반성이 깔려 있다. 그렇기에 그는 개발주의자나 얼치기 환경주의자 그리고 아무런 생각 없이 자연을 찾아

19 구도완, 『한국 사회 운동의 사회학』, 문학과지성사, 1996, 169쪽.
20 이선관, 『우리는 오늘 그대 곁으로 간다』, 2000, 16쪽.
21 이선관, 『창동 하새비의 꿈』, 1994, 55쪽.

몰려다니는 이들[22] 역시 마찬가지라고 하는 것이다. 환경문제에 관한 이러한 그의 지속적이고 비판적인 의식은 기형아출산(「이야기 넷」)[23], "현대판 윤회사상"이라는 생물농축(「다이옥신」)[24], 새만금사업(「새만금유감」)[25], 들이 없는 평야(「김해평야에는 평야가 없다」)[26] 등 그의 관심과 촉수가 닿는 어디에도 적용되고 있다.

3. 생명의식의 확대와 실천

이선관의 시에서 생명의식의 확산은 환경에 대한 인식의 확대와 맞물려 있다. 환경에 대한 인식이란 세계와 '나' 사이의 관계에 대한 성찰이다. 이때의 환경이란 나를 둘러싼 세계로, 즉 인간을 중심으로 세계를 해석하는 인간중심주의의 관점을 지닌다. 환경이란 개념에는 중심을 상정한 구심적 세계관, 인간과 주변 세계를 나누는 이원적 관점이 담겨 있을 수밖에 없다. 그러나 인간 역시 생태계의 일부이며, 인간과 동·식물 나아가 동식물의 서식환경(무생물)까지 포함하여 서로가 긴밀하게 연결되어 있다는 인식은 인간중심주의적 관점을 벗어난다. 환경의 의미가 생태계 전체로 확대되는 것이다. 여기에는 서로가 연결되어 있다는 관계적 인식, 유기적이며 총체적인 세계인식, 모든 생물의 상호 의존성을

---

22 그의 시 「백만 명분의 오염」에 보면 "그 동강에 댐을 만들겠다는 자들/댐을 만드는 것을 저지하겠다는 자들/이번 휴가는 동강으로 체험환경교육을 동강에서/이렇게 가고 온 자들은 무려 백만 명/이들이 먹고 마시고 싸고 버린/백만 명분의 오염이여"라는 한탄이 보이는데, 이는 결국 어떤 명분이건 그것이 지나치면 자신도 모르는 새 환경오염의 주범이 된다는 평범한 사실을 일깨우고 있다.
23 이선관, 「창동 허새비의 꿈」, 1994, 74쪽.
24 이선관, 「우리는 오늘 그대 곁으로 간다」, 2000, 20쪽.
25 이선관, 「배추흰나비를 보았습니다」, 2002, 22쪽.
26 이선관, 위의 시집, 45쪽.

강조하는 일원론적 관점[27]이 담겨 있다.

1970년대 중반부터 시작된 환경오염과 위기의 절박성에 대한 그의 관심이 구체적 삶과 생명에 대한 발견으로 나아간 것은 2000년에 들어서면서부터. 물론 그 이전에도 지렁이와 "풍성하게 씨앗을 키울 토양"(「4월」)[28]의 관계, "흙속에 숨을 쉬는 허파가 있다"(「흙의 생리를 아시나요」)[29]는 표현에서 보듯 일원론적 관점이 드러나 있기도 하다. 그러나 이러한 관계나 무생물인 흙조차 스스로 숨 쉬는 생명체이기에 함부로 할 수 없다는 인식이 추상적인 차원에 머물러 있었고, 또한 이런 인식은 환경파괴의 주체를 향한 비판과 분노에 묻혀 있었다. 시집 『우리는 오늘 그대 곁으로 간다』(2000)에 오면 사정은 달라진다. 분노나 비판보다는 삶 속에서 차분하게 생명의 의미를 찾아 이를 구체화하고 있음을 보게 된다. 그의 시가 인간 중심의 환경에서 생태계로 확대, 다른 생명들과의 관계와 연대감을 발견하면서 지금까지와 다른 모습으로 나타난다.

> 생명이 움트는 봄에서
> 생명이 자라나는 여름으로
> 자연스럽게 바뀌는 어느 날이었습니다
> 초등학생들이 잘 다니는 길모퉁이에 앉아있는
> 사십 대 남자 앞에 라면상자가 놓여져 있었습니다
> 거기에는 방금 알에서 깨어난 듯한 병아리들이
> 서로의 등을 기댄 채 울고 있었습니다

27 박이문, 『문명의 미래와 생태학적 세계관』, 당대, 1998, 72쪽.
28 이선관, 『보통시민』, 1984, 26쪽.
29 이선관, 『창동 허새비의 꿈』, 1994, 57쪽.

그러나 놀라지 마십시오 하나의 충격이었습니다

모여들기 시작한 아이들이 앞다투어

애처롭게 신비롭게 귀엽게 내려다본 순간

병아리는 병아리가 이미 아니었습니다

성서에 하느님이 우리들에게 언약과 약속의 상징으로

증명해보인 무지개 그 무지개 색깔보다 더 진하게

병아리 털에다가 염색을 한 상품이 되어 있었습니다

순식간에 다 팔릴 것 같은 인기 있는 그 상품의

주인인 듯한 사십 대 남자의 미소 짓는

얼굴을 쳐다보면서

나는 그가 미운 오리새끼가 아니라

미운 사람으로 보였습니다

- 「미운 사람」 전문[30]

그곳에 자라는 이름없는 잡초지만 생명을 가졌다는 것입니다

그곳의 흙에도 지천으로 깔려 있는 흙과 마찬가지로

미생물이 살고 있다는 것입니다

그런데 말입니다 예를 든다면

그곳에 제초제를 뿌려도 좋다는 결재를 한 자나

제초제를 뿌린 자의 아이들이

손톱 자라는 것이 방해가 되고 손톱깎기를 귀찮아한다고

아예 손톱을 뿌리째 뽑아준다면, 준다면, 준다면

이야기가 되겠는지요

---

30 이선관, 『우리는 오늘 그대 곁으로 간다』 2000, 24쪽.

생명은 이 생명이나 저 생명이나 같은 생명인 것을

- 「생명은 이 생명이나 저 생명이나 같은 생명인 것을」 부분[31]

　앞의 시는 이른 봄 초등학교 앞에서 파는 병아리를 소재로 하고 있다. "방금 알에서 깨어난 듯한 병아리들이" 라면상자 안에 갇혀 울고 있다. 솜털이 보송송한 작고 여리고 귀여운 병아리들이다. 하굣길에 아이들이 모여들어 구경하고, 고사리 같은 손으로 조심스럽게 보듬고 집으로 가는 정경이 쉽게 그려진다. 그러나 시인은 거기서 '생명'이 아닌 '상품'으로 전락한 병아리를 보고 아연실색한다. 잘 팔리라고 "병아리 털에다가 염색을" 하는, 즉 애처로운 생명조차 상품으로 취급하는 자본주의 사회의 물신화한 풍경을 본 것이다.

　뒤의 시는 생명 그 자체는 비교의 대상이 될 수 없음을 노래한다. 한편에서는 꽃길을 조성하고 한편에서는 제초작업을 쉽게 하려고 제초제를 뿌리고 있다. 제초제를 뿌린 곳은 예외 없이 풀과 흙이 빨갛게 타들어간다. 이 시에서 제초제를 뿌리도록 한 자나 아무 생각 없이 제초제를 뿌리는 자나 모두 한가지로 비판받아야 할 대상임이 드러난다. 손톱 깎기를 싫어한다고 "손톱을 뿌리째" 뽑을 수 없듯 잡초를 제거한다고 풀과 땅 그리고 미생물까지 죽일 수 없는 일이기 때문이다. 그러나 이 시에서 시인이 말하고 싶은 바는 무분별한 생명 살상행위에 대한 비판보다 모든 생명이 똑같이 소중하다는 인식이다. "생명의 무게는 작은 새나 사람이나"(「생명의 무게는」)[32] 똑같다고 하듯, 생명존중사상을 보여주는 것이다.

---

31 이선관, 『배추흰나비를 보았습니다』 2003, 30~31쪽.
32 이선관, 위의 시집, 49쪽.

그가 본 "애처롭게 신비롭게 귀엽게" 짹짹대는 병아리나 제초제로 인해 빨갛게 타들어가는 잡초는 인간과 똑같은 생명의 무게를 지니고 있다. 그가 밭을 갈면서도 지렁이를 밟지 말아야 한다는(「4월」) 것, 가난한 뜰이지만 목련꽃, 복사꽃, 동백꽃, 앵두꽃, 감꽃이 피고 지는 생명의 풍요(「내가 사는 방」)[33], "흙속에 숨쉬는 허파가 있다"(「흙의 생리를 아시나요」)[34] 고 하듯 그는 뭇 생명과 사람들 사이의 관계를 중시해 왔고 무생물인 '흙' 조차도 생명이 있는 존재로 보았던 것이다. 이와 같은 그의 생명의식은 인간을 비롯한 뭇 생명체 나아가 무생물에 이르기까지 하나의 전체로 아우르는 세계인식에 바탕을 두고 있다. 모든 존재들은 인간의 가치평가와는 무관하게 그 자체로 내재적 가치를 지니고 있으며, 동시에 그 가치는 서로의 관계 속에서 발현되고 고양된다는 믿음이다.[35] 이는 모든 존재들 사이의 평등성에 대한 믿음인 동시에 이 평등성은 "방금 알에서 깨어난 듯한 병아리"를 "애처롭게 신비롭게 귀엽게" 바라볼 수 있는 사랑의 관계에서 시작된다는 것을 의미한다.

사랑의 관계란 모든 존재가 다양한 개성과 가치를 지니고 있음을 인정하는 관계이기에 이미 인간과 환경이라는 이원론적 관점을 넘어선다. 주체와 객체의 관계가 아닌 상호주체적 관계 속에 공존하기 때문이다. 따라서 그의 시도 생명의 구체적 실상을 형상화하는 방향으로 나아간다. 그의 눈에 비치는 생명체 하나하나가 하나의 세계를 이루며 인간과 관계를 맺고 있는 것이다. 문제는 모든 생명이 다 같이 소중하고 그 가치가 평등함에도 불구하고 자본주의적 생활양식 속에 무시되거나 거부되고 있는 현실이다. '생명' 조차 "하느님이 우리들에게 언약과 약속의

---

33 이선관, 『살과 살이 닿는다는 것은』, 1989, 66쪽.
34 이선관, 『창동 허새비의 꿈』, 1994, 57쪽.
35 졸고, 「생명시의 성격과 시적 상상력」, 『초록생명의 길2』, 시와사람사, 2001, 223쪽.

상징으로/증명해보인 무지개 그 무지개 색깔보다 더 진하게" 화려하게 치장해서 파는 '상품'이 된, 단지 효율적이라는 이유에서 제초제를 뿌려 잡초는 물론 흙 속의 미생물까지 죽이는 현실이 의미하는 바는 무엇인가. 한마디로 도구적 합리성과 교환원리가 일상화한 세계가 우리 삶의 현장이라는 것이다. 생명조차 유용성 앞에 왜곡되고, 파괴되고, 돈으로 환전되기에 이른 것이다. 여기에 생명에 대한 성찰이나 자신의 행위에 대한 반성이 끼어들 여지가 없다. 그러니 너 나 할 것 없이 모두 "미운 사람"일 수밖에 없다.

> 긴 장맛비로 눅눅한 방에서
> 방문을 열고 마악 나가려는데
> 새끼 손톱만 한 거미 한 마리
> 나와 함께 문지방을 넘으려고 합니다
> 자기 딴에는 옳지 기회는 이때다 싶었던지
> 목숨을 걸고 기어나가려고 발버둥칩니다
> 나는 그걸 내려다보며
> 그래 가고 싶은 데로 넘어가거라
> 나는 너를 죽일 권리는 없다 생각하면서
> 거미와 함께 문지방을 넘었습니다.
>
> — 「나는 너를 죽일 권리는 없다」 전문[36]

이 시는 두 가지 측면에서 자연과 인간 사이의 사랑의 관계에 대해 노래하고 있다. 하나는 앞서 언급했듯, 그의 시가 생명의 구체적 실상을

---

36 이선관, 『나무들은 말한다』, 2006, 39쪽.

형상화하는 방향으로 나아가고 있다는 것이다. 그의 시적 대상들이 바다, 갯벌, 흙, 강물 등 주위환경에서 병아리, 잡초, 모기(「오뉴월 어느 습기 차고 더운 날 밤」), 배추흰나비(「배추흰나비를 보았습니다」), 쥐(「우리 동네 쥐가 보이지 않네요」), 고구마꽃(「죽는 순간까지도 섹스를」) 등으로 확대되는 것과 맞물려 있다. 이는 환경파괴에 대한 비판이나 저항이라는 목적성에서 나아가 생명의 구체적 실상을 통해 생명의 가치 그리고 더불어 사는 관계를 추구하는 방향으로 그의 시가 펼쳐지고 있음을 의미한다. 이런 생명활동에 대한 미시적 관점은 존재 자체의 개별성을 뚜렷하게 보여줌으로써 더불어 살아가는 존재의 깊이를 보여준다.[37] 각각의 고유한 생명활동의 발견, 즉 구체성을 통한 보편성 획득이라는 차원에서 일정한 시적 성과를 거두고 있다.

또 하나는 인간이 우주의 주인이 아니라는 것 그리고 모든 존재원리는 어울림의 관계 속에 있다는 사실이다. 위의 시에서 보듯 "새끼 손톱만 한 거미 한 마리"의 살려고 하는 노력이야말로 생명의 실상이다. 시인은 생명 그 자체는 크기나 호·불호의 감정과 상관없이 똑같이 소중하며, 살려고 하는 의지야말로 모든 존재가 지닌 신성한 욕망임을 발견한다. 따라서 이 시의 마지막 두 행에서 "나는 너를 죽일 권리는 없다 생각하면서/거미와 함께 문지방을 넘었습니다"라고 하듯, 인간과 뭇 생명체와의 바람직한 관계를 상징적으로 보여주고 있는 것이다.

이와 같은 그의 태도, 즉 인간과 여타 생명체가 똑같이 소중하며 그렇기에 인간이 우주의 주인이 아니라는 성찰은 그의 시 곳곳에서 발견할 수 있다. 우리가 여자(땅)를 학대하고 있다거나(「땅은 여자 하늘은 남

---

37 고현철, 「생태주의 시에 나타난 시선의 문제」, 『탈식민주의와 생태주의 시학』, 새미, 2005, 113쪽.

자」)[38], 지구를 "신이 주신 보석"(「상수도와 하수도」)[39]이라거나, "평생 동안 우리는/지구촌의 손님이라"(「다시 문제는 지구촌입니다」)[40]는 생각이 그것이다. 특히 인간이 지구촌의 손님이라는 인식은 세계관 자체의 변화를 의미한다. 근대 이후 계속되어 온 인간중심의 세계관이 자연에 대한 가혹한 착취와 파괴를 일삼았다면, 이제는 인간과 자연이 주체와 타자가 아닌 상호주체적 관계로 변화해야 한다는 것이다. "새끼 손톱만 한 거미"조차 귀중한 생명이라는 사실을 받아들일 때, 모든 존재들이 서로를 존중하며 화해하고 공존할 수 있기 때문이다.

이렇게 볼 때, 이선관 시의 특징과 성과는 생태학적 세계관이 자신이 딛고 선 현실을 바탕으로 넓이와 깊이를 더해가면서, 생명체들이 인간과 더불어 공생하는 대안 사회까지 꿈꾸는 방향으로 나아갔다는 점에서 찾을 수 있다. 동시에 이런 변화가 일시적이거나 충격적이지 않고 일생을 통해, 자신의 삶에 대한 성찰을 통해 하나의 커다란 줄기를 형성하고 있다는 데 그 특징이 있다. 화해와 공존의 바탕 위에서 인간과 뭇 생명체가 동반자로 함께 가는 길인데, 동반자란 말 속에는 자연과 인간이 서로 타협하고 조화를 이루는 사랑의 관계가 내포된다. 서로가 지닌 이기심을 버리는 일이 쉽지는 않을 터, 그는 "함께 문지방"을 넘는 것으로 실천하고 있는 셈이다.

---

38 이선관, 『창동 허새비의 꿈』, 1994, 66쪽.
39 이선관, 위의 시집, 67쪽.
40 이선관, 『우리는 오늘 그대 곁으로 간다』, 2000, 33쪽.

4. 글을 맺으며

이선관은 시작 초기부터 자연파괴와 환경오염의 실상을 시의 소재로 끌어들여 자연과 인간의 관계를 되돌아보고, 그 관계를 비판적으로 성찰해왔다. 초기시에서 눈에 띄는 것은 환경오염의 원인을 정치현실과 경제구조의 모순에서 찾아내면서 자연에 대한 낭만적 인식을 벗어났다는 사실이다. 개발로 인한 환경파괴는 생존의 위협으로, 나아가 한 개인의 문제가 아니라 공동체가 직면한 위기로 이어진다는 현실 인식이 그것이다. 이러한 인식은 공동체 의식을 전제로 한다. 근대화·산업화로 인해 우리의 삶이 왜곡되고, 억압받고, 파괴되었다고 해도 아직까지는 회복할 수 있다는 가능성 위에서 비판이 시작된다는 것이다.

이런 점에서 그의 시는 비슷한 시기의 다른 시인들의 시와 달리 보다 구체적인 삶 속에서 환경파괴와 오염의 실상을 형상화했다. 지구나 인간이 아닌 우리 동네와 나의 삶을 형상화했기에 환경위기에 대한 추상적이며 선언적인 차원에서 벗어나 일정 수준의 시적 성과를 거둘 수 있었다. 그러나 고발과 비판이 지닌 일회적이며 충격적인 성격으로 인해 시적 완성도에 의문의 여지를 남기고 있는 것도 부인할 수 없다. 이는 생태학적 주제가 미학적이라기보다는 윤리적·실천적 주제에 가깝다는 것과 깊은 연관을 지닌다. 그가 환경문제에 관한 한, "좌파도 생각해야 되고/우파도 생각해야 되느니"(「환경을 생각한다는 것은」)[41]라고 하듯 시적 형상에 앞서 세계관을 더 중시했음을 말해준다. 그의 시에서 시적 언술의 형태가 일관되게 진술에 의존하고 있다는 것이 이를 뒷받침한다. 그 내용이 사변적이거나 관념적이라 할지라도 청자를 가정할 수밖

---

41 이선관, 『지금 우리들의 손에는』, 2003, 19쪽.

에 없는데, 환경파괴로 인한 생존의 위협이라는 절박한 현실에 대한 직정적인 표현이 지닌 한계라 할 것이다.

그러나 그의 시는 초기에 보여지던 인간중심주의적 관점에서 벗어나 환경문제를 생태계의 문제로 인식하면서부터 변화를 겪는다. 보다 구체적인 삶 속에서 인간과 뭇 생명체들 사이의 공존문제가 2000년을 전후로 나타나는데, 이는 그가 인간 중심의 환경에서 생태계 전체에 대한 관심을 드러내는 것과 병행한다. 이 시기의 많은 시편들이 다른 생명체들과의 관계와 연대감을 보여준다. 모든 생명의 가치 평등성을 바탕으로 상호주체적 관계를 지녀야 할 존재들이 도구적 합리성과 교환원리가 일상화한 현실에 처해 있는 비극적 상황을 형상화한다. 인식의 확대가 시적 대상을 구체적이고 개별적인 생명활동에 대한 관심으로 확대된 셈이다. 존재의 개별성을 통해 고유의 생명활동을 드러냄으로써 삶의 구체성과 보편성의 획득이라는 시적 성과를 거두고 있는 것이다.

하나 더 생각해야 할 것은 그의 시를 전체적으로 조망할 필요가 있다는 점이다. 「독수대 1」이 공단 폐수로 인해 어패류조차 살 수 없는 죽음의 바다가 될 것을 예감하고 쓴 우리나라 환경시의 효시를 이룬다는 것[42]보다는 환경과 생명의 문제에 대한 그의 지속적인 관심에 주의를 기울여야 한다는 의미이다. 사회적 이슈가 터질 때마다 쓰는 시가 아닌, 환경위기에 대한 인식을 개별적 존재들 사이의 관계의 문제로 확대시키면서 30여 년 동안 시의 영역을 확장·심화해 온 그의 세계관과 태도에 더 큰 시사적 의의가 있는 것이다.

---

42 김명수는 『지구촌에 주인이 없다』란 시집에 대한 해설에서 이 시가 우리나라 환경시의 효시를 이루는 것이라 했다. 동의한다. 전지구적 오염의 문제를 바탕으로 쓴 성찬경의 시 「그대 가슴속의 시인을 깨우라」(『문학사상』, 1974. 5월호)의 선언적 성격에 비한다면 이선관의 시가 보다 구체적 현실에 바탕을 두고 생태학적 인식을 펼치고 있다는 점에 주목할 필요가 있다.

연포 이하윤의 생애와 문학

1. 들어가며

연포蓮圃 이하윤異河潤은 시인, 번역문학가, 수필가, 문학평론가다. 그는 한국문학 개척기에 해외문학파의 일원으로 해외시를 번역 소개하는 데 힘썼고, 시문학파 동인으로 활동하면서 현대시의 출발에 크게 기여한 시인이다.

그는 1906년 강원도 이천(伊川, 현재 이북에 속함)에서 출생하여 고향에서 보통학교를 졸업했다. 1923년 3월 경성제1고등보통학교를 졸업하고 일본으로 건너갔다. 이후 1926년 3월 일본 동경에 있는 법정대학法政大學 예과 제1부를 졸업하고, 1929년 3월 법정대학 법문학부 문학과(영어영문학과)를 졸업했다. 일본 유학 때 아테네 프랑세에서 2년간 프랑스어, 동경외국어학교 야간부에서 반 년간 이태리어, 동경제일외국어학원에서 반 년간 독일어를 배웠다.

동경 유학생 시절인 1923년 여름방학 때, 〈동아일보〉 학예란에 감상문을 투고하면서 문인으로 대우를 받게 되었고,[1] 1926년 〈시대일보〉에 「잃어버린 무덤」이란 시를 발표하면서 시인의 길로 들어선다. 그러나

이 시기는 동경 유학 시기라 본격적인 활동기라 할 수 없다. 그의 문학적 이력에 한 획을 긋는 사건은 동경에서 김진섭, 정인섭, 이선근 등과 함께 해외문학연구회를 조직하여 연구와 합평에 주력했고, 이를 바탕으로 1927년 1월에 『해외문학』이란 잡지를 창간하면서 본격화된다.

1929년 3월 귀국 후 여학교에서 잠시 교편을 잡다가, 가을부터 중외일보 학예부 기자로 취직하게 된다. 학예부에 있으면서 많은 문인들과 교류를 하게 되는데, 그해 겨울 처음으로 박용철과 만나 시문학 동인으로 참여하게 된다. 1930년 창간한 『시문학』의 발행이 어렵게 되면서, 박용철과 둘이 1931년 11월에 『문예월간』으로 체제를 바꿔 창간한다. 이해에 극예술연구회에 참여한다.

1934년 『문학』 동인으로 가담하지만, 이 잡지도 곧 폐간하게 된다.[2] 1933년에는 발표했던 번역시를 묶어 『실향의 화원』이란 번역시집을 출간한다.

1935년 9월부터 콜롬비아주식회사 조선문예부장을 지냈고, 1937년부터 1940년 8월 폐간당할 때까지 동아일보 기자를 지냈다. 이때, 기자로 재직하면서 작품번역, 번역문학론을 발표하고, 1939년에는 창작시를 모아 『물레방아』라는 시집을, 편시집인 『현대서정시선』을 발간한다.

1942년부터 1945년까지 동구여자상업학교에서 교편을 잡았고, 1945년 11월 혜화전문학교의 교수로, 1949년부터 서울대 교수로 재직하다 1971년 정년퇴직했다. 이후 덕성여대 교수로 재직 중 1973년 3월에 별세했다. 1948년에 번역시집인 『불란서시선』과 『영시선』, 『문학론』, 『현대문학정수』 등을 출간했다.

---

1 이하윤, 「나의 문단회고」, 『신천지』 47호, 1950, 184쪽.
2 『시문학』(1930. 3.~1931. 10. 3호로 종간), 『문예월간』(1931. 11.~1932. 3. 4호로 종간), 『문학』(1934. 1.~1934. 4. 3호로 종간), 『극예술』(1934. 4.~1936. 9. 5호로 종간).

이상의 간단한 이력에서 알 수 있는 것은, 그가 번역문학가, 시인, 기자, 교육자로서의 삶을 살았다는 것이다. 이 중 우리의 관심을 끄는 것은 1920년대 중반 이후 1930년대의 삶이다. 해외문학파로서의 활동, 시문학파 동인으로 참여, 시인으로서의 시세계라 할 수 있을 것이다. 특히, 해외문학을 번역 소개하는 데 관심을 두었던 그가 어떤 연유로 전통적 서정의 고양을 내세운 시문학파에 참여하게 되었고, 그의 시세계는 어떻게 전개되었느냐는 점이다.

2-1. 해외문학의 소개와 번역

연포의 본격적인 문학활동은 해외문학의 번역 소개에서 출발한다. 비록 창작시집인 『물레방아』(1939)를 엮을 정도로 시작활동을 했으나, 이보다는 번역가로서의 삶이 더 두드러진다. 이런 연유로는 시문학파의 비슷한 연배의 동인인 정지용, 김영랑, 박용철의 시적 성과에 미치지 못했다[3]는 것도 그 이유 중 하나이다. 이보다는 그가 번역 활동에 주력했다는 것에서 그의 정체성을 논해야 한다는 생각이다. 즉 그의 문학사적 기여는 그가 다양한 해외근대시를 번역했고, 번역의 질을 높였고, 이러한 번역 작업은 모국문학에 대한 관심을 바탕으로 전개되었다는 점이다.[4]

그렇다면, 그의 해외문학에 대한 관심은 언제 어떻게 비롯했고, 그 결과는 어떠했는가? 우선 해외문학파의 결성과정을 보자.

---

3 김용직, 『한국현대시연구』, 일지사, 1979, 241쪽.
4 김용직, 위의 책, 242쪽.

1924년 말 25년 정초에 걸친 겨울방학에 조대早大의 이선근과 정인섭, 동경고사의 김명엽, 동경외어東京外語의 김은 그리고 법대의 손진섭과 이하윤 등이 빈번히 회동하여 연구발표와 합평 좌담에 밤이 깊어가는 줄도 모르고 기염을 토하기 시작, 이리하여 이른바 '외국문학연구회'가 발족하게 되었으며, 1년 뒤에 창간한 동인지의 제호가 『해외문학』이다.[5]

그의 말대로라면 『해외문학』은 동경에 있는 해외문학연구회에서 편집하고, 서울에 있는 해외문학사에서 맡아 1월말에 발행한 잡지다. 곧이어 재정난으로 2호까지 내는 데 그쳤다. 이 잡지 발행을 계기로 신문사와 좌 우 문단에서 '해외문학파'라는 명칭이 붙여졌다. 이 명칭에 대해 이하윤은 "자못 유감스럽게" 여기고 있다. 그 이유는 간단하다. 유학생 몇몇이 해외문학의 소개에 대한 열정으로 발행한 잡지에 무슨 거창한 목표나 이데올로기를 표방한 것처럼 비춰지는 것에 대한 불만이다. 자신들의 의도와 관계없이 해외문학에 대한 관심이 왜곡되는 현실에 대한 불만은 이유가 있는 것이었다. 그의 말대로 『해외문학』 창간의 본뜻과 그 구성은 창간사에서 잘 드러난다.

무릇 신문학의 창설은 외국문학 수입으로 그 기록을 비롯한다. 우리가 외국문학을 연구하는 것은 결코 외국문학연구 그것만이 목적이 아니요, 첫째 우리 문학의 건설, 둘째로 세계문학의 상호범위를 넓히는 것이다. 즉, 우리는 가장 경건한 태도로 먼저 위대한 외국 작가를 대하며 작품을 연구하여 우리 문학을 위대히 충실히 세워 놓으며 그 광채를

---

5 이하윤, 「해외문학 시대」, 『한국문단 이면사』, 깊은샘, 1983, 165쪽.

돋구어 보자는 것이다.[6]

위의 내용을 정리하자면, 첫째 외국문학의 수입에서 우리의 근대문학이 시작되었다는 점. 둘째, 외국문학의 올바른 이해와 수용이 우리 문학을 창의적으로 건설하는 데 도움이 될 것이라는 점. 셋째, 우리 문학의 건설이 곧 세계문학의 범위를 확장하는 일이라는 것이다. 이런 포부를 품고 창간한 『해외문학』의 구성을 보면, 이들의 이념적 지향이 드러난다.

창간호에는 폴 베르네르의 시 5편, 모리스 메테르링크의 노래 3편, 아나톨 프랑스의 소설 3편, 필리예 릴라당의 소설을 번역해서 실었는데 대부분 불란서 문학이라 할 것이다. 2호에는 아일랜드 시인 스티븐슨과 영국 시인 테니슨, 드라메어, 골즈워디 등과 미국 시인 셔라 디스데일, 불란서 시인 콜비에르, 제랄디 등의 시를 번역해서 실었다.

이 잡지의 구성으로 보아, 당시 유행하던 러시아 문학을 배제하고 프랑스와 영미 시를 소개했음이 드러난다. 즉 당시 카프를 중심으로 관심을 쏟았던 러시아 문학이나 일본의 프로문학과 같은 계급문학이 아닌 비교적 순수문학에 가까운 외국문학을 번역 소개했다. 이런 그들의 이념적 지표와 번역이 당시 카프 등 기성문인들로부터 비판을 받는 이유가 되었다.[7]

이하윤을 중심으로 한 해외문학파의 기획과 활동은 순수서정을 중심으로 새로운 경로를 그리게 된다. 이른바 박용철과의 만남을 계기로 『시문학』, 『문예월간』, 『문학』, 『시원』 등 순수서정시를 중심으로 한 시적 지

---

6 이하윤, 「해외문학」 창간사, 1927. 1.
7 유성호, 「해외문학파의 시적 지향」, 「비평문학」 40호, 한국비평학회, 2011, 231쪽.

향을 이루게 된다. 이하윤이 그 중심에 있었음은 두말할 나위도 없다.

이하윤의 해외문학 소개를 위한 번역활동은 1929년에서 1939년까지 10년 동안 가장 활발했다. 일례로 『실향의 화원』(1933)에 실린 번역시가 110편에 달한다는 것은 동시대 다른 시인들의 번역활동과 비교하면 더욱 그 공적이 뚜렷함을 알 수 있다. 1930년대에 변영로 14편, 김상용 12편, 박용철 10편, 김광섭이 9편을 각각 번역[8] 했음을 비교할 때, 그의 번역을 통한 문학적 실천의 강도를 미루어 짐작할 수 있다.

해외문학파에 대한 문학사적 평가는 극도로 엇갈린다. 해외문학파가 처음에 서구문학을 소개하는 것으로 대단한 일을 하는 듯이 자부하더니, 계급문학론이 흔들리기 시작하자 수습방안이나 대안을 들고 나왔다. 대부분 계급문학론을 거부한 비평방법이나 문예사조를 도입하는 데 열을 올리고, 일제와 맞서는 민족문학을 다지고 현실타개의 과제를 해결하는 과업을 떠나 허망한 소리를 했다는 평가[9]가 그 하나다.

이와 함께, 해외문학파가 도식적인 프로문학파와 민족파에 새로운 활기를 불어넣고, 한국 순수시 온상 역할을 했고, 다양한 평론활동으로 비평영역을 확대했으나

> 해외문학파의 존재 이유는 당시 한국문단이 계몽기의 최후에 처했음을 반증한다. 즉 일본어를 외국언어로 볼 수 없었던 특수적인 식민지적 상황에서 수준높은 일본측의 번역권의 세력이 해외문학파의 존재이유를 앗아가 버렸고, 해외문학파는 시, 소설, 극, 수필 등의 창작 및 평론으로 방향을 돌려 ……[10]

---

8 조영식, 「연포 이하윤의 번역시 고찰」, 『경희대 인문학연구』 제4호, 경희대인문학연구소, 2000, 231쪽.
9 조동일, 『한국문학통사』, 지식산업사, 1989, 242쪽.
10 김윤식, 『한국근대비평사연구』, 일지사, 1987, 163쪽.

즉, 이미 수준 높은 일본어 번역권의 세력이 월등한 상태에서 해외문학의 우리말 번역이 큰 빛을 발하지 못했다는 것이다.

그럼에도 불구하고 이하윤의 시문학사에서의 역할은 폄하될 수 없다. 그가 앞서 언급했듯, 『해외문학』, 『시문학』, 『문예월간』, 『문학』, 『시원』으로 이어지는 순수서정시의 중심에 서 있었고, 이는 당시 문단 주류였던 프로문학과 민족주의를 넘어선 미학주의를 일관되게 고집했음을 의미한다. 이런 상황에서 이하윤의 시적성취와 번역은 해외문학파가 1930년대 문단에 남긴 뚜렷한 흔적[11]이라는 사실을 부인할 수 없다는 점에서다.

2-2. 『시문학』과의 인연

연포와 시문학파의 연관성을 살피는 작업은 그의 문학적 생애를 밝히는 데 매우 중요하다. 그의 생애 중 본격적으로 문학의 길로 접어드는 계기를 마련한 것이 『시문학』 동인으로 참여한 데서 비롯한다는 점에서다. 참여의 계기는 동인 결성의 어려움과 같이하는데, 이는 용아가 김영랑에게 보낸 편지에서 전후 사정을 살펴볼 필요가 있다.

> 양주동군의 『문예공론文藝公論』을 평양서 발행한다고 말하면 이에
> 방해가 될듯 싶네. 그러나 통속 위주일 게고 교수품위를 발휘할 모양인
> 가 보니 길이 다르이. 여하간 지용 수주 중 득기일得其一이면 시작하지.
> 유현덕이가 복룡봉추伏龍鳳雛에 득기일得其一이면 천하가정天下可定이

---

11 유성호, 앞의 글, 203쪽.

라더니 나는 지용이가 더 좋으이. 「문예공론」과 특별한 관계나 맺지 않았는지 몰르지. 서울걸음은 해보아야 알지.[12]

내 요새 누구를 만났더니 정지용이 이 가을부터 서울 휘문에 와서 있으리라고 하데. 서울 가거든 한번 만나 보게. 시지詩誌에 대한 계획은 나는 아직 포기하지 않네.(1929. 9. 15.)[13]

위의 두 인용문을 읽어보면, 용아와 영랑이 수주 변영로(「폐허」, 「장미촌 동인」)와 정지용에게 특별한 관심을 나타내고 있음을 알 수 있다. 특히 양주동의 「문예공론」에 편집동인으로 참여하지나 않았는지 고심하는 부분에서는 「시문학」 동인을 모으는 일이 쉽지 않았음을 잘 알 수 있다.[14] 정지용의 경우, 1929년 3월에 경도의 동지사 대학을 졸업하고, 그해 9월에 모교인 휘문의숙 영어과 교사로 취임했던 사정으로 미루어, 많은 문학인들이 그에 대한 관심을 가지고 있었던 셈이다.[15] 그렇기에 김영랑에게 서울 가는 길에 정지용을 만나보라고 하지 않는가. 김영랑과 정지용은 이미 휘문의숙의 1년 차 선후배 관계로 쉽게 이야기할 수 있다는 전제가 깔려 있는 것이니, 용아의 이런 제안은 너무도 자연스런 일이다.

그렇다면 이하윤과의 인연은 어떠한가. 이하윤의 회고에 따르면 용아와 일면식도 없는 상태에서 만남이 이루어지고 있음을 알 수 있다. 용

---

12 「박용철 전집」(평론집), 깊은샘, 2004, 319쪽.
13 위의 책, 328쪽.
14 김선태, 「김현구 시연구」, 국학자료원, 1997, 81쪽. 이에 의하면 김영랑과 박용철 두 사람 모두 무명의 시인이었지만, 박용철의 연희전문 시절 변영로, 정인보와의 인연, 김영랑과 정지용이 휘문의숙 1년 선후배 사이라는 인연 등으로 동인을 구성할 수 있었음을 밝히고 있다.
15 정지용의 경우, 26년에 「학조」, 「문예시대」, 「근대풍경」(일본시지)에 작품을 발표하였고, 그 후로 「신민」, 「조선지광」 등에 토속적 서정을 지닌 작품들을 발표하여 이미 문명을 날리고 있던 시인이었다.

아는 자신보다 두 살 아래인 연포(1906년 생)를 신문사로 찾아간다.

> 용아朴龍喆가 신문사 편집국으로 나를 찾아온 것은 1930년 가을의
> 어느날, 교양과 침착이 그의 상냥한 성격의 품위를 더욱 높여주는 청년
> 이었다. 죽마고우같이 격의 없는 친밀감을 불러일으키는 그는 시문학
> 에 대하여 이미 일가를 이루고 있었으며, 깍고 다듬은 그의 작품은 서
> 정시의 본령을 찾고 있던 나로 하여금 천병만마의 원군을 얻은 듯 마음
> 이 든든해졌다. 그날 밤 옥천동 그 우거에서 정지용을 만나 주식酒食을
> 나누면서 『시문학』 동인지의 발간을 계획하기 시작하였는데, 영랑金允
> 植은 그의 작품만 올려보내고 얼마 뒤에 한복 차림으로 상경하여 선배
> 두 분 - 위당(爲堂 鄭寅普), 수주(樹州 卞榮魯) -과 박,김,정,이, 이렇게
> 6동인의 창작과 번역을 인쇄에 돌리고 나서 기념사진을 찍었다.[16]

당시 이하윤은 〈중외일보中外日報〉 학예부 기자로 있었다. 이 시기부
터 문단인과의 접촉을 하기 시작했다.[17] 그에게 아무 소개 없이 용아가
찾아온 것이다. 처음으로 용아와 만났는데, 위의 글을 보면 금방 의기투
합했음을 알 수 있다. 이런 두 사람의 인연은 후일 『시문학』을 폐간하고
『문예월간』을 창간했을 때, 그가 새로운 직장인 조선일보사의 입사를
함대훈에게 양보하고 이 잡지의 주간을 맡는 것으로 발전한다.[18]

그렇다면, 박용철이 이하윤을 직접 찾아가 동인으로 활동하자고 한
이유는 무엇인가? 박용철이 이에 대한 기록을 남기지 않았으니 미루어
짐작할 수밖에 없다. 대체로 다음과 같은 이유가 아니었을까?

---

16 이하윤, 「해외문학시대」, 앞의 글, 169쪽.
17 이하윤, 「나의 문단회고」, 앞의 글, 184쪽
18 이하윤, 위의 글, 186쪽.

첫째, 이하윤이 이미 〈시대일보〉에 「잃어버린 무덤」(1926)을 발표한 시인이었고 둘째, 『해외문학』 잡지를 만들고, 또 이를 통해 외국시 번역의 필요성을 역설하는 번역가였고 셋째, 해외문학 소개의 필요성을 역설하면서도 창작에 있어서는 서정시의 본령을 찾으려는 의지를 지니고 있었고 넷째, 신문사 학예부 기자라는 신분과 편집경험이 『시문학』의 발전에 기여할 것이란 측면은 아니었을까?

이와 같은 이유로 이하윤이 창작, 번역 그 어느 쪽이 불가능했다면 『시문학』이 되지 못했을 것이라는 지적은 매우 타당하다.[19] 특히 『시문학』 창간호 후기에서 1호에는 편집이 급해서 못했지만 앞으로는 시론, 시조, 외국시인의 소개 등에 있는 힘을 다하겠다는 다짐으로 미루어 해외문학을 공부한 동인이 꼭 필요했을 것이다.

한편, 이하윤의 입장에서도 박용철의 의도와 크게 다를 바 없었을 것이다.

첫째는 『해외문학』지 발간 이후, 동인들이 번역, 소개보다는 창작 쪽에 관심을 기울이거나[20] 신문사 기자로 활동하게 되었다는 점.

둘째는, 그가 번역과 소개의 필요성을 역설하면서도 우리의 전통에 대해 끊임없이 고뇌하고 강조했다는 점과 맞물린다.

특히, 둘째의 경우, 용아와 연포蓮圃가 추구하는 언어에 대한 관심이 같은 맥락에 있었다는 점을 들 수 있다. 『해외문학』과 『시문학』 창간사를 보자.

---

19 김용직, 앞의 책, 84쪽.
20 해외문학파 중 시를 쓰게 된 사람은 이하윤, 김광섭, 소설은 함대훈, 희곡은 유치진, 비평은 김광섭, 이헌구, 함일돈, 수필은 김진섭, 김상용 등을 들 수 있다(김윤식, 『한국근대비평사연구』, 일지사, 1987, 158쪽 참조).

우리말의 통일과 발달을 기期하야 우리 문학건설에 훌륭한 언어를
가지게 하여 보자는 것.[21]

한민족의 언어가 발달의 어느 정도에 이르면 구어口語로서의 존재
에 만족하지 아니하고 문학의 형태를 요구한다. 그리고 그 문학의 성립
은 그 민족의 언어를 완성시키는 길이다.[22]

두 창간호의 잡지에서 강조하고 있는 것은 언어에 대한 관심이다. 언
어에 대한 인식은 문학 언어로서의 미적성취의 문제와 맞물리는 인식이
라 할 수 있다.

중요한 것은 이하윤과 박용철의 만남이 문학사의 전기를 만들었고,
두 사람의 문단 내 위치를 확고하게 해 주었다는 점이다.

첫째로 이들은 신인들의 작품을 선택할 수 있었다.

원고 채택에 대하여 자동계산기와 같은 공평을 기할수 없는 이상
어쩔 수없이 편집동인의 눈이라는 조그마한 문턱을 넘게 됩니다. 우리
동인들의 의향까지는 될 수 있는대로 편벽된 개인의 취미에 기우러지
지 않으려 힘쓰나 그것은 차차로 편집의 실제에서 증명하겠습니다.[23]

이외에도 외국시의 번역을 투고할 때의 주의할 점 등이 있다. 이렇듯

---

21 『해외문학』 1호, 1927. 1. 창간사
22 『시문학』 창간호, 1930. 3. 39쪽, 편집후기
23 위의 책, 40쪽, 기고규정. 이에 따라 『시문학』 2호에 김현구, 3호에 신석정, 허보가 합류한다. 또한
   이러한 투고규정에 대한 내용은 『문예월간』에서도 평론, 수필, 시, 시조, 희곡 등 다양한 장르 포함
   한다.

잡지 발간과 함께 신인의 작품을 선별할 수 있었다는 것은 이후의 문단 활동에 유리한 위치에 서게 되었음을 의미한다.

둘째로 이하윤이 『시문학』(3권/1930. 3~1931. 10)은 물론 『문예월간』(4권/1931. 11~1932. 3)의 창간에 직접 관여했을 뿐만 아니라, 창간사를 쓸 정도로 문단 내 위치를 확보하게 되었다. 이를 바탕으로 『문예월간』, 『문학』(3권/1933. 12~1934. 4)과 『극예술』(5권/1934. 4~1936. 9)[24] - 을 해외문학파들의 발표무대가 되게 했다는 점이다. 이들 잡지를 통해 다양한 장르의 작품이 발표되면서 우리문단을 풍요롭게 했다고 할 수 있다.

2-3. 이하윤 시의 특징

최근 『이하윤 시선』이 발간[25]되어 일반 독자도 편하게 그의 시를 감상하고 시세계를 살필 수 있게 되었다. 이를 통해 그의 시를 살펴본 결과, 시의 분위기가 어둡고 쓸쓸하다는 점 그리고 시의 형식적 특징으로는 행과 연의 규칙성이 잘 드러나고 있음을 알 수 있다.

우선, 시의 내용을 살펴보면, 비극적 현실인식(「또 하루를 기다리는 마음」, 「근심 1」, 「근심 2」, 「노구의 회상곡」), 비극적 자기 인식(「연통 같은 내마음」, 「취혼」, 「밤」), 소극적 극복의지(「방황곡」, 「눈을 밟고 갑니다」, 「마을하늘」, 「비운」)라는 분류[26]에 쉽게 수긍하게 된다. 다시 말해서 그의 대부분의 시편들은 하강적 이미지를 중심으로 상실, 비애, 쓸쓸함, 그리움, 토속적 정감의 세계를 드러내고 있다. 표제작 「물레방아」를 보자.

---

24 『극예술』 창간 당시 이헌구, 김광섭, 함대훈이 편집위원이었고, 2호에 조희순이 참여했다 빠지게 됨.
25 『이하윤 시선』, 고봉준 엮음, 지식을 만드는 지식, 2012. 8.
26 이상호, 「이하윤시연구」, 『동아시아문학연구』 7권, 한양대동아시아문화연구소, 1985.

끝업시 도라가는 물레방아 박휘에
한 닙식 한 닙식 이내 추억을 걸면
물속에 잠겼다 나왓다 돌 때
한업는 뭇 기억이 닙닙히 나붓네

박휘는 끝업시 돌며 소리치는데
맘속은 지나간 옛날을 찾어가
눈물과 한숨만을 지어서 줍니다
....

나만흔 방아직이 머리는 흰데
힘없는 시선은 무엇을 찾는지
확 속이다 굉이 소리 찌을 적마다
요란히 소리내며 물은 흐른다.

―「물레방아」 전문

이 시에서 보듯, 시의 소재 자체가 과거의 것이고, 여기에서 비롯하
는 정서 역시 회고적이다. 다시 말해 사라지는 것들에 대한 회고적 정서
가 주류를 이루고 있다. 문제는 이런 소재를 통해 드러나는 정서가 '한
숨'과 '눈물'인데 반해, 이것이 어디에서 비롯했는지에 대해 알 길이 없
다는 것이다. 다만, 이런 정서를 「잃어버린 무덤」에서 "원수의 신작로",
「밤」에서 "끝없는 대지에 울분을 못 참고", 「취혼」에서 "오 무섭게 캄캄
한 밤"으로 나타난 싯귀를 통해 희망 없는 현실과 연관된다는 점을 유추
할 수 있을 뿐이다.

사실, 그의 이런 시적 성격은 시문학파의 시적지향이나 특성, 즉 언어에 대한 자의식과 감각의 쇄신이란 특성과 일정한 거리를 보여준다. 그가 말하듯 "서정시의 본령을 찾고 있"었기에[27] 시문학파 동인으로 참여했다는 것에 비추어 볼 때, 그는 서정시의 본령을 전통적 율격을 가진 서정시로 보았다는 말이 된다. 그의 시는 전통적 가락을 바탕으로 애상적 분위기를 드러내는 서정시에 가깝기 때문이다. 이런 시적 특성과 율격에 대한 그의 태도는 처녀작인 「잃어버린 무덤」에서부터 드러나고 있었다.

북문 턱 외딴 길에/풀닙 거츠른/님자 일흔 무덤이/하나 잇더니

방랑의 손 외로히/지날 때마다/무덤 앞에 안저서/쉬고 가더니

원수의 신작로가/생긴 이후로/패여 간 무덤 자최/간 곳 없노라

무덤 우에 덮엿든/흙과 잔디는/밟히고 짓밟히는/길이 되어서

묵어운 발자국에/눌닐 때마다/애닯흔 옛노래를/읇고 잇노라

님자 일흔 무덤이/하나 잇서서/흘러가는 행인이/쉬고 가더니

– 「일허진 무덤」 전문(밑줄 필자)

이 시는 6연으로 되어 있고, 매 연聯은 4행으로 규칙적이다. 그리고 매 연이 같은 방식으로 구성되었다. 이를 두고 당시 유행하던 7·5조의

---

27 각주 15 참조.

음수율[28]의 반복이라고 하지만, 사실 3음보격의 율격이라고 해야 할 것이다. 이런 율격에 대한 관심과 표현은 규칙적인 행수行數 배열의 시가 44편에 이를 정도로 잘 나타나 있다.[29] 이것은 그의 율격에 대한 관심이 유별났음을 말해주는 것으로 몇 가지 예를 들어보자.

①

부르고 부르지저 목이 쉬었고

거닐고 헤매여서 기가 다하야

절망으로 암흑으로 끌니어가는

분함을 못이기어 이를 갑니다

― 「방황곡」에서

②

동구박 개천가에 해는 저무러 가는데

시름업이 느러선 아카시아 나무 밑

어머니 아버지 딸 아들 한집안이서

멍하니 얼이 빠진 채 안저 잇는 꼴

― 「또 하로를 기다리는 마음」에서

③

백리길 빈터우에 잡초만이 욱어졌네

---

28 이상호, 「이하윤과 그의 문학」, 『한국문학연구』8, 동국대한국문학연구소, 1985, 218쪽.
29 이상호, 위의 글, 217쪽. 여기에 의하면 『물레방아』에 실려있는 총 109편의 시에서, 부록편의 가요 시초 42편을 제외한 67편이 연시(聯詩) 60편, 비연시(非聯詩) 7편으로 되어있다. 이를 다시 규칙성 여하에 따라 나누면 규칙적 행수 배열의 시가 44편, 불규칙적인 시가 16편으로 실려 있다고 분석 하고 있다.

문허진 돌틈으로 애처럽다 저꽃송이

네얼골 보고지워 이곧온것 아니엇만

– 「옛터」에서

위의 시편 ①은 3음보격으로, ②는 3, 4음보의 반복으로, ③은 4음보격으로 이루어졌다. 이러한 음보율은 우리 민요의 전통과 맥이 닿아 있다. 우리 민요의 율격 중 4음보격이, 그 다음으로 3음보격이 가장 흔하게 나타나고 있음이 이를 반증한다.[30]

간과할 수 없는 것은 이러한 시형식이 1920년대의 문학적 흐름과 같이 하고 있으며 음악성에 기대고 있다는 사실이다. 1920년대의 문학적 흐름 중 김소월과 비교할 때, 그 율격이 훨씬 단조롭다는 사실을 알 수 있다.[31] 이는 그의 시에서 율격에 대한 실험이 그리 많지 않다는 사실에서도 잘 드러난다. 따라서 그의 전통서정시에 대한 관심은 엄격한 율격을 바탕으로 쓰여지는 서정시에 머물고 있음을 드러낸다. 이러한 사실은 율격이 지닌 음악성과도 깊은 관련을 지니는데, 그가 『물레방아』에 부록으로 가요시초歌謠詩抄를 덧대고 있는 것에서도 잘 알 수 있다. 더욱이 그가 유행가를 염두에 두고 작사를 하고, 이 중 취입한 곡의 수가 1934년부터 1940년까지 총 159곡에 이른다는 사실[32]은 엄격한 율격을 전제로 작사(시)를 했음을 말해주기에 충분하다.

---

30 장덕순 외, 『구비문학개설』, 일조각, 1979, 93쪽.
31 가령 김소월의 「산유화」, "산에는 꽃 피네/꽃이 피네/갈 봄 여름 없이/꽃이 피네//산에/산에/피는 꽃은/저만치 혼자서 피어 있네//산에서 우는 작은 새여/꽃이 좋아/산에서/사노라네//산에는 꽃 지네/꽃이 지네/갈 봄 여름 없이/꽃이 지네"에서 보듯, 3음보의 율격에 시행의 변화를 주면서 그 의미를 극대화하고 있다.
32 장유정, 이하윤 대중가요 가사의 양상과 특성 고찰, 『한국민요학』 28집, 한국민요학회, 2010, 151쪽 참조. 이 연구에 따르면 이하윤의 작품 176곡 중에서 음원이 남아 있는 곡은 26곡이고, 가사를 찾을 수 있는 곡은 162곡이다.

3. 맺음말

이하윤은 시인, 번역문학가, 수필가, 문학평론가다. 그는 한국문학 개척기에 해외문학파의 일원으로 해외시를 번역 소개하는 데 힘썼고, 시문학파 동인으로 활동하면서 현대시의 출발에 큰 기여를 한 시인이다.

『해외문학』의 창간에 주도적 역할을 하면서 해외시 번역에 큰 공적을 남겼고, 『시문학』, 『극예술』, 『문학』의 동인으로 참여 했고, 『문예월간』 주간 등의 활동했다. 이러한 활동은 1920년대 중반에서 1930년대 초까지 우리 시문학사의 한 장을 여는데 큰 기여를 한 것으로 평가된다.

그의 업적 중 가장 빛나는 부분은 번역활동에서 찾을 수 있다. 『해외문학』 창간에서부터 시작된 그의 번역활동은 『실향의 화원』(1933), 『불란서 시선』(1948), 『영시선』(1948) 등의 번역시집으로 이어져 당시 러시아와 일본의 프로문학으로 편중되어 있는 상황에서 새로운 시야를 확보하고 있었다.

시인으로서 활동은 시집, 『물레방아』(1939)에 집약되어 있는 바, 3음보의 엄격한 율격을 바탕으로 향토성 짙은 서정시로 그 특색을 나타냈다. 특히 그의 율격에 대한 관심은 지대한 것이어서 1930년대 중반 이후 가요시에 대한 집념으로 나타나기도 했다. 이는 언어에 대한 자의식이나 감각의 세련화라는 시문학파의 시적 성과와 일정한 거리를 두고 있다는 것을 부인할 수 없다.

2부

표정들

자연주의자의 생명탐구

– 이동순의 시

1. 천천히 걸으며

이동순의 시집, 『아름다운 순간』을 읽으면 뒷짐진 채 어슬렁어슬렁 걷고 있는 시인의 모습이 떠오른다. 그는 모처럼 바쁜 일상을 벗어나 들판이나 오솔길, 때론 먼 이국 땅에서 산보하고 있다. 들길이나 숲 속, 낯선 도시의 뒷골목, 불빛 흐린 주점, 사람들이 바쁘게 오가는 거리, 왁자지껄한 시장… 발길이 닿는 곳으로 천천히 걸어간다. 여행을 가서 이곳저곳 기웃거리기 바쁜 여느 사람들과 달리 그의 발걸음은 항상 여유롭다. 시끄러운 시장바닥이든 고요와 평화가 깃든 숲 속이든 마찬가지다.

사람이 걷는다는 것은 꼭 볼일이 있거나 목적지에 가기 위해서만은 아니다. 그저 하릴없이 왔다 갔다 하기 위해서도 걷는다. 일없이 이곳저곳을 기웃거리기도 하고, 살아가면서 미처 챙기지 못했던 일을 생각하기도 한다. 바쁘게 서둘지 않고 천천히 걷다 보면 잊고 지냈던 것이나 늘 보고 지나치던 것이 새롭게 보이기도 하고, 흐트러졌던 마음들이 한 곳에 모이기도 한다. 사람의 마음이란 물과 같아서 바쁘면 여기저기 치이고 소리 나고 거칠어진다. 그래서 사람들을 늘 무엇에 쫓기거나 욕심에 따라 전전긍긍하며 살아가게 한다. 저만 생각하기에도 바쁘다. 언제 이웃이나 제 모습을 돌아볼 겨를이 없다. 앞만 보고 달리기 때문이다. 그러나 작은 시냇물처럼 느긋하게 흘러가면 햇살에 아름답게 반짝이고 졸졸거리며 노래하기도 한다. 전후좌우를 살피면서 모든 것을 낯설게 또 소중하게 맞이하도록 하는 것이다.

어슬렁거린다는 것은 나와 다른 존재 사이에 새로운 관계를 만드는 방법의 하나다. 관계란 서로의 존재를 인정할 때 의미를 지닌다. 또한 소중한 존재로서 맞이하려면 같은 처지에서 접촉해야 한다. '나' 혼자 라는 생각을 떨쳐버리고 '우리'로 맺어지기 위해서는 터놓고 만나야 한 다. 시인은 그 만남을 서둘지 않고 천천히 걸으며 사유의 공간을 넓히는 것에서 시작하고 있다. 그곳에서 반딧불이, 까치, 들쥐, 나무, 흑인, 가 난한 유학생 등 모두가 시인에게 소중한 존재로 다시 태어난다.

2. 자세히 보았더니

이번 시집은 내적 성찰의 과정이나 인식의 내용보다는 서정이 두드 러진다. 자연 속에서 우주의 섭리를 느끼고, 이국에서의 쓸쓸함 속에서 삶의 이치를 배우고, 이웃들에 대해 잔잔한 애정을 보여주기도 한다. 따 라서 그의 시는 만들어지기보다 눈길과 마음이 닿는 곳곳에서 우러나는 자연스런 어조로 '사랑'을 노래한다. 특히 눈에 띄는 것은 만남이다. 시 인을 따라 나서보자.

풀밭에 서리가 내렸습니다
발에 밟히는 어린 풀들이 서걱서걱

얼음 소리를 냅니다

아, 풀들 사이에 쥐구멍이 하나 있군요

그런데 쥐구멍 둘레에는

서리가 모두 녹아 있습니다

구멍 속에는 쥐가 여러 마리 있나 봐요

쥐들이 밤새도록 내쉰 입김이

따뜻한 기운이 되어

구멍 가의 찬 서리를 모두 녹였군요

그 때문에 쥐구멍이 드러나고 말았습니다

나는 풀밭에 쪼그리고 앉아서

바깥일도 전혀 모르고

서로 몸 기대고 잠들어 있을

쥐구멍 속을 들여다봅니다

– 「쥐구멍」 전문

생명의 경건함을 보여주는 작품이다. 시인과 함께 늦가을 아침의 들 녘으로 나가보자. 여름내 온갖 생명들로 가득하던 들판이 텅 비어 있다. 베어낸 벼의 밑동, 생긴 대로 퍼질러 앉아 있는 봄동, 길가에 누렇게 말라버린 잡초, 벌거벗은 채 제 모습을 드러낸 논밭에 허옇게 서리가 내렸다. 아침 공기가 쌀쌀하기는 하지만, 햇살을 받아 여기저기서 반짝이는 모습이 눈에 선하다. 시인은 천천히 들길을 걷는다. "발에 밟히는 어린 풀들이 서걱서걱/얼음 소리를" 낸다는 것으로 보아 주위는 조용하고 걸음은 매우 조심스럽다. 시인의 눈길이 쥐구멍에 멎는다. 쥐구멍 근처에만 서리가 녹아 있기 때문이다.

쥐구멍 둘레의 서리가 녹아 있는 것을 바라보는 시인의 마음은 경외감과 안타까움으로 복잡해진다. 우선, 살아 있음이 보여주는 온기를 보자. 삶의 온기는 밤새도록 내린 차가운 서리를 녹였다. 살아 있는 것들이 내뿜는 생명력이다. 그것이 안타까운 일로 비쳐진다. 땅속에 꽁꽁 숨어살면서 밤새 내뱉던 입김 때문에 집이 들통났으니 말이다. "구멍 가의 찬 서리를 다 녹였으니" 자칫 다른 동물들에게 해코지를 당하기 십상이다. 그런데 이런 "바깥일도 전혀 모르고/서로 몸 기대고 잠들어 있을" 쥐들을 생각하니 안타까운 일이다. 이런 시인의 마음에서 생명에 대한 소중함이 저절로 배어 나온다. 특히 쥐라는 동물과 관련해서 징그럽다거나 불결하다는 어떤 편견도 보이지 않는다. 다만 세상모르고 잠들어 있을 생명 그 '자체'가 소중한 것이다. 더욱 중요한 것은 이런 생명을 대하는 시인의 자세다. 시인은 "풀밭에 쪼그리고 앉아서" 쥐구멍을 들여다본다. 혹시라도 부스럭거리는 소리에 잠든 쥐들이 깨어나지 않을까 하는 세심한 배려다. 경외감이 있기에 더욱 조심스럽다는 마음의 표현이다. 실제로 이 시집 도처에 생명을 대하는 그의 자세는 "오래오래 바라보고 있"(「반딧불이」)거나, "숨어서"(「까치」) 보거나, "구부리고 자세히 보"(「牛蹄魚」)는 것으로 나타난다. 혹시라도 저들의 삶에 영향을 주지 않으려는 태도가 아닐 수 없다.

생명에 대한 세심한 배려는 나와 다른 존재의 생명의 가치가 같다는 인식에서 우러나온다. 생명의 가치가 같다는 인식은 일원론적 세계관에서 비롯한다. 나와 다른 존재와 우주가 하나의 질서 속에 존재하기 때문이다. 모든 생명이 서로가 서로에게 의지하고 상생하는 것이다. 그렇기에 소중하지 않은 것이 없다. 모든 존재가 '쓰임'이 아닌 '있음'으로 가치를 지니는 것이며, 여기에 서로의 생명을 나누는 데 우열이 있을 수 없다. 이런 그의 세계관은 다음의 시편에서 잘 드러난다.

내가 창가에 다가서면
나무는 초록의 무성한 팔을 들어
짙은 그늘을 드리워준다

내가 우거진 그늘을 답답해하면
나무는 가지 틈새를 열어
찬란한 금빛 햇살을 눈이 부시도록 보여준다

나무는 잠시도 가만있질 않고
바람과 일렁일렁 무슨 말을 주고받는데 이럴 때
잎들은 자기도 좀 보아달라고
아기처럼 보채며 손짓하고
다람쥐는 가지 사이를 통통 뛰고

방금 식사를 마친 깃털이 붉은 새들은
나무 등걸에 부리를 정하게 닦고
세상에서 처음 듣는
어여쁜 소리를 내고 있다

― 「아름다운 순간」 전문

　　나눔의 미덕을 보여주는 시다. 여기서 나눔이란 저절로 이루어지는
교감交感이다. 교감은 항시 말없음을 전제로 한다. 시끄럽게 오가는 말을
통해서 마음과 마음이 맞닿을 리 없다. 말이란 의사전달의 중요한 수단
이기는 하지만, 생각 그 자체를 전부 표현할 수 없다. 오죽하면 불립문자

不立文字니 이심전심以心傳心이란 말이 나왔겠는가. 사정이 이렇고 보니 말없음 즉, 침묵이란 입에서 튀어나오는 말을 잡아채는 인내와 가슴에서 터져 나오려는 갑갑증을 다스리는 수련이 필요하다. 인내와 수련을 통해 밖으로 나가려는 마음을 안으로 돌려 제 자신부터 살피는 것이다. 이른바 내적 성찰이란 자신과의 대화이며, 이런 과정을 거친 후에야 입에서 나오는 말이 아닌 얼굴에 번지는 표정이나 눈빛에 진실이 묻어나는 것이다. 사람과 말 못하는 자연 사이에 이런 과정은 더욱 필요하다.

위의 시편에서 보듯, 사람과 나무 사이에 말없는 교감이 이루어진다. '내' 가 "창가에 다가서면" '나무' 는 "짙은 그늘을 드리워"주고, "그늘을 답답해하면" "금빛 햇살을 눈이 부시도록" 보여준다. 말없는 가운데 서로의 생각을 읽고 사랑을 실천한다. 나무가 나에게 말없이 사랑을 실천하는 것과 같이 나무와 바람 사이에도 '말' 이 오고 간다. 시인은 이를 "나무는 잠시도 가만있질 않고/바람과 일렁일렁 무슨 말인가 주고받"다고 한다. 그 말이란 바람결에 살랑대는 나뭇잎의 흥그러운 움직임이다.

사람과 자연 사이의 이러한 관계는 결국 사람의 마음가짐에서 비롯한다. 자기 생각이 꽉 들어찬 사람에게 자연이 말을 걸어올 리 없기 때문이다. 사람만이 세계의 중심이고 유일하게 우월한 존재라는 생각을 버리고 마음을 열어 놓는다면 온 우주가 말을 걸어오고 또 그만큼 마음이 채워진다. 비우면서 채우는 자의 눈과 귀에 바람에 살랑대는 나뭇잎은 아기의 손짓이 되고, 새들의 울음은 "세상에서 처음 듣는/어여쁜 소리"로 들리는 것이리라. 온 우주가 새롭게 제 모습을 드러내는 것이다. '나' 를 비우고 자세히 보거나 귀 기울이고 들어야 가능한 일이다.

3. 한데 어울리니

시인은 시집 곳곳에서 낯선 사람들을 만난다. 하이에나처럼 몰려다니는 수상한 젊은이들(「블랙에 대하여」), 공원에서 노숙하는 흑인(「흑인 예수」), 늙은 흑인 여가수(「블루 시카고」), 함경도가 고향인 주 노인(「桑港에서」) 술집에서 만난 창백한 얼굴의 청년(「저녁 술집」), 가난한 유학생 판카위자(「유학생의 졸업」), 베개통만 한 카세트 라디오를 어깨에 멘 흑인 건달(「닮은 꼴」)… 들이다. 느긋하게 때론 애잔한 마음으로 이들과 만난다. 그리고 자연에 대해서 그러하듯 이들을 향해서도 가슴을 활짝 열어 놓는다.

> 늘 혼자인 그분을
> 아침 공원에서 만났다
> 간밤에 덮고 잔 누더기를 깔고 앉아
> 오고 가는 사람들을
> 하염없이 깊고 슬픈 눈으로 바라보고 있었다
> 자전거를 밟는 여인
> 롤러 스케이트를 탄 청년
> 많은 사람들이 총총히 앞을 지나쳐갔으나
> 누구 하나 그분을 알아보지 못했다
> 세상의 바람은
> 천년 전과 마찬가지로 차가웠다
> 그분은 쓸쓸한 얼굴로 주머니를 뒤져서
> 찾아낸 담배꽁초에 불을 붙였다
> 서러운 이마에 맺힌

땀방울이 굴러서 땅에 떨어졌다

-「흑인 예수」 전문

　　시인은 아침 공원을 거닐면서, 누더기를 깔고 혼자 앉아 있는 거지를
본다. 그는 "오고 가는 사람들을/하염없이 슬픈 눈으로 바라보고 있"다.
시인은 흑인 거지의 눈길에서 예수를 본다. 사실 시인은 곳곳에서 예수
를 본다. 백인 경찰의 구둣발에 짓이겨진 흑인 청년의 피멍든 가슴이나
머루알같이 맑은 눈(「흑인 예수」), 비 오는 밤 술집에서 고개를 떨구고
있는 창백한 얼굴의 청년(「저녁 술집」), 귀국해야 마땅한 일자리도 없지
만 생활비가 없어 서둘러 이사해야 하는 유학생의 어깨 위(「밤 이사」)에
서도 본다. 그가 본 예수는 누구인가? 가난하고 헐벗은 자의 친구요, 가
진 것이라고는 없는 빈털털이다. 그래서 모든 것을 가질 수 있고, 사랑
할 수 있다. 시인은 가진 것 없는 외롭고 슬픈 사람들이나 티 없이 맑은
아기의 눈에서 예수를 본다. '그분'은 시인의 눈길이 닿는 어디에나 그
리고 어느 누구든 사랑이 필요한 사람 곁에 있는 것이다.

　　그런데 왜 많은 사람들이 '그분'을 알아보지 못하는가? 시에서 보듯,
자전거를 밟는 여인이나 롤러 스케이트 타는 청년이나 모두 제 일에 바쁘
다. "자고 나면 저물 때까지/계약과 송사에 시달리는 사람들"은 "오직 제
발끝만 보고"(「오후의 긴장」) 걷기 때문이다. 모두 '나' 살기에 급급하고
또, '나'의 일에만 관심이 있다. 당장 먹고살기 위해 혹은 더 많이 갖기 위
해 정신이 팔려 있다. 제 각각의 삶이 이기심과 욕심, 오만과 독선과 편견
들로 채워져 있기 때문이다. 이렇게 살기에 다른 사람이나 자연을 눈여겨
볼 빈 구석이 없다. 나의 삶 외에 다른 것들의 사정은 알 바가 아니다. 그
래서 시인은 예수가 "사람이 사람의 제 길을/갈 때까지, 세상이 자리 잡을
때까지/나비가 고운 하늘을 얻을 때까지"(「흑인 예수」) 늘 우리 곁에 있다

고 한다. 그렇다면, 예수는 '나'를 버리고 '우리'를 만들어 가는 존재를 의미한다. 나아가 인간과 인간, 인간과 자연이 모두 똑같이 소중하다는 믿음으로 사랑 속에서 나눔과 베품을 스스로 실천하는 존재인 것이다.

시인이 추구하는 바는 이렇듯 '사람'과 '세상'과 '나비' 즉, 우주의 모든 구성원들이 조화롭게 어울리는 세계다. 여기서는 모두가 서로에게 필요한 존재가 되고 소중한 관계를 맺는다. 시인은 도심 한복판에서 이런 세계를 잠깐 엿보기도 한다.

> 이름도
> 생김새도 다른
> 참새 비둘기 갈매기들이 한데 어울려
> 모이를 쪼는 광경을 봅니다
> 서로 싸우지 않고
> 양식을 나누는 그 모습이
> 너무도 어여쁩니다
> 오갈 데 없이 남루한 흑인 하나가
> 느긋한 표정으로
> 먹이 봉지를 안고 서서
> 한 줌씩 천천히 뿌려줍니다
> 아, 우리가 진정 원하는 세상이란
> 바로 저런
> 조화가 아닐까요
>
> – 「아름다운 세상」 전문

한데 어울리니 참으로 평화롭고 아름다운 '세상'이 된다. 시인의 솔직한 고백이 눈에 뜨이기는 하지만, 그가 진정으로 원하는 세계의 모습이 한 폭의 풍경화처럼 펼쳐진다. 이름도 생김도 다른 새들이 "서로 싸우지 않고" 사이좋게 모여들고, 저 먹고살기도 바쁜 듯한 '남루한' 흑인이 느긋하게 모이를 뿌리고 있다. 사람과 새들이 평화롭게 한데 어울려 있다. 시인은 이런 모습을 흐뭇하게 바라본다. 이런 풍경이 시인의 눈에 비치는 순간, 도심의 공원은 한적한 뜰이 된다.

도심의 공원은 일과 시간에 쫓기는 사람들이 잠시 모여 쉬거나 한담을 나누는 곳이다. 잘 다듬어진 잔디가 깔려 있고 여기저기 나무들이 그늘을 늘이고 있으나 결국 사람들이 쉬다 흩어지는 곳이다. 여기에 사는 온갖 새나 동물들은 사람을 위한 관상용일 뿐이다. 잠깐 즐기다 다시 제일을 찾아 바쁘게 떠나기 때문이다. 그래서 늘 어수선하다. 그러나 뜰은 다르다. 뜰은 조용하고 한적하다. 공원처럼 넓지는 않지만 나무와 풀과 푸성귀가 어울려 자라고, 근처에 사는 동물이 할 일 없이 기웃거리기도 한다. 누구 하나 간섭하지 않는다. 사람 역시 고단한 사람살이에서 벗어나 느긋하게 서성대며 저 자신을 돌아보는 곳이다. 고요함 속에서 사람과 집과 자연이 함께 어울리는 여유 있는 공간이다. 시인은 도시 한복판에 "이름도/생김새도 다른/참새 비둘기 갈매기들"과 사람이 함께 어울리는, "진정 원하는" 아름다운 뜰을 만들고 있는 셈이다.

4. 뒷모습이 아름다운

시인과 함께 걸으며 우리는 많은 것을 새롭게 보고 생각할 수 있었다. 그중에서 가장 인상 깊은 것은 '나'를 벗어나 우주의 질서 속에서 삶을 살피는 시인의 자세다. 이런 태도는 우리가 살아왔고 또 살아가는 삶의 방식과 어긋난다. 우리는 지금까지 '나'의 이익을 따지고, '나'의 욕망을 좇아 살아왔다. 그 결과 '나'(사람) 이외의 모든 것은 단지 사용가치를 지닌 사물일 뿐이었다. 그래서 사람들 사이의 관계 역시 불신과 반목 그리고 폭력으로 얼룩져 있다. 근대 이후, 인간에 의해 무분별하게 자행된 자연파괴나 이로 인해 사람조차 살기 힘들어진 환경을 말하려는 것은 아니다. 다만, 인간 중심적인 삶, 나아가 오로지 풍족하게 누리는 것에만 가치를 두고 있는 우리의 삶을 되돌아보자는 것이다. 시인은 죽음을 통해 이런 삶의 문제를 담담하게 제기한다.

바람 속에 태어난

저 어린 별은

제 어미가 누구인지도 모르고

오늘도 캄캄한 우주 벌판에서 외롭게 반짝인다

어린 별이 땅 위의

가난한 나라 아이들과 밤새도록

서로 눈 맞추고 용기와 희망에 대해 이야기할 때

자신의 한 생을 살아온

늙은 별은

흐뭇한 얼굴로 그 광경을 지켜보다

우주의 한쪽 구석에서

혼자 조용한 임종을 맞이한다

자욱한 눈보라 속으로 터벅터벅 걸어가서

영영 되돌아오지 않는

저 북극 에스키모 노인처럼

— 「별의 생애」 전문

오로지 더 많이 움켜쥐고 오래오래 살고 싶은 욕망에 매달린 사람들에게 죽음은 벼랑이고 절망이다. 이럴 때, 죽음은 가치 없는 주검이나 쓰레기로 남는다. 그러나 이 시에서 보면, 죽음은 삶의 끝이거나 가치 없는 것이 아니다. 죽음은 삶을 완성하는 일이다. 어린 별이 "바람 속에서" 태어나는 것이 그렇듯 늙은 별이 "자신의 한 생을" 돌아보며 죽는 것도 당연하다. 이런 이치를 받아들이는 사람의 삶은 자연스럽고 값지다. 주어진 삶을 열심히 살고, 살아온 흔적을 "흐뭇한 얼굴로" 돌아볼 수 있는 것은 죽음을 절망으로 여기지 않기 때문이다. 삶 속에서 죽음을 담담히 받아들이는 자는 "혼자 조용히 임종을 맞이"해도 외롭거나 슬프지 않다. 죽음은 자연의 질서에 따르는 것이고, 가치 있는 삶을 마무리하는 것이며, 새로운 생명으로 다시 태어나는 일이다. 그래서 죽음을 맞이하러 "자욱한 눈보라 속으로 터벅터벅 걸어가"는 '노인'의 뒷모습은 더욱 경건하고 아름답다.

시인이 이 시집, 『아름다운 순간』을 통해 우리에게 보여주고자 하는 것은 이렇듯 우주의 섭리를 느끼고 발견하면서 이를 자신의 삶 속에 받아들이는 자세라 할 것이다. 이런 자세는 끊임없는 생명탐구를 전제로 한다. 생명에 대한 탐구는 자아를 열어 놓고 타자에게 다가가 대화하는 것이다. 대화는 '나'를 버리고 깨뜨리면서 '우리'를 향해 나아가는 첫걸음이다. 시인은 이런 대화의 상대를 자기 자신에서 함께 살아가는 이웃들로, 자연으로, 우주로 확대하고 있다. 함께 어울리기 위해 서로를 소중하게 맞아들이고, 그 바탕에서 '아름다운' 세상을 만들 수 있다는 믿음을 단단하게 다지고 있는 시인의 모습을 눈여겨보는 것은 이런 이유에서다.

성찰과 긍정의 정신

- 허형만의 시

1. 들어가며

풍경이 운다

적요의 강을 치솟아오르는 저 등 푸른 그리움 한 마리

아, 하고 온몸이 짜릿해 온다

– 「등 푸른 그리움」 전문

눈을 감고 처마 끝에 달려 있는 풍경 소리를 듣는다. 고즈넉한 산사의 오후, 들리는 것이라곤 나뭇잎을 스쳐가는 바람 소리, 계곡을 흐르는 맑은 물소리, 지저귀는 새소리들이 전부다. 이 소리를 따라가는 동안 우리는 또 다른 세계 속에 있는 자신을 발견한다. 자동차들이 뒤엉킨 도심의 거리, 빽빽하게 늘어선 아파트 단지, 소음과 짜증이 뒤섞인 골목길에서 벗어나 모처럼의 자유를 만끽하게 된다. 이런 자유는 현실이 아닌, 문득 문득 꿈꾸던 세계에 참여하는 것에서 비롯한다. 참여뿐만 아니다.

시가 만들어낸 세계 속에서 우리는 전혀 색다른 체험을 하게 된다.

현실이 아닌 비현실의 세계, 시인이 만들어 놓은 세계에서 우리가 맛보는 자유는 체험에서 비롯한다. 자유란 현실에서 벗어남이 아니라 참여하고 어울리는 데서 온다. 우리는 시인과 더불어 풍경 소리를 듣고 멀리 퍼져가는 청량한 소리 속에서 새로운 경험, 그리움에 젖는다. 시행 사이의 폭이 암시하듯, 수많은 기억과 생각들이 한꺼번에 몰려와 잠시 멍해지는 순간, 온몸이 짜릿해 오는 전율을 느낄 것이다. 기억의 한 편린이 현재의 나를 온통 뒤흔들었기 때문이리라. 이럴 때 우리는 사유로 존재하는 것이 아니라 감각으로 존재하는 '나'를 체험하는 것이다.

감각으로 존재한다는 것은 나를 둘러싼 세계와 더불어 끊임없이 접촉한다는 것이다. 접촉이란 말 그대로 존재와 존재 사이의 일대 일의 만남이다. 여기에 어떤 편견이나 선입관이 있을 수 없다. 존재 그 자체로 서로가 서로를 긍정하는 만남이다. 따라서 주체와 객체가 있을 리 없다. 오히려 나보다는 내게로 다가오는 존재들이 주인공이 될 것이다. 그것들이 나를 흔들고 바꿀 것이기 때문이다. 이것이 시적 인식의 존재론적 차원이다. 다른 존재와의 접촉은 늘 '나는 누구인가?'란 질문으로 되돌아온다는 의미에서다. 이럴 때 세계는 나를 구성하는 한 부분이요 또한 나를 비추는 거울의 역할을 한다.

이런 점에서 허형만의 시집, 『눈 먼 사랑』을 관류하는 내면 풍경은 크게 두 가지로 나타난다고 하겠다. 하나는 세계 속에서의 '나란 무엇인가'라는 존재론적 질문이며, 또 하나는 '이상적인 나란 어떤 모습인가'라는 질문이다. 이런 질문은 서로 연관되어, 자기성찰과 탐색의 여정으로 구체화된다는 특성을 지닌다.

2. 감각으로 관계 맺기

나에 대한 탐색으로 요약되는 존재론적 인식은 주체에 대한 회의에서 비롯된 것이다. 인식과 판단의 근거로서의 주체란 이미 나와 세계와의 구별과 단절을 전제로 한다. 따라서 세계란 단순히 해석되어야 할 대상에 지나지 않는다. 문제는 이런 주체가 과연 확고한 정초를 지니고 있느냐는 것이다. 확고한 정초란 이성이 아닌가? 이성은 확실하고 틀림없는 주체의 특성이며 근거인가? 이 근거에 의해 '나'는 물론 '세계'를 해석할 수 있는가, 이다. 물론 아니다. 들뢰즈식으로 말한다면 처음부터 정초란 없으며, 이를 바탕으로 한 해석 또한 너와 나의 단절 속에 진행되는 것이니 여기에 어떤 소통이 있을 수 있겠는가. 중요한 것은 해석이 아니라 관계맺음이다. 어떤 관계 속에 내가 존재하며 또 어떤 의미를 지니느냐는 질문이 존재탐색의 길을 열어 줄 것이다.

이런 관계에 대한 인식은 서정시의 본질과 통한다. 서정시는 자아와 세계 사이의 연결을 시도한다. 주체와 객체 사이의 상호작용이다. 서로가 서로에게 접근하면서 서로의 삶 속에 스며드는 것이다. 이를 통해 나와 세계가 구체적인 모습을 드러낸다. 알지 못했거나 가려져 있던 나의 실상 역시 마찬가지다. 이를 위해서 시인이 해야 할 일은 존재의 모든 감각을 열어젖히는 것이다. 감각을 열어젖힘은 두 가지 의미를 함축한다. 첫째는 말 그대로 오감을 통한 존재인식이다. 오감은 세계와 만나는 직접적인 지점이며, 이는 시 속에 구체적인 현실로 구현된다. 둘째는 세계를 보는 관점을 확장하게 한다는 것이다. 다양한 시점을 통해 세계를 바라봄으로써 단선적인 사고를 벗어나 보다 성숙된 자아를 형성하는 일이다. 여기에 자아에 대한 반성적 인식이 개입하게 됨은 물론이다. 다음의 시를 보자.

퇴근 후 어울려 한 잔 하고 늦었다,

싶어 서둘러 귀가했다

현관에 들어서는 순간, 확

달려들며 온몸을 껴안는 내음

하루 종일 방 안에 갇혀 창밖만 내다봤을

내음, 출근 전 먹다 남은 사과 조각들이

접시 위에서 이미 누렇게 핏기를 잃고 있었다

내가 풍장을 지냈나, 미안해하며

만져보니 이미 흐물흐물했다

온몸을 쥐어짜 향기로 뿜어낸 뒤

한 생을 거두어가고 있었다

– 「외로운 내음」 전문

시인은 퇴근 후 술 한 잔하고 집으로 돌아왔다. 현관문을 여는 순간, 냄새가 그의 온몸을 에워싼다. 시든 '사과 조각'이 뿜어낸 냄새이다. 시인은 이를 "하루 종일 방 안에 갇혀 창밖만 내다봤"기 때문이라고 추측한다. 향기란 고여 있음으로서가 아니라 멀리 퍼져가면서 자신의 존재를 드러내기 때문이다. 재미있는 것은 이 향기를 "누렇게 핏기 잃고", "흐물흐물"해진 사과 조각이 뿜어냈다는 사실이다.

여기서 새로운 발견이 비롯하는데, 그것은 다름 아닌 "온몸을 쥐어짜 향기로 뿜어낸 뒤/한 생을 거두어가고" 있는 존재의 발견이다. 생의 마지막까지 자신의 전체를 내던져 목숨을 불태우는 생명의 본모습의 발견이 아닐 수 없다. 시인은 이를 후각, 촉각, 시각을 동원해서 구체화하고 있다. 전 감각을 통해 존재의 특성을 구체화하고, 이를 바탕으로 생명

일반이 지닌 보편적 특성과 가치를 추출하는 것이다. 이는 앞서 언급했 거니와 감각이 대상과 접촉하는 구체적 지점이며 행위란 점에서 그의 발견은 추상성을 넘어서는 것이다. 그의 시편들에서 구체적 현실을 그 려내기 위해 동원된 감각은 주로 시각이다.

①

칼날처럼 예리한 물보라를 박차며

꼿꼿하게 솟구쳐 날아오르는

물새 한 마리 불꽃 같은 눈빛을 보았다

– 「겨울 나이아가라폭포」에서

②

쌀을 씻다가 보았다

은피라미 떼 몰려들 듯

오글오글 몰려드는 어린 햇살 앞에

조배 올리는 소리들

반짝반짝 빛나는 그 소리들이

하얀 쌀 속에서 수런거리고 있음을

– 「소리들」에서

①에서는 시각적 이미지를 통한 형상을 본다. 나이아가라 폭포의 "칼 날처럼 예리한 물보라를 박차며" 솟구쳐 날아오르는 새의 모습은 "불꽃 같은 눈빛"을 통해 내적 이미지로 전환된다. 즉 삶에 대한 의지와 태도 를 내포한다. ②의 시편에서는 시각과 청각이 합쳐진 형태로 제시된다. 즉 아침 새소리의 청량함이, 하얗게 씻은 쌀 속에 스며들어 생명의 율동

을 만들고 있는 것이다. 여기에도 본다는 행위가 전제되어 있다.

본다는 것은 지각하는 것이다. 보는 자과 보여지는 자가 만나는 순간은 서로에 대한 인정과 긍정의 순간이다. 특히, 주의깊게 본다는 것은 나를 활짝 열어젖히는 것이니, 보이지 않는 부분은 물론 대상이 지닌 생명의 리듬까지 보게 되는 것이리라. 이런 태도 속에 이해와 감동의 폭이 확장된다고 할 수 있다. 감각을 통해 대상을 드러낸다는 것은 세계나 사물들이 시인에게 다가오도록 한다는 것을 의미하기도 한다. 타자가 접근할 수 있도록 하고, 나와 함께 다른 존재로 바뀌게 하기 때문이다. 존재전환을 위해서 자신의 내면을 들여다보지 않을 수 없다. 이런 시인의 태도가 만남과 발견에서 나아가 자신에 대한 성찰로 이어지는 것은 당연하다.

> 달빛에 흔들리는 댓잎처럼
> 여직 내 몸에서
> 푸른 비린내 서걱이는 소리 들린다
> 이 나이면 낯빛 우럭우럭해지는
> 해거름 바닷가에 쯤 나앉아 있는 듯하여
> 구름발치 머언 들목 쪽 향해
> 깨금발로 목 뺄 일 없을 듯하여
> 산절로 나절로
> 이 아침 맑은 바람이나 벗삼고
> 연꽃처럼 풍란처럼
> 멀리 길수록 맑아지는 향기나 머금으려 했더니
> 어인 일이냐 내 몸이여
> 댓잎에 흔들리는 달빛처럼

아직도 자욱한 달안개 속이라니

－「耳順의 어느 날」 전문

이 시에서 우리는 시인의 시선이 자신의 내부, 즉 안으로 돌려져 있음을 본다. 밖으로 향했던 감각을 안으로 열고 내부의 모습을 살피는 것이다. 그렇게 해서 듣는 것이 "푸른 비린내 서걱이는 소리"이다. 이는 발견의 의미를 구체화한다. 왜냐하면 이순의 나이쯤 되면 "해거름 바닷가에 쯤 나앉아" 일정한 거리를 두고 세상을 바라보거나, "먼 들목 쪽 향해 /깨금발로 목 뺄 일" 없이 세속적 욕망을 스스로 다스릴 것이란 추측을 배반하기 때문이다. 즉, 세계와의 관계맺기에 있어, 욕망 대신 관조의 태도를 가질 것이란 추측이다.

시인은 이런 통속성을 배반한다. "푸른 비린내" 나는 소리가 "아직도 자욱한 달안개 속"에 있다는 것이다. 한마디로 이는 욕망의 고유한 속성에 대한 은유라 할 것이다. 여기서의 욕망이란 결핍으로서의 욕망이 아니다. 자신의 삶을 추동하는 힘과 에너지로서의 욕망이다. 이는 생명을 지닌 모든 존재가 지닌 본질적 특성이다. 이 욕망의 흐름과 방향이 삶을 만드는 과정이고, 그 과정 속에 자신을 실현하는 것이다. 자신을 실현한다는 것은 세계와의 관계를 맺는 일이며 또 자아를 확장하는 일이다. 더욱이 이런 흐름이 "자욱한 달안개 속"이라고 하듯 정해진 방향으로 나아가지도 세속적인 육체성에 구속되어 있지도 않다. 내부에서 들끓는, 끊임없이 외부와의 접촉을 시도하는 생명력 그 자체이다. 그가 듣는 소리는 살아 있음의 소리인 것이다. 이렇듯 시인은 감각을 바깥으로 열어 대상을 받아들이고, 안으로 열어 스스로를 바꾸는 일을 반복하고 있다.

3. 존재를 향한 긍정의 정신

그렇다면, 시인이 원하는 바는 무엇이며 또 자신이 추구해야 할 이상적 자아의 모습을 어떻게 구체화시키고 있는가? 이를 위해서는 현재의 우리 모습이 어떠한가에 대한 성찰이 필요하다. 우리 삶의 모습을 떠올리자면 그야말로 수많은 문제가 다가오지만, 여기에 관류하고 있는 공통점은 인간과 세계 사이의 유기적 통일성의 부재가 아닐까 싶다. 이는 삶의 조건이나 환경 탓도 크지만 무엇보다 자기중심적 사유에서 비롯한 것이리라. 타자를 부정하는 것인데, 이는 삶 곳곳에 상처를 내고 우리 자신도 이 상처로 인해 고통을 받는다. 이를 극복하는 방법은 타자에 대한 긍정과 포용, 이를 바탕으로 일상적 삶의 조건을 넘어 스스로 조화로운 인간으로 살아가는 일이 아니겠는가.

그의 시에서 긍정의 정신은 자연과 인간에 골고루 적용된다. 이는 자연과의 조화로운 관계 속에 인간에 대한 탐색을 진행한다는 의미를 지닌다. "아, 사람이 있는 곳에 빛이 있다/사람이 빛이다"(「사람이 빛이다」, 2연)라고 하듯 인간이 중심에 서 있다. 달리 이야기하자면 세속적이고 자기중심적인 욕망을 자아실현의 방향으로 틀어, 이를 실천하는 쪽으로 나아가고 있다고 할 것이다. 다음의 시를 보자.

> 살아 숨쉬는 생명이 얼마나 아름다운지
> 울산 태화강에 와보면 압니다
>
> 오늘도 변함없이
> 강을 조용히 건너가고 계시는
> 저녁 마지막 햇살의 발뒤꿈치며

온몸이 한결 더 가벼워 보이는 은어 떼

유유히 낮게 나는 해오라비까지

영혼이 맑은 사람처럼 얼마나 빛나 보이는지

울산 태화강에 와보면 압니다

－「태화강에서」 전문

태화강에서 시인이 발견한 것은 아름다운 생명의 모습이다. 그 모습은 눈에 비친 대상으로 구체화되는데 "저녁 마지막 햇살", "은어 떼", "해오라비"가 그것이다. 이런 대상들의 배후에 작동하는 이미지는 빛이다. 빛은 강을 구성하는 이런 존재들을 하나의 풍경으로 불러모은다. 눈부신 저녁 햇살을 배경으로 펼쳐지는 "온몸이 한결 더 가벼워 보이는 은어 떼", 강물 위로 "유유히 낮게 나는 해오라비"가 태화강을 태화강답게 만들고 있는 것이다. 여기서 정작 중요한 것은 눈부신 조화를 이루는 강의 모습이 아니다. 이런 태화강의 모습이 "영혼이 맑은 사람"처럼 빛나 보인다고 하기 때문이다.

이 시의 전경은 '태화강'의 빛나는 아름다움으로 펼쳐져 있다. 그리고 시인은 풍경을 찬탄하는 것에서 나아가 "숨쉬는 생명"들의 아름다움을 경험하고 있다. 황홀경의 경험이 그것인데, 그가 펼쳐 놓은 세계에서 이런 생명들의 눈부신 축제가 "영혼이 맑은 사람"에게서 보이는 아름다움이라는 것이다. 이는 자연의 아름다움이 조화에서 비롯되듯, 맑은 영혼을 지닌 자 역시 이를 바탕으로 구체적 삶 속에서 빛을 발한다는 의미이기도 하다.

이러한 사실은 그의 시가 전통적인 문학관에서 벗어나 있지 않음을 보여주는 것이기도 하다. 인간은 세계를 구성하는 하나의 존재이지만,

세계를 통해 자아를 확장하는 존재이며 또 이를 스스로 체현한다는 믿음이 그것이다. 따라서 그의 시가 자연이 아닌 사람 쪽에 무게 중심을 두고 펼쳐지고 있음은 자연스러운 일이다.

백운면 애련리에
세수 삼백 오십 세가 되셨다는
느티나무 한 그루 가부좌 틀고 계셨다
수많은 사리들을 거느리시며

내가 보기엔 나이보다 훨씬 더 들어보이시지만
원래 사람이 매긴 나이란 게
허망하고 믿을 것이 못되는지라
그냥 그러려니 하고 그 넓으신 그늘에 쉬다가

어찌나 한기가 드는지 벌떡 일어나
두 손 모으고 우듬지가 보일 때까지 우러렀다
한사코 햇살 탓은 아닐 터
휘추리와 애채 사이를 포롱포롱 건너다니는
멧새의 깜찍한 발가락이 은비늘처럼 번득였다
그때였다 수많은 사리들은 서로 몸을 비벼댔고
고요한 파동은 서서히 하늘을 밀어 올리고 있었다

백운면 애련리에
세수 삼백 오십 세와는 무관한
수많은 사리를 거느리신 분 한 분 계셨다

세상의 발자국도 가는 체로 걸러내시며

계신 듯 아니 계신 듯

- 「사리를 거느리신 분」 전문

이 시에서 우리는 자기초월의 모습이 존재 전체를 통해 드러남을 보게 된다. 이를 위해 시인은 "세수 삼백 오십 세가 되셨다는/느티나무 한 그루"를 제시한다. 느티나무는 우리에게 아주 친근한 나무다. 동네 한가운데 있어 오가며 쳐다보던 나무요, 서늘한 그늘 아래 한여름의 더위를 식히기도 하고, 어린아이들에게는 시간 가는 줄 모르고 놀던 놀이터였기 때문이다. 이 시에서의 느티나무 역시 우리의 추억 속의 나무와 다르지 않다.

시인은 오래된 느티나무를 "수많은 사리들을 거느리고", "가부좌 틀고" 앉아 있는 모습으로 형상화한다. 수도자의 모습인데, 눈에 띄는 것은 수많은 나뭇잎들을 '사리'에 대한 은유로 드러냈다는 점이다. 보통 사리는 시신을 화장한 뒤에 남은 생의 결정체, 즉 수도자의 정신의 깊이와 폭을 의미하는 것으로 받아들인다. 고된 수행의 결과물인 셈이다. 그런데 이 시에서의 사리는 한 해를 두고 나고 지기를 반복하는 나뭇잎이다. 시인은 나뭇잎에서 허무 대신 끊임없는 생명의 흐름을 읽고 있는 것이다. 나뭇잎은 때가 되면 미련 없이 스스로를 버리고 또 새롭게 태어나는 존재이다. 죽고 사는 것에서 자유롭다. 끊임없는 반복 속에 있지만 늘 자신의 역할, 변함없는 생명의 흐름에 충실하다. 더욱이 자신의 생명을 실현하면서 그늘을 늘여 모든 지친 영혼을 품어 안는다. 존재하는 것 자체가 베푸는 삶이다. 여기에는 "세상의 가장 낮은 곳에서/땅을 기어 보았느냐"(「괭이밥」)라고 자문하듯, "오직 날아갈 꿈 하나/폐혈관에 가득 채울 때까지/출렁대지 않는다"(「멀리 날아갈 새는」)라고 스스로 다짐하듯, "그래, 세상을 건너가노라면/고개를 조아리지 않으면 들어갈 수 없는/배알문 아닌 곳 어디 있으랴"(「下心」)는 겸손한 자세로 자아를 실현해가는 과정이 전제되어 있는 것이다.

시인이 말하고 싶은 것은 느티나무에서 무욕의 경지를 체현하는 모습을 보듯, 삶 속에서 이를 실현하는 인간에 대한 믿음이다. 나무가 말없이 "고요한 파동"으로 "하늘을 밀어 올리"듯 사람 또한 자신의 전인격을 무언으로 실현할 수 있다는 믿음이다. 이 시에서 보듯 "세상의 발자국도 가는 체로 걸러내"는 사람이 있다는 것보다는, 오히려 이런 삶을 향한 의지와 강렬한 희구의 정신이 이 시집의 바탕에 깔려 있는 것이다.

4. 글을 맺으며

삶에 대한 긍정의 정신은 그 형상화에 있어 더 큰 긴장을 유지해야 한다는 전제가 따른다. 이 긴장은 화합과 조화에 이르는 과정의 정직성과 삶에 대한 인식의 새로움을 통해서 구현된다. 새로움은 사물을 보는, 관계 맺는 방식을 보는 폭넓은 시야에서 나온다. 다음의 시가 이를 잘 보여준다.

마삭줄의 날카로운 발톱이
때죽나무 저 아스라한 절벽을 노려보고 있다
마침내,
한 자 가웃의 허공을 잘라
갈기를 꼿꼿이 새우며 기어오르는 동안
층층이 짓물린 발톱자국 아무도 본 적이 없다

– 「발톱」 전문

시인은 마삭줄을 보고 있다. 마삭줄은 줄기에서 뿌리를 내려 다른 물체에 붙어 생명을 이어가는 식물이다. 이 식물이 "때죽나무 저 아스라한 절벽을 노려보고 있다". 아스라한 절벽은 때죽나무의 뻗어오른 줄기였을 터, 마삭줄에게는 아스라한 절벽과 같았으리라. 시인은 마삭줄의 삶에 대한 의지를 "노려보고 있다"고 표현한다. 이런 강렬한 의지에 대한 느낌은 어디서 오는가. 식물은 물과 햇볕의 길을 자라나는 것일 뿐, 다른 대상을 노려보지는 않는다. 식물 이상은 아니다. 이는 사실의 차원에서의 대상에 대한 인식이다. 이에 반해 '노려본다', '갈기', '짓물린 발톱' 등의 어휘는 느낌이나 의지와 결부된 정서의 차원이다. 여기에 "아무도 본 적이 없"는 마삭줄의 발톱자국을 바라보는 시선이 있다. 이 시선이 서로 다른 차원을 함께 엮는다. 즉 서로 다른 차원이 만나 감동을 일으키기 위해서는 두 차원을 하나로 통합하는 폭넓은 사유가 필요한 것이다. 이는 나와 세계를 새롭게 바라보는 시적사유의 공간을 만드는 일이요, 시인만의 섬세하고 독특한 감각과 인식이 펼쳐지는 공간이다. 대상을 걸림 없이 하나로 엮는 차원이다.

이때, 마삭줄은 더 이상 의식이나 의지가 없는 사물이 아니라 생명체의 하나가 된다. 동·식물은 물론 인간을 포함한 생명체의 모든 생명활동이 똑같이 가치 있는 활동이란 점에서 아름답지 않을 수 없다. 생명의 자기실현보다 의미 있는 일은 없다는 점에서다. 더욱이 시인은 아무도 본 적이 없는, 볼 수도 없는 생명활동의 구체적인 모습을 포착하고 있는 것이다. 이렇듯 생명의 실상에 대한 폭넓은 사유 속에 구현된 현실은 늘 새롭게 존재하고, 여기서 우리는 긴장과 감동을 맛보게 된다. 이를 제대로 맛보기 위해서는 연결고리를 없앤, 압축과 생략을 풀어야 하는 과정을 거쳐야 한다. 갑작스런 그러나 필연적인 사유의 확장이다. 시인이 체험하는 영역에 함께 참여해야 하는 것이다. 이것이 시적 의미의 공간을 확장해가는 방식이란 점에서 허형만 시인만의 특징이라 할 것이다.

어울림과 그 속살

- 손남숙의 시

1. 관계들

손남숙 시인의 첫시집, 『꽃과 새들이 열람하는 우포늪』을 읽으면서 몇 해 전 TV에서 보았던 옐로우스톤 국립공원의 미루나무를 떠올렸다. 원래 이 공원은 숲이 아름답기로 유명했는데 어느 순간부터 숲이 사라지면서 메마른 땅이 되었다는 것이다. 이런 변화를 이상하게 여긴 생물학자들이 다양한 역학조사를 실시했다. 우선, 큰 기후변화가 있었느냐를 살펴보았다. 이 지역을 제외한 주변의 숲이 번성한 것으로 보아 기후변화가 원인은 아니었다. 두 번째는 이 지역에 70년 이상 된 나무만 있었고, 새로 자란 나무가 없다는 것을 밝혀냈다. 두 가지 사실을 바탕으로 생태계 전반을 조사하던 중 새로운 사실이 밝혀졌다. 다름 아닌 그 많았던 늑대들이 없어졌다는 것이다. 사람들이 이 땅에 이주해서 농사를 지으면서 10만 마리의 늑대를 사냥했고, 1930년대에는 늑대가 멸종되었다는 것이었다. 그래서 1990년대에 캐나다에서 늑대 3마리를 들여와 풀어 놓았다. 이후로 초원과 숲이 살아나기 시작했다. 생태계의 상층에 있는 늑대가 활보하면서 호수가 생기고 호수 주변에 풀과 어린 미루나무와 버드나무가 자라나기 시작했다. 구체적으로는 이 지역에 서식하는 수많은 엘크(사슴)들이 물가나 초원에서 편안하게 나뭇잎을 먹을 수 없게 되었다. 지금껏 이들이 나무가 자라기도 전에 어린 싹을 다 먹어치웠기에 땅이 황폐해진 것이었다.

처음에는 늑대와 미루나무가 무슨 상관이랴 싶었는데 그게 아니었다. 물과 나무와 동물들이 함께 살아야 생태계가 풍요로워진다는 것을 새삼 깨달을 수 있었다. 풍요로움은 다양한 존재들의 '어울림'과 적당한 '긴장감'을 근간으로 한다. 사실, 손남숙 시인의 시집은 풍요로움으로 가득 차 있는데 나는 왜 황폐함을 떠올리게 된 것인가? 시집 한구석에서 발견한 불안한 눈빛 때문이었다. 이 눈빛은 긴장감을 뛰어넘어, 풍요로운 세계를 한꺼번에 혼란으로 몰아넣을 만큼 강렬하게 다가왔다.

논두렁에 앉은 원앙은 귀를 바짝 세운다

방금 이상한 소리를 들었다

인간이 몰고 다니는 기계덩어리에서 나는 소리

어떤 사람이 차를 세우고 창문을 내린다

새에게는 명백한 문제이다

달리는 차가 멈추고 사람의 눈이 바삐 움직인다

원앙은 왜 기계덩어리가 멈추었는지 알고 있다

미묘하게 간지럽고 미묘하게 위험하다

원앙은 평온한 삶에 갑자기 끼어든 소리를

조심스럽게 지켜본다

소리가 달릴 때에는 조심하지 않아도 된다

소리는 새들을 지나쳐 가던 길을 계속 갈 것이다

하지만 소리가 멈출 때에는 분명 문제가 있다

문제가 문제를 몰고 다닌다 틀림없이

소리의 변경은 새로운 적의 형태

가장 의심스러운 소리는 차 안에서 숨을 죽이고

어떤 소리가 생기기를 기다리는 눈동자

어떤 소리를 만들어내려고 준비하는 손

사람이 조작하는 소리를 새들이 긴밀히 엿듣고 있다

– 「원앙과 기계덩어리」 전문

늪을 터전으로 살아가는 원앙과 사람의 관계를 생생하게 보여주는 작품이다. 시에서 보듯, 원앙은 "이상한 소리", "기계 덩어리"에서 나는 소리를 듣고 "귀를 바짝" 세운다. 사람의 소리다. 이 소리가 "미묘하게 간지럽고 미묘하게 위험하다"라고 하듯, 원앙의 불길한 기억과 연결되어 있다.

생태계 파괴의 주범을 인간으로 지목하듯, 인간은 자신의 필요에 의해 적극적으로 자연에 개입해왔다. 그 필요는 단순한 놀이(사냥)일 수도 있고, 인간 자신이 살아가기 위한 것일 수도 있다. 중요한 것은 인간이 자연과 더불어 살기 위한 노력을 하면서 자신의 영역을 넓혀 왔느냐는 것이다. 시인은 그렇지 않다고 한다. 원앙의 처지에서 볼 수 있듯, 인간의 무분별한 욕망이 다른 생명을 위협하고 있다. "차 안에서 숨을 죽이고", "어떤 소리를 만들어내려고" 하고 있다는 것이다. "어떤 소리"가 총소리이고, 이 소리는 죽음을 부르는 소리라는 것이다. 죽음의 위협 앞에 놓여 있는 생명들의 삶, 그렇기에 이런 삶들이 만들어내는 세계가 더없이 귀하고 소중하다는 생각이 이 시집 저변에 깔려 있는 시인의 사유다. 시인의 안내를 따라 위협 앞에 놓인 세계 속으로 들어가 보자.

2. 공존의 의미

음악에서 말하는 어울림이란 서로 다른 두 음이 잘 융합해서 조화로운 소리를 내는 것을 말한다. 서로 다른 음이 조화롭게 되려면 무엇보다도 서로에게 간섭을 하지 않아야 한다. 각각 제 소리를 내면서도 자기 소리만을 고집하지 않아야 한다. 자기 소리만을 고집할 때 그야말로 불협화음으로 우리를 불편하게 하는 것이리라. 이를 모든 존재들의 관계로 확대하면, 각각의 존재들이 자신의 삶을 영위하면서 공동생활을 이끌어간다는 것이다. 전제조건은 의외로 간단하다. 서로가 서로에게 대등한 존재라는 것, 그래서 서로 존중하고 배려해야 한다는 것이다. 이것은 인간과 자연의 관계에서도 흔히 적용되는 말이자 덕목이다. 그러나 근대 이후, 인간은 늘 자연보다 우월한 위치에서 자연을 이용해왔다. 특히 생산력 중심의 경제체제는 대규모로 자연을 파괴해왔고, 화폐로 교환될 수 있다면 어떤 일도 마다하지 않았던 것이 사실이다. 그 결과, 어울림의 덕목이 살아 있는 공동체는 찾아보기 힘들어졌다. 남아 있다면, 그나마 인간의 손길에서 벗어난 몇몇의 자연공동체가 있을 뿐이다. 그 중 대표적인 것이 우포늪이리라.

시인은 우포늪에서 조화롭게 살아가는 생명공동체의 모습을 우리에게 보여준다. 마치 우리 눈앞에 맑은 유리창을 꺼내놓듯, 저편의 풍경을 펼쳐 놓는다. 때로는 가깝게 때로는 멀찍이 떨어져서 시인의 창을 통해 우포늪의 진경을 보게 된다. 그 진경을 만드는 것은 다름 아닌 물이다. 그 첫 번째,

> 마름은 물을 따라 자꾸 밀린다
> 늪이 물을 내어보내려고 마름을 젖힌다

물속이 말개진다

마름은 물을 거역하지 않고

물속을 들여다보는 새들과 함께 틈을 만들어낸다

물을 벌렸다가 다시 포개어놓을 때마다

잎이 붉어졌다 푸르렀다 한다

늪 가장자리까지 밀려간 마름은

목이 잠길 때까지 붉어진다

물에 가까울수록 녹색이 선명하다

묽어지는 것과 뒤집어지는 것

사라지는 것과 갈라지는 것 사이에 길이 생기고

길은 또 다른 길을 물밑에 넣어둔다

새벽에 나갔다 들어오는 장대거룻배에는

길을 받쳤던 물빛이 축축하게 달라붙어 있다

다가올 시간들이 둑 어귀에 붙들린다

둘레가 그득하다

- 「마름과 배」 전문

물과 마름과 새와 인간이 공존하는 모습이 잘 나타나있다. 공존이란 각각의 존재가 자신의 영역을 가지고, 서로의 존재를 인정하며 살아가는 것이다. 더불어 사는 것이다. 이 시에서는 더불어 살되 시끄럽지 않다. 조용하게 자신의 영역과 역할을 수행하고 있다. 이는 "틈"을 만드는 행위로 구체화하는 데, 틈이란 서로에게 삶의 길을 열어주는 공간이다. 우선 물과 마름의 관계를 보자. "마름은 물을 따라 자꾸 밀린다". 밀린다고 하지만 억지로 밀려나는 것이 아니라 "거역하지 않고", "물속을 들여다보는 새들과 함께" 틈을 만들어낸다.

이렇게 만든 "틈"이 길을 만들고, 길은 "또 다른 길을" 만들어내고 있다. 그 길은 물 위에도 있고, 물 밑에도 있다. 물 위로 나는 길이 새의 길이라면, 물 밑으로 나는 길은 날지 못하는 존재들이 살아가는 길이다. 나아가 모든 생명체들과 함께 어울려 사는 인간의 길은 "새벽에 나갔다 돌아오는 장대거룻배"로 나타난다. 한 폭의 그림 속에 조용히, 그리고 다툼 없이 이루어지는 공존과 공생의 모습이다. 그 바탕에 물이 있다. 시인이 "물의 압도적인 영향"(「팔월」)이라고 하듯, 이 시집은 물을 중심으로 살아가는 존재들로 가득 차 있다. 고라니, 꾀꼬리, 기러기, 청딱따구리, 왜가리, 고니, 물총새 등등 새는 말할 것도 없고 나비, 벌, 개구리, 사마귀, 딱정벌레와 물옥잠, 달뿌리풀, 가시연꽃, 생이가래, 자라풀 등등 수를 헤아릴 수 없는 동식물들이 그들이다.

　　사실, 물의 힘은 인간과의 관계에서 더 위력적이다. 앨런 와이즈먼이 "인간의 우월성에 대한 자연의 복수는 물을 타고 온다"(『인간 없는 세상』)라고 말하듯, 물은 은밀하고 자연스럽게 모든 사물 속에 스며든다. 스며들어 자신이 이루어 놓지 않은 것들을 원래의 상태로 되돌려 놓는다. 이 스며듦은 곧 물이 모든 삶에 관계하고 있다는 뜻이다. 더 구체적으로 말하면 두 가지 의미를 지닌다. 첫째는 인간이 만든 인위적인 것들을 원래의 상태로 복귀시키는 힘을 지녔다는 것이다. 둘째는 생명체들이 살아가는 근원적인 힘으로 작용을 한다는 것이다. 이 둘의 공통점은 생명력인데, 이 바탕 위에서 다양한 생명활동이 이루어진다. 어울림의 삶이다. 시인은 이 어울림을 "놀라운 연주"(「새의 주름」)로 상징화한다.

①
큰고니 날개 안에는 가장 큰 무늬
그보다 조금 작은 무늬

두 개의 무늬보다 훨씬 더 작은 무늬들이

깊은 해안선이나 협곡처럼 펼쳐지고

날개를 접을 때마다 숨겨온 리듬이 돋아난다

그처럼 안을 밀어내고 밖을 밀어오는 물결은

큰고니의 날개 바깥쪽에 머무는 가장 큰 깃털이

세상에서 가장 벅차고 용감한 음악을 횡단하려고

접었다 펴는 일

놀라운 연주가 시작된다

– 「새의 주름」 일부

②

소리는 색의 받침과도 같아서

식물의 씨앗을 층층이 쌓아놓고

저 강바닥 기슭에서부터 소리를 쏘아 올린다 그러면

늪의 표면에 연둣빛 꼼지락거림이 올라온다

식물은 소리들이 잘 이어지게 물에 바짝 붙어 다닌다

– 「늪은 카펫 공장」 일부

①은 겨울날의 큰고니의 삶을 보여준다. 주지하다시피 큰고니는 천연기념물로 우리나라에서 겨울을 나는 철새다. 크고 우아한 날개를 펴서 우포늪을 날아다니며 마름이나 풀뿌리 등 식물성 먹이를 먹으며 월동한 후, 다시 추운 북쪽 지방으로 이동한다. 시인은 이런 큰고니의 날개에서 삶의 기록들을 찾아낸다. 우포늪의 생태를 하나의 텍스트로 읽어내는 것이다. 자연이 "읽을 책"(「꽃과 새들이 열람하는 늪」)이어서, "독서"(「가시연꽃에 머문 말」)한다고 하듯 찬찬히 새의 기록들을 찾아내

는 것이다. 그 기록들은 "깊은 해안선이나 협곡처럼 펼쳐지고/날개를 접을 때마다 숨겨온 리듬"이다. 이 리듬 속에는 "수천 시간의 날갯짓으로 다져온 기후대"(「꽃잎의 늪」)가 들어 있기도 하다. 그렇다면 이런 기록들이 의미하는 바는 무엇인가. 우포늪이 어느 한 지역에 고립된 공간이 아니라 오랜 시간 동안 다른 지역과 교류하며 긴밀하게 관계하고 있는 생명공동체라는 인식이다. "벼가 일으키는 초록 한 줌/한 알의 부드러운 리듬은 머나먼 초원에서 불어온 것"(「논은 푸른 리듬을 생산한다」)이라고 하듯, 외부와 연결되고 또 열려 있는 공간이란 의미에서다. 따라서 그가 새의 몸속에 새긴 풍경과 리듬을 읽어내고, "세상에서 가장 벅차고 용감한 음악"을 듣는 것은 당연하다. "세상에서 가장 벅차고 용감한 음악"이란 생을 이끌어가는 역동적인 힘이 아닌가.

②는 시인의 귀가 안팎으로 열려 있음을 보여준다. 열린 상태로 생명공동체의 속살을 드러낸다. 앞의 시가 눈으로 듣는 음악이라면, 이 시는 마음으로 듣는 음악이다. 이는 들리지 않는 "소리"로 나타나는 데, 그 소리는 움직임이며 "색의 받침"과도 같다. 시의 어법에 따르면, 색의 받침 그 아래 있는 것은 "강바닥"이다. 소리와 색이 모두 물속에 있다는 것이다. 물속의 일을 볼 수 없지만, 물속은 바쁘다. 보이지 않고 들리지도 않는 움직임이다. 이 움직임이 다름 아닌 생명활동이다. 식물의 씨앗들이 봄을 맞아 겨우내 움츠렸던 몸을 천천히 움직이다가 "강바닥 기슭에서부터 소리를 쏘아" 올리는 것이다. 가려져 있던 생명의 움직임들이 어느 순간에 "늪의 표면에 연둣빛"을 깔아 놓는다. 들을 수 없던 소리가 색채(연둣빛)로 변하는 놀라운 풍경이 아닐 수 없다.

이러한 발견은 시인의 열려 있는 눈과 귀가 없다면, 보고 듣고 말할 수 없다. 물과 씨앗의 생명력과 시간 그리고 함께 살아가는 모든 생명들이 서로 연결되어 있다는 인식은 부분이 전체이며 전체가 부분이라는 전일적 세계관이 바탕이 되어 있음을 말해준다. 시인 역시 생명공동체의 일원으로 놀라운 연주 속에 동참하고 있는 것이다.

3. 어울림의 조건

그렇다면, 우포늪의 생명공동체는 사랑과 배려와 나눔으로 충만한 평화의 공간인가? 그렇지 않다. 공동체란 말 그대로 여럿이 모여 어울려 사는 집단이다. 여럿이란 말 속에 이미 갈등이 내포되어 있다. 각각의 생명체들은 스스로 성장하고, 생명을 유지하고 전파하는 생명과정을 겪는다. 즉 각각의 생명들은 일정한 방향과 목적을 가지고 살아간다는 뜻이다. 생명을 유지하려는 본성적인 의지와 함께 자기구현이라는 내재적 가치를 지니고 있는 것이 생명이기 때문이다.

이런 생명들의 활동은 필연적으로 다른 생명체와의 갈등을 내포하고 있다. 이 갈등과 충돌은 삶 속에 나타나는 자연스런 현상이다. 따라서 먹고 살기 위한, 목숨을 건 투쟁이 생명활동의 기본적인 속성이 될 것이다. 그야말로 본성적이며 필수적인 욕망들의 충돌이 우포늪의 또 다른 모습이라 할 것이다. 이를 바라보는 시인의 시선과 입장을 따라가 보자.

　　　　물총새는 돌연 선회하여 풀숲에 뛰어든다
　　　　자신을 지켜보는 한 눈동자를 알아챘다
　　　　갈댓잎에 앉아 사냥을 계속할 것인지 판단해야 한다
　　　　물총새는 벌새처럼 공중에 떠서
　　　　내가 숨을 한 번 참는 사이 다섯 번의 날갯짓을 한다
　　　　새의 눈은 쏜살같이 표적을 향한다

표적이 된 나는 물총새의 꽁무니를 쫓아 허둥지둥한다

새는 얼마든지 나를 놀릴 수 있다

물총새는 계속 자리를 바꿔가며 물고기를 노리고

잡으려는 새와 잡히지 않으려는 물고기

새를 보려는 나와 들키지 않으려는 새 사이에는

보이는 색과 보이지 않는 호흡이 있다

물총새는 뜸을 들이지 않는다

백로처럼 발을 흔들어 물고기를 유인하지도 않고

해오라기처럼 포복하지도 않는다

물총새는 물속에 내리꽂히듯이 뛰어들어 물을 울리고

물을 둥글게 파내어 물고기를 집어낸다

물고기의 꼬리가 부르르 떨리다가 멈춘다

물총새의 눈과 물고기의 눈이 마주치는 순간

나는 어디에도 없는 사람

물총새는 사람 따위 관심도 없었다

물고기를 삼키고 유유히 자리를 떠난다

- 「물총새」 전문

이 시는 물총새가 물고기를 사냥하는 장면을 마치 현장 중계하듯 생생하게 보여준다. 이 장면에 어떤 감정도 개입되어 있지 않다. 다만, 이 장면을 몰래 훔쳐보는 자의 긴장감이 나타나 있을 뿐이다. 좀 더 구체적으로 살펴보면, 화자는 물총새가 사냥하는 광경을 훔쳐보고 있다. 훔쳐보는 시선을 물총새가 느꼈다. 그럼에도 불구하고 물총새는 화자의 시선을 전혀 의식하지 않는다. "물총새는 계속 자리를 바꿔가며 물고기를 노리고", 나는 그 장면을 숨어서 보려고 노력하고 있다. 물총새는 나의 시선을

무시하고 "물속에 내리꽂히듯이 뛰어들어 물을 울리고" 물고기를 잡는
다. 이런 물총새의 생태적 특성을 잘 드러내기 위해 백로, 해오라기와 같
은 새를 등장시키고 있다.

중요한 것은 "물총새의 눈과 물고기의 눈이 마주치는 순간/나는 어
디에도 없는 사람"이라는 전언이다. 이 엄숙한 현장에 내가 개입할 여지
가 없다는 것이다. 이는 물총새의 생명활동의 중요성과 함께, 나 역시
물총새나 물고기와 같이 생명공동체의 일원에 지나지 않는다는 사실을
말해주는 것이다. 이러한 모습은 다음의 시에서도 잘 나타난다.

> ①
> 때까치는 나뭇가지에 숨어 덤불 속을 쏘아본다
> 몰려다니는 뱁새를 사냥하려고
> 겨울은 먹이의 색이 희미해지는 계절
> 때까치는 할 수 없이 갈대숲에 들어가
> 갈대숲에 드나드는 작은 새 흉내를 내기로 한다
> 정신없이 몰려다니는 새의 순진함을 기다리는 것이다
> 뱁새처럼 갈대 줄기에 붙어서
> 뱁새의 날개와 비슷하게
> 뱁새와 같이 낭창거리며 연기하고 있지만
> 뻐꾸기 새끼를 제 새낀 줄 알고 키우는 뱁새도
> 아주 바보는 아니다
> 매끈하게 잘 빠진 뒤태가 어딘가 수상하고
> 갈대 줄기에 붙은 날카로운 부리도 이웃이 아닌 것 같고
> 자꾸만 까닥거리는 꼬랑지가 의심스럽다
> 뱁새는 갈대숲에 들어앉아 숨소리조차 내지 않는다

때까치 들통났다

산수유나무에 꽂아놓은 개구리나 먹어야겠다

— 「때까치와 뱁새」 전문

②

새호리기에게 **빼앗긴** 꾀꼬리 새끼는 노란색이 찢어진 채

포식자의 부리 안으로 사라진다

어미는 부리 안이 헐리도록 울부짖지만 노란색은 흩어지고

마침내 사라지는 약자의 색

슬프게도 노란색은 계속 노란색이다

꾀꼬리는 노랗다

— 「꾀꼬리」 부분

두 편의 시 모두 생명활동을 보여주는 작품이다. ①의 시는 앞의 시 「물총새」와 같이 생명활동의 구체적 상황과 정황을 보여준다. 때까치는 뱁새를 사냥하기 위해 나뭇가지에 숨어 있기도 하고, 갈대숲에 드나드는 작은 새 흉내를 내기도 한다. 뱁새 역시 바보는 아니다. 때까치가 자신을 노리는 것을 눈치채고 "갈대숲에 들어앉아 숨소리조차" 내지 않고 가만히 숨어 있다. 그야말로 목숨을 걸고 행해지는 긴장감 넘치는 생존의 현장이다.

②의 시는 좀더 비극적이다. 이미 새호리기는 꾀꼬리 새끼를 잡아 찢어 먹고 있다. 새끼를 잃은 어미새가 "부리 안이 헐리도록 울고 있지만" 상황을 되돌릴 수 없다. 시인은 이런 비극적 현장을 "마침내 사라지는 약자의 색"이라고 표현하고 있다. 슬픔을 억제하고 있는 표정이 역력하다.

이들 시편의 공통점은 우선, 시인이 동물들의 생태적 습성을 세세한

부분까지 알고 있다는 점이다. 아주 가까이서 오랫동안 지켜보고, 그가 말하듯 공부하지 않았다면(「꽃과 새들이 열람하는 늪」) 도저히 보여줄 수 없는 생생함이 살아 있다는 것이다. 또 하나는 화자가 이런 생명활동의 과정에 개입하지 않고 있다는 사실이다. 이것은 매우 의미심장한 일이다. 우리는 흔히, 생명활동에 의미를 부여하고 싶다는 유혹을 느끼며 산다. 이른바 윤리적 선택에 대한 유혹이다. 뱀과 개구리, 때까치와 뱁새, 물총새와 물고기의 관계에서 강자와 약자라는 구별 짓기를 시도한다. 구별 짓기와 동시에 약자의 편에 서야 한다는 무의식적 판단을 하기 쉽다는 것이다. 마치 생명공동체의 문제를 인간사회의 문제로 끌어오려는 유혹인 셈이다. 그러나 앞서 말했듯 생명활동은 자신의 생명을 유지, 전파하려는 생명체 고유의 속성이며 가치실현의 행위이다. 생명공동체 내에서 먹고-먹힘의 관계는 자연스러운 관계라는 점이다. 여기에 인간이 끼어들 명분은 어디에도 없다.

손남숙 시인과 이 시집의 특징과 미덕이 잘 드러나는 부분이다. 그는 우포늪에서 가장 우월한 존재라고 믿는 사람이 아니다. 때까치는 때까치대로의 삶이 있고, 뱁새는 뱁새대로의 삶이 있고, 물총새는 물총새 나름의 삶이 있다는 것이다. 시인 역시 함께 살아가는 생명공동체의 일원에 불과하다는 자기 인식이 그것이다.

4. 나는 어디에도 없는 사람

우포늪에 사는 식구들 중 하나라는 자기 인식은 이 시집 전체에 걸쳐 나타나는 시인의 태도 속에 잘 드러나 있다. 근대 이후, 우리의 몸과 마음에 배어 있는 우월한 존재로서의 인간, 즉 인간이 자연에 개입할 수 있다는 믿음에서 벗어나 있다. 아울러 섭식관계에서 나타날 수 있는 맹목적인 연민에서도 벗어나 있다. 어울림이 지닌 보다 큰 의미를 체득하고 있다는 것이다. 이러한 태도는 자연의 모든 생명체와 '나'를 하나로 받아들이는 전일적 사고 위에 나타난다. 그러니 "나는 어디에도 없는 사람"(「물총새」)이 될 수 있는 것이다.

> 나는 점점 새를 닮아간다
> 새에게 잘 보이기 위해서
> 새처럼 보이기 위해서
> 사람 냄새 빼놓고 다닌다
> 새가 놀라지 않도록
> 내 옷은 낡고
> 내 얼굴은 흙처럼
> 새들은 해마다 다채로운 색으로 갈아입지만
> 나는 날마다 색을 빼고 물이 빠지게 한다
> 새들이 몰라보도록
> 나는 시든 풀이나 썩은 나무둥치와 같은 색
> 새가 나를 좋아한다
>
> ― 「새가 좋아한다」 전문

이 시에서 보면 화자는 새를 "닮아가"는 사람이 되고 있다. 자칫 과장된 표현으로 보여질 수도 있다. "새에게 잘 보이기 위해서" "사람 냄새를 빼놓고" 다니면서 새를 닮아간다고 한다. "새가 나를 좋아한다"라고 하고 있으니 더욱 그렇다. 그러나 이런 자기고백에 신뢰가 가는 것은 그 과정의 진실함 때문이다.

시에 나타난 바대로 보자면, 인간중심주의에 젖어 있는 지금까지의 통념상 주객이 전도된 상황이다. 여기에는 새처럼 자유롭고 싶다는 욕망도 끼어들 여지가 없다. 이 시집의 주도적 이미지로 작용하는 '틈'과 '날갯짓' 역시 마찬가지다. 날아오를 때의 "흘러가는 리듬의 물결"(「새들의 배경은 물결」), 내려앉을 때의 "물의 기쁨"이라고 하듯 공존하고 공생하는 모습으로 나타난다. 즉 벗어남이 아닌 스며듦에서 오는 자유를 맛보고 싶다는, 자연의 일부가 되고 싶다는 소박하지만 강렬한 열망의 표현이라 할 것이다. 자신이 "풍뎅이"(「풍뎅이와 나」)가 되었다는 것도 마찬가지다. 물과 식물과 동물이 "길"을 만들 듯 그 길 위에서 함께 공존하고 싶은 것이다. 시인이 지금껏 우리에게 보여주었던 수많은 생명체들에 대한 애정과 배려, 겸허함, 자연과 나를 하나로 보는 사유가 바탕에 깔려 있기에 가능한 일이다. 또한 이런 태도로 생명공동체 깊숙이 들어가 그 속살을 우리에게 보여주었고, 감동을 전해주었다. 시인의 말대로 새들이 몰라보라고, 새들이 저와 같은 존재라고 느끼도록 스스로 인간의 "색을 빼고 물이 빠지게" 하는 노력에서 비롯한 것이리라.

세계와 소통하는 방식

- 정혜옥의 시

1. 나무와 인간

우리 주변에 그늘을 늘이고 서 있는 나무를 보자. 보이지는 않지만 나무는 자신의 과거를 몸속에 지니고 있다. 햇볕이 잘 드는 쪽으로는 나이테 간격이 넓고 햇볕이 적은 쪽으로는 간격이 좁다. 또한 나무들이 밀생한 지역에서는 키를 높여 자라고, 한적한 곳에서는 옆으로 가지를 늘인다. 이 정도면 나무의 성장과정과 환경을 능히 짐작할 수 있다.

상처 역시 마찬가지다. 나무는 성장 과정에서 많은 일을 겪는다. 지나가던 사람이 무심코 여린 가지를 꺾거나, 폭풍우에 가지가 부러지는 것은 물론 뿌리째 뽑히기도 한다. 이로 인해 몸이 썩어 들어가거나 껍질이 벗겨져 말라 죽기도 한다. 그러나 대부분의 나무들은 이런 시련을 이겨낸다. 상처가 깊어지는 것을 막기 위해 수액의 길을 막거나, 송진처럼 상처 부위를 감싸 스스로를 치료한다. 치료의 흔적들이 남아 있지만 아무 일 없었던 듯 키와 그늘을 늘이고 열매를 맺는다. 무성한 나뭇잎 사이로 허기진 새들이 몰려와 열매를 먹고, 사람들은 그 그늘 아래서 한여름의 더위를 피한다. 나무의 말 없는 베풂이다.

시간과 상처를 몸 안에 기록하고 있다는 점에서 나무와 인간은 닮았다. 인간 역시 나무의 나이테와 같이 수많은 기억을 심연에 새기면서 산다. 그러나 사람의 상처는 성장한 뒤에도 영향을 준다는 점에서 늘 현재적이다. 드러나지 않을 뿐, 과거의 상처는 현재의 이면이요 거울로 작용한다. 현재 뒤에 있으면서 끊임없이 현재를 간섭하고 조정한다. 다시 말해 과거는 뚜렷한 형체도 없이 우리의 현재와 연결되어 있는 것이다. 과거는 현재의 발목을 잡기도 하고, 미래로 향한 앞길을 쓸어주기도 한다. 발목이 잡히면 삶은 왜소, 위축되고 만다. 닫혀버린 과거의 벽 속에 갇히는 것이다. 이런 삶은 과거에 끌려다닐 수밖에 없다. 그러나 나무처럼 상처를 스스로 치유하는 경우는 다르다. 나무가 열매를 맺고 그늘을 늘려 새를 부르고 쉼터를 제공하듯, 과거의 상처에서 자유로운 사람은 타자와의 관계를 확산시켜가며 산다. 과거를 통해 현재를 이해하고, 자기 확대를 통해 미래로 나아가는 것이다.

2. 기억의 힘

행복이나 불행 등 과거의 기억들이 모두 시적 소재나 질료라는 점에서 시인은 과거를 드러내는 존재다. 한스 마어어홉의 말대로, 과거의 경험이나 상처는 날짜에 구애받지 않고 기억의 심층에 남아 영원한 '현재'로 작용하기 때문이리다. 이 '현재'는 시인의 의식이나 바라보는 시선, 듣는 귀, 살갗의 감각 등 어느 곳에나 잠복해 있기에 시편들 여기저기 드러나 있기 마련이다.

정혜옥의 두 번째 시집, 『불러 세우다』에서도 마찬가지다. 기억은 작품 속에 현재화되어 있다. 시인이 바라보는 풍경이나 이웃들의 삶, 대상에서 느끼는 애틋함이나 이를 바탕으로 펼쳐지는 서정… 곳곳에서 과거의 흔적이 배어나고, 이를 통해 현재적 삶의 의미를 캐고 있다는 것이다. 다음의 시를 보자.

늦여름 찬비 내리는 밤
불빛에 홀려 창틈으로 스며들어 온 여치 한 마리 베란다 꽃기린 화분에 들붙어 어썩어썩 밤의 북채를 쳐대네요
가끔 목울대에서 어둠이 무릎관절을 꺾네요

타는 석양보다 더 붉은 여치 울음, 내 선잠 깨워 심장을 후비자 잊었던 옛길들 등불 켜 일어서고

빗줄기 굵어져 천둥 밀어오는 소리 허공을 가르네요

저토록 장대비 땅을 치며 달려오면 칡넝쿨 걷어낸 젖은 땅에 젊은 아내 누이고 돌아오던 아배의 실신 내 안에 성큼 들어서고

강물 허리 소잔등처럼 휘돌아가던 그때가 맹인 점자 찾아가듯 심장 벽에 오돌토돌 핏발을 불러 세우네요

밤의 한가운데 낭자한 여치 뼈 울음소리
말라가는 물관부 뒤흔드는 여름의 끝자락을 말아 올리네요

— 「장대비 내리면」 전문

이 시의 주도적 이미지는 여치의 울음이다. 그 바탕엔 절절함이 깔려

있다. 우선 배경을 보자. 늦여름의 비 오는 밤이다. 여치가 베렌다의 꽃기린 화분에서 울고 있다. 시인은 그 울음에서 "가끔 목울대에서 어둠이 무릎관절을" 꺾는 소리를 듣는다. 지독한 아픔이다. 이를 느낄 수 있는 것은 여치가 처해 있는 상황을 누구보다 잘 알고 있기 때문이다. 주지하다시피 여치는 한여름 밤에 날개를 비벼가며 운다. 울음소리를 듣고 찾아올 암컷을 기다리는 것이다. 그래야 짝짓기를 할 수 있다. 그러나 시에서 보듯 조건이 절망적이다. 비 오는 밤이고 늦여름이다. 비 오는 날은 습기로 인해 젖은 날개를 부딪쳐 소리내기가 힘들다. 힘들지만 온 힘을 다해 짝을 부르고 있는 것이다. 또한 늦여름이라 철이 바뀌기 직전이다. 곧 서늘한 가을이 올 것이니 짝짓기를 할 수 있는 시간이 별로 없다. 상황이 절박하지 않을 수 없다.

시인의 귀는 이런 절절함을 "타는 석양보다 더 붉은 여치 울음"으로 듣고 있다. "붉은 여치 울음" 소리를 들으며 과거의 한 장면을 떠올린다. 다름 아닌 유년의 상처와 기억이다. 그 기억은 "젖은 땅에 젊은 아내 누이고 돌아오던 아배의 실신"으로 구체화된다. 여치의 울음에서 환기된 유년의 고통과 비애가 붉은 빛깔로 눈앞에 선명하게 다가오는 것이다. 그러나 시인은 이런 애절함과 절절함 속에 빠져 허우적거리지 않는다. 오히려 자신의 아픔을 속으로 삭인 채, "여름의 끝자락을 말아" 올린다는 표현으로 객관화를 시도한다. 공감의 확산이 이루어지는 부분이다.

이렇듯 과거의 상처를 직설적으로 드러내지 않고 밤의 북채, 타는 석양, 등불, 빗소리 등의 이미지로 간접화해서 보여주는 절제의 미학은 이 시인의 가장 큰 덕목이기도 한데, 다음의 시편들은 그 이유를 말해주기에 충분하다.

①

어머니의 온기 배인 마포이불을 잠든 아버지 위에 덮어드리고 거미
처럼 아버지의 등에 붙어 지새우는 딸아이의 긴 여름밤

굵은 빗방울이 새벽을 일으켰지
아버지의 글썽한 눈 속에 이레 전, 상여꽃 징검다리 건너 가뭇없었
던 어머니의 등 그늘이 일렁이고

— 「긴 여름밤」, 부분

②

살비듬 돋우는 개펄 속 어린 새끼들
젖줄 기다리는 지친 눈자위로

아직 열리지 않는 새벽 바다결 더듬어
어미는 이랑이랑 불은 젖무덤을 풀어낸다

— 「어미바다」, 부분

①과 ②의 시편에 나타난 공통점은 어머니에 대한 그리움이다. ①의
시편을 보자. 어머니를 잃은 소녀의 슬픔이 가슴 안쪽에 꾹꾹 눌러 담겨
있는 모습을 보게 된다. '딸아이'라는 데서 알 수 있듯, 어머니를 잃은
자신의 슬픔도 감당하기 힘든 어린 나이다. 그런데 오히려 어른스럽다.
"어머니의 온기 배인 마포이불을 잠든 아버지 위에 덮어드리고" 아이는
아버지 등에 "거미처럼" 붙어서 밤을 지새우고 있는 것이다. 또한 가슴
에서 터져 나오려는 울음 대신 "아버지의 글썽한 눈 속에" 일렁이는 "어

머니의 등 그늘"을 보여주고 있다. 아버지의 등 뒤에 붙어 숨죽이며 우는 이런 모습을 잔망스럽다고 해야 하나? 아니면 의연하다고 해야 하나? 자신보다 아버지의 슬픔을 먼저 챙기는 모습이 안타깝고 애절하게 다가오는 것이다. 울음을 눌러 담고 있는 어린 아이의 슬픔과 여치의 울음에서 느끼는, "타는 석양보다 더 붉은"(「장대비 내리면」) 빛깔이 더욱 생생하게 전해져 오는 이유이다.

②의 시편에서는 "젖줄"의 이미지가 잘 드러난다. 젖줄의 이미지는 지는 해가 내뿜는 빛줄기를 "붉은 젖줄"(「해산」)로, 아침 햇살이 수련 위에 내리쬐는 모습을 "수련의 젖가슴을 헤집으며 수유"(「오늘도 그가 나를 불러 세운다」)하는 모습으로 나타나기도 한다. 이러한 표현은 시인의 상상력이 모성에 바탕을 두고 펼쳐지고 있음을 말해주는데, 이는 유년의 결핍에 대한 보상심리를 드러내는 부분이기도 하다. 여기서 우리는 시인이 자신의 시선에 포착되는 대상과 이미지에 개성을 덧칠하고 있음을 알게 된다. 그것은 곧 어머니의 젖가슴으로 상징되는 유년의 행복에 대한 추억이다. 그리고 그 행복이 짧았기에 더 강렬하고 생생하게 시인의 내면에 자리해 있다. 언제든 현실이 될 수 있는 것이기도 하다. 또 하나의 특징은 과거의 상처가 현재의 발목을 잡거나 앞으로의 삶에 장애물로 작용하지 않는다는 점이다. 결코 상처에 갇혀 있거나 연연하지 않는다는 뜻인데, 이는 나의 슬픔보다 남의 슬픔을 먼저 끌어안는 자세에서도 잘 알 수 있다. 이런 태도가 정혜옥 시인만의 고통을 드러내는 개성적인 방식이라 하겠다.

3. 시선의 확장과 깊이

슬픔과 고통을 드러내는 방식에서 볼 수 있었듯, 어린아이답지 않는 의연함은 상처에 매달리기보다는 치유에의 의지가 더 강하게 작용하고 있음을 의미한다. 이것은 삶과 자신 사이의 거리를 유지하거나, 사물의 이면을 '들여다보는' 일에서 잘 나타난다. 본다는 것은 보는 자가 대상을 살피는 일이다. 대상의 모양이나 구조 등 겉모습을 이해하려는 시도다. 그러나 들여다보는 것은 여기서 한 걸음 더 나아간다. 교류하고 교감하는 것이다. 교감을 통해 대상과 나와의 관계를 새롭게 한다. 이 관계는 '들여다보기' 즉 보면서 느끼고 공유하는 시선으로 구체화되기 마련이다.

따라서 다른 존재와의 교감을 바탕으로 하되 감정에 휘둘리지 않는 자세, 이런 자세는 타자(대상)를 향해 나아가려는 의도 이전에 나 자신에 대한 객관화를 전제로 한다. 나를 벗어나 타자 그 자체의 실상에 다가가야 하기 때문이다.

> 모내기 한창인 논두렁에
> 나이 든 자전거 한 대
> 제 그림자 내리고 잠시 졸 듯,
>
> 까치발 높이 솟은 솟대도 아니고 귓불 커다란 당나귀도 아닌, 흙에 몸을 갈아 낡아버린 생의 바퀴를 내려다보며 번득이는 빛살 챙챙 감아 돌던 유년의 꿈에 빠져 어지럼증을 앓는 듯,
>
> 페달 돌리며 번번이, 길 오르다 발목을 접질리고 내려오다 이마를 바수었을 세월의 톱니에 등줄기를 끌어 올리던 시절을 떠올리고 있는 듯,
>
> 부러진 바큇살 사이로

야윈 바람이

알 수 없는 동그라미 문장을 그리며

묵은 녹을 핥고 있다

– 「녹슨, 오수」 전문

이 시의 대상은 자전거라기보다는 시간이다. 시간이 응축된 것으로서의 사물(자전거)을 드러내고 있다. 그리고 그 방식은 철저히 객관화되어 있다. 대상에 가까이 다가서되 일정한 거리를 유지하면서 그 내면을 섬세하게 그려낸다. 좀 더 자세히 살펴보자. 논둑에 자전거 한 대가 서 있다. "낡아버린 생의 바퀴"나 "부러진 바큇살"이라고 하듯, 그야말로 "나이 든" 자전거다. 이 낡은 자전거를 보며 시인은 자전거의 내면에 자신을 투사하고 있다. 들여다보기다. '들여다본다'는 것은 제대로 '볼 줄 안다는 것'이고, 대상의 속성뿐만 아니라 관계 속에서 교류하고자 하는 의지를 내포한다. 이를 바탕으로 관계를 확산시켜 가는데 여기엔 시인이 어떤 자세를 취하고 있으며, 이를 어떻게 드러내느냐가 관건이 된다.

'어떻게'의 측면을 보자. 시인이 대상의 내면에 들어가서 본 것은 "잠시 졸"고 있는 듯하고, "유년의 꿈에 빠져 어지럼증을 앓는 듯"하고, "세월의 톱니에 등줄기를 끌어 올리던 시절을 떠올리는 듯"한 모습이다. 과거의 기억을 되살리고 있는데, 이 과거가 현재를 초라하게 하거나 누추하게 만들지 않는다. 오히려 낡아가는 자신을 담담하게 받아들이는 태도를 취하고 있다. 회한이 아니라 자신의 현재를 긍정적으로 받아들이는 모습이다. 그렇기에 시간의 흐름은 부정적인 방향이 아니라 내적 성숙으로 이어지는 것이리라.

자칫 연민이나 안타까운 감정을 드러낼 법한 상황임에도 시인은 감정을 드러내지 않는다. 오히려 "묵은 녹을 핥고 있다"고 하듯 선명한 감각으로 드러낸다. 존재의 이면을 포착하고, 담담한 시선으로 내면의 모습을 그려간다는 것은 나에 비추어 대상을 보는 것이기도 하다. 시인의 눈에 포착된 대상이나 풍경은 내면의 모습을 반영하기 때문이다. 이렇게 드러난 모습은 나를 객관화하면서 심리적 거리를 유지한 결과이고, 이는 과거의 상처나 기억으로부터 자유로운 상태이기에 가능하다는 것이다. 자유로운 삶이란 존재방식을 긍정적이고 개방적으로 가질 때 가능하다.

나를 극복한 상태에서 같거나 유사한 상처와 슬픔을 지닌 존재를 보듬을 수 있는 것은 당연하다. 다음의 시편들을 보자.

①
난전에서 평생을 팔아 자식들을 허리춤에 엮었을, 자식들이라면 바위덩어리라도 품었을, 골병든 할머니의 두두둑 무릎 꺾이는 소리

– 「할머니의 속눈썹에 갈꽃이 성글다」 부분

②
저물어가는 토담집 댓돌 위
흰 고무신 한 켤레 입 쩌억 벌린 채
빨간 우체통에 왼종일 눈길 주고 있다
벌겋게 단 삼거리
어느새 어두운 길 하나씩 사라져 간다

– 「고무신 한 켤레와 우체통」 부분

다른 존재와의 교류와 교감이야 말로 시적 사유의 한 특성이다. 달리 말한다면 교감이란 존재의 상호교환이라 할 것이다. 이것은 나와 너, 나와 대상, 나와 나 자신 사이 어디서나 가능하다. ①의 시편에서와 같이

타인의 고통을 받아들이는 태도가 그것이고, ②의 시편에서 보이는 기다림과 그리움을 읽어내는 시선이 그것이다.

들여다보기, 즉 응시의 시선이란 내 자신과 관련해서는 나에게 집중하는 것이라 할 수 있다. 나 자신에게 붙들림으로써 현재의 나를 돌아보게 된다. 이른바 존재론적인 문제다. 과거의 내용과 비추어 볼 때, 나는 과거로부터 자유로운가? 발목을 잡혀 연민이나 자기비하에 빠져 있는 것은 아닌가? 고독을 받아들일 수 있는가? 등등의 반성적 질문으로 이어질 것이다. 그러나 시선을 밖으로 돌리면 사정이 달라진다. 타자(대상)에게로 나아가려는 의지와 행위로 이어진다. 앞의 시에서 볼 수 있듯, 극도로 절제되고 응결된 서정은 이미 자신을 넘어 같은 상처를 지닌 존재들을 끌어안는 힘으로 작용한다. 타자의 소리에 귀를 기울이고 감싸 안는 방향으로 나아가는 것이다. 타자에 대한 이해와 공감의 폭이 곧 인간에 대한 이해의 폭인 셈이다.

4. 나에서 벗어나기

타자를 이해하고, 그 처지에 공감하고, 대신해서 말한다는 것은 자신을 확장하는 일이다. 자아의 확대를 위해서는 나 중심의 사유, 자기중심적 사유를 벗어나려는 노력이 필요하다. '나와 너'가 같은 처지에 놓인 존재라는 인식이 바탕이 될 때 진정한 관계가 맺어지고 이를 바탕으로 자기 확대가 가능하기 때문이다. 그래야만 새로운 눈으로 너를 볼 수 있고, 너의 소리를 들을 수 있고, 너를 대신해서 말할 수 있다. 이런 점에서 시인의 관심과 시선이 지하철 계단에서 길 잃은 사마귀(「일탈」), 짐 가득 실은 리어카를 끌고 팔차선 횡단보도를 건너는 노인(「잠깐만요」),

"낡은 시간의 각질"들을 실은 이삿짐(「느티나무 수화」) 등 안타까운 대
상으로 옮겨가는 것은 자연스런 일이다.

　　그들의 눈동자는 온몸이 식이食餌 촉수다
　　석순石筍들로 거멓게 뒤덮여
　　카타콤 지하 동굴이 된 꾸깃꾸깃한 역사
　　휴지조각으로 굴러다닌다

　　냉각된 한국인의 심장
　　그들의 피를 역류시키는 뒷골목에서
　　오만한 자본주의가 플래시를 터트린다

　　토막잠들이 포개어진 쪽방
　　빈창자 속을 유영하는
　　착취된 노동의 헤진 지폐가
　　하루 한 끼의 허한 라면으로 팅팅 불어터진다

　　꿈에서까지 쫓기던 나날들
　　엄마 뱃속에서부터 숨이 차던
　　검은 피부의 눈이 큰 아이
　　링거 호스에 잇댄 어지러운 생명줄 기어이 놓쳐버린다

　　일어나보지도 못한 생명의 숨결
　　지금쯤 어느 하늘의 요람에서
　　푸른 햇살을 마시고 있을까

동굴의 침샘에서 폐유가 흐르는 곳串

바람 끝에 매달린 위태로운 눈동자들

빛살 파고들 날 언제일까

고단한 희망의 뼈 부딪는 소리들

공허하게 떠도는 이 지상에

그들의 이정표는 과연 어디에?

– 「이정표는 어디로 – 불법체류 외국인 노동자」 전문

이 시에서 보여지는 자기 확대의 모습은 '생명줄'을 통해 드러난다. 생명줄은 세계와 자신을 연결시키는 연결고리 역할을 한다. 아울러 새롭게 맺는 관계 속에 자신을 위치시키는데, 그곳은 우리 사회의 그늘이다. 이 시에서는 우리 사회의 어둡고 음습한 그늘 중 하나인 불법체류자의 삶을 자신의 삶과 연관시킨다. 즉 우리 삶의 이면을 파헤치는 것이다. "바람 끝에 매달린 위태로운 눈동자들"의 삶이다. 낯선 땅에서 "그들의 눈동자는 온몸이 식이食餌 촉수다"라고 하듯 그들의 삶은 하루살이의 삶이다. 새로 태어난 아이의 삶 또한 위태롭지 않을 수 없다. 아이에겐 늘 쫓기는, 꿈속에서까지 쫓기는 어머니가 있을 뿐이다. 더 이상 어머니의 젖줄에 기대 생명을 이어갈 수조차 없다. 그렇기에 아이가 "링거 호스에 잇댄 어지러운 생명줄 기어이 놓쳐버린다"고 하듯, 우리가 사는 세상은 이미 아이가 살아갈 만한 곳이 아니라는 얘기다.

새 생명조차 지킬 수 없게 만드는 것은 우리 사회의 "오만한 자본주의"가 지닌 배타성이다. 이런 배타성 앞에 나 이외의 것은 모두 타자요, 타자는 모두 배제되어야 할 존재다. 이런 폭력성이 우리 삶을 비극적으로 만들어 놓고 있다는 현실인식이다. 시인은 이런 냉혹하고 비극적인

삶에 대해 분노(「성자와 거지」)하기도 하지만, 생명의 끈과 연대를 향한 희망과 애정을 놓지 않는다. 그의 애정은 말기 암환자인 남편과 다운증후군의 아들과 함께 사는 이를 찾아가, 자물쇠로 잠긴 집 앞에서 "내 안에 가슴앓이 핏멍울 조등이 켜지고"(「적막을 잠근 채 우두커니」) 있음을 발견하는 것으로, 다리를 다친 채 벌렁 나자빠진 새에게서 "애야 엄마를 어디서 잃었니?"(「하루 반의 반려」)라며 가슴에 품는 행위로 나타나기도 한다.

이렇게 본다면 정혜옥의 이번 시집은 '줄'의 이미지를 중심으로 전개되고 있다고 해도 과언이 아니다. 젖줄과 탯줄로 구체화된 '줄'은 과거와 현재와 미래를 잇는 삶의 연속성이자 희망의 끈이다. 개인적으로는 '줄'이 끊어지는 아픔을 겪었지만, 끊어졌기에 그 소중함을 누구보다도 절실히 느끼지 않을 수 없었던 것이리라. 그 절실함은 스스로 끊어진 줄을 잇고, 또 이를 자신 밖으로 벋어 가는 일로 나아간다. 잃어버린 모성을 찾아 이를 삶의 원천으로 삼는 일이다. 모성이란 무엇인가. 춥고 외로운 것들을 끌어안는 마음이다. 자신의 아픔보다 타인의 아픔을 먼저 느끼는 성정이다. 나무가 자신의 상처를 극복하고 열매를 맺어 새를 불러모으고, 지친 영혼들에게 시원한 그늘을 제공하는 것과 다를 바 없다. 과거의 상처를 극복하고, 그 상처가 지닌 아픔을 알기에 타인의 고통에 동참하고 같이 아파할 수 있는 것이다. 이는 이 시집 곳곳에서 상처받은 이들을 찾아 실상을 드러내고, 끌어안으며 세상과 소통하는 모습에 잘 나타나 있다. 이런 마음의 줄기들을 벋어 "바람도 햇살도 그녀의 한 생애를 비껴가는데 덜 자란 제 못난 아기 차마 내려놓을 수 없는, 어머니"(「눈부신 고통」)의 마음을 실현하고 있는 것이다.

일상의 틈새 비집기

– 이숙현의 시

1. 낯선 일상

일상은 잘 정돈된 길이다. 매일 아침저녁으로 왕래하는 길이고 가끔씩 산책하듯 걷는 길이다. 주변도 역시 낯익은 풍경이다. 그 풍경을 이루는 것들 또한 편하게 제자리를 잡고 있다. 너무나 낯익어서 눈을 감아도 길가에 구르는 돌멩이며, 휘어진 나뭇가지며, 굽은 길이며, 길가에 옹기종기 붙어 있는 집들이 하나하나 선명하게 모습을 드러낸다. 약간의 변화라도 있다면 누구보다 빨리 알아챈다. 모든 것들이 제자리에 있는데, 유독 눈에 띄기에 그렇다. 이렇듯 일상이란 자신을 둘러싼 세계요, 그 세계 속에서 자연스럽게 반복적으로 살아가는 일이다.

문제는 이런 삶이 익숙하고 편해서 벗어나기가 쉽지 않다는 점이다. 그러나 문득, "매일매일 반복되는 이런 삶이 행복한가?"라는 질문이 저도 모르게 튀어나오는 경우가 있다. 질문 앞에서 편할 리 없다. 조금 전까지 친숙했던 것들이 낯설게 다가오고 반복되던 일들이 지겹게 느껴진다. 그렇다고 이 길을 벗어나 샛길로 접어들 용기는 없다. 길을 벗어나는 순간, 낯선 풍경과 미로에 사로잡혀 금방 불편해진다는 걸 잘 알기 때문이다. 그럼에도 불구하고 불편을 감수하려는 마음, "이것은 아니다"라는 자각이 시를 쓰게 만드는 것은 아닐까? 이숙현 시인의 경우도 마찬가지다. 그의 시의 대부분은 일상과 반성적 사유의 틈새에서 발아하고, 싹이 트고, 가지를 벋는다. 틈새를 벌릴 때마다 익숙했던 사물과 사람이 낯설게 다가온다. 즉 시인의 눈에 포착되는 것들은 갑자기 생소한 모습으로 우리에게 다가와 우리의 평온한 삶에 충격을 가한다.

2. 지켜보는 눈

이숙현 시인의 첫시집인 『손 없이 분주하다』는 일상을 뒤집어 보려는 노력의 소산이다. 그렇다고 일상을 뒤엎어 새롭게 만들거나, 완전히 다른 시각을 통해 우리를 낯선 길로 끌고 가려고 하지는 않는다. 반복적 일상에 대한 반성 위에 새로운 이념이나 태도를 요구하지도 않는다. 다만, 일상의 틈새를 벌려, 우리에게 익숙한 것들을 다시 한 번 찬찬히 들여다보자고 손짓하는 극히 겸손한 태도를 보여줄 뿐이다.

우선, 주체와 객체의 전도현상을 통해 사물화된 삶을 보여주는 다음의 시를 보자.

> 우리의 보금자리가 첫 문을 연 날
> 19851124
> 아차, 끝자리 4를 잘못 눌렀다
> 문은 진실로는 열리지 않는다
> 문 안의 구성원이 아니라고 세 번을 운다
> 다시 한 번 기회를 줄 때까지

얌전히 반성하며 기다려야 한다
띠리릭, 주문을 맞추어야 열어주는 문
딸그락, 잠가주는 문이 어느 틈에 주인이다
check로 마음 졸이던 하루는
집 앞에 와서까지 검증을 거친다
다시 누른 후 잠깐의 순간, 맘이 조인다
이러다 문이 갑자기 치매라도 걸리면?
제 몸에 맞으면 누구든 순하게 열어주던
열쇠뭉치, 아직도 가방 안에 있다
증거가 있어 안심이 되던 아날로그의 세계보다
암호로만 통하는 디지털 세계
출구를 모르는 미로처럼 은밀하고 불온하다

디지털도 아닌 생의 문은 도대체 무엇으로 짜여진 문이기에
주인은 아직도 낯선 방문객으로
정한 기억이 없는 주문만 뒤적거리고 있다

― 「아웃사이더」 전문

    시에 드러난 사건은 간단하다. 새로 이사한 집에 암호키를 달았는데, 끝자리 번호를 잘못 눌러 열지 못했다는 것이다. 열리기는커녕, 마치 '낯선 방문객이 아니냐'는 듯이 경고음을 내보낸다. 내 집이지만 집을 지키는 것은 자물쇠이고, 자물쇠가 주인이라는 듯 행세를 하고 있다. 누구나 한번쯤 경험했을 일이지만, 잠깐 기다렸다가 제대로 번호를 눌러 아무렇지 않게 문을 열고 들어갔으리라. 그러나 시인은 이런 사태가 예사롭지 않게 느껴진다. 이유는 의외로 단순하다. 아무렇지 않게 '잠깐'

기다리는 동안 시인은 무심코 하는 행위 속에 숨어 있는 진실을 떠올린다. 시인이 "check로 마음 졸이던 하루는/집 앞에 와서까지 검증을 거친다"라고 하듯, 우리네 삶 자체가 끊임없이 확인(check)당하고 있다는 인식이다.

따지고 보면 후기자본주의 사회는 모든 것이 디지털화되어 있고, 이런 상황에서 우리 모두는 누군가의 시선 속에 살아가고 있다. 아파트 단지를 나서는 순간부터, 길거리를 걷고, 사무실에 들어서고, 마트나 백화점의 매장에서 쇼핑을 하는 내내 감시카메라의 눈길을 벗어나지 못한다. 아침부터 저녁까지의 일거수일투족이 나도 모르는 사이 기록되고 있는 형편이다. 따라서 우리의 일상 속에는 아니, 무의식까지 누군가에 의해 확인되고 인정되는 삶을 살아가는 것이다. 그럼에도 불구하고 우리 대부분은 이런 일은 당연하다는 듯, 대수롭지 않게 여기고 지나다닌다. 이런 불편한 진실 앞에 시인은 내가 삶의 주인인가? 라고 묻는다. "디지털도 아닌 생의 문은 도대체 무엇으로 짜여진 문이기에/주인은 아직도 낯선 방문객"이 되어 있는가라는 질문이다.

삶의 주객이 뒤바뀐 상황에 대한 인식의 이면에는 주체의 입장에서 나를 바라보고 생각하려는 존재의 전환의 의도가 담겨 있다. 삶의 주인으로 살고자 하는 의도이다. 이를 구체화하려는 시인의 태도는 가장 익숙한 것을 뒤집어보고, 그 속에 숨어 있는 의미를 캐내려는 탐구자의 자세를 닮을 수밖에 없다.

①
'그래도'로 바꾼 렌즈에는
보이는 세상이 다르다
먼 산 보는 일 잦아지고

젖은 단어의 뒷등도 보인다

노안, 이제 아파트 평수보다

마음의 평수 늘리라는

자연의 처방전 같다

지금껏 끼었던 근시의 렌즈

쭈뼛거리며 반납한다

이제 새 렌즈의 바탕색은

자스민향 온정이다

– 「안경점에서」 2연

②

날개 자국을 감춘 파스 빼죽이 보인다

누가 또 달고 쓴 인생을

배달해 달라는지

화장발 뒤로 모인 피곤이, 비늘처럼 떨어진다

내리꽂다 치닫다 예측불허 飛天舞에

지상에서 사는 일 실감나는지

오토바이를 탄 엉덩이가

연신 끄덕이며 응답을 한다

– 「천사」 2연

①의 시는 근시와 원시 사이의 틈을 비집고 드러내는 존재전환의 모습을 보여준다. 근시 / 원시의 관계는 욕구 / 욕망의 관계로 전이된다. 욕구가 "눈앞의 떡"을 향한 동물적 감각이라면, 욕망은 보다 심리적인 차원이다. 다시 말해서 눈앞의 이익에 따라 사는 삶이 아닌, 삶의 이면

을 들여다보고 이를 통해 "마음의 평수"를 늘이고자 하는 소망이다. 시인은 단지 '안경'을 바꾸는 행위를 존재전환이라는 상징적 국면으로 확장하는 것이다. 따라서 노안老眼은 자신의 삶을 헤아리는 혜안慧眼의 의미를 지니며 우리 앞에 다가온다.

②의 시는 '천사다방'에서 차를 배달하는 여자를 소재로 한 작품이다. 여자는 털털거리며 달리는 오토바이 뒷좌석에 매달려 간다. 시인은 이 여인에게 '천사'의 이미지를 덧씌우고 속내를 짚어간다. 우선, 이 여인이 배달하는 것은 "달고 쓴 인생"이다. 잠시나마 누군가에게 위안과 휴식을 주는 '천사'이지만, 실상은 다르다. 천사의 겉모습은 "화장발 뒤로 모인 피곤이, 비늘처럼" 떨어지고, 덜컹대는 오토바이에 연신 엉덩방아를 찧는다. 천사의 이미지는 역전된다. 연민이다.

두 편의 시에서 드러나는 공통점은 다름 아닌 존재의 확장이다. 존재의 확장이란 '나'의 변화를 전제로 타인의 삶을 내 삶 속에 포용하고 감싸는 일이다. 일상에 매몰된 '나'를 발견하고, 새로운 눈으로 세상을 보는 일이다. 그렇기에 좌판에서 씨앗을 파는 노파에게서 듣는 "지 혼자 시상에 나온 게"(「씨앗 장수 할머니」) 없다는 전언이나, 고로쇠 물에서 느끼는 "고통의 진액"(「고로쇠」)이 아프게 다가오는 것이리라.

3. 새롭게 바라보기

일상 속에 매몰된 '나'를 끄집어내고, 뒤집어 보고, 주체로서의 삶을 확인하고, 이를 바탕으로 존재의 외연을 넓히려는 노력은 구체적인 대상과 감각을 통해 드러나고 있다. 시집 곳곳에 편재되어 있는 부동산 경매 강좌(「황금낚시」), 안마를 받는 곳(「시각장애 안마사」), 동창회(「LIVE」),

주인 없는 집(「물 위에서」), 시장 귀퉁이(「노파의 시간」), 주부 노래 교실 (「어떤 항해」), 이삿짐(「벚꽃이 피었습니다」)… 등이 그것이다. 삶을 구성 하는 모든 장소와 사물들이 시인의 눈을 통해 새롭게 드러난다. 반성, 연 민, 고통의 세계다. 그렇기에 시인은 여기서 한걸음 더 나아가 벗어나기 를 꿈꾸기도 한다. 새로운 세계에서 다른 삶을 꿈꾸는 것이다.

담장 안에 뿌리는 튼튼히 박은 채
꽃이란 꽃, 죄 담장 밖으로 피운
능소화로 덮인 곳
만발한 百花는 질 때도 알기에
피어 있는 순간은
누런 외꽃조차 반짝거릴 줄 안다
마음 맞으면 어디고 올라타는
칡넝쿨의 게걸스런 욕망도
가장 자연스러운 게 지배하는
이 섬에선 단지 하나의 生일 뿐이다

먼지 나는 헌 짐짝 같은 생이
가끔 만나는 단비에 씻기면
자신이 새 부대負袋가 된 듯
달려가 새 술을 담고 싶은 섬
건널 수 없는 바다가 병풍처럼 둘러쳐
돌팔매 당할 사랑도 몸을 숨길 그곳
지도에서 찾으며, 지도 밖에서 꿈꾸는
그리운 신기루

머리 쪽찐 외대머리로
무기한 정박하고 싶은
『세상에서 가장 아름다운 섬, 外島』,
外道.

– 「그 섬에 가고 싶다」 전문

　범박하게 말해서 서정적이라는 말은 갈등으로 점철된 삶을 자연과 교섭하면서 바라본다는 의미를 지닌다. 여기엔 나와 타자(자연)와의 일치에 대한 소망이 담겨 있기 마련이다. 이 시에서 이런 소망을 어떻게 구체화하고 있는가? 한마디로 "가장 자연스러운 게 지배하는" 삶이다. 이런 삶 속에서는 "마음 맞으면 어디고 올라타는/칡넝쿨의 게걸스런 욕망도" 자연스런 생의 의지가 된다. 이런 의지들이 서로를 다치게 하지 않으면서 제 생명을 꽃피우는 곳이다. 어디에 있는가? 우리네 삶 속에는 없다. 그래서 시인은 "지도를 찾으며, 지도 밖에서 꿈"꾸고 있는 것이리라.

　왜 이런 지도를 꿈꾸는가? 우리의 일상이 "먼지 나는 헌 짐짝 같"기 때문이고, "돌팔매 당할 사랑"으로 채워져 있기 때문이다. 따라서 내 안에서 뜨겁게 솟구치는 생에 대한 욕망은 늘 고립된 채 억눌려 있고, 삶은 나날이 비루해지고 있기에 여기서 벗어나고 싶은 것이다. 이를 두고 "계속되는 가출"(「오래된 고백」)이라고 하듯, 동경의 내용이란 일상에서 벗어나 자연과 교감하면서 살고 싶다는 바람이다. 이런 소망이 생뚱맞은 것은 아니다. 원래부터 있었으나 지금은 잃어버린 것이라는 사실을 잘 알고 있기에 더욱 그렇다. 다행히 외도外島라는 섬을 찾았으나, 실상 우리 삶 속에 원시적 생명력이 솟구치고 자연스럽게 발현되는 곳은 없다. 시인도 그것을 잘 알고 있다. 그래서 그곳은 "그리운 신기루"일 뿐이고, 우리네 삶 바깥으로 난 "외도外道"라고 하지 않는가?

외도外道로 가는 길이 평탄하지는 않은 것 같다.

아저씨, 선풍기 날개만 고치세요?

제 날개도 좀 고쳐주세요

360도 회전, 문제없던 날개가

돌아갈 때마다 古家의 녹슨 문소리를 내요

누르면 육즙이 샐 것 같은 날개도

이젠 호두 껍질이 되었네요

지상의 먹이에 정신이 팔려

나는 걸 까맣게 잊어서 그래요

아니라구요? 날려고는 수백 번도 더 했을거라구요?

하긴 하늘을 나는 새만 봐도

죽은 세포에 피돌 듯 벅차기는 했지요

먹이만 모아 놓으면

무지개 빛 날개옷, 언젠간 사면 될 줄 알았죠

이제 쌓인 먹이는 제 스스로 주인이 되어

날개옷 따위엔 코웃음을 치네요

날려고 할 때가 가장 빠른 때

남들처럼 말로만 속삭이지 마세요

공기에 춤추는 깃털, 소름 돋게 날고 싶어요

아저씨, 이제 통증조차 울 것 같은

제 날개 좀 고쳐주세요

                                          – 「날개 수리공」 전문

이 시는 우리에게 아주 어색한 진실 하나를 제시한다. 팔과 날개의 관계다. 우선, 시인의 논리를 따라가 보자. 시인은 왜 자신이 날지 못하는가를 알고 있다. 또 그것이 불가능하다는 것도 잘 알고 있다. 그럼에도 불구하고 날개를 고쳐 날고 싶은 것이다. 이런 역설적 상황이 이 시를 지배하는 주도적 이미지인데, 이유는 간단하다. 애초부터 날개가 없었다. 날개 아닌 팔이 있을 뿐이다. 팔이 아파서 그 고통에서 벗어나고 싶은 것이다. 그렇다면 시인은 왜 팔이 아닌 날개라고 고집하는 것인가?

날개가 퇴화한 것이 팔이라고 말하는 시인의 의식에는 지금의 세계가 아닌 다른 세계를 향한 열망이 자리 잡고 있다. 날개란 '이 세계'와 '저 세계'를 이어주는 매체이자 상징인데, 문제는 이 날개가 "지상의 먹이에 정신이 팔려" 퇴화되었다는 사실이다. 나아가 "이제 쌓인 먹이가 제 스스로 주인이 되어" 날개 따위는 거들떠보지도 않게 되었다는 것이다.

따라서 이 시의 외곽을 두르고 있는 배경은 자본의 논리다. 말하고자 하는 것은 자본의 논리에 순응하며 살아온 삶에 대한 반성이다. 세속적 욕망에 순응하며 살아왔기에 이미 여기서 벗어날 수 없게 되었다는 사실, 그리고 이런 삶에 균열이 생겼음을 말하고 싶은 것이다. 중요한 것은 '통증'을 느끼고, "공기에 춤추는 깃털"을 꿈꾸기 시작했다는 것이다. 단단히 굳어버린 자본의 논리를 비집고 '날고 싶은 욕망'이 우리의 삶 속에 요동치는 한, 언젠간 날 수 있다는 것이니 그 길이 앞의 시에서 말하는 '외도外道'와 다르지 않다.

우리 삶의 바깥에 또 다른 삶이 있다는 생각은 현재의 삶이 행복하거나 완전하지 않다는 각성 위에 펼쳐진다. 세속적 욕망이나 억압에 따르지 않아도 되는 곳에 대한 믿음은 시인으로 하여금 새로운 길을 찾아 나서게 한다. 자연처럼 화해하고 교섭하는 삶을 향한 길 떠남이다. 그리고 길 위에서 뜻하지 않은 행운을 맛보기도 한다.

사람마다 메고 온 부탁에 눌려

키 작아진 거조암* 오백 나한

오늘은 길목 사과밭에

가지의자마다 불그죽한 얼굴

수줍은 사과 나한으로

미리 영산전 차렸다

따끈한 해의 살로

단살을 만드느라

사과나한, 손 없이 분주하다

대웅전 주인 혼자 두고도 무사태평

저마다 생긴 그대로

얼굴까지 붉어져 파안대소다

탱탱한 과육 한 입 깨물면

오싹한 향법 아마 내 오금을 저밀게다

모를 접어 둥글게 익어 가는 말

아직 내 것은 아닌 말들이

사방에서 시끌벅적 기분 좋게 익는다

오백에 오백, 몇 곱절의 나한들로

이곳엔 이쯤이면 야단법석이 열린다

- 「영산전이 생생生生하다」 전문

절로 가는 길목의 사과밭은 붉게 익어가느라 정신없다. "따끈한 해의 살로/단살을 만드느라/사과나한, 손 없이 분주하다"고 할 만큼 바쁘다. 이 사과들이 모두 영산전을 지키는 나한들이다. 어째서 사과알들이 '나한羅漢'인가? 나한은 현생에서 이미 번뇌와 속박에서 벗어났고, 더 배우고 닦을 게 없고, 모든 번뇌의 적을 무찌른 존재이다. 자연의 순리에 전 존재를 맡기고 스스로를 실현하는 존재이다. 사과알도 마찬가지, 자연의 이법에 따라 스스로 꽃피우고 열매 맺고 붉게 익어가고 있다. 모든 자연의 물상들이 그러하듯 걸림 없이, 생긴 모습대로 살아가고 있기 때문이다. 자연이 스스로 불법을 설하고 있는 형국이다.

그렇기에 시인은 "탱탱한 과육 한 입 깨물면/오싹한 향법 아마 내 오금을 저밀게다"라고 하지 않는가. 입안에 가득 고이는 과육의 단맛이 말씀이 되어 몸을 관통하는 느낌을 상상하는 것이다. 시각과 미각, 후각과 청각이 어우러져 온몸을 저리게 만드는 경험이야말로 자연과 하나가 되는 경지요, 진정으로 '나'를 느끼는 순간이라 할 것이다. 몸과 마음이 다르지 않으니 정신의 한 경지를 보여주는 셈이다. 여기서 눈에 띄는 것은 "아직은 내 것이 아닌 말들"이라는 전언이다. 이 모든 것이 상상 속의 일일 뿐이다. 자신의 현재를 드러내는 동시에 자세를 낮추는 겸손을 보여준다. 이런 자세가 이 작품의 진정성을 담보함은 물론이요 시인의 길찾기를 더 간절하게 만드는 요소이다. 간절함을 바탕으로 시인은 단단하게 굳은 삶과 의식에 균열을 내고, 온몸으로 교감할 수 있는 또 다른 세계를 찾아다니고 있는 것이다.

이숙현 시인의 이번 시집은 일상 속에 스며든 자본의 논리를 드러내고, 또 여기서 벗어나려는 소망으로 채워져 있다. 이런 태도와 소망에 쓰라린 통증이 있기 마련이다. 이런 통증이 더 커질수록 시는 더 깊어지고 넓어지기 마련이다. 그 과정에서 "다름이 하나 되면/서로 썩지 않고

하나 되는"(「불이不二」) 것에 대한 발견이나, "바람이 있어야/꽃도 열매
도 맺을 수 있다"(「흔들림을 위하여」)는 소소한 깨달음을 얻기도 한다.
보다 중요한 것은 이런 소박한 깨달음이 아니다. 끊임없이 자신을 되돌
아보는, "베인 상처에 소금을 뿌린 듯"(「반짝거림에 대하여」) 아프게 얻
는, "눅눅한 생"(「어떤 일광욕」)의 이면에 숨겨진 진실을 파헤치려는 의
지가 더 필요한 일이다. 반성적 자아란 상처 위에 뿌리를 내리고 고개를
내밀고 가지를 벋는 식물과 같다. 일상의 각질을 벗기고 비집고 들여다
보는 시쓰기 역시 마찬가지다. 이숙현 시인의 다음 행보를 기대하는 것
은 이런 이유에서다.

상처와 치유의 기록들
- 금별뫼의 시

1. 들어가며

쓸쓸하다. 금별뫼의 두 번째 시집 『바람의 자물쇠』를 읽는 내내 가슴을 훑고 가는 말이었다. 시집에 깔려 있는 목소리도 그렇거니와 나직하게 들려주는 고백의 내용도 마음 한쪽을 텅 비게 하는 것이었다. 조용하게 다가와 잔잔하게 스며드는 마음의 내용이 한 개인의 내면뿐만 아니라 우리네 삶의 민낯을 가감 없이 드러내고 있기 때문이었다.

이것은 고백의 형태를 띠고 다가오기도 하고 때로는 풍경으로 제시되기도 한다. 사실, 고백은 말 그대로 마음속에 품어왔던 일이나 생각을 밖으로 드러내는 것이다. 마음속에 품어 왔던 것들은 부끄러운 것이거나 아픈 것일수록 드러내기가 쉽지 않다. 그래서 오랫동안 혼자 품고 끙끙 앓아왔기 마련이다. 그 상처가 내부에서 생긴 것이건, 외부에서 받은 것이건 모두 시간 속에 쌓인 것이다. 어르고 달래고 치유하다가 결국엔 밖으로 드러내는 것이기에 비밀스럽기조차 하다.

따지고 보면, 우리네 삶 자체가 상처의 연속이 아닌가. 반복되는 만남과 헤어짐의 과정이 그것이다. 사람 사이의 인연이 "대체로 악연이라는 걸 아는데/평생이 걸렸다"(「평생이 걸렸다」)고 하듯, 이 과정은 기쁨보다는 갈등과 고통으로 요약될 수 있으리라. 삶과 죽음의 경계 역시 우리의 존재 속에 깊숙이 들어와 있으니 인간의 삶이란 상처 위에 구축되는 것이 아닌가. 일상 속에 묻혀 살다보면 이런 상처들의 대부분은 치유되기 마련이지만, 내부에서 비롯된 존재론적인 문제는 사정이 다르다. 내가 '원하는 삶'과 '원치 않는 삶' 사이의 괴리는 시간과 더불어 그 간격을 더 넓혀간다. '나'와 '나' 사이의 불화가 지속될수록 마음의 상처는 더 커질 것이다. 이런 점에서 상처는 '어긋남'의 다른 표현이라 할 수 있으리라.

　서정시 역시 이 범주에 속해 있다. 서정시에서 보이는 고백적 진술은 직접적이기보다는 간접화된 형식으로 나타난다. 더욱이 그 고백의 대상이 독자가 아닌 자기 자신이란 점에서 좀 더 내밀하고 자기 성찰적인 내용을 포함할 수밖에 없다. 독자의 입장에서 우리는 그 내밀한 고백을 엿듣는 것이리라. 엿들으면서 시인의 내면을 섬세하고 조심스럽게 탐색할 수밖에 없다.

　　문이 열린다

　　헝크러진 마음을 빗질하는 빗소리
　　가파른 생각이 평평해진다
　　비는 비를 찾아가고
　　기억은 기억을 거슬러 가는데
　　나는 주인 없는 빗방울처럼 허공에 달려 있다

　　빗살만큼 가는 기억이

빗줄기 사이로 흘러내리는 것 같아

가만히 귀를 만져 본다

멀어질수록 뚜렷해지는 빗소리

사람들 제 집으로 돌아가고

적막이 추적추적 걸어오는 시간

비는 잠시 세상 문을 열었을 뿐인데

열렸던 문이 빗속에 잠기고

나는 젖은 옷 말리고 있다

– 「빗소리」 전문

화자는 창가에 앉아 빗소리를 듣고 있다. 무엇인가에 골똘해 있기에 비 내리는 것도 몰랐는데, 문득 빗소리가 "문"을 열고 들어온다. "문"이란 안과 밖을 연결해주는 통로다. "문이 열린다"고 했으니, 빗소리는 나의 내부로 들어와 내 안의 모습과 이어진다. "헝클어진 마음을" 빗질해주고, "가파른 생각이 평평해"지게 한다. 다시 말해서 시의 전면에서 들리는 빗소리는 고요를 깨뜨리는 것이지만 이 소리는 시인의 내부로 스며들어 내면 풍경을 제시하는 쪽으로 나아간다. 빗소리는 내면의 울림으로 작동하는데, 이는 자신을 들여다보는 계기를 마련한다. 그 결과는 모순된 상황으로 나타난다. 마음의 평정과 달리 "나는 주인 없는 빗방울처럼 허공에 달려 있다"는 자기 발견이 그것이다.

화자가 말하는 "주인 없는 빗방울"이란 무엇인가? 누구에게도 얽매어 있지 않은 자유로운 상태인가? 아니다. 오히려 누구의 눈길도 끌지 못하는, 고독한 존재로서의 자기 자신의 형상이다. 시적 정황과 관련해서 보자면, 기억을 거슬러 올라가 만나는 자기의 모습인 것이다. 문이 열렸지만, 우리에게 다가오는 것은 바깥과 단절된 채 내면의 한구석에서 우두커니 매달려 있는 자기 자신의 모습만 있을 뿐이다. 사람들 사이의 관계 역시 단절되어 있다. "비는 잠시 세상의 문을" 열었지만, 화자인 '나'는 바깥으로 나가지도 동화되지도 못하고 있는 것이다. 이러한 자기 고백의 진실성은 수식을 거부한 채 잔잔하게 읊조리는 혼잣말에서 온다. 따라서 "열렸던 문이 빗속에 잠"긴 뒤에 "젖은 옷을 말리고" 있다는 행위는 비극적이지 않다. 오히려 "지나온 길을 돌아봐야겠다/내 영혼이 따라오지 못할까 걱정하면서"(「돌아보다」)라고 하듯, 진지한 자기 성찰의 모습으로 확대된다. 잔잔한 파동을 일으키며 다가오는 이유다.

다음의 시 역시 쓸쓸한 내면의 모습을 보여준다.

꽃망울 장미가 끝내 지고 말았다
침묵 속에서 바르르 떨리던 말멍울 끝내 토해내지 못하고 갔다

꽃망울 터트리면 나도 터트릴 말이 있었는데

그만둡시다 ……
말끝을 흐리고 떠난 너를 기억한다
그만두자는 말, 가볍고도 무거운 말
시간이 갈수록 궁금하고 기억되는 말
말문을 닫고 싶을 때 닫을 수 있는 그 단호함은
구차한 내 변명을 덮어준다

그만두고 갔기에 뒷모습이 더 향기로운 너

그만둡시다 ……

꽃 진 자리에서 그 말을 들었다

– 「삶보다 긴 말」 전문

이 시 역시 감정의 과장 없이 담백하게 우리네 삶 속에 감추어졌던 삶의 실상을 보여준다. 시의 문맥을 그대로 따라가 보자. 우선 대화의 단절이 눈에 띈다. "그만둡시다"란 말은 더 이상의 대화가 필요 없다는 단절의 선언이지만 묘한 여운을 남긴다. 할 말이 있지만 이 정도에서 대화를 마치자는 말이니, 상대방의 입장에서는 당혹스러울 수밖에 없을 것이다. 이 당혹스러움은 "꽃망울 장미가 끝내 지고 말았다"는 결과로 이어진다. 즉 겨우 꽃망울이 맺혀 조금만 기다리면 활짝 꽃 피울 수 있는데, 꽃을 피우기도 전에 장미가 지고 말았다는 것이다. 꽃을 피운다는 것은 자기의 존재를 드러내는 행위다. 그런데 존재를 드러내기도 전에 존재가 무화되고만 상황이니 안타까울 수밖에 없다.

이 상황을 시인은 "말멍울 끝내 토해내지 못하고 갔다"는 '나'와 '그' 사이의 관계로 전환하고 있다. "말멍울"과 "꽃망울"의 어휘가 유사한 배경 속에 병치되면서, 장미와 나의 상황이 자연스럽게 중첩되는 것이다. 사실 '말멍울'이란 말은 사전에 없는 말이다. '멍울'이란 말이 '작고 둥글게 엉겨 굳은 덩이'를 뜻하는 것이니, '말멍울'이란 '침묵'이라는 어휘와 어울려 입 밖으로 나오지 못하고 목에 걸려 있는 말의 의미를 지닌다. 결국, "그만둡시다"란 말 앞에서 시인이 취할 수밖에 없던 반응인 셈이다.

그러나 이런 어긋남에 대한 반응이 안타까움으로 끝나지 않는 데서 이 시의 묘미가 드러난다. 오히려 말을 남기고 돌아선 "뒷모습이 더 향기"롭다고 말한다. 이유는 간단하다. "꽃 진 자리에서 그 말을" 들었기 때문이다. 이렇게 보면 "그만둡시다"란 말은 관계의 끊김이 아니라 더 큰 차원에서 새로운 관계로 이어짐을 의미한다. 꽃 진 자리가 꽃 피울 자리가 아니겠냐는, 진한 여운을 남기는 말이 된다. 이런 점에서 볼 때 서정시에서의 고백이란 마음의 균형을 되찾으려 하는 노력인 셈이다.

2. 관계란 무엇인가

시적 대상에 대한 충실한 재현에 근거한 풍경은 대상에 대한 판단과 해석, 즉 관념화를 유보한 것이다. 나와 대상 사이의 수평적 관계를 전제로 한다. 이런 관계를 드러내는 구체적 방법은 사물이나 풍경을 사실적으로 묘사하는 것이리라. 충실한 묘사를 통해 풍경을 구성하고, 이렇게 시 속에 펼쳐 놓은 풍경의 내포적 의미와 효과를 독자에게 맡기는 방식이다. 그러나 엄밀하게 따지고 보면, 이것 역시 '나'의 완전한 배제를 의미하지는 않는다. 시에 제시된 어떠한 풍경도 시인의 의도와 무관하지 않다는 것이다.

'나'의 시선과 대상이 만나는 순간, 관계로 이어지고, 그 관계는 상호 주체적이라는 현상학적 관점을 차치하고라도 시선은 마음의 방향을 지시한다. 시인이 어떤 대상이나 풍경에 눈길을 주고 그것을 드러낼 때, 시인은 자신의 의도에 맞춰 사물을 선택할 뿐만 아니라 재구성하기 때문이다. 구성요소들의 재배치를 통한 질서화 작업이다. 즉 마음의 내용과 방향에 따라 풍경이나 그 속에 삶이 재구성되는 것이다. 이런 점에서, 앞서 보았던 어긋남에 대한 내밀한 고백이 마음의 직접적인 표현이라면, 시선에 의해 포착된 풍경은 마음을 간접화하는 도구 역할을 한다. 시 속에 재현된 풍경이 시인의 내면을 추적할 수 있는 근거로 작용하는 셈이다. 시인의 시선을 따라가 보자.

> 변산반도에 가면 노을상회가 있고
> 노을과 동거하는 노인이 있네
>
> 노을은 서쪽에서 붉고 노인은 노을상회에서
> 노을 한잔 걸치고 붉어지네
>
> 노인이 붉어진 건 얼굴이 아니네 지는 해
> 붙잡을 수 없어서 서러워진 것이네
> 전 재산은 노을뿐이네
>
> 기울어진 노을 붙잡고 싶어
> 노을도 팔아요? 물었으나 노인은 벌써
> 노을 한 짐 떠메고 서쪽으로 기울어지고 있네
> 잔을 기울이니 해도 따라 기우네
>
> ― 「노을상회에서 묻다」 전문

여행을 하다 보면 조그마한 소읍 어디서나 볼 수 있는 저녁 풍경이다. 한낮에 북적이던 사람들이 다 떠나간 뒤, 그들이 남기고 간 소음의 여진들만 이리저리 뒹구는 곳이거나 얼마 남지 않은 동네 사람들마저 집으로 돌아가고 난 뒤의 한적한 저녁의 거리… 우리가 사는 도시에서 조금만 벗어나면 만나게 되는 풍경들이다. 이 시편에 제시된 "변산반도"라는 지명으로 보아, 한낮에 바다를 보러 온 사람들이 다 떠나고 난 뒤의 저녁풍경이다.

화자의 시선은 조그마한 가게, 가게를 지키고 있는 노인, 그 가게와 노인 뒤편에 펼쳐진 붉은 노을의 순서로 확대되고 있다. 이 풍경은 쇠락의 냄새를 지니고 있다. 시골동네의 조그마한 가겟방, 세월에 밀려 늙어가는 노인, 하루를 마감하며 지는 해 모두 쓸쓸한 분위기를 조성하고 있는 것이다. 노인과 노을의 동거, "노을은 한잔 걸치고 붉어지는" 노인의 얼굴이 자연스럽게 오버랩 되면서 생의 민낯을 펼쳐 놓는다.

다름 아닌, 쓸쓸함이다. 노인이 가진 것은 "노을뿐"이다. 생의 말미에 우리가 가지고 가는 것은 무엇인가를 성찰하게 하는 부분이다. 얼마 남지 않은 시간뿐이다. 생의 마지막을 붉게 물들이다 흑암으로 변하는 노을처럼 시간은 죽음을 향해 서서히 흘러가고 있다. 화자는 "기울어진 노을을 붙잡고 싶어" 말을 건다. 굳이 대답을 원하는 대화가 아니다. 오히려 혼자만의 중얼거림에 가깝다. 노을과 노을상회와 노인의 보여주는 풍경이 문득, 화자의 삶 속으로 끼어들어 자신의 내면의 한 자락을 드러내는 표현에 지나지 않는다. 이런 혼잣말이 크게 외치는 비명보다 시간 앞에서의 삶의 실상을 더 생생하게 들려주는 것이리라.

이런 풍경은 우리 주변에서 흔히 볼 수 있지만 시인의 눈이 가 닿는 순간, 시인의 내면의 상황과 연결되기 마련이다. 그 구체적인 통로가 "노을도 팔아요?"란 물음 속에 마련되어 있다. 가게와 노인과 붉은 노을이 시인의 내면 풍경과 자연스럽게 겹쳐지고 있다.

> 배꽃에 취해 그가 말했다
> 저 동굴 속으로 들어가 두 손 움켜쥐면 젖물 쏟아지겠다고
> 그 말에 나는 배꽃을 젖꽃이라 불렀다
>
> 수정受精하려고 허공으로 뻗어가는 갈망에 내 팔이 아리다

농부가 암꽃에 수꽃을 털어주고 수분수를 묻혀준다

수꽃은 장렬하게 자폭한다

혼신을 다해야만 비로소 아름다움이 되는 관계

아름답다는 말이 아프다

닿을락 말락 저 갈증

먼 손끝이 가까워질수록 뜨겁다

조금만, 조금만 더 ……

손닿지 않으면 생은 소멸되고 마는 거다

조금만, 조금만 더 ……

- 「배꽃」 전문

　이 시편에서는 풍경이 사라지고, 풍경 속에 숨어 있는 관계가 전면에 드러난다. 흰 '배꽃'과 '젖꽃'의 유사성을 바탕으로 생명 탄생의 신비를 구체화하고 있다. 이처럼 자연의 사물일 경우, 자연의 이법이 그 이면에 감춰져 있기 마련이다. 배나무의 경우를 보자. 봄이 오면 마른 나뭇가지에서 싹보다 먼저 꽃이 피고, 환한 배꽃들이 온 천지를 물들이고, 열매를 맺고, 나뭇잎들은 그늘을 만들고, 온갖 새들이 모여들고, 노란 열매를 주렁주렁 달고, 겨울이 되면 흰 눈에 덮여 새로운 풍경을 만든다. 이 모든 현상은 자연의 리듬이 작동하는 구체적 실상이기에 필연으로 얽혀 있다. 그중에서도 봄날의 배꽃은 온 천지를 하얗게 수놓으며 겨울이 지나갔음을, 곧 새로운 생명들의 세상이 펼쳐질 것을 알린다. 커다란 외침이 아니라 수줍은 표정으로 조용하게 그리고 은밀하게 우리의 귓속에 속삭인다.

　그런데 문제가 생겼다. 저 배꽃들이 수상하다. "수분수"라는 말에서 보듯 자연의 리듬에 인간이 개입한다. 수분수란 일기가 불순해서 벌과 나비와 같은 곤충들이 꽃가루를 수정하지 못할 때, 인공으로 수정하기 위해 필요한 나무다. 물론, 수확을 더 많이 하기 위해서 필요하다. 문제는 같은 가지에 있는 '수꽃'이 충분히 제 역할을 못한다는 점이다. 그래서 "농부"가 이 질서에 개입하고, 제 역할을 제대로 못한 채 "수꽃은 장렬하게 자폭한다"는 전언이다. 수꽃의 비애다. 마치 썩어가는 모과의 "저 집요한 냄새는/지독한 자의식이다"(「모과나무」)라고 하듯, 비록 제 역할을 못했지만 시인은 이런 수꽃을 보며 "혼신을 다해야만 비로소 아름다움이 되는 관계"를 읽어내는 것이다. 이 관계를 만들어내기 위해 "조그만, 조금만 더"라는 안타까운 외침을 반복해서 들려주고 있다.

이렇게 보면, 시인은 풍경을 내면의 재현으로만 보여주지 않는다. 좀 더 내밀한 부분으로 파고든다. 환한 배꽃이 아니라 저 환한 배꽃들 속에 깃들어 있는 슬픔을 보여준다. 시각과 촉각을 동원한 감각적 이미지를 바탕으로, 풍경 속에 들어가 그 속에 숨어 있는 어긋남의 관계를 우리 앞에 펼쳐 놓는 것이다. 특히 배꽃을 '젖꽃'으로 전환시키는 보다 구체적이며 감각적인 이미지 속에 드러내는 생명과정, 생명탄생의 지난함과 그 속에 깃든 삶과 죽음의 비극성을 담아내는 시인의 시선이 놀랍도록 날카롭게 펼쳐져 있다.

3. 보이지 않는 그물

서정시의 언어는 기본적으로 개인의 언어다. 관념어나 추상어 같은 큰 말이 아니라 여리고 조용하고 섬세한 작은 말이다. 시인은 이런 말을 통해 개인적인 정서와 경험을 드러내고, 이를 위해 자신만의 독특한 기억들을 재구성한다. 그리고 기억들에 의미를 부여한다. 이럴 때 기억들은 현재 이전, 즉 자신의 현재를 구성하는 요소란 점에서 연대기적인 순서 속에 존재한다. 삶의 과정에서 겪어온 경험들은 시간은 흔적이나 생의 무늬로 남아 있다는 점에서 과거 속에 존재한다. 그러나 이런 요소들이 기억 속에서 튀어나와 시 속에 현재화되는 순간, 과거와 현재 사이의 차이는 무화된다. 시 속에 재현된 과거의 흔적들은 현재와 동시적으로 존재하며 우리 눈앞에 펼쳐진다.

콩새가 유리창에 이마를 찍고 떨어졌다
부딪힌 유리창에 분면깃을 남겼다
조류에게 있다는 특수한 깃털의 분말이다
일생 동안 털갈이를 하지 않는 깃털로
불결한 곳에 가도 때묻지 않는 일종의 방수막이다
콩새야!
그물은 바다에만 있는 것이 아니라
허공에도 있단다
허공에 부딪혀 피 흘리는 새야
유리창은 유리창일 뿐 허공이 아니야

나는 조바심이 나서
입술에 자꾸 침을 바른다
자꾸 허공을 들어 올린다

– 「허공의 그물」 전문

아주 단촐한 시편이다. 시가 단순하기 때문이 아니라 화자의 시선이

한 사물을 응시하고 있기 때문이다. 응시란 어느 한 곳을 오래도록 바라보는 것이다. 오래도록 보고 있기에 보이는 대상의 구체적인 모습을 세세하게 볼 수 있다. 들여다볼수록 그 대상은 점점 크게 확대되고, 보는 이의 마음의 내용이 겹쳐진다. 이제 대상은 해석을 기다리는 존재가 아니라 시인의 삶의 내용과 연결된다. 이른바 대상이 지닌 의미의 확장이다. 이 시에서는 보듯, 응시하는 시선은 바라보고 해석하는 자의 것이 아니라 내면의 상태를 밖으로 끌어내는 통로로서의 역할을 하고 있다. 다시 말해서 우리는 시인의 시선에 비친 사물을 통해 시인의 내면을 엿보게 되는 것이다.

우선, 이 시가 보여주는 것은 유리창에 묻은 콩새의 "분면깃"이다. "유리창에 이미를 찍고" 떨어져 죽은 새의 흔적이다. 말 그대로 "일생 동안 털갈이를 하지 않는 깃털로/불결한 곳에 가도 때묻지 않는" 것이다. 일생 동안 분말처럼 새의 몸에 있는 생의 기록인 셈이다. 화자는 이 흔적을 통해 생의 의외성을 말하고 있다. 의외성이란 우리의 삶이 생각이나 예상과 달리 펼쳐진다는 것에서 온다. 콩새의 경우가 그렇다. 새의 경우, 허공이 곧 그의 길이다. 날아다니는 것은 곧 길을 만드는 행위이다. 그런데 이 자유로운 존재는 투명한 유리창을 허공으로 착각한 순간, 비참하게 생을 마감한 것이다.

이 착각은 오해에서 비롯한 것이지만, 사실은 우리 삶 곳곳에 펼쳐 있는 '그물'의 존재와 무관하지 않다. 자유를 포획하는, 보이지 않던 '그물'의 존재를 말하고 싶은 것이다. 그렇기에 삶의 비극성은 현재의 모습을 띠고, 화자인 '나'는 조바심으로 인해 "입술에 침을" 바르고 있을 뿐이다.

시선의 확장과 깊이는 죽음을 대하는 태도에서도 잘 드러난다.

아버지 돌아가신 뒤 도배를 한다
벽시계를 내리다가
세월이 비켜간 자리를 물끄러미 바라본다
벽지무늬가 숨은 꽃으로 벽세계의 비밀처럼
젊음을 유지하고 있다

아버지가 자리 깔고 누웠던 아랫목
젊은 살점은 어디로 가고 방바닥에 떨어진
아버지의 허물은 늘 톱밥처럼 쓸쓸했다
쓱쓱 만질 때마다 떨어지던 삶의 껍데기
저 바늘 하나 잡지 못하고 왜 끌려가시나

목숨이 빠져나가는 초침 소리에 아버지는 얼마나 두려웠을까

풍경으로부터 버림당하는 그 소리

– 「벽시계가 걸렸던 자리」 전문

이 시편에 나타난 시공간은 구체적인 일상의 모습으로 제시된다. 아버지가 돌아가신 뒤, 아버지의 방을 새로 도배하는 장면이다. 도배를 하기 위해 벽에 걸린 시계를 떼어낸다. 누렇게 빛이 바랜 벽지와 달리 시계가 걸려 있던 자리는 깨끗하다. 빛이 바래지 않은, 또렷한 상태로 벽지의 무늬가 드러나 있는 것이다. 마치 시간이 흐르지 않은 과거의 한때가 "벽세계의 비밀처럼" 모습을 드러낸 것이다.

이 장면에서 화자는 죽음을 앞에 두고 누워 있던 아버지의 모습을 떠

올린다. 시간의 흐름, 죽음을 향해 흘러가는 시간 앞에서 아버지는 속수 무책이었다. 늙은 몸에서 떨어져나간 "아버지의 허물은 늘 톱밥처럼 쓸 쓸했"다는 사실을 떠올리는 것이다. 마치 벽지에서 무늬가 지워져가듯 아버지의 몸에서는 젊음이 지워지고 있었던 것이다. 따지고 보면, 누구나 받아들일 수밖에 없는 자연의 이법인 셈인데, 화자는 여기서 발을 건다. 부모와 자식이라는 특수한 관계가 자연의 이법을 그대로 받아들이지 못하게 하고 있다.

안타까움 때문이다. 이 마음이 과거의 한때를 현재로 끌어들인다. 아버지를 향해 "저 바늘 하나 잡지 못하고 끌려가시나"라며 자신의 애절한 마음을 드러낸다. 이른바 과거와 현재 현재의 차이를 무화시키며 "숨은 꽃"이 드러나듯 안타까움을 생생한 현실로 만드는 것이다. "목숨이 빠져나가는 초침 소리"를 듣고 있는 아버지를 온몸으로 받아들이는 행위이다. "아버지"와 내가 동시에 죽음이 다가오는 소리를 듣고 있는 셈이다. 죽음의 소리가 현재화 되어 그 슬픔이 생생하게 나타나는 것이다. 이는 어머니의 죽음 앞에서도 마찬가지다. "한숨으로 부르던 이름을 목전에 얼려 놓은 채/시나브로 눈을 감았다"(「물고기 유서」)고 하듯, 마지막 말이 얼어붙은 채, 화자의 눈앞에 어른거린다. '소리' 나 얼어붙은 '이름'이 과거가 아니라 생생한 지금의 상황으로 현시되고 있다. 슬픔의 깊이와 농도가 한순간 우리의 눈과 귀를 사로잡는다. 과거와 현재의 동시성을 바탕으로 공감의 세계를 열어가는 것이다.

금별뫼 시집, 『바람의 자물쇠』속에 깔려 있는 세계는 크거나 화려하지 않다. 오히려 볼품없고 소박한 대상들을 통해 세계의 비극성을 드러낸다. 또한 작고 낮은 목소리로 세계의 실상을 우리 귓속에 대고 들려준다. 그래서 그 고백은 잔잔하게 우리의 귓속에 파고들고, 귀를 기울이지 않을 수 없게 한다. 그의 목소리에 마음을 내주면서 나와 우리 삶을 찬찬히 되돌아보게 하는 힘이 여기서 온다. 따라서 시인이 "울리는 좋은/너를 위하여서도 운다"(「종소리」)라고 하는 것이나 "미래는 창문이 없으므로 앞이/보이지 않는다고 말하지 않겠다"(「나의 통점」)는 말은 자신에게 하는 다짐이지만, 나를 넘어 타자에게도 해당되는 것임을 알아채게 된다. 이것은 존재의 확장을 의미한다. '나'를 넘어 타자에게로 나아가는 시선이다. 이번 시집에서 보듯, 「노을상회에서 묻다」나 「허공의 그물」은 물론이거니와 선인장의 가시와 이파리의 관계를 통한 자아성찰(「일일초」), 삶의 무게를 견디지 못하고 죽은 여자들에 대한 연민(「두 여자」), 절망적인 세계에 대한 성찰(「지금은 절망 중」) 등을 보여주는 시편들이 그것이다. 이들 시편은 "슬픔이 자라는 소리"(「슬픔은 자라서 무엇이 되나」)가 나만이 아닌 우리의 소리로 확장될 것을 예고해 주기에 충분하다.

낯선 현실에 대한 결기와 온기

- 김종의 시

1. 들어가며

시인이 숲 속의 오솔길을 걸어간다. 그의 눈에 비친 길가의 작은 꽃이며 발길에 채인 돌멩이 밑에 웅크리고 있는 작은 벌레들 모두 예사롭게 보이지 않는다. 길가에 핀 작은 꽃은 아무도 알아주는 이 없어도 스스로를 실현하는 은자의 모습이요, 발길에 채여 드러난 돌멩이 밑의 세상은 우주의 또 다른 품을 느끼게 해준다. 그리고 그가 걷고 있는 숲 속의 나무와 산새들 그리고 숲을 투과해 내리꽂히는 햇살은 모두 대화를 나눈다. 서로 다른 존재들 사이의 교감이다. 그 속에서 시인은 가슴을 활짝 열어 이 모임에 참여한다. 그리고 노래로써 자아와 세계 사이의 소통과정을 노래한다.

모든 서정시는 주체와 대상 사이의 교감을 통해 정서적 울림을 확대하고자 한다. 그래서 주체(시인)는 세계를 돌아다니며 자아와 세계 사이의 공통분모를 찾아낸다. 공통분모란 대상 속에서 발견하는 자아의 또 다른 모습이요 나아가 자아의 본질을 나타내는 것이기도 하다. 이런 의사소통을 정서적 융합이라고 할 수 있거니와 이를 위해 취하는 가장 전통적인 방법이 유사성을 통한 비유가 아닌가. 비유를 통해 자아와 세계와의 교감 그리고 독자와의 정서적 교류를 원활하게 하는 것은 서정시의 오랜 관습이자 효율적인 표현 방식이 아닐 수 없다. 대상 속에 웅숭 깊은 사연을 불어넣고 그것을 독자의 정서적 지평 위에 펼치는 행위가 은유를 통해 이루어지는 것이기 때문이다. 그러나 요즈음의 김종 시인은 이런 낯익은 방식을 종종 거부한다. 그는 낯익은 방식을 거부함으로써 시의 모습을 낯설게 한다. 이것은 아마도 그의 시가 자연과 인간과의 교감이나 대상과 주체 사이의 상호동화를 통한 교감의 확대라는 전통적인 서정시의 전략을 비껴가고 있는 것이리라. 다시 말해서 『배중손 생각』에 나타난 김종의 시는 은유를 거부하고 직정적인 세계를 거침없이 드러낸다. 그렇기에 비유라든가 묘사보다 직관에 의한 날카로움으로 날 것 그대로의 사물이나 관념을 거칠게 드러낸다.

벌죽이는 아가미와 혓바늘 돋친 은유

요약한 생애와
버려지는 바늘 한 토막

고비를 수직에 세우고 비탈을 적시는 비

젖어서 울고플 땐
동서남북이 가득하고

가슴앓이에 귀를 세운
바람 한 자락 담아왔다

부러진 은유의 파란만장이 기다림을 깊는다며

팔자 좋은 성질에
키를 늘인 갈대숲

가늘고 약한 허리가
필요 이상 꼿꼿하나니

뼛속에 막연한 그 무엇만 짙푸르게 깊겠다.

– 「부러진 은유」 전문

이 시에서 우리가 주목하는 바는 두 가지다. 하나는 비유의 방식이고 다른 하나는 시에서 보여주고 있는 바 그 무엇이다. 우선 형식의 문제부터 살펴보자. 이 시는 전통적인 시조 형식에서 크게 벗어나지 않고 있다. 1연과 3연, 6연과 9연이 시조의 형식을 그대로 따랐기에 약간의 변형을 가한 것임이 쉽게 드러난다. 동시에 내용의 발전도 3연, 6연, 9연을 각각의 독립된 시조의 종장으로 보면서 순차적으로 이해한다면 크게 무리가 뒤따르지 않는다. 그렇다면 무엇이 이 시조를 김종만의 고유한 것으로 만드는가? 그것은 관념이나 추상적인 내용을 그대로 시의 전면에 드러내는 발성법에서 온다. 예를 들어 "고비를 수직에 세우고 비탈을 적시는 비"라던가, "부러진 은유의 파란만장이 기다림을 깊는다며"와 같은 표현이 그것이다. '고비'란 한마디로 '막다른 시기'나 '가장 중요한 때'를 의미한다. 이 '고비'를 똑바로 곧추세운다니 위기감이 감도는 상황이 아닐 수 없다. 구체적인 대상이 없지만 그 느낌은 생생하게 전해져 온다. "부러진 은유"라는 표현 역시 같은 의미를 파생시킨다. 은유 자체가 유사성을 기반으로 한 세계 해석이라면 그는 이것을 정면으로 거부하고 있는 셈이다. 그 결과는 뻔하다. 독자들이 낯설음의 세계 앞에 당황하는 일이다.

이렇듯 유사성을 거부하고 직설적으로 관념을 드러내는 데는 나름의 이유가 있다. 그가 바라보는 세계는 한 치의 여유도 찾을 수 없이 각박한 것이기 때문이다. "요약한 생애와/버려지는 바늘 한 토막"에서 보듯, 한 사람의 복잡다단했던 삶이 아무런 의미 없이 축약되고, 부러진 바늘 토막처럼 가차 없이 버려지는 세상이다. 그렇기에 슬픔조차 함께 나눌 대상이 없다. "젖어서 울고플 땐/동서남북이 가득하고"라고 했지만, 가득한 것은 없다. 있다면 동서남북 어디에도 삶의 의미와 가치가 배제된 세계만 있을 뿐이다. 이런 절망적인 위기감은 마지막에 와서야 가느다란 희망을 남겨 놓는다. 그 희망은 갈대의 허리에서 나온다. 그가 말하듯 "가늘고 약한 허리가/필요 이상 꼿꼿하나니//뼛속에 막연한 그 무엇만 짙푸르게 깊겠다"는 구절이 그것이다. 우리는 여기서 필요 이상 꼿꼿한 갈대의 허리와 버려지는 바늘 한 토막을 떠올린다. 그러나 꼿꼿한 갈대의 허리엔 쓰다 버리는 바늘과 달리 무엇이 있다. 생에 대한 의지다. 여기엔 '고비'를 수직에 세우는 맞섬의 자세와 결기가 배어 있다. 시인은 이를 구체화하지 않는다. 오히려 '막연한 그 무엇'으로 드러낸다. 그의 어법대로라면 은유(낯익음, 여유)가 없어진 자리는 삶이 함부로 휘둘리는 거친 세계만 있다. 따라서 삶의 갈피마다 숨겨진 슬픔이나 가슴앓이 따위가 의미 없이 배제된 세계에 당당히 맞서려는 맞섬의 자세가 더 생생하게 다가오는 것이다.

2. 삶의 의미와 탐색

거칠고 삭막해진 세계에 맞서 자신을 세워가는 그의 시는 삶의 의미를 찾아내는 데 있어서 잘 드러난다. 그는 세계와의 소통방식을 만들어가는 데 어설프게 타협하거나 굴복하지 않는다. 오히려 세상의 불합리에 대해 직설적으로 비판하거나 자신을 단련시켜 정면으로 돌파할 자세를 갖춘다. 그러기 위해서 자신을 점점 더 극단으로 몰고 가기도 한다. 여기엔 왜곡되고 닫힌 세계에 맞서는 정신의 힘과 이에 대한 믿음이 내포되어 있다. 이런 그의 자세는 이미 역사와 현실에 정면으로 맞서려는 올곧은 정신에서 배태한 것이기도 하다.

1
지체없이 달려온 인간사 그 어디쯤에
산처럼 지켜선 역사가 산맥 하나쯤 가꿀 만한데
우뚝한 방파제 허리만 뜨건 살을 허물었거니.

2
예감마저 목이 말라 하늘 난간에 걸리고
비 내리는 산골짜기엔 惡緣 같던 개울물 소리
보기에 아스라한 불빛이 보살인 듯 다가올까.

3
달맞이꽃 이파리마다 천년 꿈을 떨쳐보면
젖어내린 한 점 슬픔에 사이더라만
그적지 등돌린 청산이 우뢰 안고 누워있다

4

눈감아도 간곡하여 천만리 떠도는 구름

다가가 일으킨 절벽은 하늘 밖에 버려두고

지워도 돋아난 세월을 伐木으로 배 띄운다.

5

제 얼굴 들여다보듯 심지 하나 밝혀두고

얼 비치어 꽃술에 담긴 回軍하던 그 역사가

실타래 풀리듯 풀리듯 그 어디로 흘러왔나.

6

이제는 선지피 더운 눈을 감고 바라보라

저녁 무렵 돋은 군지기미로 내릴 때쯤

배중손 등 굽은 이야기가 미련처럼 타오른다.

– 「배중손 생각」 전문

제3회 〈민족시가대상〉 수상작이었던 이 시는 역사적 현실에 맞서는 시인의 자세를 잘 보여준다. 물론 배중손을 통해 본 역사는 비극적 좌절의 역사다. 잘 알고 있듯, 배중손은 고려의 장수였다. 그러나 고려 왕조가 개경으로 환도한 후, 항몽抗蒙세력의 근거인 삼별초군을 폐지하고자 했을 때, 그는 항복한 조정과 몽고에 반기를 들고 끝까지 저항했다. 진도를 배경으로 남해연안을 비롯하여 전라도 일대를 세력권에 둔 해상제국을 건설했지만, 조정군과 몽고군의 연합세력에 의해 항몽군은 격파되고 그는 장렬하게 전사했다.

배중손의 저항정신과 비극적 최후는 역사에 대해 많은 생각을 하게 한다. 이런 생각은 역사적 현실로서의 현실에 비추어 진한 아쉬움으로 다가온다. 그 아쉬움은 파도의 이미지를 빌어 구체화된다. "산처럼 지켜선 역사가 산맥 하나쯤 가꿀 만"한데, 결국 "뜨건 살"을 허물고 말았다는 표현이 그것이다. 그러나 이러한 비극적 역사에 대한 아쉬움은 "그적지 등돌린 청산이 우뢰 안고 누워있다"고 하듯, 언젠가는 제대로 풀어야 할 현재의 과제라는 인식으로 나아간다. 그 과제란 왜곡된 현실에 맞서는 "횃불 같은 저 정신"(「光州」)의 표출이다. 우뢰가 강한 비바람과 벼락과 천둥소리를 내포하고 있듯, 좌절이 깊어갈수록 우리의 꿈과 역사에 대한 믿음은 더 큰 힘으로 응결되어야 한다는 믿음이다. 비록 배중손의 저항정신이 한갓 '등 굽은 이야기'로 남는다 하더라도 왜곡된 역사를 바로잡으려는 정신이야말로 오늘날 우리가 숨 쉬고 있는 이유라는 점에서다. 이렇듯, 어떠한 역사의 질곡에서도 우뢰처럼 힘을 응결시킨 정신과 영혼이 건재하는 한, 현재의 삶은 결코 '미련'을 남기지 않을 것이다. 이를 통해 우리는 역사의 관찰자에서 역사의 참여자로 변신하는 시적 자아의 결기를 보게 되는 것이다.

김종의 시에서 삶의 관찰자가 아닌 참여자로서 또, 그 스스로 삶의 중심에서 살아가는 모습을 보는 것은 당연한 일이다. 그렇다고 해서 그의 시가 모두 결기에 차 있는 것은 아니다. 그의 시의 중심은 항시 '현재' 속에 존재한다. 다시 말해서 역사의 '꿈'은 현실에서 지켜내야 할 순수한 '영혼'으로 전치되는 것이다. 그는 구체적인 삶의 모습을 통해 진정한 삶의 의미를 탐색해 간다. 이런 점에서 세속의 온갖 욕망과 시련을 딛고 우뚝 선 영혼이야말로 고독하게 세계를 밝히는 "등불"(「민달팽이의 고독」)과 같은 것이다. 등불이 우리의 내부에 건재하는 한, 우리의 삶 역시 강파르거나 어둡지만은 않다. 그의 개인적인 삶의 기록을 잠깐

들여다보자.

　　　사는 일, 크게 보아
　　　서로가 물드는 일

　　　꿈 한자락 쓸쓸함이
　　　산그늘을 품을 때

　　　목젖이 넘어질 듯이
　　　강물은 깊어지지

　　　몸을 세운 이별 앞에
　　　텅빈 집의 문을 열고

　　　잔설 몇 점 남긴 가슴에
　　　떠나는 구름 두엇

　　　속엣말 마모된 하늘이
　　　바지주름을 펴고 있네

－「사진을 보며」 전문

　　시인은 사진을 보고 있다. 아마도 옛일이 생각나는 추억의 사진이리라. 그 사진을 보며 그는 옛날의 순순함이나 그리움조차 잃고 사는 자신을 바라보고 있다. 그러면서 쓸쓸히 '사는 일'이란 살아가면서 세속에 '물드는 일'이라고 독백하고 있다. 과연 그러한가? 그의 내면은 오히려

표정들 **235**

옛날, 세파에 물들기 이전의 자아를 향하고 있다. 그의 '꿈 한자락'이 쓸쓸함을 품을 때, 그는 아직도 "목젖이 넘어질 듯이" 절박하고 애처로움에 막막해 있다. 스스로 세속에 물들었다고 하면서도 결코 물들어서는 안 된다는 모순된 내면의 모습을 보여주고 있는 것이다.

그리움과 외로움이 강물처럼 깊어질 때, 그는 눈을 들어 먼 하늘을 바라본다. 먼 하늘을 바라보며 아픔을 치유한다. 보다 원만해지고 성숙된 자아의 내면 속에 아픔을 간직한다. 그것은 자아의 객관화를 통해서 이루어진다. 그의 쓸쓸함과 간절함은 '잔설 몇 점' 가슴에 남기고 '떠나가는 구름'으로 환치되고, 구름마저 떠나간 '속엣말 마모된 하늘'이 펼쳐지면서 이별의 아픔마저도 자연스런 삶의 과정으로 받아들이는 것이다. 그 스스로 "무엇이 된다하기에/이 같이 깊어졌어"(「사는 법」)라고 하듯, 삶에 대한 깊이 있는 성찰에서 우러나온 담담함이 "하늘이/바지주름을 펴고 있네"라는 구절을 더욱 빛나게 한다.

3. 사물의 본모습

그의 시가 지닌 또 다른 특징은 사물 자체의 본성을 이해하고 그 의미를 확대해 가는 데서도 잘 나타난다. 이것은 시인의 통찰력과 관계되는 데, 통찰력이란 다름 아닌 삶의 본질을 꿰뚫는 지혜다. 삶의 지혜란 주체와 대상 사이의 끊임없는 대화나 대상의 본성을 그대로 바라보고자 하는 노력에서 우러나온다. 대화를 통해 자아의 본성을 드러내고 그에 맞는 눈을 기르면서 대상에 대한 이해의 폭을 넓히는 것이다. 이를 바탕으로 그는 하나의 대상을 삶에 대한 깊이 있는 명상의 재료로 만들어간다. 다음의 시를 보자.

깃털 벗은 계절의 부리 여문 시간에

말문이 막히던 사랑을 이대도록 걱정하다가

외롭던 등대의 넋은 진부하게 빛나더라

눈감아도 그리움은 밀물 위를 달려오고

그대의 낯선 영혼이 호젓하게 지킨 이승을

바람이 행복을 아는지 등불처럼 켜고 있네.

– 「달맞이 꽃」 전문

들녘에 나가 보면 여기저기 키를 멀쑥하게 세우고 서 있는 달맞이꽃을 볼 수 있다. 잎겨드랑이 사이마다 크고 노란 꽃을 달고 있는데, 이 꽃은 저녁에 피었다가 다음 날 아침에 시든다. 마치 하루 종일 달을 맞으려 기다렸다가 한밤중 환하게 자신을 드러내는 꽃이다. 그러나 이 시에서 이런 달맞이꽃의 구체적 형상을 찾을 수는 없다. 있다면, 가을의 문턱에서 느끼는 쓸쓸함의 정조일 뿐이다. '깃털 벗은 계절', '말문 막힌 사랑', '외롭던 등대의 넋', '그리움', '낯선 영혼' … 등등의 시어들이 뿜어내는 쓸쓸함이 그것이다. 그러나 가만히 보면 시인은 달맞이꽃의 속성을 빌어 사랑의 진면목을 노래하고 있다.

우선, 이 시는 1~3행에서 드러난 떠남과 4~6행에서 드러난 만남을 기본 골조로 하고 있다. 그 어긋남의 중간에 그리움이 끼어 있다. 이 시의 전반부에 해당하는 부분에서의 이별은 이미 "말문 막힌 사랑"에서 비롯되고 있다. 서로가 서로에게 의사소통할 수 없는 사랑은 이미 결별을 전제로 한다. 그러나 이런 사랑의 모습은 삶의 과정 속에 수없이 있어온 것이다. 그렇기에 시인은 "진부하게"란 표현을 하고 있다. 중요한 것은 이별 자체가 아니라 이별 후의 마음가짐이다. 교감이 불가능했던 사랑이라 하더라도 그 사랑의 가치마저 훼손된 것은 아니기 때문이다. 그 가치의 중요성을 "그대의 낯선 영혼이 호젓하게" 지키고 있는 한, 그리움은 눈앞의 현실로 나타난다. 진실한 사랑을 향한 그리움과 기다림이 있기에 늦은 밤 "등불처럼 켜고 있"는 달맞이꽃을 바람이 살랑살랑 흔들어 주는 것이다. 이제 그 사랑은 쓸쓸하지 않다. 마치 님이 오는 앞길을 환하게 밝혀주는 등불과 같은 존재가 된다. 마치 "천만번 층층한 인연이 비단조개"로 커가듯 사랑의 진정한 의미는 이를 소중하게 간직하는 것이 아니겠는가.

이렇듯 사물의 내면으로 직접 들어가 그 의미를 확장해서 보여주는 그의 작업은 자연에 대한 풍경을 마주하고 있을 때에도 마찬가지다. 그에게 있어 풍경은 아름답다거나 스산하다거나 하는 시적 소재가 아니다. 오히려 풍경 속에서 우주와 그 속에 사는 존재들의 존재의미를 읽어낸다.

지독한
수평선은
음흉한 폭풍 전야

우리들
언 手足에다
터 잡은 산천들만

한 계절
운명을 이기며
저리

눈은 내리다.

–「관매도」전문

이 시를 읽노라면, 바다 한가운데서 눈보라를 맞으며 앞이 보이지 않는 앞길에 대해 갖는 두려움이 떠오른다. 얼마나 하염없이 눈이 내리고 있었으면, "지독한/수평선"이라 했을 것이며, 앞길에 대한 두려움은 마치 '폭풍 전야'의 고요함으로 나타냈을까? 여기에 어떤 움직임도 없다. 다만 깊어 가는 고요가 불안하게 주위를 감싸고 있을 뿐이다. 그렇기에 이 시에서는 바다 한가운데 떠 있는 작은 섬, 관매도의 아름다움은 찾을 수 없다. 오히려 막막함이 앞선다. 시인이 바다 한가운데서 한 치의 앞도 볼 수 없는 눈보라를 맞고 있기 때문이다. 그는 이런 풍경은 '지독한'이란 수식어로서 나타낸다. 여기서 눈을 맞고 있는 시인과 자연은 하나의 인격을 부여받는다. 우리들이 되는 것이다. 시인은 우리들 "언 手足에다/터 잡은 산천들만" 눈보라를 맞으며 추위를 견디고 있다고 말하고 있다. 추위를 견디는 형상을 "운명"을 이기는 것으로 보고 있다. 그러나 더 큰 의미는 그 배후에 깔려 있다. 눈보라 속에서 막막함을 느끼는 것이나 추위를 견디는 것이나 모두 당연한 일이다. 우주의 변화 속에서 그 변화를 몸으로 겪고 있을 뿐이다. "저리 눈은 내리다"라고 하듯, 그저 눈은 내릴 뿐이다. 이런 겨울의 눈보라 속에서 견딘다는 것 그것 자체로 존재의미가 있다. 그래서 시인은 담담하다.

4. 부정의 정신

지금까지 우리는 김종의 내면세계를 탐색해 왔다. 그의 내면에 '우

표정들 **239**

뢰' 처럼 버티고 있는 것은 한마디로 부정의 정신이다. 그의 부정은 닫힌 세계를 여는 힘이기도 하고, 사물에 대한 관습화한 인식을 벗겨내는 일이기도 하고, 기존의 시문법을 거부한 실험정신이기도 하다. 이런 부정의 정신은 어느 한순간을 지배하는 것이 아니라 그의 내부에 끊임없이 용솟음치는 창조력의 바탕이었다. 그리고 이것이 그의 시조가 현대적 감각을 유지하는 열쇠로 작용한다.

> 자존심을 튀겨 보니 단백질과 칼슘뿐
> 영양상태가 고른 차세대의 입맛을 찾아
> 정력이 넘치는 시조란 다음 세대에도 기대난難
>
> — 「시조에게 고함1」 일부

오늘날은 '메치니 코프'나 '김삿갓'과 같이 사람 이름도 상표가 되는 시대다. 이런 시대는 과거의 생각이나 관습이 모두 부정되는 시대이기도 하다. 늘 새로운 것을 향해 달려가고 있으니 말이다. 모든 가치가 내재적인 것이 아닌, 대상화된 오늘날의 삶은 물신이 지배하는 세계다. 그는 이런 삶을 정면에서 맞서고 있다. 이런 맞섬은 단순한 맞섬이 아니라 '자존심'을 유지하면서도 현실에 유연하게 적응하려는 노력이다. 삶의 변화와 함께 시조 역시 같은 운명에 처해 있다. 시적 화자 역시 "영양상태가 고른 차세대의 입맛을 찾아" 스스로 변해야 함을 알고 있다. 이런 변신이 전제되어야 시조가 현재적 삶 속에 존재할 수 있다고 믿기 때문이다.

그의 이런 생각은 시조의 형식을 전통적인 판소리 가락에 적용시켜 왔던 것이나, 현재의 삶을 담아내려는 노력을 통해서 잘 나타난다. 이를 통해 시조가 더 이상 과거의 것이 아니라 오늘날 우리와 함께 호흡하는 것임을 증명한다.

①

첫잠을 자고 나면 우쭐대는 꿈을 꿨기

천길만길 깊은 골짜기에 쌍무지개 걸리는 상서로운 조짐을 내 어이 마다하고, 색깔도 소리도 없이 갈라지는 이내 운명의 불협화한 쪼각쪼각의 곤두박질이여, 부제不悌한 안갯속을 기웃거릴 새도 없이 '술잘먹고, 욕잘하고, 애태우고, 싸움 잘하고, 초상난데 춤추기, 불난데 부채질하기, 해산한데 개잡기, 장에가면 억매抑買 흥정, 우는 아이 똥먹이기, 무죄한 놈 뺨치기와 빚값에 계집 빼앗기……'

뒤틀린 심사를 짐지지 못하여 不知定處 흐르는 구름아

– 「박타령」 일부

②

한강 낙동강 금강 섬진강 영산강 水系 주변
이름하여 굴참–갈참–자작–고로쇠 나무 등
물저장 능력이 뛰어난 나무가 대대적으로 심어진다?

산림청의 기발한 착상이 삼천리에 퍼져서
숲을 통해 깨끗한 물이 공급될 수 있다니
뛰어난 수종개량 덕에 물 걱정은 끝났대

(중략)

속아온 과거를 들어 틀린 속을 말하자면
아흔아홉 지옥 같은 이 나라의 식수사정이

기왕에 버려온 세월보다 요순시대라 이건가.

– 「물저장 나무소식」 일부

①의 시는 그가 일찍이 전통적인 시조의 틀에 판소리를 접목시켰던 작품이다. 과거의 시조 형식이 단아한 단시조에서 사설시조에 이르기까지 삶의 내용을 담는 그릇이었던데 반해, 김종은 형식의 틀을 개조하고 있다. 같은 가락을 지닌 판소리를 시조라는 틀 속에 접목시킴으로써 그 내용과 형식에서 새로움을 얻고 있는 것이다.

②의 경우, 「서울의 표정 1」, 「서울의 표정 2」에서 보여지듯 오늘날 시조가 담아내야 할 시대정신을 보여준다. 대부분의 시조가 음풍농월이나 시인의 내면에 대한 자기 고백적 태도를 지니고 있었음을 부인할 수 없다. 그러나 어떠한 형식의 시이든, 시대의 변화와 함께 그 시대를 호흡할 수 있어야 독자에게 다가갈 수 있다는 것은 상식에 속하는 일이다. 이렇게 볼 때, 이 시는 자연에 대한 인간중심적인 세계관과 태도가 지닌 위험성을 경고하고 있다. 환경위기와 관련해 오늘날 우리 삶을 지배하는 세계관에 대한 근본적인 비판이다. 시조가 우리 삶의 가장 핵심적인 문제를 정면으로 다룰 수 있을 때, 그것이 현대적 감각을 획득하는 길임을 시인이 너무도 잘 알고 있다는 증거인 셈이다.

지금까지 살펴본 김종의 시조는 이 시집에 담겨 있는 시편들의 극히 일부분에 속한다. 그러나 분명히 알 수 있는 것은 그의 시는 독특한 개성을 지니고 우리 앞에 다가온다는 사실이다. 그것은 몇 가지로 요약된다. 그 첫째로, 최근의 시편으로 보아 시적 대상을 외부의 소재가 아닌 자신의 내면에서 끌어내고 있다는 점이다. 그렇기에 그의 시에는 추상어와 관념어가 수없이 등장한다. 가령, "희망이 가부좌한 덕에/시의 처소만 멀다"(「희망의 결가부좌」), "저러다 혁명을 앞질러 미어질 가슴인가"(「밀물의 이름」)과 같은 표현이 그것이다. 이와 같은 표현은 그 자체로는 매우 낯설다. 그러나 그의 시 속에 하나의 부분이 아닌 전체와의 유기적 관련 속에 녹아 들어가 있기에 시적 깊이를 더해 가는 요소로 작용하고 있다. 둘째로, 그의 시를 지배하고 있는 것은 부정의 정신이란 점이다. 부정의 정신은 결기와 함께 주체적 적응이라는 유연함으로 나타난다. 우선, 맞섬의 자세는 역사와 현실에 대한 관심에서 촉발하는데, 이 태도는 역사나 현실에 대한 통찰과 함께 시적 깊이를 담보하는 요소다. 아울러 그의 시는 형식에 있어서 현대적 감각을 획득하기 위해 다양한 실험과, 비판과 풍자의 형태로 삶의 문제를 제시하는 노력을 보여주고 있다. 특히, 비판이나 풍자를 보여주는 시편에서 나타난 직설적인 표현은 그의 성격적인 일면과도 상통한다. 자신이 옳다고 여기는 것을 위해 타협이나 우회를 택하기보다 그것을 방해하는 것들에 정면으로 맞서고 그 속에서 가치를 실현해 가는 강직함이 그것이다.

중요한 것은 부정의 정신을 바탕에 깔고 바라보는 그의 시선이 닿는 곳곳마다 우리가 무심히 지나쳤던 것들이 새롭게 다가온다는 사실이다. 나아가 우리 삶을 근본부터 되돌아보게 한다. 앞서 언급했듯, 그 힘은 대상을 보는 시인의 통찰력과 비틀리고 왜곡된 세상에 당당하게 맞서는 자세에서 우러나온다. 또한 이런 요소가 시조라는 시형이나 그 내용이 지닌 고정성이나 협애성을 뛰어넘게 한다. 여기엔 그의 시적 이력과 삶에 대한 진지하고도 깊이 있는 해석과 온기가 뒷받침되어 있음은 물론이다.

스침과 성찰의 시학

– 이승은의 시

1. 들어가며

이승은의 『술패랭이꽃』을 읽으면서 떠오른 말은 역설적이게도 '속도감'이었다. 우선, 그의 시에는 오늘날의 삶을 특징짓는 발 빠른 변화가 없다. 길거리 인파 속에서 수없이 어깨를 부딪치는 걸리적거림도, 헬멧을 쓰고 달리는 오토바이족의 아슬아슬한 곡예도 없다. 백화점이나 시장바닥의 아우성도 없다. 대신 한가한 오후에 천천히 들길을 걸어가는 산책자의 모습만 있다. 이러한 사실이 이 시인으로 하여금 세상살이에서 벗어나 있는 은둔자의 모습을 띠게 하지는 않는다. 다만, 오늘날의 삶이 속도감으로 채워져 있고, 많은 시인들이 여기에 직·간접적으로 연관되어 있다는 사실에서 비껴나 있음을 말해준다.

남보다 빨리 목표지점에 도달하려는, 그래서 뛰어갈 수밖에 없는 자의 삶이란 속도 그 자체 속에 존재한다. 뛰면서 느끼는 가쁜 호흡과 가슴을 압박하는 통증, 성급한 마음을 따라가지 못하고 휘청거리는 다리와 이대로 주저앉아서는 안 된다는 초조감이 삶 전체를 지배한다. 이런 삶 속에 앞과 뒤 그리고 좌우를 고려하거나 함께 뛰는 사람들의 고통을 이해할 수 없다. 오로지 지금 현재의 순간만 존재할 뿐이다. 그러나 이 승은은 여기서 한참 비껴나 있다. 그는 전후좌우를 살피면서 천천히, 아예 신발을 벗은 채 맨발로 걸어간다. 그의 시집을 읽으면서 떠오른 생각이 있다면, 맨발로 들길을 걷던 유년의 추억이다. 논과 밭에서 느꼈던 꼼지락거리며 발가락 사이를 삐져나오던 진흙의 간질거림, 풀밭에서의 부드럽고도 서늘한 감촉, 작은 돌멩이들이 발바닥 이곳저곳을 압박해오던 즐거운 통증, 한낮의 철길 위를 걸으며 느꼈던 따가움… 등등의 기억이다. 오랜 시간이 흘렀어도 이와 같이 발바닥으로 전해오던 사물들의 감각은 우리의 온몸으로 퍼져 몸 전체의 기억으로 남아 있다. 이런 느낌은 나와 사물과 세상이 맞닿아 있다는 몸의 감각을 열어준다. 세포의 숨구멍 하나하나가 살아있고 그 숨구멍을 통해 자신의 모든 삶을 받아들이는 여유로움이 있다. 이렇듯 온몸으로 열어젖힌 '감각'에 의해 포착된 세계와, '여유'를 통해 얻어진 삶의 모습을 보자.

2. 온몸의 감각

이승은의 시에서 두드러지게 나타나는 특징이 있다면, 온몸의 감각을 열어 자연을 받아들이는 맑은 영혼이 지닌 힘이다. 이 힘은 그의 시에서 자연이나 사물의 숨은 본성을 펼쳐 놓기도 하고, 예기치 않은 기쁨으로 나타나기도 하고 때론 격정적인 모습을 보여주기도 한다. 다음의 시에서 보이는 놀라움과 신선함이 그것이다.

그리움의 정점에서
칼은

살아 있다
향기로운
피의 흔적
씻어 말리는 아침
꽃들은, 순간 환하다,
치사량의
독이 번지듯.

- 「匕首」 전문

이 시는 '칼', '피', '독' 등의 어휘에서 짙은 죽음의 이미지를 풍기고 있다. 어두운 이미지들이 바탕에 깔려 있다. 그러나 이 시의 주체는 '그리움'과 '환하다' 사이의 거리가 일시에 통합되는 데서 오는 기쁨이다. 무엇이 이런 기쁨을 느끼게 하는가? 새로운 생명의 탄생이다. 죽음을 빌어 탄생의 환희를 노래하는 셈이다. 한마디로 꽃봉오리에서 꽃으로 피어나는 존재변화의 과정이다. 꽃 피우기 이전의 시간적 배경이 밤이란 사실과 꽃 피운 시간이 아침이라는 상황설정의 중간에 죽음이 놓여 있다. 꽃봉오리로서의 죽음이요 동시에 꽃으로서의 탄생인 셈이다.

또한 그리움이 결핍에서 온다는 사실을 상기해보자. 꽃봉오리의 그리움이란 만개滿開를 향한 욕망에서 우러나온다. 이런 욕망은 "몇 번이고 까무러치다 멍이 맺혀", "하루 한 번씩/혼절하는 울음"(「저녁놀」 부분)처럼 절박한 것이기도 하다. 더 이상 꽃봉오리일 수 없다는 존재인식의 정점에 그리움이 놓여 있는 셈이다. 이와 더불어 꽃봉오리에서 개화開花로의 존재전이의 순간, '칼'이 나타난다. 여기서 칼이란 새로운 우주와의 날카로운 스침의 순간을 상징한다. 그 스침을 통해 새로운 존재가 태어나는 것이다. 다음 순간, '꽃들'이 '치사량의 독이 번지듯' 독하게 향기를 뿜어내며, 환하게 존재증명을 하는 셈이다. 이런 점이 "한 잎 한 잎/한 하늘이 열리고 있"(「開花」)다는 이호우나 " 봄에/가만 보니/꽃대가 흔들린다"(「중심의 괴로움」)는 김지하의 생명 탄생과 달리 그 스스로 전 과정에 동참하고 있는 이승은 고유의 독특한 어법을 만들어낸다.

이렇듯 온몸의 감각으로 사물을 대하는 이의 날카로운 감성과 직관은 심적 내용과 사물 사이의 소통과정을 다음과 같이 풀어내기도 한다.

> 그윽히 바라보다 가슴 베이고 만다
> 스치는 한 오라기 풀잎의 이름으로
>
> – 「풀잎의 이름으로」 일부

> 네게로 가는 길이 그저 아득하다는 것도
> 햇빛이 무섭도록 고요한 이 봄날에
> 비로소 허기져 아느니, 몸서리쳐 아느니
>
> – 「머뭇대며 안기는 봄」 일부

풀잎에 가슴을 베이는 예민한 감성과 허기짐 속에서 '무섭도록 고요한 이 봄날'을 맞는 시인의 감각이 시 전체에 걸쳐 생동감을 불어넣는 요소로 작용하는 것이다. 그의 다른 시편을 보자.

> 마지막 비늘을 떼듯
> 산그늘이 내리고 있다
> 영혼마저 훑고 가는
> 물과 불의 길 모퉁이
> 숨죽인 못물이 물컹,

눈썹 끝에 잡힌다.
서녘 해를 등지고 선
겨울산 어름에서
가랑잎에 한 줌 안긴
늦눈의 온기 같은,
깊고도 아득한 고요
내 발치에 눕는다.

- 「해거름녘」 전문

우리가 이 시에서 주목하는 바는, 해 질 녘의 쓸쓸함이 아니다. 오히려 해 질 녘 들판 위에 자리하고 있는 존재의 아름다운 모습들이다. 산 뒤로 저녁노을이 펼쳐지고 그 노을이 못물에 반사되어 황홀하게 반짝이고 있다. 그리고 시인은 그 풍경 속에 그림처럼 서 있다. 움직임이라고는 없다. 낮과 밤이 교차하는 순간에 펼쳐지는 그 풍경이 마치 넋을 빼갈 듯이 아름다워 시인은 "영혼마저 훑고 가는"이란 표현을 하고 있다. 그렇기에 저녁답의 겨울산은 이제 더 이상 쓸쓸하거나 황량하지 않다. 황혼을 배경으로 펼쳐진 겨울산과 반짝이는 못물과 가랑잎에 얹혀 있는 늦눈… 시인 스스로 "영혼마저 훑고 가는/물과 불의 길 모퉁이"에서 "깊고도 아늑한 고요"를 만들어내고 있는 셈이다.

이렇듯 겨울저녁의 풍경을 생생하게 만드는 것은 '물컹'이란 감각어를 통해 풍경 전체를 '눈썹 끝'으로 받아들이는 인식의 놀라움에서 비롯한다. 다시 말해서 황량하고 쓸쓸한 겨울산의 황혼을 촉각적 이미지로 형상화하면서 따뜻하고 온화한 저녁풍경으로 바꾸어 놓는 것이다. 그 힘은 어디서 오는가. 한마디로 세계를 온몸의 감각으로 받아들이고 나아가 스스로 그 세계의 일부가 되게 하는 영혼의 따뜻함이다. 이러한 그의 태도가 시에서 언어를 최대한 절제하면서도 큰 폭의 울림을 낳는 바탕이 되고 있다.

3. 삶에 대한 성찰

걷는다는 것은 살아 있다는 것이다. 살아 있음을 느끼면서 살아가는 이유를 발견한다. 목적지에 빨리 갈 이유가 없다. 어느 누구도 빨리 가기 위해서 걷지는 않는다. 자기 자신과 주변을 돌아보며 더불어 사는 삶을 생각하고 싶어 천천히 걷는 것이기 때문이다. 삶 자체가 아름답거나 풍요로워서가 아니다. 곤고한 삶이라 하더라도 그만큼 여유롭게 자신의 삶을 성찰할 수 있다는 의미에서다. 다음의 시를 보자.

저 끝없는 보행,
길은
사막 속이다

연신 무너지고
다시 곤두설 때

빛 바랜
인화지 같은
한순간이 찍혀 있다.

— 「길은 사막 속이다」 전문

시인은 삶 자체를 '끝없는 보행'으로 생각한다. 더욱이 그 길은 '사막' 위에 펼쳐져 있다. 한낮의 뜨거움과 갈증, 무서운 모래바람과 한밤의 추위, 방향을 알 수 없는 막막함과 아득함 어느 하나 살아갈 조건이 되지 못한다. 이런 사막 위에서 끊임없이 걸어가야만 한다는 삶의 인식 저변에는 살아가는 자의 고통이 깔려 있다. 시인은 고통스러운 삶의 여정을 "연신 무너지고/다시 곤두서"는 것으로 말하고 있다. 끊임없이 계속되는 고통과 좌절, 이를 극복하는 과정의 반복이 우리 삶의 모습이다. 그렇다면 시인은 삶을 허무로 보고 있는가?

중요한 것은 삶에 대한 인식이나 비유가 아니라, 이런 삶의 의미를 만들어가는 태도에서 온다. 그의 삶에 대한 태도는 처절하리만큼 단호하다.

> 하루에도 몇 번인가 피를 찍듯 금을 그었다
>
> — 「벽」에서

> 쓰러져
> 되솟아나는
> 함성만이 자욱하다
>
> — 「분수」에서

위의 구절들은 그의 삶에 대한 태도를 보여주는 낯익은 예이다. '피를 찍듯' 금을 그으며 살아간다는 절박성과 쓰러질수록 '되솟아나는' 함성 속에 보여지는 끈질김이 그것이다. 인간의 삶이 아름다운 것은 '피를 찍듯' 절박한 가운데에서도 자신의 생을 살아가는 데서 온다. 이 절박함이 나아가 절망으로 바뀐다하더라도 달라질 것은 없다. 하루하루의 삶이 절망적이라면 그것을 받아들이고 또 이기며 살아간다는 것은 의미 있는 일이다. 「분수」에서 보듯 위로 솟구친 물은 아래로 떨어지기 마련이다. 마찬가지로 위로만 솟구치는 것만이 물의 속성이라거나 존재이유가 아니라는 것이다. 위로 올라가면 밑으로 떨어져야 한다는 간단한 이치와 같다. 밑으로 떨어졌기에 다시 솟구칠 수 있다는 반전의 논리, 이것이 「길은 사막 속이다」에서 말하고 있듯, "빛 바랜/인화지 같은/한 순간"일지라도 그 순간을 의미 있게 만드는 것이다. 끊임없는 추락과 절망이 운명이며 숙명이라 할지라도 살아야 할 이유가 성립되는 것은 이 때문이다. 이웃들의 삶으로 눈을 돌려보자.

새벽 벽두
인력시장
여남은 사내들이
저마다 하나씩의
갈비뼈를
추스려 낸다
쟁쟁한 공기를 가르며
타오르는
저 불꽃.

한사코
세상 쪽으로
더운 귀를 열어 놓아도
불김을 쪼일수록
허기지는

아랫도리

또 하루

공치는 날의

여윈 살만 태우다 간다.

—「화톳불」 전문

이 시는 이웃들의 삶을 통해 살아가는 일의 고통을 보여준다. 그가 사막 속에 길이 있다고 하듯 신산한 삶의 모습이다. 우선, 일정한 직업이 없어 새벽에 인력시장에 끼리끼리 모여 화톳불에 몸을 녹이고 있는 군상들이 드러난다. 더욱이 이들은 사람들이 제 각기 일터로 뽑혀가고 난 뒤, 쓸모없이 남겨져 어디에도 갈 곳 없는 사람들이다. 일을 하고 싶어도 일할 곳이 없어 옹기종기 모여 있다. 새벽의 추위를 막아주던 화톳불도 이제는 사위어 간다. 더 이상 땔나무도 없다. 그래서 "저마다 하나씩의/갈비뼈를/추스려 낸다"라는 구절은 이들의 처지와 겹쳐 더욱 아프게 다가온다. 중요한 것은 이들이 길을 걷고 싶어도 갈 길이 없다는 사실이다. 안타깝게 "세상 쪽으로/더운 귀를 열어" 놓고 있을 뿐이다. 그래서 더욱 춥고 외로운 것이다.

시인은 이런 처지를 "공치는 날의/여윈 살만 태우다 간다"라고 한다. 결국 마음만 태우다 힘없이 돌아서는 이웃들의 안타까운 형상을 아프게 전해주는 것이다. 그래도 이승은의 시에는 항시 희망이 준비되어 있다. 춥고 외로운 사람들끼리 나누는 공동운명으로서의 교감과 거칠고 폐쇄된 세상이지만 그곳을 향해 늘 귀를 열어 놓고 있기 때문이다. 스스로 그 귀를 열고 있는 한, 세상과의 의사소통은 언제든지 가능하다.

4. 시야의 확대

이승은이 세계를 받아들이는 방식과 자신이 속해 있는 세계를 살아내는 방식에서 알 수 있듯 그의 내면에는 감춤이 없다. 감춤이 없다는 것은 자신이나 세계를 사심없이 받아들이고 그대로를 드러낸다는 것이다. 여기에는 일정한 조건이 있다. 그 조건이란 다름 아닌 자신과 세계의 순결성이 보장되어야 한다는 것이다. 그러나 우리 삶에 이런 경우는 거의 없다. 아니 전혀 있을 수 없다고 보아야 할 것이다. 이럴 경우 시인은 상처받는다. 그 상처란 세계를 아름답게 하지 못하는 것에 대해서일 수도, 자신에 대해서 일 수도 있다. 마치 그가 바라본 세계가 완전하게 제 모습을 유지하지 못하고 있을 때, 자신이나 인간에 대해 분노하는 것과 같다.

그의 분노 역시 격정적인 모습으로 나타난다. 느닷없이 퍼붓는 소나기를 "커다란 단죄의 칼"(「소나기 한때」)로 드러내기도 하고, 도살장에 끌려온 소에게서는 "처형의 핏발을"(「그날의 소」) 읽어내기도 한다. 그러나 그의 미덕은 분노를 분노로 표현하지 않는 데서 잘 나타난다. 분노 자체를 시 속에 내면화시키고 있는 것이다. 다음의 시를 보자.

> 태양도
> 귀 멀어서
> 아침을 듣지 못하고
> 여기 흙도
> 기관지염에
> 탄식을 잊고 있다
>
> 생인손
> 곪아 터지듯

피어 있는

꽃·을·본·다.

- 「폐수지대, 풀꽃」 전문

그의 관심이 점차 이동하고 있음을 증명하는 작품이기도 하다. 그는 지금까지 생생하게 살아 있는 자연이나 온전한 존재에 대해 노래해 왔다. 이런 노래를 통해 생기 없는 사물에 생명을 불어넣기도 하고, 내 몸의 일부가 되기도 하고 삶의 기쁨과 안타까움을 부여하기도 했다. 그러나 이 시는 절망으로 가득 차 있다. 태양도 귀가 멀고 흙도 병들어 있다. 그가 앞의 시 「匕首」에서 보여주었듯, "치사량의/독이 번지듯" 넘쳐나는 삶의 기쁨과 환희는 없다. 기쁨과 환희 대신 절망과 황폐함으로 병든 대지 위에 "생인손/곪아 터지듯" 피어 있는 꽃을 본다.

그의 시가 날카로운 '스침'을 통해 자연과 사물의 아름다움을 온몸으로 노래해왔다는 점에서 위의 시는 그 방향을 달리 하고 있다. 한마디로 아름다움을 노래하는 것에서 아름다움을 만들어가는 것에로의 방향 전환이다. 이미 이 땅은 시인이 아름다움을 맘껏 노래하기에는 너무 황량해져 있다. 온갖 욕망의 쓰레기로 몸살을 앓고 있다. 새로운 세기에도 문명의 발달과 소비에의 욕망 그리고 자연에 대한 파괴는 더욱 심각해질 것이다. 그는 자신이 해야 할 일에 대해 고민하고 있다. 자연에 대한 감각적인 '스침'에서 문명에 대한 이지적인 '성찰'로 관심을 확대하고 있다. 근대문명의 진보에 따른 생명 파괴의 실상에 눈을 돌리고 있는 것이다. 이러한 그의 움직임에 신뢰를 보낼 수 있는 것은 그가 맨발로 흙을 밟아온 시인이라는 점이다. 맨살의 감각을 알고 그 감각으로 자연을 받아들이고 이를 시로 형상화해 온 시인이기에 자연과 생명의 진정한 가치를 누구보다도 잘 알고 있으리란 믿음 때문이기도 하다.

처절한 정적 속의 시심

- 최재섭의 시

1. 매화 보러 갔다가

섬진강변으로 매화를 보러 나왔는데 눈이 내렸다. 아니 눈을 맞으며 매화를 보러 나왔다. 매화가 피었다는 소식에 마음이 급했던 까닭이다. 겨우내 얼었다 녹기를 반복하던 헐벗은 가지에 드문드문 꽃이 피었다. 가까이 다가가지 않으면 눈꽃인지 꽃망울이 터진 것인지 구별이 가지 않는다. 눈길을 따라 검은 가지를 훑어보니, 제 몸을 활짝 열어 놓은 놈, 반쯤 옷을 벗은 놈, 겨우 고개만 내민 놈, 정수리만 살짝 보이는 놈에 이르기까지 가지각색이다. 개화의 과정이 순간순간의 정지된 상태로 눈앞에 펼쳐 있어, 가지 끝에서 시간이 잠시 멈춘 듯하다.

매화만이 아니다. 매화로 둘러싸인 강변의 마을이나 마을 앞으로 흐르는 강물이 그랬다. 겨울에서 봄으로 성급하게 흘러가던 시간의 물줄기가 잠시 멈춰버린 것이다. 움직임이 있다면 위아래로 휙휙, 허공을 가로지르는 눈발뿐. 순간, 몸과 마음이 움츠러드는 것은 어쩔 수 없다. 매화의 모습에서 보이는 화들짝 놀란 표정 때문이다. 성급하게 꽃을 피운 놈은 추위에 놀라 그 자리에 얼어붙었고, 막 세상 밖으로 나오려던 놈은 가슴팍에 고개를 묻고 오들오들 떨고 있다. 가만히 손끝을 대니 자라목처럼 더 오그라든다. 호사다마好事多魔라고, 겨우내 깊은 어둠 속에 웅크리고 때를 기다려왔던 생명이 폭발하는 순간 된서리를 맞은 셈이다. 애처롭다고 한다면 지나친 감상일까. 하긴, 옛사람들은 이를 두고 정수경生情遂景生이라고 했던가? 꽃샘추위를 뚫고 봄을 맞으러 왔다가 봄은커녕 얼어붙은 매화를 보고 애처로움을 느끼고 있으니….

그렇다. 내가 매화에 안타까운 느낌을 보내니 매화는 내게 다시 처연한 정을 건네고 있는 셈이다. 이렇듯 정情과 경景이 한데 어우러지는 경지에 들어앉는 것이 시심詩心일 터이다. 나를 축소시키자 서로가 교감을 드러내고 있으니 말이다. 나와 매화가 하나로 엮여, 같은 느낌으로 존재하는 공간이다. 주체와 객체 간의 거리가 사라진 자리에서 얻어지는 것이니, 이 공간에서는 경계와 분별이 있을 리 없다. 내밀한 부분까지 엿보는 것이다. 이런 점에서 시인 최재섭은 타고난 시인이다. 내가 시심의 첫 경계에서 어슬렁거리고 있다면, 그는 경계를 벗어나 존재의 내밀한 속살을 노래하고 있으니 말이다.

2. 경계를 벗어나

최재섭은 주체와 대상, 자연과 인간 사이의 경계가 허물어지고 존재의 속살이 벗겨지는 순간을 "처절한 정적" 속에서 찾아낸다.

> 보슬비 열린 길로 흰 살결 등을 켜고
> 전생의 옷 하나씩 벗는 순수의 여인이여
> 마흔도 다 못한 누님 얼굴 다가와 어른대네

냇물에 씻길수록 단단한 돌이 되어
만지면 폴폴 날릴 서러운 날의 얘기들
내 안의 허공 가르며 나비 떼로 날아가네

북향한 꽃망울은 바다 같은 침묵 안고
칼날을 밟고 선 듯 이 처절한 정적 속에
상기도 하이얀 숨결 떨며떨며 피는 걸까.

― 「백목련」 전문

　시인은 보슬비가 내리는 봄날, 마당에 피고 있는 목련을 바라보고 있다. 봄비는 겨우내 죽은 듯 엎드려 있던 생명의 폭발을 재촉하는 것이니, 여기에 자극 받은 목련이 하얀 꽃을 피우지 않을 수 없으리라. 그 꽃을 보고 "전생의 옷 하나씩 벗는" 여인을, 그 여인에서 누님을 떠올리고 있다. 둘째 수에 보여지는 "서러운 날의 얘기들"로 미루어 보면 유년 시절의 나와 누님이 함께했던 좋지 않은 기억이나 이별의 아픔이 남아 있는 듯하다. 그러나 시인은 해마다 봄이면 활짝 피어나는 목련에서 누님을 보며, 단단한 돌처럼 응어리졌던 "서러운 날의 얘기"들조차 나비 떼처럼 흩어지는 듯한 기쁨을 맛보고 있다.

　여기까지의 시상은 봄날의 서정을 노래해온 다른 시인들의 시에 비추어 특별한 것은 없다. 봄이 소생의 계절이라는 것, 죽은 가지에서 새로운 생명이 움트면서 생명의 율동이 시작되는, 죽음에서 삶으로의 전환을 보여주는 것이기 때문이다. 그러나 셋째 수에 오면 사정이 달라진다. 그의 시선은 햇볕이 덜 드는 북향에 머물고 있다. 개화 이전의, 기쁨 이전의 세계를 바라보고 있기 때문이다. 기쁨과 슬픔이 공존하는 세계,

밝음과 어둠이 공존하는 세계를 바라보고 그 속에서 새로운 존재전환의 고통을 함께한다.

이런 세계를 그는 "처절한 정적"으로 보여준다. 우리가 주목하는 바는 "처절한"이란 수식어다. 새로운 존재로 태어나기 전의 세계는 모순의 세계다. 존재와 비존재, 질서와 혼돈이 함께 어우러져 생명이 터져 나오기 직전의 순간이니 모든 생명의 에너지가 폭발 직전의 상태라는 것이다. 존재전환의 막바지에 터져 나오는 소리 없는 아우성일 터이니, 그 순간이야말로 "칼날" 위에 서 있는 듯한 불안과 긴장이 응축될 때이리라. 그가 이 "처절한 정적" 속에 함께 참여한다는 것이니, 자아와 세계 사이에 경계가 있을 리 없다.

이와 같은 그의 태도는 자아와 사물 사이의 경계를 넘나들며 자신의 세계를 펼쳐 가는 다음의 시에서도 잘 나타난다.

꿈이 부화하여 두 날개 매달았네
가만 내미는 손 이 손 또한 날개여라
한 세상 다시 파닥일 뜻이 고운 나는 장주莊周

데불고 싶은 꿈이 끈이 되어 달려와도
나는 포올폴 옮겨 앉아 자유롭다
선분만 그은 금선琴線에 넝쿨처럼 놓인 시간

쳐다보아 하늘에도 나비 된 구름장들
숨진 갈꽃들이 무시로 올라가서
한나절 너울대다가 밤에는 별이 되네.

                              - 「나비 환상곡」 전문

이 시는 경계를 넘나드는 것에서 나아가 아예 주체로서의 자아를 벗어나 환상의 세계로 들어간다. 여기서의 주체는 흔들리는 불안한 존재가 아니다. 그는 현재의 나, 주체로서의 나를 허물어버린 곳에 존재한다. "나비"는 이를 상징적으로 보여준다. 이를 위해 장주지몽莊周之夢 의 고사와 관련시켜 시적 사유의 일단을 보여준다. 즉 장자가 어느 날 꿈을 꾸었다. 나비가 되어 꽃들 사이를 즐겁게 날아다니다 문득 깨어 보니, 자기는 다시 장주가 되어 있었다. 그러니 장주인 자기가 꿈속에서 나비가 된 것인지, 아니면 나비가 꿈에 장주가 된 것인지를 구분할 수 없었다는 내용이다.

그렇다면 시인은 왜 이를 배경으로 차용한 것일까? 한마디로 나를 버릴 때, 인간과 사물, 현실과 꿈, 생과 사의 구별과 경계가 사라진다는 것을 보여주고 싶었던 것이다. 눈에 보이고 이성적으로 설명할 수 있는 것들의 세계에서 벗어날 수 있을 때, 인간은 자유롭다고 믿기 때문이다. 그는 자유를 위해 "날개"를 준비한다. 날개를 달고 "한 세상 다시 파닥일 뜻"을 펼친다. 여기에 세속적인 인연의 '끈'이 의미가 있을 리 없다. 더욱이 가슴속에 깊숙이 간직한 아름다움, 즉 "금선琴線" 조차도 자아를 얽매는 것일 뿐이다. 삶과 죽음, 아름다운 인연까지도 버릴 수 있을 때, 진정한 자유로움을 느낀다는 것이다.

이런 상상의 세계에서 자유를 꿈꾸는 그에게 "숨진 갈꽃들이 무시로 하늘로 올라가" 밤하늘을 아름답게 수 놓는 "별"이 되는 것은 당연하다. 모든 존재는 고정되지 않는 것이고 끊임없이 변화한다는 것이니, 우리의 눈에 구별과 차이는 있어도 이를 벗어나면 존재 그 자체로 가치를 드러낸다는 것이다. 이는 인간이라는 이성적 존재를 포기하고 모든 존재를 나와 동등하게 여기고, 함께할 수 있을 때 얻을 수 있는 정신의 풍요와 자유가 아니던가? 그의 시가 지니는 강점이 여기에 있음은 두말할 나위도 없다.

3. 접고, 펴야 할 것들

　상상의 세계는 있을 수 있는 가능성에 그 바탕을 둔다. 이를 바탕으로 우리가 알고 있는 세계를 벗어나 있을 수 있는 세계를 현실화하기도 한다. 주체로서의 자기를 버려야 하는 것은 물론이다. 자유를 얻기 위해서다. 그렇다고 마냥 상상의 세계로 나아갈 수는 없다. 우리가 숨쉬고 살아가는 세계를 완전히 무시하거나 배제할 수는 없기 때문이다. 시의 측면에서 본다면 펼침과 조임이 함께하면서 삶의 긴장을 이끌어내는 것이고, 조임이란 곧 우리 주변의 것에 다가가는 또 다른 길이란 점에서다. 이 길을 통해 주체는 대상 속으로 들어가 내면풍경을 읽어 낸다.

　　　돌아서는 여인의 어깨 위에 앉은 낙엽
　　　철새 물고 간 뒤 정리 되는 한 뼘 인생
　　　슬픔의 가닥을 푸는 꽃 대궁의 기도 소리

　　　캄캄한 기억의 하늘 길 걸어오는 겨울바람
　　　낯선 계절 위로 가라앉은 시간의 앙금
　　　세월의 강 건넌 메아리 지쳐 버린 꿈의 날개

　　　그림 속의 풍경처럼 잎들은 쌓이지만
　　　바라보면 하늘 달고 젖은 얘기 음표 엮어
　　　향과 색 고이 잠들어 버린 비애 어린 삶의 뿌리.

　　　　　　　　　　　　　　　　　　－「가을의 전설」 전문

이 시는 가을이 낙엽의 계절이요 조락의 계절임을 구체화시킨다. 여인은 낙엽이 어깨 위에 얹혀 있는 줄도 모르고 돌아서서 간다. 이별의 아픔이 낙엽의 무게와 어디 비교할 수 있으랴. 그러니 철새가 그것을 물고 가는 줄도 몰랐으리라. 따라서 시인은 생의 소멸에 대한 인식을 "슬픔의 가닥을 푸는 꽃 대궁의 기도 소리"로 드러낸다. 그렇다. 소멸에 대한 절절한 슬픔의 가닥이란 둘째 수에서 구체화되듯 "겨울바람" 때문이고, 결코 지워지지 않는 "시간의 앙금" 때문이기도 하다. 덧없이 사라지는 소멸의 시점에 지나간 세월에 대한 미련이 발목을 잡고 있으니 "꿈의 날개"가 지쳐버릴 수밖에….

그러나 여기에 머물지 않는다. 지금까지의 풍경과 미련은 후경화되고, 시인은 존재의 진정한 의미를 전경화한다. 그 갈라짐은 바라보는 일에서 비롯한다. 무언가를 바라보는 일은 자신의 주관을 섞지 않고 대상을 그 자체로 보는 일이다. 여기에 슬픔이나 연민이 끼여들 여지가 없다. 대상의 본질을 가감없이 볼 수 있는 새로운 눈이 트이는 것이다. 그 순간을 "깨달음이 피는 시간"(「파도」)이라고 말하고 있거니와, 이런 눈으로 바라본 나뭇잎의 생멸이란 그 자체로 우주의 흐름이요 원리의 현현에 지나지 않는다. 모든 존재가 그러하다. 그렇기에 생명의 성격이나 무게 또한 다르지 않다. 낙엽의 생이 지닌 무게 역시 다른 어떤 존재의 그것과도 다르지 않을 것이다. 모든 존재가 스스로의 색과 향으로 존재를 발산하듯, 소멸 역시 "잠들어" 버리듯 스스로를 접는 것이다. 시인에게 있어 생이란 존재가 접었다 폈다를 반복하는 일에 지나지 않는다.

생에 대한 이러한 인식의 내보임에 그친다면 그야말로 한 소식 얻은, 깨달은 자의 법문에 지나지 않는다. 시인의 자리는 아니다. 시인의 자리는 깨닫고 있되 생에 대한 애착과 연민 사이에서 갈등하는 자리다. 모든 존재의 소멸, 즉 '접는 것'에 대한 무한한 연민과 '펴는 것'에서 "광맥처럼 일어서는"(「겨울나무」) 맥박 소리에 대한 기대와 설렘이 더 중요한 것이리라. 따라서 소멸을 덧없음이나 자연스러움이 아닌 "비애어린 삶의 뿌리"로 읽어내는 시인의 눈이 더욱 선연하게 다가오는 것이다. 그의 이런 태도는 다음의 시에서도 확인된다.

하얀 상처 머물다 간 이 계절이 저물 즈음
내 가슴속 한켠에 텃밭이 예비된다
절룩인 지난날의 삶이 별빛으로 화인火印되며

영원히 마르지 않는 망각의 습기 속에
밀물 치던 시간마다 원정園丁의 손길 바빠
파아란 아침의 손님같이 번져 가는 실 뿌리

녹슨 시간들이 여울치며 흘러가면
한 모닥 환희를 지펴 풋내음 이는 뜨락
다섯째 계절에 피울 꽃 목 놓아 불러 본다.

― 「다섯 번째 계절의 노래」 전문

그에게 있어 삶이란 비애의 연속이다. 비애란 숙명에서 오는 것일 수도, 살면서 부딪치는 숱한 상처로부터 오는 것일 수도 있다. 이는 살아 있는 모든 존재가 안고 있는 문제이기도 하다. 중요한 것은 비애를 어떻게 받아들이고, 이를 통해 어떻게 삶을 일궈가느냐는 태도에 있다.

우선, 첫째 수부터 보자. "절룩인 지난날"을 "별빛"으로 바꾸듯, 상처를 잊지는 않되 이를 객관화하겠다는 태도가 나타난다. 화인火印처럼 잊을 수 없는 상처와 별빛과의 거리가 이를 증거한다. 이런 거리감각은 이미 그가 마음 한편에 "텃밭"을 마련함으로써 가능해졌음을 알게 된다. 텃밭이란 마당 한쪽에 딸리거나 집 가까이에 있는 밭이다. 여기에 먹거리를 심지만 대부분 땅을 놀리지 않으려는 마음에서 일구는 땅이다. 그야말로 급할 게 없다. 느긋하게 잡풀을 거둬내기도 하고 딱히 소일거리가 없을 때, 이런저런 생각을 하며 마음을 다스리기도 한다. 따라서 가슴속의 텃밭이란 불쑥불쑥 고개를 내미는 걱정거리나 분노 등 온갖 상념을 떠올리며 여유롭게 자신을 되돌아보는 자리일 터이다. 스스로를 객관화하는 자리다.

그는 여기서 한 걸음 더 나아간다. 가슴속 텃밭의 원정園丁이 되어 숱한 감정의 파동들을 다스리고자 한다. 어지럽게 "여울치며" 흘러가는 상처들을 모아 변화를 꾀한다. 땅속에서 온갖 성분들이 어울려 새로운 생명을 키워내듯, 마음의 상처로 괴로웠던 것들은 뒤섞이고 다독여 시인을 새로운 존재로 변화시킬 것이다. 그는 새로운 존재로의 전환을 "다섯째 계절에 피울 꽃"이라고 한다. 그렇다면 다섯째 계절이란 스스로가 거듭나는 순간, 존재전환의 긴장과 불안과 초조 그리고 설렘과 기대가 공존하는 "처절한 정적"(「백목련」)의 시공時空이 아닐까.

4. 글을 맺으며

새로운 존재로 거듭남을 추구해온 시인 최재섭은 참으로 고집스럽고 정직한 시인이다. 우선, 그의 고집은 전통을 고수하려는 태도에서 잘 나타난다. 우선, 시조라는 장르에 대한 자부심을 보자. 요즘의 시조시인들은 시조가 갖는 단정한 균제미에서 벗어나 새로운 형식실험을 하고 있다. 언뜻 보면, 자유시와 정형시로서의 시조와의 구별이 드러나지 않을 때도 있다. 전통적인 장배열의 무시 즉, 다양한 행갈이로 인해 시조가 아닌 시(자유시)답기를 추구하는가 하는 느낌을 받기도 한다. 시조의 현대화를 위해 꼭 필요한 일이기는 하나 시조의 정체성에 의문이 생기는 것은 어쩔 수 없다. 그는 이런 변화에 오불관언, 시조의 정체성을 지키는 것이 임무라도 되듯 자신의 방식을 밀고 나간다. 너나 할 것 없이 변하지 않으면 살 수 없다고 아우성치는 마당에, 그는 고집스럽게 그리고 정직하게 자신의 신념을 밀고 나가는 참으로 귀한 사람이다.

문제는 이런 시형식에 대한 신념이 시의 내용을 한정시키는 것이 아닌가하는 우려를 낳는다는 점이다. 이런 우려는 그의 시에 나타난 소재의 대부분이 자연에서 취하고 있다는 사실과 무관하지 않다. 오늘날 많은 시인들이 자연현상에서 삶의 이치와 태도를 배우고 이를 서정적으로 형상화하고 있기는 하다. 그럼에도 불구하고 세계의 변화에 따라 삶의 형태가 다양해지듯 시의 소재 또한 다양하게 선택하고 있다. 이에 비추어볼 때, 그가 기계(「기계」), 아내(「치마」), 전등(「전기」) 일상과 관련된 소재를 택하기도 하지만 극히 일부에 지나지 않는다. 시의 소재를 어느 한쪽으로 제한한다는 것은 시적 사유와 상상력의 펼침을 억압한다는 뜻이기도 하다. 이런 나의 생각은 기우에 지나지 않을지도 모른다. 앞서 살펴보았듯 그는 정직하게 사물을 보고 정을 건네며 그 속에서 끊임없이 자아를 확장시키고, 거기서 오는 자유의 폭과 깊이를 추구해왔다. 또 즐기고 있다. 그의 이런 태도가 전통과 변화 사이의 간극을 훌륭하게 메워갈 것이라는 믿음을 주기에 충분하다. 그가 새롭게 열어갈 세계를 기대하는 것도 이런 이유에서다.

3부

문학과 삶의 맥락

걸어온 길과 가야 할 길
- 시·역사·생명공동체

1. 푸른 하늘은

우리에게 '역사'라는 말은 홀가분하게 들리지 않는다. 문화나 철학, 사상이나 종교 등의 어휘와 같이 말이 주는 무게도 그렇거니와 그 실체가 모호하기 때문이다. 이를 '살아온 기록이나 흔적'이란 평범한 말로 바꾸어 보아도 그 어감이 흔쾌한 것은 아니다. 지난 100여 년의 삶을 돌아보아도 역사란 어휘에서는 슬픔과 고난 그리고 통곡의 이미지가 묻어 나온다. 당연한 일이다. 우리 근·현대사는 역사상 어느 시기보다도 고통스럽게 진전되었기 때문이다. 따지고 보면 지난 한 세기의 역사는 격동 그 자체였다. 갑오농민전쟁, 경술국치, 일제치하, 6·25, 분단, 5·16, 10월 유신, 5·18, 군사독재 그리고 IMF 사태에 이르기까지 모두 고통스럽고 암울한 삶의 연속이었다. 모든 삶의 계기들은 우리들의 삶을 왜곡시켰으며 황폐화시켰다. 우리는 늘 역사의 무게에 짓눌려 신음하고 허덕이며 살아온 것이다. 물론, 이런 암울한 역사의 그림자를 뚫고 황홀한 빛을 보지 못한 것은 아니었다. 아주 잠깐의 체험이었지만, 역사의 구름장을 뚫고 잠시나마 빛나는 기쁨을 누린 적도 있었다. 갑오농민전쟁, 해방과 4·19, 6월항쟁. 이런 역사적 사건들 속에서 신동엽이 노래한 바, 간절한 염원과 희망의 한자락을 보기도 한 것이다.

> 잠깐 빛났던
> 당신의 얼굴은
> 永遠의 하늘,
> 끝나지 않는
> 우리들의 깊은
> 가슴이었다.

- 「서화」, 『금강』에서

그러나 "잠깐 빛났던/당신의 얼굴"은 이내 먹구름으로 가려졌고, 그리움과 아쉬움을 지닌 채 우리 삶은 다시 그 하늘을 찾기 위한 고난으로 이어졌다. 이런 고통과 고난이 계속되는 한 우리는 '역사'란 단어가 남기는 여운에서 쉽게 자유로울 수 없다.

이렇게 볼때, 역사란 끊임없이 고통을 강요했던 것에 지나지 않는다. 우리의 생각이나 의지와는 관계없이 항시 삶을 압도하고 있었다. 우리는 역사를 운명처럼 맞이했고 그 시련과 고통을 겪으면서 지금에 와 있는 것이다. 그렇다면 우리에게 '역사'란 외부에서 가해진 충격이란 의미가 된다. 우리네 삶을 얽매왔던 역사란 근대 자본주의의 출현 이래 활발하게 영역을 넓혀 온 세계사적 진행과정의 한 부분이었던 것이다. 그리고 우리는 외부로부터 유입된 역사의 충격을 온몸으로 받아들였고, 그 파행적인 진행으로 말미암아 고통을 받아왔던 셈이다.

2. '우리'를 찾던 여정

근대 자본주의의 전개와 함께 우리 자신의 운명을 일궈왔다는 사실은 두 가지 측면에서 우리 삶에 대한 인식을 제공한다. 첫째는 '역사' 그 자체가 주는 부정적인 이미지를 통해 나타난다. 시인 구상이 "너를 이제까지 지켜온 것은 비명非命뿐이었지"(「초토의 시 10」)라고 탄식했듯, 지난 100여 년의 역사는 비장하고 비극적인 느낌으로 다가온다. 근대 초기의 모습부터 살펴보자. 봉건주의의 모순으로 인한 질곡 속에 신음하고 있을 때, 앞선 과학기술을 무기로 한 제국주의가 다가왔고 우리는 속수무책 그 폭력에 당할 수밖에 없었다. 조선 왕권사회의 보수성, 낙후된 기술과 교육으로 이를 맞이했기 때문이다. 당연히 희생이 뒤따랐고, 그 희생은 서구의 문물을 일찍이 받아들인 일본제국주의에 의한 민족 전체의 수난으로 확대되었다. 어느 개인도 여기서 예외일 수 없었다. 수난은 분단으로 이어졌고, 분단체제를 고착화시키면서 파행적인 정치세력 즉 남북한의 독재권력의 탄생이라는 비극적 역사의 전개를 가져왔다. 따라서 세계사의 흐름에 뒤늦게 합류한 우리에게 이러한 고통은 당연히 치러야 할 비싼 수업료와 같은 것이었다. 역사의 고비마다 우리에게 주어진 상황은 고통을 강요했다는 의미에서다. 상황의 불가피성이란 측면에서 역사란 우리에게 운명과도 같은 것이었으며 그 운명을 감수할 수밖에 없었다. 이와 같은 사실은 우리의 삶이 세계사의 주변에서 이루어진 희생의 역사요 또 이를 따라잡기에 급급했던 역사라는 인식을 팽배하게 만들었던 셈이다. 그렇기에 '역사'란 어휘가 주는 비장하고 비감한 느낌은 생리적인 것에 가까웠다.

그러나 뒤집어 생각하면, 이러한 여정 속에 보다 적극적인 삶의 의미가 드러난다. 앞서 언급했듯 운명처럼 지워진 역사의 시련 속에서 우리는 오늘날의 삶을 일궈왔다. 끊임없이 외부의 충격에 맞대응함으로써 우리 삶의 주체로 살아온 것이다. 주체성을 찾는 노력은 현실을 읽어내려는 집념으로 드러났다. 좀 더 구체적으로는, 과거가 현재의 원인이며 현재는 과거의 결과요 또 미래의 원인이 된다는 평범한 진리를 온몸으로 체현해온 것이다. 현재를 통해 과거의 역사적 성격을 이해하고 동시에 현재를 기반으로 미래를 설계하려는 노력은, 미래가 무한히 열려진 가능태로 존재한다는 믿음에서 촉발된 것이었다. 믿음이 있었기에 우리는 역사의 고비마다 나타났던 파행적인 상황을 되돌려 놓기 위해 수많은 싸움을 치러온 것이 아닌가? 삶의 고비마다 우리가 보았던 '잠깐 빛났던 하늘'은 사람답게 살기 위해 왜곡된 '현재'와의 싸움에서 얻었던 것이요, 비록 순간의 황홀함이었다 해도 그것은 우리의 힘과 노력으로 얻은 것이기에 더없이 귀중한 것이었다. 그 길고 험난한 고통의 터널을 빠져나온 우리의 삶은 한마디로 모든 억압으로부터 자신을 지키기 위한 싸움이었다. 삶에 대한 제약과 구속 그리고 억압에 대한 싸움은 당당하게 삶의 주체로서 살기 위한 노력이었다. 특히 어쩔 수 없는 객관적 조건(세계사의 흐름)에 맞선 주체로서의 각성과 대응의 모습이 운명과의 대결로 나타났다는 점에서 우리는 당당하게 삶을 일궈왔다고 할 수 있으리라.

이런 점에서 역사의 의미는 상황의 불가피성으로 요약되는 운명적인 성격과 여기에 맞선 주체의 대응이라는 양면성을 지닌다. 주체의 대응이란 측면에서 볼 때 시와 역사의 만남은 역사의식의 확산에 중요한 계기를 마련한다. 시는 그 속성상 인간 자체의 본질을 설명하는 귀중한 도구이기 때문이다. 시란 끊임없이 세계와 자아 사이의 긴장을 통해 인간 본질에 대한 인식을 제공해주는 양식이다. 시에서의 역사의식에 대한 요구 역시 현재의 삶에 대한 적극적 해석과 이에 따른 실천을 수반한다. 이 실천은 자신의 현재를 바꾸려는 의지를 바탕으로 하고 있는 바, 시의 호소력은 이런 생각들을 한곳으로 모으는 촉매 역할을 할 수 있었다. 시인의 인생관이나 세계관 역시 시대와 만나면서 또한 어떤 삶이 가치 있는 것이냐는 질문을 통해 구체화될 수 있었던 것이다.

우리 시는 역사 앞에 두 가지의 질문을 해왔다고 할 수 있다. 그 하나는 왜곡된 역사 앞에서 인간해방을 향한 길이 무엇이냐는 질문이다. 다음의 시를 보자.

물과 물은 소리 없이 만나서
흔적없이 섞인다.
차가운 대로 혹은 뜨거운 대로 섞인다.

바람과 바람도 소리 없이 만나서
흔적없이 섞인다.
세찬 대로 혹은 부드러운 대로 섞인다.

빛과 빛도 소리 없이 만나서
흔적없이 섞인다.
쏜살같이 혹은 느릿느릿 섞인다.

한 핏줄끼리는 그렇게 만나고 섞이는데
한 핏줄의 땅을 딛고서도

사람은 사람을 만날 수가 없구나
사람이면서 나는 사람을 만날 수가 없구나.

― 조태일의 「물·바람·빛」 전문

역사적 당위성과 함께 분단의 아픔을 노래하는 시다. 분단이 세계사의 흐름에 맞설 힘이 없었던 우리에게 주어진 운명이라면, 이 운명에 맞서야 하는 것이 주체로서의 삶일 것이다. 우리 모두가 이와 같은 객관적 조건에 당당히 맞서 왜곡된 삶을 온전한 삶으로 되돌리려는 노력을 하기에는 어려움이 있었다. 힘을 결집할 수 있는 상황이 아니었다. 오히려 자신의 권력을 확대하려는 반역사적 움직임의 피해자로 살아야 했다. 왜곡된 삶에 대한 비판과 복원을 향한 간절한 기원은 1960년대 우리 시의 중요한 관심사였음에도 일정한 한계를 지니고 있었다. 그러나 독재권력에 의해 왜곡된 삶을 바로 잡아야 한다는 시인의 의지, 억압에 맞서는 정신이 지닌 호소력은 1970년대 이후 우리 사회에 큰 파장을 일으키고 있었다. 그 파장은 기존의 이데올로기가 지닌 허구성을 폭로하고 비판하면서 여기에 맞서는 새로운 이념의 필요성을 자각하는 계기로 작용했던 것이다. 따라서 '한 핏줄의 땅을 딛고서도', '사람은 사람을 만날 수가 없'는 현실에 대한 저항의 정신이 곧 우리 시의 흐름에 큰 줄기를 만들어온 셈이다. 이는 정치적인 억압으로부터의 해방과 그 억압을 뚫고 온전한 역사를 복원해야 한다는 당위의 문제를 실천하기 위한 의지로 나타났고, 오늘날까지 우리의 내면에 깊숙하게 자리해 있다.

다른 하나는 우리 사회의 모순구조가 더 심화·확대되고 있는 상황에서 진정으로 운명공동체일 수 있느냐는 질문이었다. 1960년대 이후 세계사 따라잡기는 우리 모두를 성장 이데올로기에 얽매이게 했고, 어떻게 하든 잘 살아야 한다는 논리는 수많은 비정상적이며 비도덕적인 삶을 만들어 왔다. 특히 군사독재가 무소불위의 힘을 자랑했던, 그러면서도 경제성장이 최고조에 달했던 1980년대는 그동안 억눌렸던 경제적인 평등에의 요구가 일시에 분출되던 시기였다. 그 형태는 공평한 분배를 위해 독재권력과 결탁한 자본주의와의 싸움으로 나타났다.

이 땅에 살기 위하여,

햇살 가득한 거리에 숨어 숨어

수배자로 쫓기고 쇠창살에 갇혀가며

우리는 절규한다 기꺼이 표적이 되어

뜨거운 피를 이 땅 위에 쏟는다

우리가 태어나고 자라온 이 땅

우리의 노동으로 일떠세운 이 땅에

사람으로 살기 위하여 사랑으로 살기 위하여

저 지하 땅끝에서 하늘 꼭대기까지

우리는 쫓기고 쓰러지고 통곡하면서

온몸으로 투쟁한다 피눈물로 투쟁한다

이 땅의 주인으로 살기 위하여

– 박노해의 「이 땅에 살기 위하여」 3, 4연

이 시에서 말하고 있듯 '태어나고 자라온 이 땅'에서 주인으로 살기
위한 투쟁은 곧 평등한 세상을 만들기 위한 힘겨운 싸움이었다. '현재'
즉 객관적 조건이 왜곡되고 비틀려 있는 곳에서 그것을 바로잡으려는
움직임 역시 주체로서의 삶을 위한 실천의 모습이다. 현재가 과거의 잘
못으로 인한 결과라면 "쫓기고 쓰러지고 통곡하면서" 투쟁하고, 올바른
미래를 만들겠다는 각오를 다져야 한다는 것이다. 노동자의 입장을 통
해 나타난 현실인식의 구체적 표현이다. 이렇듯 주체적 삶을 위한 투쟁
에 스스로 역사를 만들어간다는 자부심이 자리해 있었음은 물론이다.

이러한 싸움이 정치적인 자유를 확대하면서 올바른 역사를 세우려는

것이든, 노동자가 주체가 되는 세상을 향한 것이든 여기에는 역사란 진보한다는 신념이 내재되어 있다. 더욱이 주체성이 개인의식의 집단화, 사회변화의 필요성에 대한 광범위한 동의를 통해 나타난다는 점에서 여기에는 자기희생이란 덕목이 추가된다. 이 덕목은 자신을 집단의식에 귀속시키고, 집단의 이념으로 무장한다는 점에서 기존의 이데올로기에 투쟁적일 수밖에 없다. 과거의 삶과 현재의 삶이라는 단순비교의 차원에서가 아니라 인간의 삶 자체가 시대와 더불어 진보한다는 믿음이 깔려 있기 때문이다. 그렇기에 현재에 대한 인식과 올바른 미래를 만들어간다는 신념으로 온갖 억압으로부터 해방을 향해 나아갈 수 있었다고 할 것이다.

3. 진정한 '삶'를 위해

우리 시에 있어서 이러한 양상은 곧 인간다운 삶을 향한 열정을 보여준다. 그러나 오늘날에 와서 그 싸움의 양상은 변했다. 1980년대 말에서 1990년대 초에 이르러 급속하게 진행된 현실 사회주의의 몰락, 정치적 자유의 확대와 더불어 후기 산업사회의 도래는 거대한 역사의 실체가 한순간에 사라진 듯 허탈감을 맛보게 했다. 이 허탈감을 비집고 정보의 물결과 소비, 대중문화의 촉수는 집단으로부터 분리된 개인의 내면 깊숙이 들어왔다. 비록 IMF라는 경제적 예속 속에 고통을 받고 있지만, 우리의 삶과 의식은 1990년대 중반 이후의 혼란과 풍요의 여진을 털어내지 못하고 있는 실정이다. 이제는 역사 앞에서 집단의식이나 개인의 주체성을 논할 수 없는 상황이 되었다. 왜곡된 역사와 맞부딪치고 싸워서 이루어야 할 미래의 성격 역시 불투명해졌다는 의미에서다. 집단이나 보편에서 분리된 개인, 집단의식과 분리된 자의식이 오늘날의 문화 현상으로 나타나게 된 것도 이와 무관하지 않다.

이런 와중에 우리는 다음과 같은 시를 만나게 된다.

가을 햇볕에 공기에

익은 벼에

눈부신 것 천지인데,

그런데,

아, 들판이 적막하다 ……

메뚜기가 없다!

오 이 불길한 고요 ……

생명의 황금고리가 끊어졌느니……

– 정현종, 「들판이 적막하다」 전문

오늘날의 삶과 비교해 이 시에 그려진 풍요와 고요함이 예사롭지 않다. 메뚜기 떼가 없는 황금들녘– 불길하지 않을 수 없다. 마땅히 자리하고 저마다의 생명을 노래해야 할 공간에 어느 하나가 빠져버렸기 때문이다. 이유는 간단하다. 농약 때문이다. 좀 더 많은 수확을 올리기 위해 맹독성 농약을 사용했기에 이제 논에는 메뚜기가 없다. 메뚜기뿐만 아니라 농약의 독성을 견디지 못하는 모든 생물은 그곳에서 죽거나 추방당했던 것이다. 시인은 가을 들녘에서 느끼는 '불길한 고요'를 심각하게 생각한다. 단순히 메뚜기의 부재에 그치는 것이 아니라 '생명의 황금고리'가 끊어졌다는 사실로 받아들인다. 생명의 황금고리가 존재의 사슬에 대한 비유라면, 존재의 사슬이 끊어짐은 곧 전체 생태계의 구성 자체를 위협하는 것이 아닐 수 없다. 인간도 예외일 수 없는 '생명의 황금고리'에 대한 인식은 단순한 경고의 메시지를 넘어 피부에 와 닿는 것이다.

이런 경고의 메시지는 지금까지의 삶의 여정을 되돌아보게 만든다. 과거의 싸움은 인간이 배제된 산업화, 비도덕적인 권력에 맞선 저항을 의미했다. 그러나 그 싸움의 과정에서 원하지 않았던 하나의 거대한 적을 키워온 것이다. 그 적은 다름 아닌 거대 자본이다. 후기 산업사회의 도래와 정보와 상품을 무기로 한 자본은 이미 우리의 삶 곳곳에 파고들어 영향력을 미치고 있기 때문이다. 역사의 진보를 위한 투쟁 결과, '역사'가 사라진 자리에 오히려 비대해진 자본이 그 실체를 드러내는 아이러니를 맞게 된 것이다. 즉 정치적 해방과 경제적 평등에 매달려 있을 때, 자본은 보이지 않는 영역에서 삶의 터전 자체를 근본부터 뒤흔들고 있었던 것이다. 생각해보면, 지금까지의 역사는 인간 이외의 존재가 배제된 역사였다. 그것이 사회주의적 이상을 지향했건, 자본주의적 풍요와 자유를 의미했건 인간중심주의적 세계관에 따른 것이었다. 인간중심주의가 18세기 산업혁명 이후 기계적 세계관과 더불어 어떻게 하면 인간이 행복할 수 있느냐는 질문에 대한 응답이었음은 주지의 사실이다. 오늘의 삶은 인간의 행복을 위해서 다른 어떤 것도 이용할 수 있고 희생할 수 있다는 세계관 위에 세워진 것이었다.

다시 말하면, 기술 중심적이며 인간 중심의 역사란 결국 자연파괴의 역사를 의미하는 것이다. 그러나 지금까지 우리는 한 번도 우리의 역사가 철저하게 자연파괴를 전제로 진행되어 왔다는 사실을 진지하게 생각하지 않았다. 물론 여기에는 여러 가지 이유가 있을 수 있다. 몇 가지 이유를 들어보자.

첫째, 자원에 대한 무한한 믿음이다. 이 믿음은 자연과 인간 사이의 신뢰가 아닌 자연이 무한히 존재할 것이라는 사실에 대한 믿음이다. 이러한 생각이 가능 할 수 있었던 것은 오늘날의 환경위기와 같은 심각한 생존위협이 지구 역사상 어느 시기에도 없었다는 사실과 맞물린다. 인간은 기술을 통해 활용할 수 있는 자원이 무한히 있으며, 잠재된 자원을 쓸 수 없는 것은 기술의 개발이 뒤따르지 못했기 때문이라는 태도는 여기에 근거해 있다.

둘째, 인간 중심적 세계관이 배태하고 있는 도구적 자연관을 상정할 수 있다. 이것은 인간이 이 세계의 주인이고, 인간 이외의 모든 존재는 인간을 위해 존재한다는 철저히 개체론적 세계관을 바탕으로 한다. 인간이 이 세계의 주인공으로서 다른 모든 존재를 이용해서 자신의 행복을 도모할 수 있다는 믿음이다.

셋째, 인간의 행복은 물질적 풍요에 기인한다는 믿음이다. 이것은 선진국에서와 달리 제3세계에서 인권 유린이 자행되고, 경제적 풍요와 함께 정치적 자유가 확대되어 왔다는 사실들과 깊은 관련이 있다고 할 것이다. 좌·우를 막론하고 제3세계 독재자들은 자신의 행위를 정당화하기 위한 방편으로 이와 같은 파행적인 현상을 모두 경제성장을 위해 불가피하게 겪어야 할 문제로 왜곡시킬 수 있었다.

이와 같은 믿음들에 대한 자각과 반성이 절실하게 요구되는 것은 오늘날의 생태계 파괴에 따른 환경위기가 예상외로 심각하다는 데 있다. 산성비, 대도시에서 수시로 발생하는 오존주의보, 오·폐수로 인한 수질오염, 물부족 사태, 쓰레기 처리, 갯벌의 죽음, 핵오염의 심각성 … 이 모두가 따로 존재하는 문제들이 아니었다. 필연적으로 얽혀 있는 문제였고, 그 바탕에는 기계적 세계관과 인간중심주의가 놓여 있었다. 우리 자신은 물론 온 인류가 좀 더 자유롭고 풍요로운 삶에 매달려 있던 사이에 심각성을 키워온 것들이다. 그 심각성은 어느 특정 지역의 문제를 넘어 전지구적으로 확산되어 더 이상 기술 중심의 미래를 낙관할 수 없는 상황에 이르고 있다. 이와 같은 사실은 우리의 역사의식에 다음과 같은 자각과 반성 그리고 의식의 확대를 요구한다.

첫째는 과학기술을 앞세운 자본주의 역사의 본질을 생각하는 일이다. 기술을 통해 자연을 무제한적으로 지배해온 결과, 물질적 풍요를 이루었지만 우리의 삶은 결코 행복하다고만 할 수 없다.

둘째는, 정치적 '해방'과 경제적 '평등'을 중심으로 펼쳐진 민주주의의 역사는 제한적이나마 긍정적 삶을 이룩했지만 끝내 이성중심적이고 남성(권력)중심의 역사를 벗어나지 못하고 있다는 사실이다.

셋째, 이와 같은 사실은 문학에서의 현실인식이 보다 확대되어야 할 필요성을 제기한다. 인간 중심의 역사, 과학기술 중심의 역사에서 벗어나 인간과 자연이 함께하는 역사를 만들어가야 한다는 것이다. 우리 앞에는 자유와 평등의 확대와 함께 인간만을 위한 삶이 아닌, 인간과 자연이 함께하는 생명공동체를 만들어야 한다는 과제가 놓여 있다. 생명공동체 안에서 전체로서의 인간을 새롭게 인식하고, 공존의 차원에서 주체적 삶을 일궈가야 한다는 의미에서다.

4. 마무리

주체성의 표현은 객관적인 필요에 우리 자신을 스스로 바꾸는 것에서 비롯한다. 그리고 기존의 이념이나 역사관을 넘어서는 새로운 이념과 역사관에 자신을 귀속시키는 일이고, 이를 통해 자신을 실현하는 일이다. 이와 같은 일은 우리 사회의 역사발전이라는 차원과 생명공동체의 일원으로서 인류의 미래라는 차원을 동시적으로 인식할 때 바람직한 방향을 찾을 수 있는 것이기도 하다. 여기에 생명에 대한 자각과 현실적인 삶 그리고 인류의 미래가 긴밀하게 맞물린 가치를 창출해야 한다는 전제가 깔려 있음은 물론이다.

새로운 가치 창출을 위한 자각과 실천은 시급하고 심각한 것이지만 그만큼 어려운 일이기도 하다. 가장 힘든 것은 생산력 중심의 자기파괴적 반복을 계속하는 자본주의의 본질을 깨닫고, 이를 제어하기 위한 다양한 모색을 시도해야 하는 일이다. 오늘날 우리의 삶은 문명과 상품의 체계 위에서 물질적 풍요를 구가하고 있고, 이런 삶에 익숙해져 있다. 익숙하고 편리한 삶을 스스로 반성하고, 절제하는 삶을 살기란 어려운 일이다. 이것은 인간 자신이 생명공동체의 일원이라는 자각과 이를 바탕으로 자기중심적인 욕망의 방향을 바꾸는 일이기도 하다. 이것 역시 지금까지의 삶이 경제성장과 물질적 욕구충족을 같은 등식으로 취급했다는 점에서 매우 어려운 일이다. 그러나 욕망은 사람이 살아가게 하는 기본 동력이기도 하지만 과도하거나 왜곡된 욕망은 파멸을 가져올 것이란 징후가 우리의 주변 곳곳에서 나타나고 있다. 이제 자기중심적인 삶에서 벗어나 생명공동체 일원으로서의 존재의미를 찾지 않으면 안 될 상황에 처해 있음은 명백한 사실이다. 이러한 자기 성찰과 반성 그리고 실천은 밖으로부터의 유혹과 안으로부터의 욕망을 동시에 다스릴 것을 요구하고 있다. 더욱 힘든 것은 이에 대한 대가나 결과는 쉽게 드러나지 않는다는 데 있다.

우리 시사에서 시와 역사와의 만남은 개인의 의견을 집단의 의견으로 묶는 역할에서 시작되었고, 지금까지 시는 그 역할을 충분히 해왔다. 오늘날에 있어 이런 역할은 보다 확대되어야 한다. 전 지구적 생태위기를 맞고 있는 오늘날, 시는 인간의 욕망과 물질적 풍요 속에 전도된 가치를 새롭게 바꿔가야 할 의무와 책임을 지니고 있다. 과거에도 그래왔듯, 시인 자신의 각성과 이를 바탕으로 생명공동체의 역사를 위한 다양한 의지를 한곳으로 모으는 역할을 수행해야 할 것이다. 이런 각성 없이 시인들이 거대한 자본의 논리에 즐거이 예속되거나, 그 위력 앞에 좌절하는 파편화된 삶에 매달린다면 안타까운 일이다. 앞서도 강조했지만, 시는 새롭고 절실한 보편적 이념을 창출할 수 있는 결정적인 계기를 마련할 수 있는 양식이다. 중요한 것은 시인이 오늘날의 위기 상황에 대한 현실인식과 이를 바탕으로 인류의 과거를 추적하고 미래의 삶을 설계하는 일에 앞장서는 일이다. 이를 게을리할 때, 우리 시대의 시는 공허한 독백이나 길 잃은 자의 허무를 노래할 수밖에 없다.

구들장, 그 깊은 온기와 여운

1. 절절함이 끝없이 깊어가는

밤중이었다. 깊은 산속의 고요는 창밖에 내리는 빗소리마저 소음으로 들릴 정도로 깊었다. 주인은 먼 데서 온 손님들에게 소리 한 대목을 대접하겠다며 「영남들노래」를 풀어내고 있었다. 그 소리는 둘러앉은 사람들의 가슴으로 들어와 이내 어둠 속으로 흘러가는데 어디로 가는지 도무지 가늠할 길이 없었다. 모두 노랫가락에 실려 어둠 속에 둥둥 떠다니는 것 같았다. 이어 손님의 답가가 없을 수 없으니, 우리 일행 중 가장 연장자인 최동호 시인이 대표로 시를 낭송했다. 최근에 발간된 시집 『불꽃 비단벌레』에 실린 「정희 고모」란 작품이었는데, 이 시는 소리와 달리 듣는 이들의 가슴에 아련한 그리움으로 촉촉이 젖어 들었다.

　　가출 소년처럼 나도 외갓집을 떠난 다음 오랜 후까지 그날 정희 고
　모가 나를 부르던 그 은밀한 목소리의 떨림이 전해 왔다. 고모부와 헤
　어져 혼자 산다는 이야기도 들려오고 또다시 남자를 만났다는 이야기
　도 들려왔지만 저녁상 부산하게 차려오며 부모 곁을 떠나 어린애가 얼

마나 외롭겠냐고 호들갑을 떨며 반가워하던 정희 고모의 그 들꽃 같은
눈빛을 나는 아직 잊을 수가 없다.

– 「정희 고모」 일부

시의 감동이 찾아들자, 주인은 "산 자에 대한 그리움에 마음이 흠뻑
젖었으니 이번엔 죽은 자를 보내는 슬픔에 젖어보자"며 「상여소리」를 뽑
았다. 첫대목부터 꼼짝할 수 없었다. 슬픔이 목에 걸려 컥컥 대다가, 앙
다문 잇새로 가늘게 빠져나오다가, 한꺼번에 폭포수처럼 터져 나왔다가
는 멈출 수 없어 끌끌대다가, 다시 가슴에 박혀 바늘 끝처럼 찔러대는 …
형언할 수 없는 감정에 휩싸였다. 온몸을 결박당한 듯, 마음까지 절절해
서 처연한 슬픔에 빠졌다 이내 머릿속이 하얗게 비워지는 느낌이었다.

이 소리를 듣기 위해 박수관 명창의 은거지인 깊은 산속으로 찾아온
것이다. 우리를 이곳에 안내한 경주의 황명강 시인을 따라, 어둠 속에
구불구불 이어지다가는 끊어지고 끊어졌다가는 이어지는 길을 따라와
호사를 누리고 있었던 것이다. 우리 일행은 최동호, 곽효환, 배옥주 시
인, 문학평론가 김문주 그리고 나 다섯이었다. 여기에 박수관 명창의 문
하생 몇몇이 우리 일행의 잠자리를 보아주느라 돌아가지 않고 있었으니
청중은 10여 명이었다. 10여 명의 청중은 시와 소리의 절묘한 만남과 이
런 만남이 주는 감동에 빠져 한동안 헤어나질 못하고 있었다. 온몸에 소
름이 돋는 생리적 현상은 물론 지금 어디에 와 있는지도 모를 존재의 공
백상태를 느끼고 있었다. 꼼짝할 수 없었다. 그런데 이 감동의 순간에
뜬금없이 참으로 엉뚱하게도 나는, 마주 앉아 있는 최동호 '시인' 아닌
'선생' 의 대학원 수업을 떠올리고 있었다. 20년도 훨씬 지났건만, 단순
히 꼼짝할 수 없는 상황의 동질성 때문이었다.

2. 엄격하고 비정한

수업이었다. 그는 경남대학에서 경희대로 옮겨와 둥지를 튼 30대의 젊은 시론가였다. 그 당시 경희대는 시인, 소설가들의 요람이었다. 이성이나 논리보다는 감성이 흘러넘쳤다. 감성은 혈기왕성한 학생들의 온갖 기행(?)과 방종과 다툼까지 다 너그럽게 끌어안았으니 분위기는 자유분방함 그 자체였다. 대부분의 현대문학 분야의 수업 역시 이런 분위기 속에 이루어졌다고 기억된다. 그의 수업만은 예외였다. 텍스트에 대한 철저한 이해, 즉 논리의 발생과 근거 그리고 이의 전개에 이르기까지 전반적으로 이해한 다음에야 수업에 들어갈 수 있었다. 따라서 과거의 대충대충 하던 습관은 커다란 방해꾼이었고, 이를 극복하지 못하면 수업시간에 입 한 번 벙긋하지 못한 채 지독한 불안감에 떨어야 했다. 그의 수업을 받는 학생들 중에 이미 문단에서 중견으로 대접받던 시인·소설가들과 대학교수까지 있었지만, 이들 역시 초조와 불안 속에 학창 시절(?)을 보내야 했음은 물론이다.

긴장의 요인은 크게 두 가지였다. 우선, 학문적 업적에서 비롯한 경외감이었다. 1985년에 발간된 『문학비평용어사전』(편역서), 『현대시의 정신사』라는 두 권의 저서, 1987년에 발간된 『불확정 시대의 문학』, 『헤겔시학』(편역서), 1989년의 『시의해석』은 이들 저서가 지닌 학문적 가치와 업적은 논외로 하더라도 그 양에 있어 감히 기웃거릴 수 없을 정도였다. 학생의 입장에서 볼 때, 도대체 저 많은 지식들이 어디서 웅성거리고 있다가 촘촘히 짜여서 세상 밖으로 튀어나오는지 가늠할 길이 없었다. 사정이 이러하니 수업 중 눈빛을 마주치는 것은 큰 모험이었다. 어떤 질문이 쏟아질지 모를 일이기 때문이었다. 여하튼 그의 저서에 담긴 사색의 깊이와 날카로운 통찰력은 늘 학생들에게 경외감으로 다가왔다.

그 이후로도 『평정의 시학을 위하여』, 『시적 깊이와 시적 상상』, 『디지털 문화와 생태시학』, 『진흙 천국의 시적 주술』 등 이루 열거할 수 없을 정도의 역작이 쏟아져 나왔다. 인문학의 상징인 모교(고려대학교)의 대학원장까지 지낸 그의 이력은 학문적 업적을 말해주기에 충분하다.

또 하나는 수업시간에 온몸으로 받아들여야 하는 수치심이었다. 이것은 매주 부딪쳐야 하는 괴로움이었다. 텍스트를 요약해서 발표하고 토론하는 과정에서 온갖 추측과 억측, 주장이 난무하는 와중에도 그는 아무 말이 없었다. 그러다가 영 샛길로 빠지는가 싶은 순간, 발표자와 토론자의 발언 내용 하나하나 짚어가며 수정하는데 한 치의 오차도 없었다. 더욱이 토론하는 내내 막혀 있던 부분이 펑, 하고 뚫리며 일순간에 내용이 정리되는 시원함까지 있었다. 문제는 발표자에 대한 질책으로 이어진 것인데, 여기엔 강의실 바깥에서 통용되던 나이는 물론 지위 고하 역시 문제가 되지 않았다. 지금도 생생하게 떠오르는 것은, 발표자들 몇몇이 강의가 끝난 후에도 벌벌 떨다가 그대로 주저앉던 장면이다. '선생님' 앞에서의 두려움과 수치심이 제자들 스스로 제 길을 찾아갈 수 있었던 원동력이었는지 모른다.

3. 시의 그늘에서는

크게 달랐다. 냉혹한 그에게도 빈틈은 있었다. 빈틈은 그가 1976년에 『황사바람』이란 시집을 낸 시인이라는 데 있었다. 또한 이 시기에 간격을 두고 『아침책상』(1988)을 상재했다. 학생들은 영악하게도 이 부분을 놓치지 않고 파고들었는데 결과는 적중했다. 사실, 강의실 밖에서 그는 '선생' 아닌 '시인'이었다. 표리부동이란 말을 부정적으로 쓸 수만은 없다는 사실을 그때 알았다. 학생들 개개인의 신상을 자세하고 알고 있다는 사실에 깜짝 놀랐던 것이다. 여기에 학생들이 안고 뒹구는 고민까지 하나하나 들어주는 자상함이 있었으니….

10여 년 전, 그와 네팔의 히말라야 트레킹을 다녀온 적이 있다. 이때의 감동과 추억을 그는 『히말라야 정글의 빗소리』(2005)란 책으로 엮은 바 있다. 내가 각별히 기억하는 것은 그의 인간적 면모의 한 부분인데, 사정은 이러했다. 3200m 고지인 푼힐 전망대에서 하산하는 길에 일행 중 한 사람이 발목을 다쳤다. 하루 종일 걸어야 하는 빗길에 발을 다쳤으니 난감한 일이 아닐 수 없었다. 천행으로 현지인의 말을 빌려 타고 숙소까지 무사히 내려올 수 있었다. 한밤중, 숙소에 도착했을 때 누구하나 몸을 가눌 수 없을 정도로 녹초가 되어 있었다. 이틀 걸려 올라갔던 산을 꼬박 비 맞으며 15~16시간에 걸쳐 내려와야 했으니 당연한 일이었다. 너나없이 제 방을 찾아가 쓰러지기 바빴다. 그런 중에도 다친 사람은 다음 일정을 위해 안내인과 함께 병원을 찾아갈 수밖에 없었다. 이런 상황에서 그는 짐을 내려놓자마자 환자를 따라 나서는 것이었다. 동숙자同宿者인 내가 "안내인도 있고, 동료 몇몇이 같이 가는데 선생님까지 가실 필요가 있습니까?"하며 만류했다. 일행 중 오세영, 김정웅 시인 다음으로 연장자였고, 나머지는 모두 제자뻘 되는 사람들이었기 때문이었다. 그러자 그는 "누가 다쳤건, 같은 식구인데 가 봐야지" 하며 나서는 것이었다. 입도 떼기 힘들 정도로 피곤했음에도 끝내 병원까지 동행하고 치료가 다 끝난 후 돌아오는 모습에 한동안 부끄러웠음을 고백하지 않을 수 없다.

자신에 대한 엄격함과 철저함, 타인에 대한 연민과 너그러움이 그의 인간적인 매력이요 또 끌려들 수밖에 없는 요인이 아닌가 싶다. 이런 그의 성품을 잘 보여주는 시가 있다.

인기척에 놀라 단풍잎 흩날리는 가을
망월사 앞마당
구들장을 뒤집어 불의 혀를 말리고 있다

생솔가지 지피며 눈물 감추던 겨울
돌의 숨결에
침묵의 먹을 갈던 구들장 돌부처

홀연히 그가 밟고 간 먹구름 뒤의
천둥소리
환한 절 마당에 작파해버린 경전들

지옥의 유황불 치달린 가을 말발굽
망월사 앞마당
구들장을 뒤집어 바람의 머리칼을 다듬고 있었다.

– 「구들장」(『불꽃 비단벌레』) 전문

이 작품에서 문학평론가 권혁웅은 정신주의의 전인성을 읽어내고 있는 바, 나 역시 그의 말에 전적으로 동의한다. 그는 이 시가 시인이 추구하는 정신주의의 면모, 즉 인간에 대한 깊은 이해와 존재론적 통찰에 이르러야 함을 역설하고 있다고 밝히고 있다. 그런데 나는 이 시의 중심 이미지인 '구들장'에서 시인의 모습을 떠올리고 있다. 구들장은 아궁이로부터 오는 불길을 온몸으로 끌어안는다. 뜨거운 불길은 물론 그을음까지 끌어안는데, 몸 속 깊숙한 곳까지 다 달궈져야 밖으로 그 열기를 내보낸다. 밖으로 나온 열기가 방바닥의 온기로 퍼져 다른 사람을 편안하게 누워 쉴 수 있게 해 주니 이보다 큰 덕이 어디 있으랴. 사실, 진짜 덕목은 구들장 자신이 이런 사실을 모르는 데 있다.

4. 지금까지 그는

구들장이 서서히 자신의 몸을 덥히듯, 『현대시의 정신사』(1985) 이후 지금까지 한국시의 정신사적 맥락을 꾸준하게 탐색해 왔다. 그의 정신주의는 1980, 1990년대 문단에 화두로 작용했거니와, 이는 현실의 시적 위기에 대한 대안에서 나아가 "인간과 인간 사이에, 인간과 기계 사이에 그리고 인간과 자연 사이에 새로운 관계를 맺고 창조적 주체로" 살아가는 존재론과 연결되어 있다. 그리고 그 스스로 '창조적 주체' 가 되기 위해 동양정신에 심취했고, 이의 자연스런 결과로 『한산시寒山詩』(김달진 역주, 최동호 해설, 1989), 『문심조룡』(편역서, 1994), 『하나의 도道에 이르는 시학』(1998) 등의 발간은 물론 하이쿠(俳句)에 대한 연구에 이르기까지 불교적이며 선적인 세계를 천착해 왔다. 동양적 의미에서 본다면 진정한 창조적 주체란 세속에서 벗어나 명징한 각성의 경지를 얻고, 다시 세속과 만나는 과정 속에 드러나는 것 아닌가. 이런 탐구 과정의 축적이 시론가로서의 연구 업적으로 나타났다면, 구체적이고 섬세한 마음의 결은 『아침책상』(1988), 『공놀이하는 달마』(2002), 『불꽃 비단벌레』(2009) 등의 시집으로 나타난 것이다.

나는 이런 삶의 여정이 인간에 대한 깊은 이해와 삶에 대한 긍정의 정신을 바탕으로 한 것이라 믿고 있다. 그 바탕에, 자기 자신에 대해 냉혹하리만큼 엄정하고 호된 채찍질이 있었음도 안다. 그렇기에 타인을 넉넉한 품으로 끌어들여 다독일 수 있는 것 아닌가? 극히 상식적인 말이지만, 타인에 대한 따뜻한 시선과 배려란 한계를 지닌 존재로서의 상호 이해에서 비롯한다. 어느 누구든 자신의 전 존재를 걸고 앞을 향해 나아갈 때, 한계를 느끼지 않을 사람이 어디 있으랴. 밖으로 드러낼 수 없는 슬픔과 고통과 절망 등 어느 것 하나로부터 자유로울 수 있는 인간은 없다. 그러니 진정으로 고독해 본 사람만이 자연스럽게 타인의 삶을 받아들일 수 있을 터, 그는 끊임없는 자기 확대를 통해 그늘을 늘려가고 있는 것이리라.

메마른 풍경들

1. 지난 봄

고흥 나로도에서 일박을 했다. 황학주 시인의 집필실 근처 바닷가였다. 봄비가 촉촉이 내렸고 어둠이 소리 없이 일렁거리는 밤이었다. 파도 소리가 귓전에서 부드럽게 찰랑이는데 술이 빠질 리 없었다. 비와 어둠과 파도 소리에 벌써부터 취한 일행들은 삼삼오오 둘러앉아 이야기를 나눴다. 어쩌다보니 나는 그와 마주 앉아 이야기를 나누게 되었다. 처음 갖는 술자리였는데도 그는 마치 오랜 지기를 앞에 놓고 얘기하듯 편안했다. 나 또한 그가 최근에 겪었다는 황당한 사건에 귀 기울이며 딴청을 피우기도 했다. 내 눈이 소주잔을 입으로 가져가는 조용한 동작과 담배를 쥔 길고 가는 손끝에 가는 것도 그런 이유에서였다.

이야기 중간에 목을 축이듯 술잔을 털어 넣는 모습에서 만만치 않은 그의 주력酒歷과 길고 가는 손가락 사이로 얼비치는 외로움(?)만을 본 것은 아니었다. 오히려 나는 자신의 아픔을 남의 일인 듯, 덤덤하게 말하는 사람들이 삭혔음직한 고통의 크기를 생각했다. 언젠가 그의 시를 읽으면서 품었던 의문 때문이었다.

나를 피해간 아름다움들이

최대한 돌아앉아 이끼며 잡풀,

흙담 위의 나비 한 쌍으로

취해 있는 곳

가슴에 모아진 삶을 놓아주네

나팔꽃 화관으로부터 달콤한 빗물이

다른 꽃으로 내려가네

한번은 나도 이렇게 나를 띄우네

– 「소로」 부분

    이 시에서 내 눈길을 끈 것은 "최대한"이란 어휘였다. 굳이 시어와 일상어를 가르자는 것은 아니지만, 이 말은 전혀 비시적인 어휘라는 생각과 또 '돌아앉았다'는 사실을 왜 이렇듯 극단적으로 표현하려 했느냐는 의문이 동시에 들었던 것이다. 그의 삶을 세세하게 알 수 없었던 내가 할 수 있는 일이란 뻔했다. 그의 시를 뒤적이며 시행 곳곳에 모래알처럼 흩어져 있는 삶의 편린들을 하나하나 꿰어 맞추는 일이었다. 거기엔 "가슴에 낙담을 첨벙 담가둔/굴러 떨어진 어머니 개인"(「불화」)에서 보이는 가족사적인 비애, "아버지가 돌아섰던 길에서 나 태어났다"는 것이나 "얼마나 멱살이 부드러운지 모를 식구"들(「바람 속으로」)로 보듯 태생적인 슬픔 등, 그의 상처는 혈연이란 숙명에서 벗어날 수 없는 존재로서의 비애감에서 비롯되고 있음을 짐작할 수 있었다. 그것은 감당할 수 없는 운명의 덫인 동시에 죄의식의 내용이었다. 그러나 정작, 나의 관심은 상처의 내용이 아니라 이것을 어떻게 극복하느냐는 데 있었다. 대부분의 시인들에게 상처는 시의 밭에 훌륭한 거름이 되고 있지 않은

가? 따라서 내가 "최대한" 외면당했다는 소외감과 함께 아프리카를 떠
올리는 것은 너무도 당연했다.

2. 생의 한때

그가 처음 만난 아프리카는 메마르고 척박한 땅이 아니었다. 그곳에
서의 삶을 소재로 내면풍경을 담은 그의 에세이집 『아카시아』에서, "화
장해보지 않은 야생의 살가죽, 언덕들이 대개 그렇지만, 아프리카의 언
덕이나 구릉 위에 서면 언덕이 실은 얼마나 깊은 살 속인지를 알게"된다
고 하듯 아프리카는 인위가 사라진 순간에 다가오는 순수와 야성의 숨
결이 숨쉬는 곳이었다. 그러나 이것은 우기에 속하는 잠깐의 현상이었
다. 우기와 건기의 표정이 그렇듯 순수와 풍요의 얼굴은 순식간에 다른
표정을 띤다. 오랫동안 계속되는 건기의 아프리카에서 그는 전혀 다른
모습을 본다.

> 돌이 두두룩하게 밀고 올라온 땅의 울혈 위로
> 수도승의 외침 같은
> 떨기나무의 메마름이 꽂혀 있다
>
> 말라버린 웅덩이가 괴로운 짐승처럼
> 옆으로 가 누워서 눈을 감는다
>
> ─「떨기나무」 전문

위의 시에서처럼, 그의 시편에 나타난 아프리카는 메마르고 척박한

땅이다. "돌 위에서 뿌리가 어는 밤"(「케냐 시편 5」)의 추위가 있고, "금 방 똥이 말라 먼지가 되는"(「케냐 시편 18」) 열기가 있다. 사막과 들이 아닌 사람이 모여 사는 곳에서도 이런 악조건은 이어진다. "오물과 진흙, 모두가 장화를 신고/길을 끌고"(「케냐 시편 11」) 다니는 마을 등 어디에도 풍요로운 모습은 없다. 한낮의 더위와 밤이면 찾아오는 추위, 살아 있는 것이라곤 없는 듯한 넓고 황폐한 평원 그리고 가난을 운명처럼 달고 사는 사람들이 그의 눈앞에 펼쳐진 풍경이다. 이런 아프리카의 삶에 그가 쉽게 동화되지 못했을 것임은 자명하다.

> 학교 운동장에 깃대를 세우고
> 어둘 무렵 어슬렁거린다
> 동산엔 나무 하나가 모든 마음을 받아 가시투성이다
> 장갑 안에서 상처가 마른다
> 겨우, 거기엔 쥔 것이 없다
> 운동장 경계를 표시한 잔 돌멩이들 위
> 가는 소금처럼 햇빛이 녹고
> 가지 없는 나무처럼 깃대만 있는 나는
> 가끔씩 지나가는 염소 떼나 소 떼로 깃발을 들 뿐
> 야, 내가 신랄하게 새어 나갔나
>
> — 「케냐 시편 깃대」, 1연

학교 운동장에 깃대를 세웠다니, 아마도 마을에 학교를 짓는 공사를 끝냈는 듯싶다. 그런데 시인은 뿌듯해하기는커녕 뭔가 허전해한다. 손을 다쳐가며 일을 했지만, "쥔 것이 없다"고 할 정도다. 들판과 학교의 경계는 "잔 돌멩이들"을 늘어놓은 것일 뿐이어서 굳이 학교라고 할 것도 없다. 아마도 그는 머릿속에서 학교다운 학교(?)를 세우고자 했는지 모른다. 초원을 배경으로 울타리가 앙증맞게 둘러쳐 있고 나무가 교정에 시원한 그늘을 드리운 아늑한 공간 … 이것이 그의 의도였을 것이다.

이는 "동산엔 나무 하나가 모든 마음을 받아 가시투성이"라는 표현에서 유추할 수 있다. 나무 하나 없는 학교를 세웠으니 마음이 편할 리 없다. "가지 없는 나무처럼 깃대만 있는 나"처럼 허전할 수밖에. 그러나 따지고 보면 그의 내심이란, 욕심에 지나지 않을지도 모른다. 이곳에서는 문명인의 의도에 따라 만들어진 풍경이나 학교란 큰 의미가 없다, 주어진 조건 속에서 거기에 맞춰 사는 일이 중요하기 때문이다. 자연이 곧 학교요, 자연 속에 적응하며 살아가는 것이 곧 진정한 의미의 공부가 아니겠는가?

문명인으로서의 시인과 자연에 순응하며 사는 사람들 사이의 거리, 이 거리는 그에게 새로운 시야를 열어준다. 그가 말하듯, "나는 돌아다니는 상처의 주인/네 땅에 이르러 상처의 학교를 세우고자 하는/이 입장에도 죄가 있을지 몰라/네 땅을 속이는 것인지도 몰라"(「케냐 시편 9」)라는 반성적인 사유, "나를 찾지 마라/너희 속엔 나 같은 유의 죄인이 없다"(「케냐 시편 4」)는 자기 인식을 보게 되는 것이다.

> 원반형 목걸이에 구슬 색색인 生
> 그녀가 웅덩이에 깔린 흙탕물을 나무 바가지로
> 안아 올린다
> 검정 똥구녕을 하늘로 들고
> 라싯나무 쓰러진 곳이다
> 낮은 노새 등 위로 물통이 하나 올라가고
> 지금, 자갈색 모래밭

모래에 붙은 모든 비탈들이
서쪽으로 해를 돌리고 있다

나는 나로 살고 있을까 사막에서
바람에 입양된 열락의 엉덩이를
내 모든 침묵을 열독하는 모래 구릉들에
문질러대기도 하며
어쨌든 기분 좋게 나를 속옷처럼 벗는 날도 얼마간 있었을까 싶다
엉덩이를 들고 물을 파듯 깊이 울어보기라도 했을까 싶다

－「케냐 시편 8」, 2～3연

　내가 여기서 주목하는 것은 "똥구녕"이나 "엉덩이"라는 말의 천연스
런 쓰임이다. 우선 시적 상황을 보자. 비가 오지 않는 건기다. 마을의 우
물은 말랐을 것이고, 여인은 노새 등 위에 물통을 얹고 물을 찾아 멀리
까지 나왔을 것이다. 겨우 라싯나무가 쓰러진 근처에서 말라 가는 물웅
덩이를 발견했을 것이고, "엉덩이를 들고" 웅덩이에 깔린 흙탕물을 바
가지로 떠올렸을 것이다. 주목할 것은 라싯나무의 "똥구멍"이니 여인의
"엉덩이"가 모두 하늘을 향해 올려져 있다는 표현이다. 이런 어휘나 표
현은 대체로 금기에 해당하기 때문이다.
　자기 엉덩이를 보기도 힘들거니와, 항문과 연결되어 있어 냄새나는
곳이기 때문이다. 감추고 싶은 부위 중 하나다. 따라서 엉덩이는 모욕이
나 경멸, 음담패설 그리고 해학적인 표현의 대상으로 묘사된다. 더욱이
항문은 배설물이 풍기는 냄새로 인해 더러움까지 덧붙여진다. 그런데
이 시에서 보면, 우리가 떠올리는 선입견과 달리 너무도 자연스럽다. 뿌
리째 뽑혀 쓰러진 라싯나무가 하늘을 향해 처박힌 모습, 엉덩이를 하늘

로 향한 채 웅덩이 바닥의 물을 퍼 올리는 여인의 모습 어디에도 모욕이나 경멸 나아가 성적으로 도발적인 느낌은 없다. 오히려 가장 낮은 쪽으로 머리를 숙이고 주어진 삶을 경건하게 받아들이는 모습이 아닌가? 사실 그의 시 곳곳에서 엉덩이나 항문이 발견된다. "벗어놓은 항문, 水深이 깊습니다"(「어느 항문」)에서 보이는 생명의 신성함도 그렇거니와 "터벅터벅 사막을 밟는 엉덩이와 엉덩이 속에 든/주름진 옹이 하나를 보았다"(엉덩이)고 하듯 척박한 삶을 밀고 가는 힘의 원천으로서의 엉덩이, 어디에도 부끄러움이나 도발적인 느낌은 없다.

이는 문화적인 차이와 무관하지 않을 것이다. 하나는 사물이나 현상에 의미를 부여하는 눈이고 다른 하나는 그 자체로 바라보는 눈이다. 그렇다면, 시인은 지금까지 지녔던 선입관을 던져버리고, 현상 그 자체를 바라보게 된 것이다. 어떤 현상인가? 배설물조차 거름이 되고 땔감이 되고 집짓는 재료가 되는, 주어진 조건에서 주어진 만큼 누리며 만족하는 삶이다. 여기에 인간의 자세가 지닌 경건함 외에 어떤 의미도 깃들일 틈이 없다. 모래바람이 불면 웅크리고 목이 마르면 물가를 찾듯, 아무리 척박한 삶이라 할지라도 말없이 순응하는 자세가 아닌가. 이를 자연스럽게 받아들이기까지 그는 수없이 자신을 되돌아본다. 모래바람을 피해 돌무더기로 기어 들어갔다가 "어디선가 급정거한 상처인 해골"(「길」)을 만나기도 하고, 밤마다 곱고 추운 사막에서 "더 낮아도 잊을 수 있을 것 같은 생"(「케냐 시편 6」)을 마주치면서….

3. 사막을 통해

그의 시는 매우 달라졌다. 과거와 같이 "가슴 뜯어내는"(「다시 지산

동에 머물면서」) 울음을 들려주지 않는다. 오히려 바람이 불어와 뺨을
스치듯, 노을이 서산마루와 마을과 사람을 붉게 물들이듯 편하고 아늑
해졌다.

엘레라이

붉은 나무라는 마을에서

새가 날아간 후에야 당신에게 편지를 씁니다

조그만 흙집 출입구 안에서

아이 안은 젊은 여인이 자꾸 입을 가리는

저녁빛 속으로 유리 천막이 펴졌다 접힙니다

당신이 화장실에 앉아 잔뜩 부끄러워하듯

붉은 가지 끝에서

꽃은 눈에 빛이 들어가

눈가를 훔치며 나를 보지 못합니다

주름이 고운 고요의 드넓은 욕장에서

엘레라이

붉은 통나무 의자에 앉는 내 엉덩이는

마르고 뼈가 예민해졌지만

축복해 달라고 줄줄이 머리를 들이미는

새끼 소 떼들에게 손 얹어주는 동안

다섯 언덕에 황금빛 물이 차례로 돌아갑니다

길을 가리고 주욱 들어선

엠베네키 흰 꽃이 너무 많아

당신을 찾을 수 없을 거라고 염려하지 마세요

나무 뒤에서 오줌을 발로 밟으며 수줍어하는

마음의 어디를 못 볼 리 없고

보드라워져서 뼈에 닿고

붉어져서 살에 닿는 빛살이 다 당신의 꽃잎 아니던가요

엘레라이, 새가 날아간 뒤에도

나는 한참을 두근거린 후에라야

당신에게 편지를 쓸 수 있습니다

뭔가 잔뜩 부끄러워한 후 진홍빛 뼈가 된

엘레라이

내 몸 속의 붉은 나무

— 「엘레라이」 전문

　　한낮의 열기가 지나가고 저녁 어스름이 밀물처럼 다가오는 황혼의 시간, 그는 흙집 앞에 앉아 노을을 바라보고 있다. 한낮의 부산함을 고요하고 단조롭게 만드는 시간이다. 이 시간에 그의 감정은 한껏 고조되어 있다. 수많은 생각들이 내면에서 솟아오르고, 온갖 서정이 밀물처럼 다가와 그의 주위를 둘러싼다. "눈에 빛이 들어가 눈가를 훔치는" 꽃눈들, 다가와서는 축복해 달라는 듯 "머리를 들이미는 새끼 소 떼들", "황금빛 물이 차례로 돌아"가는 언덕들, "진홍빛 뼈"로 빛나는 엘레라이 나무 등 모든 것들이 하나 하나 그의 눈과 손길을 기다리고 있다. 황혼의 빛 속에 들어와 그의 주위에 둘러앉는다. 넉넉하고 여유롭다. 따라서 그의 편지에는 삶의 고단함이나 등짐을 지듯 지고 다녔던 슬픔의 흔적은 없다.

　　이렇듯 울음의 흔적도 모두가 나를 등졌다는 소외감도 어느 사이 흔적도 없이 사라졌다면, 그에게 아프리카의 삶은 하나의 통과의례가 아니었을까? 특히 사막에서의 삶은 그 생생한 과정이 아니었을까? 그에게 있어서 사막은 불굴의 의지나 열렬한 정신의 상징으로 다가오지 않았다. 오히려 황폐하지만 언제든 그를 부드럽게 감싸안는 육체로 다가왔다. 평원 여기저기 서 있는 나무들, 황혼으로 붉게 물든 마을, 물웅덩이, 평원을 가로지르는 동물들이 그것이다. 이런 사막의 식구들은 우기와 건기를 반복하며 늘 새로운 모습으로 존재를 밝히고 있다. 여기에는 그가 "최대한 돌아앉아"(「소로」)라고 표현했듯, 매몰차게 등을 돌리는 극단의 삶은 없다. 어떤 것도 늘 새롭게 시작되기 때문이다. 그의 영혼 또한 마찬가지였으리라. 사막의 황폐함 속에서 주어진 운명에 순응하는 삶을 자신의 것으로 받아들이면서, 영혼의 상처를 위무하고 치료했으리라. 나아가 그는 보다 의연한 자세로 세계와의 새로운 접속을 시도하는 것이다. 그래서 "흘러나오고"(「루시」), "뚜욱뚜욱 흘러 떨어지고"(「뜨락의 누드」), "스며들"(「섬」)듯 그의 시에 물기가 돌고, 그 물기로 스스로를 적시며 거듭나고 있지 않은가?

둥근 것들에게 눈길을

1. 시류에 따르자면

배한봉 시인은 할 일 없는 사람이다. 먹고 살기도 힘든 판에 끊임없이 시빗거리를 만들고 있으니 말이다. 눈 질끈 감고 속 편히 살 수도 있는데 트집을 잡고, 길 가는 사람의 손목을 잡아끈다. 잠깐, 얘기나 한번 해 보자는 것이다. 사람에 따라서는 귀찮을 수도 있겠다. 수박을 쪼개다가 지구온난화를 걱정했다고 하지를 않나, 매운탕 거리를 사들고 오다가 생선의 눈물이 어쩌니 저쩌니 하는 걸 보면 걱정거리도 참 많다.

누군가는 우리의 삶에서 인간과 인간, 인간과 사물 사이의 자연스런 교감이나 감응이 사라졌고 그래서 삶이 갈가리 찢어진 지 오래되었는데 무슨 소리냐고 반문할지 모른다. 우리 모두 물신숭배와 교환가치를 내면화해서 시류에 따라 잘 살고 있는데 아직도 믿을 게 있느냐고 고개를 저을지도 모른다. 당연한 반응이다. 그럼에도 불구하고 그는 존재들 사이의 교감과 삶에 대한 믿음이 있어야 하지 않겠냐고, 이런 믿음조차 없다면 어떻게 살아갈 수 있겠냐고 되묻는다. 오랫동안 계속된 그의 고집에 숙연하지 않을 수 없다. 어쩌다가 반성도 했지만, 귀찮거나 쓸모없다

고 팽개쳐둔 것들이거나 따져 볼 여지도 없다고 생각했던 것들이 아프
게 드러나고 있으니….

그렇다면 그의 상상력은 우리들이 귀찮다고 밀쳐두었던 것들에 근거
하고 있다고 할 수 있으리라. 상상력이란 우리가 살아오면서 먼지처럼
쌓였던 지식과 감각의 창고에서 펼쳐지는 것이기 때문이다. 이 목록을
하나하나 구체적인 삶 속에 풀어내는 과정과 이것이 몰고 오는 파장을
보자.

둥근 것들은
눈물이 많다, 눈물왕국을 하나씩 가지고 있다

칼로 수박을 쪼개다 수박의 눈물을 만난다

어제는 혀에 닿는 과육 맛에만 취해
수밀도를 먹으면서도 몰랐지
사과 배 포도알까지 둥근 몸은 모두
달고 깊은 눈물왕국 하나씩 가지고 있다는 걸

나는 눈물왕국을 사랑하는 사람
입맛 없을 때마다 그 왕국에 간다

사람 몸 저 깊은 곳
생명의 강이 되는 눈물,
그리하여 사람 몸도 눈물왕국 되게 하는 눈물,

그렇기 때문인가? 사람들은
둥근 것만 보면
깎거나 쪼개고 싶어 한다

지구도 그 가운데 하나다
숲을 깎고 땅을 쪼개 날마다 눈물을 뽑아 먹는다
번성하는 문명의 단맛에 취해
드디어는
북극의 눈물까지 먹는다

– 「지구의 눈물」 전문

　이 시의 주도적 이미지는 말할 것도 없이 눈물이다. 우선, 눈물에는 희노애락喜怒哀樂의 모든 감정이 깃들어 있다. 밖으로 드러내기 이전의 세계, 형태 이전에 존재하는 '생명'이 들어 있다. 이 생명이 외부의 자극에 의해 겉으로 드러나는데, 그 자극의 강도와 형식에 따라 눈물의 성격 또한 달라진다.

　이 시에서 보듯, 자극은 상처를 통해 드러난다. "칼로 수박을 쪼개"는 행위가 그것이다. 과일을 먹기 위해 칼로 쪼개거나 껍질을 깎는 행위는 자연스런 일이다. 껍질을 벗기면 물기가 드러난다. 이 물기의 성질이 과일의 맛을 결정하는 것이니 그 공통점은 단맛에 있다. 생명의 핵이다. 두려운 것은 "혀에 닿는 과육 맛에만" 취하다보면 혀의 길을 따라 갈 수밖에 없다는 사실이다. 혀의 길이란 무엇인가. 감각의 길이다. 감각을 좇는 길에서 상처는 고통이고, 고통은 새로운 자극 속에 잊혀지기 마련이다.

　새로운 자극에 익숙해진 삶에서 상처로 고통 받는 것은 무엇인가. 시인은 '둥근 것' 들이라고 말한다. 시에서 보듯 수밀도, 사과, 배, 포도알, 사람의 몸, 지구에 이르기까지 곡선으로 이루어진 것들이다. 어떤 인위도 개입하지 않은 형태다. 이것을 인간의 욕망에 따라 "깎거나 쪼개"는 행위는 이미 당연한 일이 되었다. 문제는 이런 행위의 정도다. "문명의 단맛"에 취해 '지구'의 과즙을 짜내고 마침내는 "북극의 눈물"까지 먹어 치운다면 우리의 삶에 어떤 희망이 있겠는가. 그 결과는 어떤 예측을 가능하게 하는가?

> 꽃을 수정하고 숱하게 죽어나간
> 비닐온실 벌들의 운명이
> 지구라는 가스온실에서
> 문명이라는 꽃을 피운 사람들의
> 운명이 된다면?
> 기우라고 귀를 막고 말아?
> 이상기후 소식이 자꾸
> 내 혓바닥에 칼처럼 꽂히는 봄날
>
> 성업 중인 우주 마트에
> 둥글고 푸른 지구가 있다
>
> — 「우주 마트」 부분

다시 마트에서 사온 수박을 먹으며, 시인은 단맛의 경로를 추적한다. 오늘날 우리가 먹는 '과채果菜'는 계절과 무관하다. 장마철에는 흙탕물을 뒤집어쓰고, 꽃을 피우고, 한여름에 밭고랑에서 땡볕을 쬐고 몸을 뒤굴리며 단맛을 익히지 않는다. 보다 일찍 단맛을 맛보려는 욕심에 한겨울 비닐온실에서 키우고 수정을 시켜 봄날에 맞춰 익힌 것들이다. 온실에 거둘 수 없는 것을 제외한 모든 과채들이 이렇게 우리의 입속으로 들어간다. 이 과정에 "꽃을 수정하고 숱하게 죽어나간/비닐 온실의 벌들의 운명"이 섞여 있음은 물론이다.

단맛의 경로에 이렇듯 비참한 운명이 개입되어 있다는 그의 상상력은 결국, 온실에서 꽃을 수정하고 죽어간 벌들의 운명과 문명의 꽃을 피우며 가스온실에서 살아가는 인간의 운명이 다를 바 없다는 인식에 이른다. 무심코 먹고 마시는 우리네 일상에 이렇듯 비참한 운명이 개입해 있고, 이를 아무렇지 않게 받아들이는 태도가 참으로 섬뜩하다. 어느새 문명의 단맛에 취에 우리 앞에 다가올 운명까지 잊고 살았으니, 입안에 가득 고이는 단맛의 식감이 어찌 "혓바닥에 칼처럼 꽂히"지 않겠는가.

2. 그렇다고 세상이

온통 답답하고 암울하고 절망스러운 것인가. 그렇지는 않은 것 같다. 생각을 달리하면, 그의 시에서 보이는 "꽃을 수정하고 숱하게 죽어나간" 벌들에게도 소중한 삶이 있다. 모든 존재가 각자의 삶을 일궈간다는 시각에서 보면, 그 조건이 어떠하던 자신에게 주어진 생명을 꽃 피우는 것 아니겠는가. 마찬가지다. 온실 속에서 과즙의 단맛을 간직한 채 익어가는 과채들 역시 최선을 다해 자신의 생명을 꽃 피우는 것이다. 인간의 의도와 관계없이 펼쳐지는 삶, 그 자체로도 이미 아름다운 것 아닌가? 인간도 예외는 아니다. 최선을 다해 자기 앞의 생을 일궈가는 삶의 충실성은 이미 '결핍' 아닌 '충족' 으로 나타날 수밖에 없다. 따라서 생명활동의 전 과정을 '장엄' 과 '숭고' 로 요약할 수 있을 것이다.

해 지는 하늘에서 주남저수지로

새들이 빨려 들어오고 있다, 벌겋다, 한꺼번에 뚝뚝, 선지 빛으로

떨어지는 하늘의 살점 같다

한바탕 소란스런 저 장관

창원공단 퇴근길 같다

삶이 박아 놓은 가슴팍 돌을 텀벙텀벙 단체로 시원하게 물속에 쏟

아내는 몸짓 같다, 온몸으로 그렇게

삶을 꽉 묶어 놓은 투명한 끈을 풀고

집으로 돌아오는 가장들,

그 질펀한 힘이 선혈 낭자한 시간을 주남저수지 물바닥에까지 시뻘

겋게 발라놓았겠다

장엄하다, 이 절정의 파장

삶의 컴컴한 구덩이조차도 생명의 공명통으로 만들 줄 아는

저 순하고 아름다운 목숨들,

달리 비유할 것 없이 만다라의 꽃이다

저 꽃 만져보려고 이제는 아예 하늘이 첨벙 물속에 뛰어드는 저녁

이다

—「장엄한 저 꽃 만져보려고」 전문

붉은 노을을 배경으로 수면으로 내려앉는 새들의 모습과 "뚝뚝, 선지

빛으로 떨어지는 하늘의 살점"의 유사성이 왠지 섬뜩하다. 이 형태적 유
사성의 이면이 아프게 드러나기 때문이다. 노을의 색깔을 "선지 빛"이
라고 했듯, 여기엔 삶의 지난한 고통이 잔뜩 배어 있다. 하루하루가 고
단한 삶의 연속이듯, 노동의 시간은 "삶이 박아 놓은 가슴팍 돌"을 품고
지내는 것이고, "꽉 묶어 놓은 투명한 끈"에 매달려 지내는 시간이기 때
문이다.

따라서 붉은 노을에서 비롯한 상상력은 새가 지친 날개를 접는 수면
위로, 다시 집으로 돌아오는 가장의 이미지로 자연스럽게 겹쳐진다. 시
인은 힘든 노동과 휴식이 겹쳐지는 순간을 "만다라의 꽃"으로 노래한
다. 쏟아내고, 풀고, "삶의 컴컴한 구덩이조차 생명의 공명통으로 만들
줄 아는" 생명들이 펼쳐 놓는 풍경이기 때문이다. 이 아름다움의 원천은
두말할 것도 없이 "삶의 컴컴한 구덩이"를 솟구쳐 오르는 날갯짓이다.
이것이 힘이며 아름다움이다. 그가 "생애에서 제일 센 힘은 바닥을 칠
때 나온다"(「육탁肉鐸」)라고 하듯, 바닥을 치고 나오는 힘이 바로 생명의
본질이며, 이것이 모든 존재를 아름답고 가치 있게 한다는 것이다.

만다라란 무엇인가. 한마디로 우주요 생명의 상징적 형체가 아닌가.
그 형체는 고정되어 있는 것이 아니다. "밥집 노인의 갈라진 손바닥에서
엉금엉금 기어 나온 갑골문자"(「속살」)에서, 풀잎 하나, 풀잎에 걸쳐 놓
은 거미줄, 거미줄에 매달린 이슬방울에 이르기까지 "여기저기 뜨겁고
아프게" 펼쳐진 생명의 실상이 만다라의 꽃이다. 여기에 생명들 사이에
미추, 우열, 선악 … 어떤 비교도 가능하지 않다. 죽음에 대해서도 마찬
가지다. 생명 하나하나가 우주이며, 어울림이 꽃이듯 죽음 역시 그 근원
으로 돌아가는 과정이란 점에서다.

울릉도 가는 동해 뱃길, 숨지기 직전의 참돌고래를 다른 참돌고래
대여섯 마리가 수면 위로 밀어 올리고 있다.

포유동물이어서 아가미 없이 물속에 사는 고래, 물 바깥 공기 마시
지 못하면 익사하는 고래, 참돌고래들은 더 이상 움직일 힘조차 없는
동료를 한사코 수면 위로 밀어 올리고 있다. 포유류로서의 마지막 자존
지킬 수 있도록 숨 놓을 때까지, 온몸으로, 끝까지, 삼각파도 밀어 올리
고 있다.

숭고한 저 바다 장례식, 참돌고래 푸른 울음이 독도를 지나 태평양
으로 헤엄쳐 가는지 당겼다 놓으면 금방이라도 터질 것 같은 수평선을
시퍼런 울릉도 하늘이 달래듯 어루만지고 있다.

— 「참돌고래의 집단행동」 전문

삶이 그 자체로 아름답듯 죽음 또한 아름답다. 이 시에서 보듯 참돌
고래들이 죽어가는 동료를 살려내려는 움직임은 처연하다. 숨을 쉬게
하고자 계속해서 수면 위로 밀어 올리는 행위 속에 깃든 안타까움 때문
이다. 중요한 것은 이런 행위가 이들의 삶 속에 소통과 교감이 있었기에
가능하다는 점이다. 소통과 교감이란 보이지 않는 유사성을 전제로 한
다. 서로의 운명이 닮아 있고, 닮아 있기에 소중하고, 소중하기에 "더 이
상 움직일 힘조차 없는 동료를 한사코 수면 위로 밀어 올리"는 것이다.
시인은 참돌고래의 행위를 통해, 모든 존재들 사이의 닮음에 대한 인
식이야 말로 진정한 의미의 공존을 가능하게 하는 것이라고 말하고 있
다. 안타깝게도 우리는 이런 생각들을 까마득히 잊고 사는 건 아닐까?

닮음보다 차이를 강조하고, 차이를 앞세워서 서로를 배격하고 공격하고 또 파괴하며 살아온 건 아닐까? 그렇기에 참돌고래의 행동이 시사하는 바가 크다. 죽음의 길 앞에서 벌이는 장례식의 경건함 역시 그가 말하는 "만다라의 꽃"이기 때문이다.

3. 그는 큰 목청을 지닌

선동가가 아니다. 현재의 삶을 비관적으로 보지 않을 뿐이다. 흔히 말하듯, 삶을 고정된 관점에서 확실하게 인식할 수 없을지도 모른다. 나아가 욕망의 속도가 변화의 속도를 앞지른 삶 속에 어떤 믿음이나 희망이 있겠느냐고 말할 수도 있다. 그렇다. 변화하는 세계와 삶을 확실하게 이해하고 재단할 수는 없다. 그러나 예측이야 가능하지 않겠는가? 지금처럼 감각적 욕망을 좇아 산다면, 생의 의미를 돌아보지 않는다면 그 결과가 어떠하리란 예측이다. 그래서 그는 생에 대한 예의를 갖추자고 하는 것이다.

예의를 갖춘다는 것은 서로를 존중하고 배려한다는 것이니 그 바탕에는 겸손이 깔려 있기 마련이다. 자기를 낮추는 것이고, 자기를 낮추려면 '나'에 대한 반성이 필수적이다. 반성이 있어야 자신의 참모습을 볼 수 있고, 참모습을 볼 수 있어야 공존의 윤리를 터득할 수 있으니 말이다. 그가 진정으로 원하는 바는 무엇인가? 아직은 믿을 만한 구석이 있으니, 변하자는 것이다. 사람이나 세상을 한꺼번에 바꿀 수 있다고 믿는 것은 이상주의자의 몫이다. 그는 시인이기에 변화, 아주 조금씩 삶의 패턴을 바꾸자고 한다. 의미를 잃어버린 삶, 자기중심적인 삶, 감각추구의 행태를 다시 생각해보자고 한다. 괴롭지만 삶의 실상을 들여다보자는 것이다. 나를 이끌고 있는 욕망이나 이에 따른 삶의 모습을 들여다봐야 뭔가 희망이 보이지 않겠느냐는 것이다.

문명사적으로 보아 우리의 삶은 결핍의 길 위에 전개되고 있다. 그 길은 앞으로만 뻗어 있다. 굳이 라캉을 들먹이지 않더라도 결핍으로 인한 욕망은 늘 허덕이는 것이어서 자기중심적이기 마련이다. 그렇기에 남(타자)을 보지도, 더불어 살려고도, 돌아보려 하지도 않는다. 그 끝이 어딘지도 모르고 앞으로 달려갈 수밖에 없으니 더없이 안타까운 일이다. 어느 날부터 매일 밤, "칠 바닥도 없이 하얗게 소금에 절이는 악몽"(「어탁」)을 꾸며 살 수는 없지 않겠는가.

열정의 안과 밖

1. 영원한 청년

몇 해 전 봄이었다. 이른 아침에 문병란 시인을 만났다. 7시경이었으니 이른 시각이었다. 화순 중앙병원이었는데 우리는 서로 다른 침대에서 각각 물리치료를 받고 병원 문을 나서는 길이었다. 선생은 통풍으로, 나는 이명 때문에 진료시간 전에 치료를 받고 있었던 것이다. 이지헌 원장의 특별배려였다. 이 원장은 아픈 사람을 보고는 절대 그냥 두지 않는 분이다. 특히 우리처럼 문학을 하는 서생들의 아픔은 어떻게 해서라도 낫게 해주는데, 문병란 시인과 내가 이 원장이 쳐놓은 그물에 걸려 즐거운 고행을 하는 중이었다.

병원 문을 나서며 통풍에 대해 물었다. 문병란 시인은 어느 순간이 되면 마치 칼로 뼈를 긁는 듯한 통증이 온다며 "이젠 아플 만한 나이지" 하며 웃었다. 그 웃음 속에 약간의 쓸쓸함이 묻어 있었다. 나는 시인의 얼굴에서 세월의 그림자를 엿본 듯했다. 새삼스러웠다. 문병란 시인은 영원한 청년으로 결코 늙지 않을 분이라고 내 머릿속에 각인되어 있었기 때문이다. 청년의 이미지는 1980년대를 거치면서 시인이 보여준 시와 삶에 대한 열정에서 비롯한 것이다. 시는 왜곡된 삶을 향해 날아가는, 조그마한 망설임이나 한 치의 오차 없는 직격탄 같았고 불의에 맞서는 현장 어디에서도 시인의 음성이 뇌성처럼 울려 퍼졌기 때문이다. 지금도 내 머릿속에 선명히 떠오르는 「고무신」의 한 구절을 보자.

> 썩어도 썩어도 썩지 못하는 한 많은 가슴,
> 땅속 깊이 파묻혀도
> 뻘밭 속에 거꾸로 처박혀도
> 한사코 두 눈 부릅뜨고
> 영영 죽지 못하는 恨
> 여기 벌 떼같이 살아나는 아우성이 있다.
>
> – 「고무신」 부분

그의 시가 시작되고 나아가는 방향을 짐작하게 하는 작품이다. 한마디로 고무신을 신고 사는 사람들에 대한 애정에서 시작하여, 이들이 내뱉는 '아우성'을 세상을 향해 제대로 지르겠다는 것이다. 고무신은 누구의 발에 신겨 있었던가. 노동자, 40대 여인, 두메산골 머슴놈, 흑산도 뱃놈, 식모살이하는 순이의 발바닥을 감싸주던 것이다. 이들 고무신이 "군화가 짓밟고 간", "윤나는 구두가 밟고 간" 아스팔트 위에서, "모진 학대 속에 짓밟힌" 상태로 나뒹굴고 있다는 것이다. 한마디로 독재정권, 성장의 그늘 밑에 천대받고 학대받는 민중들의 삶을 상징한다.

이들은 고통과 질곡 속에서 비명을 지르면서도 "한사코 두 눈 부릅뜨고" 살아난다. 야생초의 생명력이다. 이 생명력이 있기에 모진 삶의 소용돌이를 건너왔던 것이다. 시인은 이들의 생명력이야말로 더없이 신성한 것이지만, 그 고통에 대해 아무도 들으려 하지 않기에 이들의 한과 아우성을 시로써 대변하겠다는 것이다. 그리고 이런 자세는 시인의 일생을 통해 일관되게 유지되었고, 이로 인해 늙지 않는 청년의 이미지를 지닐 수 있었다. 그렇다면 억압받는 타자를 향한 애정과 이들의 삶을 위협하는 것들에 대한 분노와 저항은 어디서 나오는 것일까?

2. 자멸의 정당성

문병란 시인의 열정을 증거하는 것으로 우리는 쉽게 지금까지 상재한 시집의 양을 들기도 한다. 첫시집 『문병란시집』(1971)에서 최근에 나온 『꽃에서 푸대접하거든 잎에서나 자고 가자』(2001)에 이르기까지 선집을 빼더라도 20여 권에 이른다.[1] 이 많은 시집은 지금까지 이 시인이 부지런히 살아왔다는 것과 함께 그 속에 깃든 열정을 말해주는 것이기도 하다. 그의 열정은 삶을 밀고 가는 힘이면서 동시에 역사와 민족 앞에 당당해지려는 염결한 자기 수련의 의미를 지닌다. 그래서 시와 그를 가리켜 "우리 시대에 있어 가장 선진적인 문제의식에 토대한 가장 진실한 문학"[2], "무법이 만연한 시대에 자멸을 감수하면서까지 당당하게 항거하는 시인[3] "날카롭게 비판하고 고발하는 시퍼런 언어"의 소유자[4]로 평가한다. 특히 눈에 띄는 것은 젊은 평론가가 지적한 "자멸을 감수하면

---

1 문병란의 주요시집은 다음과 같다. 『문병란시집』(1971), 『정당성』(1973), 『죽순밭에서』(1977), 『벼들의 속삭임』(1980), 『땅의 연가』(1981), 『새벽의 서』(1983), 『동소산의 머슴새』(1984), 『아직은 슬퍼할 때가 아니다』(1985), 『무등산』(1986), 『5월의 연가』(1986), 『못다핀 그날의 꽃들이여』(1987), 『양키여 양키여』(1988), 『화염병 파편 뒹구는 거리에서 나는 운다』(1989), 『지상에 바치는 나의 노래』(1990), 『견우와 직녀』(1991), 『겨울 숲에서』(1994), 『새벽의 차이코프스키』(1997), 『인연서설』(1999), 『꽃에서 푸대접하거든 잎에서나 자고 가자』(2001).
2 염무웅, 「민중성과 예술성」, 『문병란 시 연구』, 허형만·김종 엮음, 시와사람사, 2002, 247쪽.
3 조해옥, 「사랑과 성찰의 노래」, 『문병란 시 연구』, 위의 책, 36쪽.
4 홍문표, 「역사와 현실과 민족」, 『문병란 시 연구』, 위의 책, 159쪽.

서까지"라는 수식어다.

자멸이란 무엇인가? 알면서 스스로 멸망하는 것이다. 힘없는 자가 취하는 마지막 항거 수단이기도 하다. 비장한 의지가 깃들어 있는 행위다. 그렇다면 어떤 열정이 이런 의지를 부추기고 있는가. 문병란의 시와 인생을 꿰뚫고 있는 것, 즉 사랑이다. 진정한 사랑은 무엇을 쟁취하는 것이 아니라 내가 가진 것을 놓아버리는 행위를 통해 구체화된다. 그의 시와 삶을 배경으로 놓고 볼 때, 시인이 놓아버린 것은 일신의 안위였다.[5] 소시민적인 행복을 버리고, 역사의 물결에 몸을 던짐으로써 보다 풍요롭게 사는 세상을 만드는 일에 뛰어든 것이다. 이럴 때, 사랑은 일신의 안위를 희생하는 것이요, 자신과 이웃의 올바른 삶을 일구는 의지요, 이를 방해하는 일체의 것들에 항거하는 실천이게 된다. 그는 이런 사랑을 다음과 같이 노래하기도 한다.

> 지금 우리에게 필요한 것은
> 사랑이 아니라 증오이다.
>
> 적이 가면을 쓰고 보내주는
> 거짓 미소에 속지 않기 위해서는
> 그들의 위선을 깨뜨릴
> 총알같이 날아가는 증오이다.
>
> ― 「지금 우리에게 필요한 것」 부분

우리는 시인의 내면에서 활화산처럼 뿜어 나오는 사랑과 증오의 변

---

5 위의 책, 2부는 '문병란의 삶과 시'로 꾸며져 있는데, 여기에 시인의 삶이 구체적으로 언급되어 있다.

주를 본다. 민중의 삶 속에 응어리진 고통과 분노를 사랑함으로써 이에 항거할 수 있는 힘을 발견한다. 따라서 민중의 삶을 기만하고 억압하는 적을 향한 증오 역시 사랑의 무게와 비례할 수밖에 없다. 적에 대한 증오는 곧 민중에 대한 사랑이기 때문이다.

그가 증오하는 적은 누구인가. 우리의 삶을 "하나의 거대한 감옥"(「동물원」)에 몰아 넣었었던 "통일할 생각이 없는 사람들"이고, "위대한 미국의 우정"(「미국 때문이다」)에 목을 맨 사람들이다. 이들이 또한 광주를 "온갖 검거와 굴욕과 수치가 흐르는 땅"(「頌歌−光州에 바치는 노래」)으로 만들었다. 지배권력은 이미 갑오농민전쟁에서도 해방 후 혼란의 와중에서도 외세를 등에 업고 때론 웃음으로 때론 험상궂은 얼굴로 민중을 기만하고 위협했던 것이다. 따지고 보면, 과거 남한의 독재정권은 전쟁 공포를 확산시키면서 아니면 남북 간 대화를 이용해 거짓된 웃음을 흘리며 끈질기게 버텨오지 않았는가. 적에 대한 증오는 우리와 같은 역사적 상황에 처해 있는 제3세계 민중에 대한 관심으로 나아가기도 한다. 오로지 자신의 이익을 위해 저보다 약한 세계의 민중을 "문명의 이름으로 살해하고 성경의 은총으로 살해하"(「검은 벗들에게」)는 사람들 즉, 신식민지적 자본에 대한 적개심으로 확대되는 것을 보게 된다.

이들에 대한 증오는 역설적으로 민중에 대한 사랑이다. 사랑의 실현을 위한 수단으로서의 증오인 셈이다. 이럴 때, 사랑은 그의 시를 밀고 가는 힘이면서 시대나 역사 앞에 늘 당당할 수 있는 용기를 제공한다. 그리고 그것은 안으로 쌓이는 것이 아니라 끊임없이 밖으로 분출되는 힘이다. 그의 시가 활달한 직선의 상법想法에 의거해 있음 말해준다. 직선의 상법은 밖을 향해서는 엄격성을, 안쪽으로는 솔직성을 전제로 한다. 내 자신이 투명할 때 그 힘이 배가하기 때문이다. 그래서 걸림이 없고 당당하다. 그의 언어가 한여름 땡볕 같은 뜨거움이 목구멍까지 차 올랐을 때, 한바탕 쏟아지는 소나기처럼 서늘한 것은 이런 이유에서다. 시적 실천이 정당하기 때문에 당당하고, 당당하기에 내 자신의 전부를 불태울 수 있는 의지로 나타난 것이다.

중요한 것은 진짜 적의 모습을 알고 여기에 항거하는 일이다. 다음의 시를 보자.

가슴마다 철조망을 쳐놓고
가슴마다 38선을 금그어 놓고
이웃을 거부하고
동족을 거부하고
형제의 얼굴에 침을 뱉는 것은
형제의 이마에 모진 돌을 던지는 것은
우리가 믿는 제도라는 맹목의 살인도구,
인간이 인간을 죽이는 합법적인 살인종교,
전쟁이라는 괴물을 믿고 있는 정치에 있다.

사람이 사람을 가로막는 담을 헐어내기 전에는
형제의 눈에 티를 보며 내 눈의 들보는 못 보는
고질병 이기주의의 눈꼽을 닦아내기 전에는
가슴과 가슴에 가로놓인 불신의 장벽
보다 더 완강한 38선을 걷어내기 전에는
형제의 피와 살을 팔아 즐기는 부귀영화
흡혈의 독점, 정치의 우상을 벗겨내기 전에는

끝끝내 물러가지 않을 외세 귀신이여

끝끝내 하나가 될 수 없는

견우와 직녀의 기나긴 이별이여 이별이여.

– 「우리를 가로막고 있는 것」 부분

"총알같이 날아가야 할 증오"의 표적은 다름 아닌 외세를 등에 업은 권력과 고질적인 이기주의이다. 그에게 있어서 권력은 늘 민중을 억압하고 삶 자체를 왜곡시켜 왔다. "자유를 무덤으로" 만들었고(「4월의 우화」), 생존투쟁에 나선 노동자에게 쇠고랑을 채웠고(「포항을 가며」), 한반도를 통닭으로 만들어 벌거벗고 도마 위에 올려놓았고(「IMF요리」), 테러와 조폭이 난무하는(「우리편을 들지 않으면 조폭이다」) 세상으로 만들었다. 이런 세상에 상식과 정의, 진실과 양심이 있을 리 만무하다. 자신의 이익을 위해 동족과 이웃 심지어 "형제의 얼굴에 침을 뱉"는 일이 일상화한 것이다. 독재권력은 무소불위의 권력을 이용하여 동족을 살해하고, 이와 결탁한 자본은 노동자의 희생을 담보로 산업화를 이루었다. 그리고 그 열매는 오로지 이들이 차지했던 것이다. 문민정부에 들어서서도 이런 현실은 바뀌지 않았다. 천민자본주의의 허세와 이에 영합한 중산층의 신화 그리고 퇴폐적인 대중문화의 기초 위에 세워진 문민정부 역시 사상누각이었음이 IMF를 통해 극명하게 드러난 것이다.

이 모든 삶의 왜곡을 불러들인 것은 권력유지를 위해 끌어들인 외세요, 그 결과 동족을 억압하고 형제를 외면하게 되었다는 것이다. 또 하나는 "형제의 눈에 티를 보며 내 눈에 들보는 못보는" 이기주의다. 이기주의는 어느새 자신을 억압해 온 권력의 속성에 길들여져 있는 현실을 말해준다. 비판의 눈초리가 안팎으로 동시에 번뜩여야 한다. 결국, 이러한 문제들이 제대로 해결되지 않는 한, 민족도 형제도 끝내 하나가 될 수 없다는 것이다.

3. 가슴과 배의 불협화음

문병란 시인은 허위에 맞서 왔다. 그의 시 역시 부당한 현실에 적극적으로 대응해 왔다. 부당한 현실에 대해 말 못하는 시인과 시에 대해 "시인이여, 좆도 아닌 시를 던져버려라"(「餘情」)라고 할 정도로 그의 자세는 단호하다. 그가 추구한 것은 사랑이 온전히 실현되는 세상이다. 이런 세상을 만들기 위한 전제 조건이 자유다. 그의 자유는 자신을 제한하고 규정하고 억압하는 장애를 극복하는 데서 한 걸음 나아간다. 그가 추구하는 자유는 나 아닌 타자(민중)를 구속과 억압에서 벗어나게 하는 일이다. 문병란 시에서 자멸의 정당성이 확보되는 것도 이런 이유에서다. 이를 바탕으로 그의 시는 외부의 적을 향해 직격탄처럼 날아간다. 그의 시에서 애매한 비유적 언어나 상징이 배제되어 있는 것은 당연하다.

근래에 이런 열정 사이사이에 자신의 삶을 돌아보고 관계의 미덕을 살피는 시편들이 나타나는 것을 볼 수 있다. 이를 두고, "역사의 부름과 개인적인 실존 사이에 균형을 잡고 싶어하는 욕망"이 드러난 것[6]이라 할 수 있으리라. 중요한 것은 개인적 실존에 대한 사고의 폭과 깊이보다도 자신을 있는 그대로 드러내는 솔직성이다. 이는 삶에 대한 철저한 반성적 인식에서 비롯한다. 자신을 감싸고 있는 명성이나 지위 그리고 지금껏 살아온 삶의 허점까지도 드러낼 수 있을 때 진정성이 확보된다는 의미다. 이런 점에서 최근에 발표한 다음의 시에서 그의 내면에서 일어나는 변화의 일면을 볼 수 있다.

    언제부턴가 시작된 나의

---

6 홍정선, 세계와 자아를 위한 싸움, 『문병란 시 연구』, 위의 책, 86쪽.

이상한 딸꾹질.

하나의 불길한 예언과도 같이
계속 멎지 않고
내 숨통을 꺾는
이 고르지 못한 딸꾹질,
왜 그것은 멎지 않는 것일까?

민족을 얘기하고
애국을 옹위하고
통일에 대하여 진지성을 따지다가
나는 그것이 갑자기 시작되었어.
가장 중요한 순간에
내 5분간 연설의 클라이막스에
그 돌연한 발작은 시작되었어.

참으로 미안하게
참으로 해괴망측하게
그 불길한 딸꾹질은 연속되었어.

– 「딸꾹질」 부분

　　시적 상황을 보자. 강연을 하던 중간에 느닷없이 딸꾹질이 시작되었
다. 그것도 민족, 애국, 통일을 말하는 "가장 중요한" 순간에 … 그리고
불길하게 딸꾹질이 계속되고 있다는 것이다. 딸꾹질이란 무엇인가? 생
리적으로는 가슴과 복부를 구분하는 횡경막이 어떤 자극으로 수축해서

생기는 현상이다. 한번 시작하면 좀처럼 멈추지 않는다. 딸꾹질을 멈추게 하기 위해 물을 마시기도 하고 놀래키기도 하지만, 이것이 심리적 요인으로 시작된 것이라면 쉽지 않다. 그렇다. 딸꾹질이 가슴과 복부 사이의 불협화음에서 비롯된 것임을 상기한다면, 이 시인의 딸꾹질은 당연할지도 모른다. 민족이나 애국이나 통일의 문제는 가슴으로 받아들여야 할 것들이다. 그런데 이런 내용이 어느 순간, 우리 삶의 한편에 밀려나 있다. 이미 탈근대, 세계화, 사이버 세계, 소비대중문화, 섹스 … 온갖 부박한 것들이 우리의 삶을 둘러싸고 있다. 우리 모두는 한 푼의 돈을 위해 자존도 명예도 팽개치고 이리저리 몰려다닐 지경에 이르렀다. 따라서 민족이니 통일이니 하는 문제는 이미 과거의 담론이고 가치가 되어버렸다. 가슴으로 마주하던 시대는 지나갔고 오로지 배를 채우는 욕망의 노예가 되어버린 것이다.

이런 상황에서 시인은 자신의 연설을 "당뇨병 환자의 쓸쓸한 배설"로 인식한다. 가슴으로 다가가는 사람과 배로 받아들이는 군중 사이의 불협화음, 불타는 열정과 이를 야유하는 현실 사이의 괴리는 결국, 딸꾹질로 나타나게 된 셈이다. 사실, 이런 불협화음은 이미 자탄의 모습으로 나타나기도 했다. 그는 많은 시편에서 같은 길을 걷고 또 걸어왔던 사람들에 대해 비판한 적이 있다. 심지어 "나는 잘 살아온 것인가/아니면, 도연명처럼 잘못 가다가/되돌아와야 할 지점에 서 있는 것인가"(「餘談」)라고 한탄한 적도 있다. 지금껏 동지라 믿었던 사람들이 바뀐 현실에 너무 빨리 그리고 쉽게 영합하는 세태에 대한 실망감에서 비롯한 것이기도 하다. 아무튼 현실은 변했고 시인은 이를 잘 알고 있다.

그렇기에 시인은 "자꾸만 딸꾹질을 계속"한다고 한다. 이제는 외부의 자극에 의해서가 아니라 스스로의 의지로 딸꾹질을 하는 셈이다. 자신과 쉽게 타협하지 않겠다는 것이다. 그렇다면, 왜 괴로운 일을 계속하는가? 마땅히 해야 할 일을 남아 있기 때문이다. 할 일과 변해버린 현실 사이의 괴리에 정면으로 맞서는 일이다. 괴로운 일이지만 이것이 지금 껏 살아온 사회적 존재로서의 자아와 실존적 자아 사이의 긴장을 해결 하는 길이란 것을 시인은 잘 알고 있다. 따라서 그의 시는 밖으로 분출 되는 열정으로 인해 되돌아보지 못했던 내면에 대한 성찰과 변해버린 세계 속에서 자기 정체성을 확인하는 방향으로 나아간다.

> 뒷자리는 마음이 편안하다
> 앞자리보다 뒷자리는 자유롭다
> 다리를 펼 수도 있고
> 코를 후빌 수도 있고
> 슬쩍 한눈을 팔 수도 있고 그리고
> 남몰래 잠깐 도둑잠을 잘 수도 있다
> 뒷자리는 긴장하지 않아서 좋고
> 어색한 미소를 지을 필요도 없다
> 아네모네의 가오 마담 미세스 리는
> 거울 앞에서 화장을 고치느라 바장이는데
> 나의 의자는 외로움의 무게에 삐걱이드라
> 오늘도 편안한 뒷자리에 앉아
> 산수유꽃 벙을이는 이 아름다운 봄날
> 친구여, 나는 하염없이 졸기나 할까
> 소슬한 손바닥 마주쳐 박수나 칠까.

– 「뒷자리」 전문

실존에 대한 고뇌와 내적 성찰을 향한 열정이 빚어낸 내면 풍경이다.

겸손함이 배어 있다. 이제는 자신의 자리가 앞줄이 아니란 것을 담담하게 받아들인다. 우리가 눈여겨보는 것은 그가 지금껏 앞에서 남들을 이끌어 왔고, 앞자리는 늘 그의 몫이었다는 사실이다. 현실적인 위험 앞에서도 늘 앞에 있었다. 앞은 진취적이요 전진적인 자리이지만 뒤는 퇴영적이며 회고적인 자리이기 때문이다. 늘 앞자리에 있던 사람이 타의에 의해서 뒷자리에 서게 된다면 그것은 치욕으로 여겨질 수 있다. 이는 남보다 뒤처졌다는 생각에서 아니면 자신에 대한 자괴감에서 우러나오는 자연스런 감정일 것이다. 그러나 이 시에서 보듯, 시인이 받아들인 뒷자리는 자발적인 것이다. 스스로 이제는 뒷자리가 편하고 자유롭다고 생각하는 것이다.

항시 부당함에 온몸으로 맞서왔고, 민중을 이끌어 왔던 그의 삶에 비추어 큰 변화가 아닐 수 없다. 이런 변화는 최근에 나온 시집에 여기저기서 눈에 띤다. "온갖 중생의 고통이 쌓인 저자거리"의 돌부처(「돌부처의 노래」)에서 진정으로 민중을 사랑하는 부처를 발견하기도 하고, "응달진 구석에 묵묵히 숨어"(「몽당 빗자루」)있는 몽당 빗자루의 형상을 통해 그늘에서 묵묵히 일하는 성자의 모습을 보기도 한다. 위로부터의 사랑이 아닌 낮은 데서 우러나오는 사랑을 실천하는 모습이다. 타인에 대한 사랑이 잘못된 정치나 제도에 항거하는 것만 아니라, 그들의 삶을 가까이에서 보듬을 수 있는 마음자세에서도 똑같이 중요함을 말하고 있다. 이를 위해서는 한없이 낮아져야 하고 겸손할 수 있어야 한다. 밖으로 분출하던 열정을 안으로 끌어들여 이웃과 함께하는 삶에로 돌리고 있는 것이다. 그렇기에 그는 "네 개의 꽃망울이 달린 어린 목련"(「어린 木蓮을 심으며」)에게 따스한 눈길을 줄 수 있고, 쉼터 공원에서 "어떤 외로운 사람이 찾아와/고독한 마음을 태우고 갔을까"(「쉼터」)하며 외로운 사람과의 교감을 나눌 수 있는 것이다.

이와 같은 변화의 바탕에는 자신의 모습을 있는 그대로 보고자 하는 자기 성찰에의 의지가 깔려 있다. 사진 속에서 "두려운 듯한 눈초리/궁색하게 좁은 이마"(「대결」)를 지닌 평범한 자신을 발견하는 것이나 밤늦도록 "남처럼 앉아 나를"(「새벽 세 시」) 바라보고, "나는 내가 바보임을 모르고 살았"다는(「바보」) 자기 고백을 내보일 수 있는 것도 이런 이유에서다. 이런 솔직함은 어디서 나오는 것일까? 나는 앞에서 문병란 시인의 시작 원리가 직선의 상법에 있음을 밝혔다. 그렇다. 그의 어법은 일체의 거짓을 부정하는 데서 출발한다. 있는 그대로를 드러내는 솔직성이 그의 시를 지탱해온 것이다. 그렇기에 자신의 부끄러운 내면과 그 때문에 고통받는 과정까지도 드러낼 수 있는 것이다. 또한 이 과정이 있기에 우리는 그가 실천하는 삶의 의지와 깊이에 공감하는 것이다. 그것은 뒷자리에 앉아 앞사람을 위해 기꺼운 마음으로 "손바닥 마주쳐 박수" 칠 수 있는 여유와 통한다.

4. 되돌아봄의 의미

평범하다는 것은 다른 것과 비슷하다는 것이다. 많은 사람들이 이를 개성이 없거나 남보다 열등하다는 것으로 이해한다. 그리고 여기서 벗어나려 애쓴다. 자신의 능력 밖의 일에 매달리기도 하고, 허명에 매달려 위선적인 삶을 살기도 한다. 그러나 평범을 자연스러움으로 받아들일 때 삶의 태도는 달라진다. 평범하다는 것은 자신에게 솔직하다는 것이요, 행하는 모든 것이 그 사람의 천품에 어울리는 일이라 할 것이다. 따라서 하는 일마다 자신은 물론 타인에게 도움이 될 때 그 가치가 드러난다. 평범함이 지닌 위대성은 여기서 나온다.

문병란 시인의 경우, 후자에 속한다. 그는 천성적으로 열정을 지닌 사람이다. 그 열정은 앞서 말했듯 고통받는 이웃에 대한 사랑에서 나온 것이요 그렇기 때문에 고통을 주는 자에 대해 누구보다도 격렬한 저항을 할 수 있었다. 그의 시는 많은 사람들의 위안과 기쁨이 될 수 있었다. 이제 그는 자신의 열정을 안으로 돌리고 있다. 그의 시에 민족과 역사를 향해 분출하던 뜨거움이 보이지 않아서가 아니라 최근에 발표되는 많은 시에 자아성찰이나 타인의 고통과 슬픔 또는 작고 애처로운 것에 보다 많은 관심을 보인다는 의미다. 그렇기에 이제 그는 과거에 매달리거나 분노에 사로잡히지 않는다. 삶의 불협화음까지 감싸안으면서 사랑을 넓혀간다. 또한 과거에 매달리고, 변화를 부정하고, 계속해서 앞자리만을 고집하지 않는다. 시대의 변화를 꿰뚫고 있으면서, 겸손하게 변화에 맞춰 자신의 위치와 역할을 만들고 있다.

　그에게 있어 "나이가 든다는 것은/인생의 빚이 쌓인다는 것"(「종착역에서」)이다. 그의 말대로 아내에게, 자식에게 진 빚일 수도 있고 자신이 살아온 시대에 대한 빚일 수도 있으리라. 이런 빚감정은 자신의 삶을 투명하게 드러내고, 타인 앞에 겸손할 수 있을 때 가질 수 있는 것이다. 세상을 투시하는 안목과 애정 그리고 염결한 자기 수련에 의해서만 얻어지는 덕목이다. 이렇듯 밖으로 분출하던 열정을 내면으로 끌어들여 새롭게 거듭나는 시인에게 늙음이란 가당치 않은 말이다. 문병란 시인이 우리에게 영원한 청년으로 다가오는 것도 이런 이유에서다.

자유와 복종의 역설

1. 자유의 의미

흔히 자유를 떠올리면 '무엇으로부터의' 라는 전제가 붙는다. 자유라는 말 그 자체로는 쉽게 설명되지 않는다. 실체가 없는 추상명사이기도 하지만, 자유라는 말이 지닌 폭과 넓이가 만만치 않기 때문이다. 따라서 '무엇' 에 해당되는 항목은 무수히 많을 수밖에 없다. 이를테면 '억압', '일상', '가난', '욕망' 등등 수없이 많은 항목들이 들어서고, 이를 바탕으로 그야말로 얽매이거나 구속받지 않고 자신의 뜻대로 사는 모습을 떠올릴 것이다. 그중에서도 우리에게 익숙한 자유는 '억압' 과 '욕망' 에 연관되어 있다.

전자는 우리의 역사와 관계가 깊다. 특히 근·현대사를 통해서 볼 때, 우리의 삶은 민주화를 통한 정치적 자유의 확대를 이루어왔다. 일제강점기로부터, 독재정권으로부터 시민으로서의 자유를 찾아오는 여정이었다고 할 수 있다. 그래서 자유를 떠올리면 자연스럽게 '억압' 으로부터 벗어난 삶이 다가오는 것이다. 후자의 경우는 근래에 유독 문제가 되는 항목이다. 욕망, 특히 물질적 풍요에 대한 욕망이 우리의 삶 전체를 뒤흔들고 있다는 점에서다. 이것은 자본주의 체제 속에 사는 사람들이 지닌 공통된 운명이다. 모든 것이 교환가치로 환원되는 세상에, 물질적 풍요가 행복의 필요, 충분조건이 된 마당에 너나없이 세속적 욕망에 매달리는 것은 당연한 일일지도 모른다. 그야말로 누구도 자유롭지 못하다.

그런데 이런 상식적인 생각을 비웃기라도 하듯, 뒤집어버리는 경우도 있다. 누군가 다가와서 뒤통수를 탁, 치듯 상식을 엎어버린다. 이를 테면 우리가 잘 아는 만해 한용운 시인이 그렇다. 그는 다음과 같이 말한다.

> 남들은 자유를 사랑한다지마는, 나는 복종을 좋아하여요.
> 자유를 모르는 것은 아니지만, 당신에게는 복종만 하고 싶어요.
> 복종하고 싶은데 복종하는 것은 아름다운 자유보다 더 달콤합니다.
> 그것이 나의 행복입니다.
>
> – 「복종」 부분

시인은 자유가 아닌 복종을 좋아한다고 했다. 복종은 노예의 일이 아닌가? 인류의 역사가 개인의 자유를 확대해온 여정이었는데, 뜬금없이 복종을 좋아한다니? 그러나 우리가 생각을 조금만 바꾸면, 복종의 참뜻을 알게 된다. '당신'이 누구냐는 것이다. 이 시에서는 당신을 일제치하에서의 빼앗긴 조국이라고도 하고, 시인이 승려인 점으로 미루어 부처라고도 한다. 애국자나 승려로서의 처지에서 본다면 '당신'에게 복종하는 것이 진정으로 '아름다운 자유'라 할 수 있다. 빼앗긴 조국을 되찾기 위해 조국의 부름에 복종하는 것이나 승려로서 부처님의 뜻에 복종하는 것이야말로 참된 삶을 지향하는 자의 올바른 자세일 것이다. 그리고 그 길로 매진하는 것이야말로 마음에서 우러나오는 행위가 아닌가. 그렇다면, 여기서 말하는 자유는 '자신의 마음으로부터 우러나오는 것'이 될 것이다. 무엇으로부터 벗어나는 것이 아닌, 마음에서 우러나오는 대로 사는 것이 참다운 자유의 모습인 셈이다. '마음에서 우러나오는 것'에 복종함으로써 자유로워진다는 역설이 지닌 삶의 비의秘義가 우리를 사색의 길로 이끈다. 달리 말해서 진심으로 복종해야 할 '무엇'이 어떤 것이냐에 따라 자유의 성격도, 삶도 달라질 수 있다는 것이다.

2. 가치 있는 삶

내가 임경렬 시인을 처음 만났을 때의 느낌 역시 이와 비슷했다. 그가 대학원에 진학을 해서 시를 공부하겠다고 했을 때, 의외라는 생각이 먼저 들었다. 당연했다. 늦게 문학을 하겠다는 사람들의 대부분은 문학 강좌를 찾아다니며 공부를 하고, 고민하다가 체계적인 도움을 받고자 대학원에 진학한다. 이들에게는 최소한 문학에 대한 기초적인 상식이나 이를 바탕으로 한 결과물을 가지고 있기 마련이다. 첫 만남부터 그들의 표정에서 풍겨나는 간절함이 묻어 있음을 보게 된다. 그런데, 임경렬 시인의 경우는 좀 달랐다. 이것저것 물어보았지만 준비된 것이 없었다. 문학에 관한 한, 백지 상태에 가까웠다. 간절함만 있었다. 이것이 오히려 그의 장점이었다. 이곳저곳 기웃거리며 요령만 익혀 시를 쓰던 이들보다는 아예 처음부터 시를 배우고 쓰는 이들의 발전 속도가 더 빠르다는 것을 경험상 알고 있기 때문이었다. 더욱이 우람한 몸피에 우러나오는 듬직함, 신중한 말 한 마디 한 마디에서 그의 진정성과 성품을 읽을 수 있었다.

인간적인 신뢰를 바탕으로, '무엇'이 그를 문학 쪽으로 이끌었는가에 대한 의문을 갖게 되었다. 경제학과를 나왔고, 몰두하던 생업을 뒤로 하고 '무엇'이 시시한(?) 시 쪽으로 그를 이끌었는가에 대한 의문이었다. 이 의문은 시간이 지나면서 하나하나 풀려갔다. 우선, 그가 시를 쓰고자 하는 마음의 배경에는 그의 가계家系에 대한 자긍심이 있었다. 그는 명문가인 나주 임씨林氏의 후손으로 자신의 선조들에 대한 무한한 존경심을 갖고 있었고, 실제로 그의 조부祖父는 항일운동을 했던 분이었다. 더 윗대로 올라가면 대대로 수많은 시인들이 있었다. 특히, "잔 잡아 권할 이 없으니 그를 설워하노라"는 황진이에 대한 애사哀詞를 쓴, 온 국민이 알고 있는 시인이 있었다.

> 주위의 모든 나라가 황제라 일컫는데
> 유독 우리나라만 중국에 속박되어 있으니
> 내가 살아 무엇을 할 것이며
> 내가 죽은들 무슨 한이 되랴
> 곡하지 마라

는 유언을 남긴 「물곡사勿哭辭」의 호방하고 기개 높은 임제林悌라는 시인이다.

이런 자긍심이 그동안 마음 깊이 잠재되어 있다가, 어느 날 불쑥 그의 삶에 끼어들었고 또 삶을 흔들었던 것이다. 달리 말하면, 생업을 통한 부의 축적 즉, 세속적 욕망의 실현보다 더 중요한 것이 있음을 생각했고, 그 생각이 그의 삶을 흔들었을 것이라 짐작한다. 물질적 가치가 아닌 정신적 가치의 중요성을 깨닫고 고민 끝에 내린 결론이 시였던 것이다. 이런 결론에 이르자 그동안 마음속 깊이 감춰져 있던 가계家系, 고향의 자연과 수많은 유적들, 그 속에서 자라던 어린 시절, 현재의 삶에 대한 반성과 성찰, 가치 있는 삶이 무엇인가에 대한 고뇌…… 등등. 이 모든 것들이 한꺼번에 밀려왔을 것이고, 이를 드러내기 위해 시 공부를 시작했던 것이다. 따라서 그의 자유란 스스로의 내면에서 찾은 정신적 가치를 드러내는 일이고, 그 방편으로 시를 택한 것이라 하겠다. 그에게 있어 복종해야 할 대상이 정신적 가치를 드러내는 '시'가 된 셈이다.

그가 차분하게 공부를 시작하면서 내놓은 첫 결과물 중 하나가 다음의 시였다.

더 가릴 게 없다
세상에 갓 태어난 아기처럼
신분도 직업도 나타낼 수 없는
마주하는 사람들, 벌거숭이일 뿐이다
체온같이 데워진 물에 지친 몸을 빠뜨리고
간질간질 탐닉을 즐기며
밀려오는 시간을 채워간다
살갗을 뚫고 나온 짙은 물방울은
시간의 무게를 견디지 못해
스스로 부피를 줄여가며
가느스름하게 흘러내린다
세상이 요란하게 포장한 위선은
어느 때부터인지
훌훌 벗은 사람들의 주위를
떠나가는 중이다
둘러앉은 저마다의 모습들
오랜 시간 잊혀져 있던 어린아이를 찾아

희미한 물 속에 섞여 있을지도 모를

저마다의 유년을 뒤적거리는 시간이다

– 「목욕」 전문

　자신을 돌아보는 시였다. 시인은 그의 마음속에 자리해 있는 자긍심을 옆에 밀어 놓고, 현재의 자신을 성찰하는 것으로 첫 발자국을 내딛은 것이다. 이 시의 배경은 그야말로 목욕탕 안이다. 시인은 목욕탕의 커다란 욕조에 둘러앉아 있는 사람들 중 하나다. 모두가 벌거벗은 상태다. 목욕탕 안에서의 자연스런 풍경이다. 여기를 벗어나면, 그들은 옷을 입고, 자신의 일터로 뿔뿔이 흩어질 것이다. 중요한 것은 세속의 눈으로 볼 때, 그들이 입을 옷과 직업이 사람됨은 물론 지위의 고하를 나타낼 것이란 사실이다. 차별의 세계에 속하게 된다. 시인은 이를 "세상이 요란하게 포장한 위선"으로 말하고 있다.

　세상이 요구하는 것은 무엇인가? 너 나 할 것 없이 세속적 욕망을 성취하라고, 성취하지 못하면 낙오자라는 명령이 아닌가. 최소한, 이런 요구가 차단되는 곳이 목욕탕이라는 것이다. 요구와 차별이 사라지는 것을 시인은 "훌훌 벗은 사람들 주위를/떠나가는 중"이라 표현한다. 이것들이 다 떠나간 자리에 남는 것은 무엇인가? 인간의 내면에 자리해 있는 행복했던 순간들이다. "오랫동안 잊혀져 있던 어린아이"를 찾는 시간이다. "어린아이"의 시간이란 다름 아닌 가릴 것도, 감출 것도 없이 마음이 시키는 대로 자신을 표현하고 함께 어울리던 시간이다. 차별이나 구별, 억압이나 복종 등 어른들의 세속적 세계가 아닌 그야말로 똑같이 평등한 "벌거숭이"의 천진무구한 세계인 것이다.

　내가 이 시를 아끼는 것은 이 시인의 시쓰기가 일상 속에서 천진무구의 세계를 발견하려는 노력에서 출발했다는 점에서다. 혹여, 그의 내면에 자리한 자긍심이 구체적 일상에 대한 관찰이나 분석을 간과하고 조상에 대한 헌사나 추상적인 삶을 표현하려고 하지나 않을까 하던 걱정은 기우였던 것이다. 차분하게 자신의 삶을 돌아보는 일에 누구보다도 충실했던 것이니, 그에 대한 믿음이 더욱 굳어지는 것은 당연한 일이었다.

자신의 삶에 대한 반성적 성찰이 빛나는 것은 다음의 시이다.

> 초록은, 안에서도 밖에서도 속수무책이다
>
> 태양의 열기, 여름 하늘을 빤다
>
> 빌딩숲 한복판
>
> 어디서 날벼락이 내리친다
>
> 산발한 머리
>
> 무이파는 며칠 전 태어나 겨우 적도를 출발했고
>
> 쓰나미는 일본을 망가뜨리고
>
> 스스로 휘둥그레진다 눈빛, 눈빛들
>
> 푸른 바다에 파라솔을 꽂은 개미군단
>
> 황금을 즐기는 큰손들
>
> 번지는 초록 앞에 모두 가위눌림 당하고 있다
>
> 바다는 긴 육면체
>
> 팔월의 검은 기억, 저주를 시작하는 입
>
> 더블딥의 공포는 확산되어
>
> 미국과 유럽을 국경 없이 넘나들며 휩쓸고
>
> 바이올린 줄에 달아 코스피를 나락으로 떨어뜨린다
>
> 투명바다처럼 흔적 없이 보여주는 삼각파도
>
> 과녁빼기 같은 전광판이 올려진다
>
> 출몰하는 색깔

흩뿌려진 맨드라미꽃처럼 붉게 번지면 쾌재를

널브러진 잡초처럼 초록으로 덮이면 근심을

수백의 기호들이 붉은 꽃잎으로 쏟아내는 날

그날을 초조하게 기다리는데

오늘, 가득히 밀려오는 초록

초록을 베끼는 여름

– 「색깔의 경제」 전문

이 시는 『발견』 신인상의 데뷔작이기도 하다. 이 시에 깔려 있는 정서는 절망이다. 무엇에 대한 절망인가? 내 호주머니의 돈이 날아가는 것에 대한 절망이다. 사실 주식시장에 돈이 흐르는 것은 아니다. 돈은 머릿속에 있고, 색깔로 나타난다. 이 시에서 보면, 그 세계는 바다로 비유되어 있다. 전광판으로 상징화한 세계의 바다는 태풍 무이파, 쓰나미, 삼각파도로 가득 차 있다. 사람의 힘으로는 어찌해볼 도리 없는, 모든 것을 휩쓸어가는 무서운 존재들이다. 그 바다 한쪽에 있는 "파라솔을 꽂은 개미군단", "황금을 즐기는 큰손들" 모두 휘몰아치는 위험 앞에 노출되어 있는 것이다.

이 시에서 보듯, "붉은 꽃잎"들과 "밀려오는 초록" 사이의 간극은 너무도 크다. 간극이 너무 커서 전광판 앞의 사람들은 물론 "미국과 유럽을 국경 없이 넘나들" 정도다. 문제는 이 간극이 순식간에 메워지기도 하고 벌어지기도 한다는 사실이다. 시인의 어법대로라면, 주식시장은 자본주의의 꽃이요 붉은색과 초록색은 자본주의의 표정이다. 그리고 바다 위의 "삼각파도"는 우리가 딛고 서 있는 욕망의 꼭대기인 셈이다. 바다가 잔잔한 날이 없듯, 바닷가에 있던, 산속에 있던 우리는 욕망의 바다와 그 위험 속에 노출되어 있는 것이다. 따라서 이 시는 우리에게 질문을 던지고 있다. 왜 이토록 위험한 바다 앞에 앉아 있는 것인가? 또한 이들에 속하지 않는 사람은 누구인가? 우리들 중 누가 이런 현실 앞에 자유로울 수 있는가? 수많은 질문을 내포하고 있다.

질문의 의도는 명백하다. 세속적 욕망에 끌려다니는 한, 누구도 이런 위험에서 벗어날 수 없다는 것이다. 노예의 삶이다. 세속적 욕망과의 거리두기야말로 '나'의 삶을 찾을 수 있으리라는 전언이다. 사실, 이런 사유는 숨가쁘게 돌아가는 바로 그 '현장'에 있어본 사람만이 가장 실감나게 그려낼 수 있다는 점에서, 그의 과거를 떠올리게 한다. 자본주의 체제 한복판에서 울고 웃던 삶, 이런 삶이 더 이상 가치 있는 삶이 아니란 반성적 인식 위에 쓰여진 작품이라는 것이다. 자신이 겪은 삶을 가감없이 드러내면서 우리 모두에게 현재의 삶을 되돌아보게 하고 있다는 점에서 감동이 크게 다가올 수밖에 없다.

3. 복원한다는 것

임경렬 시인의 또 다른 면모는 그의 내면 한복판에 자리해 있는 소중했던 과거의 기억을 복원하는 일에서 잘 나타난다. 이것은 단지 기억의 복원에 그치지 않고, 가치 있던 것들이 사라져 가는 것에 대한 안타까움으로 나타난다. 「풍호샘」이나 「석개등」에서 보이는 유년의 추억과 관련된 것들이 사라지는 것에 대한 안타까움 등이 그것이다. 그는 여기서 한 걸음 더 나아가, 개발의 논리에 밀려 사라져가는 것들에 대한 관심을 드러낸다. 세계의 확장이다. 따지고 보면 그가 사는 나주는 그야말로 살아 있는 역사의 현장이다. 어느 것 하나 옛날부터 내려오지 않는 것이 없는데 근대화 이후, 많은 것이 시멘트로 덮여버렸거나 땅속에 묻히게 되었으니, 이런 관심이 나타나는 것은 당연한 일이다. 이것은 사실, 고향에 대한 애정의 표현이다. 애정이 없는데 무슨 슬픔이나 비탄, 추억과 안타까움이 있겠는가? 그가 고향의 산천과 풍물을 소재로 과거의 기억을 복원하고, 이를 새롭게 인식하는 일에 몰두하는 것은 이런 이유에서다.

①
굽이치던 영산강, 세월을 품에 안은 포구가 있었다
토성에서 찾아오는 물길이 풍호언덕을 휘돌아
물과 물이 만나 섞이는 이곳, 시발과 종착의 포구였다
강물은 서해바다 드나들며 수많은 이야기를 실어 날랐다
통일신라 때 당나라를 오가던 국제포구였고
고려 때는 개성상인들의 상선이 드나들었고
엊그제 1970년대까지 서쪽 어민들의 뱃길이었다
지난 시절에는 하구둑으로 바닷길 막아
역사를 한 차례 지운 것도 모자라
또다시 완전범죄를 꿈꾸는 범인처럼
그나마 남아 있던 흔적을 철저히 지우고 있다

– 「지워지는 나루터」 부분

②
산들바람 불어온다
청보리밭 지나 회진성 가는 길

성곽도 병사도 없는데
늙은 소나무가 다가와

패찰牌札을 보자고 한다

- 「회진성」 부분

③

사랑을 시기하던 사람들은 뿌리가 고독해서

절절했던 연인의 운명을 강물 속에 묻었다

절벽은 지구의 높은 굽을 신은 원망이다

하늘은 이명에 사로잡히고

전설은 단풍잎처럼 핏빛 울음을 바위에 새겼다

불의 빙하를 기다리며 서 있는 앙암바위

손을 잡아끌어다가 뛰는 심장에 턱, 올려놓는다

- 「앙암仰巖」 부분

①의 시편의 소재는 풍호나루이다. 이 시에 나타나 있듯, 풍호나루는 단순한 포구가 아니었다. 이미 1300년 전부터 통일신라와 당나라를 오가던 국제항이었다. 일설에 의하면 해상왕 장보고가 이 항구를 통해 신라에 드나들었다니 그 역사가 얼마나 오래된 것인가. 이후로는 고려와 조선 그리고 1970년대까지 바다와 육지를 잇고, 많은 사람들이 드나들었다. 이런 장소는 그야말로 살아 있는 생활의 터전이고, "수많은 이야

기들"이 모이고 퍼져나가는 통로였다. 이런 역사적 의미를 지닌 포구가 하구둑으로 막히고, 굽은 강을 펴서 바르게 물길을 낸다는 명분으로 없어져 버렸다. 이제는 화려했던 과거도 수려했던 풍광도 사라진 채 고여 있는 물만 남은 것이다. 과거를 알고 있는 자가 느끼는 슬픔과 안타까움을 무엇에 비할 수 있겠는가.

②의 시편 역시 폐허가 된 회진성을 찾아가서 느끼는 소회를 읊은 작품이다. 회진성은 축성된 시기가 백제시대였고, 조선 초기까지 이 지역의 정치, 경제의 중심역할을 했던 회진현의 치소였다고 한다. 이곳에 올라가 보면, 멀리 서해안으로 나가는 물길이 굽이쳐 흐르는 것을 볼 수 있다. 반대로 멀리서 오는 적敵이나 손님을 가장 먼저 볼 수 있는 곳이며, 이곳을 통하지 않고는 내륙으로 들어갈 수 없는 군사 요충지였음을 알 수 있다. 그러나 이런 역사를 지닌 이곳이 어떻게 변했는가? 성곽도 과거의 병사도 없다. 오로지 "늙은 소나무"가 다가와 이곳을 드나드는 "패찰牌札"을 보여달라고 한다니, 그 폐허의 정도를 알 수 있다. 이곳에서 느끼는 쓸쓸함이 이 시의 주된 정조요 그의 내면풍경이다.

③의 시편 역시 앙암仰巖의 전설을 소재로 하고 있다. 이 전설 역시 삼국시대를 배경으로 한다. 젊은 남녀의 사랑을 시기한 사람들이 "사랑을 시기하던 사람들은 뿌리가 고독해서//절절했던 연인의 운명을 강물 속에 묻었다"고 하듯, 애절한 사랑 이야기이다. 지금도 영산강변에 우뚝 서 있는 앙암바위가 이들의 비극적 사랑 이야기를 말해주고 있는 것이다. 시인은 그 비극을, 사랑의 가치를 "불의 빙하"로, "손을 잡아끌어다가 뛰는 심장에 턱, 올려놓는다"는 감각적 인식으로 표현하고 있다.

이들 시편들은 시인의 관심이 단지 유년의 천진무구한 삶에 대한 동경에 머물고 있지 않음을 말해준다. 그가 진정으로 관심과 애정을 가지고 말하고자 하는 것은 고향, 나주에 대한 사랑이다. 과거 국제적인 교류가 이루어지던 곳이고, 전라도의 중심이었고, 수많은 유적들로 가득했던 나주의 현재는 어떠한가? 지자체가 관심을 가지고 과거의 역사유적을 보존하고 복원하고 있지만, 실상 개발의 논리에 밀려 소중한 유산들을 잊고 있지나 않은가? 개발의 논리가 과거를 엎어버리고 보다 생산적인 것을 만들어내려는 방향으로 이루어지고 있지나 않은가? 생산적인 것의 내용이 물질적 풍요에 연관되어 있음은 주지의 사실이다. 그러나 과거의 유산을 계승하고, 복원하는 일은 정신적인 것에 속한다. 아울러 개인주의가 아닌 공동체의 이상을 만들어가는 일이다. 공동체적 삶의 이상을 추구한다는 것은 개별화되고, 이기적인 삶이 아닌 너와 내가 함께 호흡하며 어울려 사는 일이다.

임경렬 시인이 추구하는 삶은 과거의 행복했던 공동체적 삶을 현재에 복원하려는 노력 속에 구체화되어 있다. 고향의 이야기와 풍물, 유적에 대한 애정과 관심을 갖는 일이 그것을 증명한다. 이는 고향에 대한 사랑이 없이는 불가능하다. 잊고 있었던 것들의 소중함을 일깨우면서 자본주의 체계에 길들여진 채 욕망의 노예로 살아가는 삶을 되돌아보게 하는 것이다. 소중한 것 하나하나 즉, 개별에서 시작되어 보편적인 감동으로 옮아가는 일이야 말로 시의 진정한 가치를 실현하는 일이다. 이런 시야말로 많은 이들에게 삶에 대한 반성과 성찰을 제공한다. 이런 점에서 임경렬 시인은 이 시집 『쓸쓸한 파수』는 물론, 앞으로도 고향인 나주 이야기를 통해 물질적 욕망에 매달려 있는 우리에게 많은 것들을 생각하게 할 기회를 제공하리라 믿는다. 누구보다도 지역적 가치를 개성적으로 드러내면서 감동으로 이끄는, 물질이 아닌 정신적 가치에 복종하며 자유를 느끼는, 이를 바탕으로 펼쳐갈 그의 시세계를 기대하는 것이다.

풍경과 시선

초판1쇄 찍은 날 | 2017년 7월 25일
초판1쇄 펴낸 날 | 2017년 7월 30일

지은이 | 신덕룡
펴낸이 | 송광룡
펴낸곳 | 문학들
등록 | 2005년 8월 24일 제2005 1-2호
주소 | 61489 광주광역시 동구 천변우로 487(학동) 2층
전화 | 062-651-6968
팩스 | 062-651-9690
전자우편 | munhakdle@hanmail.net
블로그 | blog.naver.com/munhakdlesimmian
값 15,000원

ISBN 979-11-86530-35-1 03800